青春之花在西部绽放

——南开大学研究生支教团 20 周年纪念文集

主　编　刘立新　王　巍
副主编　霍丽敏　吴军辉
　　　　李争春　杨　蕊

南开大学出版社

天　津

图书在版编目(CIP)数据

青春之花在西部绽放：南开大学研究生支教团20周年纪念文集 / 刘立新，王巍主编；霍丽敏等副主编. — 天津：南开大学出版社，2021.10
ISBN 978-7-310-06154-9

Ⅰ.①青⋯ Ⅱ.①刘⋯ ②王⋯ ③霍⋯ Ⅲ.①中国文学－当代文学－作品综合集 Ⅳ.①I217.1

中国版本图书馆 CIP 数据核字(2021)第 213783 号

版权所有　侵权必究

青春之花在西部绽放
QINGCHUN ZHIHUZ ZAI XIBU ZHANFANG

南开大学出版社出版发行
出版人：陈　敬
地址：天津市南开区卫津路 94 号　邮政编码：300071
营销部电话：(022)23508339　营销部传真：(022)23508542
网址：https://nkup.nankai.edu.cn

天津创先河普业印刷有限公司印刷　全国各地新华书店经销
2021 年 10 月第 1 版　2021 年 10 月第 1 次印刷
230×170 毫米　16 开本　28.5 印张　2 插页　467 千字
定价：142.00 元

如遇图书印装质量问题，请与本社营销部联系调换，电话：(022)23508339

青春之花在西部绽放——南开大学研究生支教团 20 周年纪念文集

编写组

主　编　刘立新　王　巍
副主编　霍丽敏　吴军辉　李争春　杨　蕊
编　委　王　琪　王轶智　宋　燕　朱晓妍
　　　　初　一　董倩倩

序

为更好地服务科教兴国战略和国家扶贫攻坚计划，促进广大青年在实践中锻炼成长，支援贫困地区教育事业发展，1999年，南开大学作为首批高校加入共青团中央、教育部组织实施的"中国青年志愿者扶贫接力计划"，积极选拔优秀青年学生，组建研究生支教团。从那时起，一场跨越千里、持续20年的"爱心接力"拉开了序幕。

1999年至今，南开大学研究生支教团从首批4名队员发展到今天每一批18名队员。服务地也从最早的青海、甘肃、山西逐渐延伸至新疆、西藏。自2016年起，为助力学校定点帮扶甘肃省庄浪县脱贫攻坚，研究生支教团响应号召，调整组建分队开赴庄浪开展支教扶贫工作。

岁月不居，时节如流。转眼间，这支承载着志愿服务精神的接力棒，已在一届又一届南开学子的手中传递了20年。研究生支教团参与并见证了我国西部地区教育事业日新月异的发展变化，也在我国脱贫攻坚伟大实践中留下了深深的南开足迹。

研究生支教团是教育扶贫的重要力量，是厚植爱国情怀的重要载体，是培养公能日新、担当有为时代青年的重要平台。20多年来，学校始终高度关注研究生支教团项目，始终坚持高标准选拔、高质量培训、全过程指导，从团队建设、能力提升、生活保障等方面给予了全方位的支持。20多年来，累计260名南开学子接续奔赴西部，奔赴基层，在祖国最需要的地方挥洒汗水，用奉献与坚守书写别样精彩的人生。

这是竭诚奉献，助推发展的20年。支教队员响应国家号召，心怀坚定理想，扎根基层教书育人，一心扑在支教工作上，帮助支教地学校缓解师资紧张，推动教育教学改革，促进青年教师队伍建设，丰富校园文化生活。他们勇挑重担，有的队员同时承担多门课程、多个年级甚至重点班、高考班的教学任务；他们把全部课余时间用于指导学生社团、创办特色活动，打造异彩纷呈的第二课堂；他们不辞辛苦一次次地到偏远乡村家访，只为不让一个孩子辍学掉队；他们募集图书开办"南开书屋"、募集资金帮助贫困学生，在当地开展公益活动，把志愿服务精神传递给更多的学生；他们发挥专业特长，积极帮助所在学校和服务地提升设施现代化水平；他们深入开展研究为民族地区文化繁荣做出贡献……20年来，支教地学校发生了翻天覆地的变化，教育理念更加先进，视野格局不断开阔，师资队伍配齐建强，软硬件条件大幅提升，教学成绩名列前茅。这些发展变化之中，亦凝结着一批批南开支教队员的青春与汗水。

这是传承精神、点亮梦想的20年。南开人在哪里，南开精神就在哪里。20多年来，一届届研究生支教团践行"允公允能，日新月异"的校训精神，在西部地区辛勤耕耘、默默奉献，在志愿服务工作中经受砥砺和磨炼，把南开精神和"奉献、友爱、互助、进步"的志愿服务精神播撒在更加辽阔的祖国大地。更为可贵的是，一批又一批西部的孩子受到支教队员们的言传身教和精神熏陶，燃起了走向更加广阔天地的渴望，点亮了用知识改变命运的梦想。很多支教地的学生通过刻苦学习圆了大学梦，有的考进了南开，更有一些孩子本科毕业后也选择加入研究生支教团或者成为基层公务员、特岗教师、乡村致富带头人，用自己的一身本领和青春热血反哺家乡建设。"长大后我就成了你"的动人故事一次又一次地真实上演。

这是磨炼意志、立志报国的20年。西部和边疆地区艰苦的条件往往成为支教队员们需要克服的第一关。尤其在最初的几年里，一些支教地连最基本的生活用水、用电都很难保障。队员们发扬革命乐观主义精神，克服生活和工作中的种种困难，向实践学习、向群众学习，努力增长才干，站稳人民立场，了解国情社情，在高质量完成支教任务的同时，他们也在心底种下了成才报国的种子。他们中，有的人选择再次奔赴西部开展志愿服务，更多人毕业后投身基层和重点行业。这段支教经历，无疑成为大家成长历程中弥足珍贵的记忆，每每想起，甘之如饴，也鼓舞着支教队员们面对人生前路，始终勇毅前行。

20多年来，一批又一批支教队员前赴后继。他们的热忱与西部交汇，他们的奉献同中国梦相连。他们用严谨务实的态度，认真勤勉的付出和优异的工作成绩，赢得了当地师生、干部群众和社会各界的高度评价，在祖国西部和边疆地区树立起一面面"南开"旗帜。

"到西部去，到基层去，到祖国最需要的地方去！用一年不长的时间，做一件终生难忘的事。"20年的坚守，两百余人的接力，南开支教人用风雨兼程和勤勉奉献，一次又一次地兑现着这句青春誓言。正如习近平总书记2019年1月17日视察南开大学时对青年学生的亲切勉励："只有把小我融入大我，才会有海一样的胸怀，山一样的崇高。"

不忘来路，才能开辟新路。在南开大学研究生支教团成立20周年之际，支教队员们深情回望那段难忘的支教经历，将点滴故事记录下来，结集成册。我读了之后很受感动，也倍感骄傲和欣慰。这本文集是梳理总结，更充满启示。字里行间流露出的是南开支教队员们朝气蓬勃、昂扬向上的青春脸庞，是他们扎根基层、服务人民的人生方向，更是南开青年"公能日新，爱国报国"的责任担当。

二十载初心不改，新百年砥砺前行。衷心希望越来越多的有志青年以他们为榜样，到祖国最需要的地方去建功立业，在实现中华民族伟大复兴中国梦的生动实践中书写绚烂无悔的人生篇章。

是为序。

曲　凯

2021年7月于南开园

目　录

逐　梦

恒星的恒心	王　洁	3
走过，不忘	相　羽	7
扬帆向西部　青春正当时	樊沁怡	9
"支教"是什么？	王家国	13
魔幻现实主义的金城	聂际慈	16
那一年——献给支教团的兄弟姐妹	卢小曼	20
做希望的传播者　做无私的志愿人		
——写在南开大学第 15 届研究生支教团出征之前	刘成成	23
梦想传递梦想，助力百年南开	杨诗博	27
心怀信念，颠沛必于是，造次必于是	张程亮	30
秉公尽能，忠诚奉献，南开人永远在路上	诸葛梦婷	33
追梦·筑梦	张　扬	36
为什么做出这个"选择"	李亚斌	38
无我之境	刘　彤	41
目之所及　心之所向	高　盛	44
白露映晨阳，将启航	张　焜	47
熟悉的旅程又要开始了	龙　俊	50
写在新疆支教之前的话	郭棒棒	53
向着合格教师而努力	韩丹华	56
亲密无间的 14 人团队	袁　埜	58
要像妈妈一样，做一名光荣的人民教师	韩　琳	60
45 分钟的考验	王天宇	62
那声"王老师"给我莫大鼓励	王奕涵	64

整装待发 奔向西部 ……………………………	陈　鹭	66
和"战友们"一起成长 ……………………………	曾佳慧	68
希望成为能者，做更多好事 ……………………	许广楠	70
脚踏实地，寻找乐趣，保持热爱 ………………	赵　情	72
向着梦想大胆进发 ………………………………	高翔宇	74
服务他人　快乐自己 ……………………………	侯霁桐	76
我为成为一名支教队员而骄傲 …………………	刘　悦	79

奉　献

未知的西部，遇见未来的自己 …………………	施　悦	83
人生里的一年 ……………………………………	张　之	86
南开大学第 2 届研究生支教团追忆往事 ………	贾　宁	90
忆小康营岁月，纪支教人青春 …………………	王　巍	93
我当老师了 ………………………………………	杨　婧	97
22 岁，青春正好 …………………………………	姜春卉	100
小老师 ……………………………………………	李奇璇	103
支教追忆之监考记 ………………………………	范清华	106
回族老师在阿勒泰 ………………………………	杨　蕊	108
故园北国拼高考 …………………………………	靳　星	110
致青春·支教所至，满天星辉 …………………	樊沁怡	116
梦想（10）班，花开不败 ………………………	徐　毓	120
生命中的第一个教师节 …………………………	陈沛瑶	125
一路花香 …………………………………………	李　彤	127
Miss Thanks in Class 12 …………………………	谢扬帆	132
这一路好风光 ……………………………………	李国光	137
忙碌着，幸福着，收获着 ………………………	李宝华	141
爱，因为在心中 …………………………………	宋　燕	145
永远记得，你们叫我老师的一年 ………………	李　妍	147
记第一次家访 ……………………………………	张　楠	160
用一年不长的时间，做一件终生难忘的事 ……	刘琛欣	162
永远的 22 岁 ………………………………………	姚正锟	165
22 岁，在新疆 ……………………………………	宋　杨	167

一瞥一年……………………………………………………杜雅雯　172
最美好的是以青春指引青春……………………………夏克扎提　174
支教一年，终生难忘……………………………………邓　健　175

融　入

阿勒泰的另一个角落………………………………………马宇平　181
二中记忆…………………………………………………吕金全　192
我不想回忆支教的日子，因为……………………………刘琛欣　200
我在庄浪的日子…………………………………………谢彦苗　202
我的阿勒泰印象…………………………………………李　妍　210
旧文四则…………………………………………………孟祥臣　213
日记节选…………………………………………………宋　燕　217
王莉支教日记（节选）……………………………………王　莉　221
王小轶老师的阿勒泰回忆………………………………王轶智　226
阿勒泰印象………………………………………………张金朝　229
我的阿勒泰一年…………………………………………邢北辰　232
十月故事…………………………………………………陈沛瑶　237
话里话外…………………………………………………田旭生　239
梦回阿勒泰………………………………………………殷丰收　243
全国最友善的出租车司机………………………………董倩倩　247
支教聂的这些朋友们……………………………………聂际慈　249
山城人的幸福……………………………………………杨　帆　252
克兰河畔…………………………………………………李恒明　255
行走阿勒泰………………………………………………吕东海　259
牧场钓鱼小记……………………………………………陈曦丹　261
与雪都相遇的日子………………………………………赵帅淇　263
英语老师眼中的阿勒泰"语法"…………………………施　悦　265
故乡的味道………………………………………………张开军　267
舌尖上的阿勒泰…………………………………………徐瑞璟　269
包尔沙克回来了………………………董倩倩（热沃扎古丽）272
因美味，知人情…………………………………………马广迎　274
阿勒泰的古尔邦节………………………………………施　悦　277

记忆深处的"黑走马"……………………………………李凡一 279
我和阿勒泰有个约定……………………………………姚天琦 282

收　获

回望苍茫大地，回味无悔青春……………………………贵哲暄 287
年华似水，难说再见……………………………………秦若玉 292
支教让生活充满温情……………………………………张　越 296
天津—阿勒泰……………………………………………郭　旭 299
初回首，感谢地区二中…………………………………赵　博 302
教学相长，育人及己……………………………………赵媛媛 304
三尺讲台，一年时光……………………………………韩娇娇 306
遇见你们，就是最好的青春……………………………李雨珊 308
我与学生二三事…………………………………………朱晓妍 310
在路上……………………………………………………金　旭 312
黄的叶白的雪真的心……………………………………曹　渝 315
传承与新声………………………………………………杨少川 318
支教那一年………………………………………………刘　振 321
支教·十年………………………………………………张　之 325
不负青春，砥砺前行……………………………………张瀚文 329

感　悟

我在阿勒泰写下梦的乐章………………………………冯　元 335
我的阿勒泰………………………………………………王欣昀 339
这一年……………………………………………………夏　上 344
传承甘载支教初心，接力百年公能使命
　　——在南开大学研究生支教团20周年座谈会上的发言…郭金梦 349
仰望漫天繁星与脚踏雪域土地…………………………王　惠 351
支教感想…………………………………………………闫　笑 353
十年的变与不变…………………………………………张　之 358
最好的时光………………………………………………程万里 361
共同度过…………………………………………………张　彤 363
青春的选择………………………………………………王露溪 366

两度进藏 在志愿服务中收获成长	崔国煜	370
千万次的问	张琳琳	374
仰望星空 奉献青春	杨刚毅	377
平淡的支教生活	周　鑫	380
守候好我们的平凡	张明瑞	382
在阿勒泰的青春记忆	王楷夫	385
情寄金山	鲁　楠	387
阿勒泰的呼唤	高　磊	390
回首阿勒泰已十年	曹　渝	396
志愿服务随笔	刘　嘉	398
致我无悔的支教生活	袁　朕	401
致青春 致你们	赵恩杰	405
在美丽的阿勒泰成长	侯　越	408
把支教工作作为一个窗口	程曲汉	410
难忘的边疆——阿勒泰	郑宗鹏	412
关于阿勒泰的那段时光	刘瑞麒	417
爱在阿勒泰 从未离开	王　琪	429
心中永远的净土	刘　博	431
阿勒泰·梦想·责任	彭　乾	435

南开大学研究生支教团工作综述 438

逐梦

"支教人"从不是单纯的一个人,而是一类人,是奉献,也是接力传承。

恒星的恒心

王 洁

"你和我，看星星。那夜空，多神秘……沉默的银河系，因为你有意义……下定决心，我决定，恒星的恒心……"守护你，每当听到五月天的这首歌曲，心底的那份支教情就会涌动泛起——那段属于我们支教人的与众不同的路。

我们每个人从呱呱坠地起，就开始走上了属于自己的人生之路，在这条路上我们或是辛苦的赶路人，或是悠闲的旅行家，二者的差别在心态不同。有人会抱怨自己生活环境差，羡慕别人可以尽情享乐，也有人无暇顾及这些抱怨，怀着乐观的心态，依靠自己的双手为美好的未来而奋斗。后一种人是生活的强者，是我的榜样。我时刻告诫自己，什么样的生活环境并不重要，重要的是自己抱有什么样的心态。当我们用手轻轻拂去世俗的蛛网时，才能看到未来的明媚。

当你抱着靠自己去奋斗的信念去实践当初的承诺时，你会发现你并不是一个孤独的奋斗者，一双双充满关爱的眼睛在注视着你，时刻给你精神上的鼓励和物质上的支持。国家扶贫接力计划的每一个参与者都从中体验着、改变着、收获着自己的人生，而我就是其中的一员，在国家的泽被下，变得自强，变得勇敢，变得成熟。

在充满艰辛坎坷，也充满幸福快乐的人生之路上前行时，我被国家的这种充满温情的关怀所感染，将目光更多地投向那些需要帮助的弱势群体。当我通过各种渠道了解到他们在贫困的物质生活中，生长着与之完全不相称的顽强而蓬勃的斗志与希望时，我被强烈地震撼了。如果说我们实现梦想的道路是一段长跑，而他们实现梦想的道路则是一场马拉松，我多么希望能通过自己的努力，缩短他们与梦想的距离，哪怕只有一米。因而，当我坚定了志愿服务的信念时，实际上是将志愿服务工作转化成一种责任。

国家播下关爱的种子，接下来的工作由我们去做，让更多的人在我们的帮助下受益。这份志愿服务的意识在我的人生中扎下了根。

进入南开大学后，带着新鲜的想法和对美好大学生活的憧憬，我参与到学校组织的丰富多彩的志愿活动中，但我没有坚持下去，参加了几次就再也没有了下文。看着要好的朋友，经过努力最终成为志愿组织的骨干力量，活动开展得有声有色，而我还在这些组织的外围游走，我发现没有一个强大的团队力量而单凭小小的自己去努力，收到的效果是微乎其微的。我开始寻找自己可以在其中充分发挥能力并迅速成长的团队。学院党支部给了我一个机会，参加服务嘉陵北里义务家教活动，给农民工子弟讲课，同社区居委会共同创建预防未成年人犯罪基地。通过这项志愿服务工作使我认识到，在城市也有弱势群体需要我们给予更多的关怀和帮助，尽管这些孩子的文具有的是父母从垃圾中捡来的，穿的衣服是别人捐赠的，但他们受教育的机会应该和其他孩子是一样的。这项义务家教工作在我们党支部中传递着，我们的学弟学妹们此时正努力地奉献着自己的爱心。

升入高年级后，我开始关注大学生志愿服务计划，听了第8届研究生支教团团员做的报告，他们在新疆当地的支教实践唤醒了我心底埋藏已久的渴望，好想再次回到那方记忆中的热土。师兄师姐善意地提醒我：对于这件事你可要想好了，新疆气候条件复杂，初到那里，生活习惯难以适应。而且一年后，即使你回来了也会错过很多的发展机会。虽然这些确实是摆在我面前无法回避的问题，我仍义无反顾地走上了这条路。

明确了前进的目标，我开始为成为支教团中的一员做准备。首先要过学院这一关，应该说院里谈话式的面试让我觉得很放松，几乎是一边思考一边十分流畅地说出了自己真实的想法，而这一切我事先没有打草稿，完全是即兴发挥。面试的效果很好，我取得了学校的面试资格。听到结果后，我知道又朝自己的目标迈进了一步，但我更知道要从学校的选拔中脱颖而出并非易事。虽然师兄安慰我要放轻松，以平常心对待，不论结果怎样只要尽力就好，但在我看来，它是我的一个美丽的梦想，是想用自己的所能去实现的不平凡的愿望，我不能错过这个机会，我告诉自己不能失败。尽管有人说能够入选是个小概率事件，但我相信只要努力，奇迹会出现的。

在做准备的几天里，我思考更多的是，我志愿从事支教工作的优势是什么。首先，我的语言表达能力比较强，曾多次在演讲比赛中获奖。其次，我的教学经历比较丰富，很有亲和力，学生们都很喜欢我。再次，父亲曾是上山下乡的知青，吃过不少苦的他常常恳切地教导我要在艰苦的生活条件下努力成才。每逢寒暑假父亲都有意带我到他曾经下乡的地方吃苦锻炼，因而对于新疆之行，我已经做好了心理准备。最后，也是最重要的，我想将我所得到的关爱和帮助传递给别人，让更多的人因为我的帮助而受益，这成为我义不容辞的责任，也是我坚持走下去的动力。我不停地思考，以致夜不能寐。终于到了面试那一天，当我这么近地面对学校老师时，我依旧从容不迫，因为我知道当我踏进那间屋子的时候，我已经与梦想近在咫尺了。我将这几天思考的结果娓娓道来，从老师们满意的目光中，我看到了一个确定的答案。

我有幸成为扶贫接力计划第 10 届研究生支教团的一员。十，这是一个可以赋予任何美好寓意的一个数字，13 个成员个性鲜明、才华横溢，因为一个共同的心愿走到一起。

忘不了我们支教团的张团长，他有一种场，能够凝聚团员的气场；也有一种力，关键时刻振奋人心的定力。他作为老师受学生拥戴，作为团长也深受团员信任。

忘不了支教团的老孟，任劳任怨地帮团员搬物背包，专注地在办公室制作授课用的沙盘，用勤恳坚韧使阿勒泰的生命变得灵动起来。

忘不了支教团的燕子，没有她惧怕的场合，也没有她不会说的话。陪学生早起，陪学生熬夜，披星戴月，不知疲乏，永远精力充沛。

还有那无数个日日夜夜陪我一同坚守在三尺讲台的兄弟姐妹，我们一同坚守在书声琅琅的课堂中，一同坐在深夜备课的办公室灯光下。

记得在《中国青年报》上看到过一则报道，一名清华大学的学生放弃了优厚的工作条件，志愿去西部义务支教多年。当记者问到他何以坚持这么久时，他说："一次上完课后，一个扎着羊角辫的小女孩，仰着脏兮兮的小脸很高兴地对我说：'老师，我家可富裕了，我家养了三只鸡'。"小女孩的这句话成为他坚持支教工作的动力，同时也坚定了我的信念。这信念便是恒星的恒心，它静静地镶嵌在我人生的长河中，被时间打磨而更加熠熠生辉！

"那一年的花季，那一刻的呼吸，那一生的旅行，因为你动魄惊心……"

这个时候，那里该下雪了吧，一片一片，请带去我的问候，告诉那里的孩子们等着我再一次回到阿勒泰……

（王洁，南开大学第 10 届研究生支教团志愿者，毕业于南开大学法学院）

走过，不忘

相 羽

离开新疆十一年了，关于那里的每一个画面依然记忆深刻，生命中没有哪一年的记忆如此丰富。那年网购还未盛行，也没有那么多人被手机控制，我们十个人每天都在一起，一起买街边的酸奶，撒上好多好多的砂糖，一起逛阿勒泰从上到下的每一条街道，一起吃阿勒泰每一家的手抓饭和大盘鸡。

秋天落叶的桦林公园，对于阿勒泰人而言是最热闹的华丽夜市；流淌的额尔齐斯河；夏天里干燥的空气、凉爽的夜晚、满眼的繁星；那一年爬过无数次的骆驼峰、将军山；至今记忆中最好玩的地方仍然是大东沟、小东沟……这些就如同小时候玩过的大象滑梯，估计这辈子都不会忘了吧！

那一年我认识了很多热情的新疆人，陈书记不远千里从上海把我们接到阿勒泰，第一天中午刚到就被邀请去参加蒋老师和赵静的婚礼，第一次感受那么热闹的婚礼。每次在外面吃饭时总会有熟悉或不熟悉的二中老师临走时不经意地说句"账结了哈"。

那一年，徐飞与我们同龄，第一年入职；一到节日，王勇就把我们十个人请到家里，吃最美味的丸子汤、巴哈利、馓子；一到吃饭的时候，从军老师、张丽华老师就拼命给我加黄面烤肉，现在想想还是如此温暖。那一年，莫校长、薛主任带我们走过新疆的山山水水，一望无际的戈壁滩、格外动人的喀纳斯、热翻天的吐鲁番……

记忆中的拉条子、凉皮子、炒米粉、蒸面、汤饭、椒麻鸡、烤肉……那些味道至今还留在舌尖。为什么那里的每一样东西都那么美好，以至于离开新疆这十年，在天津、北京再寻不到熟悉的味道了。大概，那里除了食物，还有我们的青春，还有我的高二（11）班。

六年前，因为在研工部工作，我有机会又回到二中，从机场出来看到

"金山欢迎您"那一刻,我眼眶湿润。金山银水,那片土地始终是我心里最柔软的一部分,那种感情我想只有支教人才会懂。两年前,二中的老校区拆除,我们这群人没能回新疆赴一个十年之约……

没有完美的记忆,只有无悔的青春。如今我们十个人也各奔东西,阿超去了美国,芦茜去了捷克,贺晨已在香港安家,猩猩忙的废寝忘食,爱吃抓饭的大付也有几年没见了,北京只留下阿爽和黄黄了,只有邱邱、阿振和我还留守在学校,想十人再聚齐已经很难。

那一年的青春,那一年的记忆,那一年收获的情谊,同二中、同支教团、同学生、同自己、同成长,都太难忘!

我多想再回家乡,再回到她的身边……

(相羽,南开大学第 8 届研究生支教团志愿者,毕业于南开大学马克思主义学院)

扬帆向西部 青春正当时

樊沁怡

对于4月15日之前的我,天津市第一〇二中学只是手机地图上一个完全陌生的红点,从津南区到河东区,我和团里的小伙伴满脑子都是第一天上班要提前多长时间出发才不会迟到。后来的十天,我们自然地养成了前一天晚上在约车群呼朋引伴的习惯,每天雷打不动的讨论内容是今天司机又绕了多少路、堵了多长时间以及划走我们多少钱。

团友们在一〇二中学拥有一个宽敞独立的教室作为大本营,每日陆陆续续地来,又陆陆续续地走。我们从大本营出发,走进初高中教学楼的各学科办公室,有时一哄而上去蹭"小某"老师的课,有时浩浩荡荡去为做分享的"小某"老师"打call"。大家聚在一起的时候总是忍不住互相分享,谁的教学师父又传授了新的方法与技能,谁的班里哪位小同学又做了令人印象深刻的事。

没人想到,那如磁铁般吸引我们日日前往一〇二中学的事物之中,竟有食堂的一席之地,总是老远就听见谁在队伍的前面报菜单,或不时地看到谁掐指一算"明天又有疙瘩汤"。我们每天早午餐极力扎堆吃饭,要是谁因为有上午第一节或最后一节课而落了单,便要独自承受孤零零的"凄凉"。席间畅谈勾走我们全部的注意力,以至于团友"还有人一起吃饭吗"的手机消息要等到其他人吃完才能得到回复。就这样,我们在一〇二中学的小小餐桌旁,关心着对方和自己不同的菜品是否有着独特的味道,说说笑笑,吵吵闹闹,共同度过了人生中短暂却难忘的十天。

我在一〇二中学认了人生的第一位师父——尹老师,他教初一年级道德与法治,也是初一·二班的班主任。巧的是,十年前我读初一也在"二班",命运的安排如此惊喜——这是我再熟悉不过的班号,这几乎是时光倒流的十天。

尹老师不会因为我是短期实习的学生而叫我"小樊",而是很平等地将我视作真正的同事,每次都叫我"樊老师"。他带我去跟课间操、阳光体育,带我进班,让我监考、评卷、试讲,让我全方位感受班主任的节奏与职责。这些在别人眼里或许微不足道的事,对我而言却是极大的信任和鼓舞。

尹老师负责、谦逊、幽默、平和、有力量,多次和我说起班里同学的个体差异之大和情况之复杂,但这丝毫未影响他孜孜不倦地教书育人,他始终相信孩子们值得拥有更好的未来和人生。我想到了已在讲台上奉献26年的我的父母,他们也是值得尊敬的人,他们用自己的青春和心血陪伴了一批又一批孩子的成长。用生命影响生命,是生命本身更大的价值,我想,尹老师和我的父母做到了,而我也应当为此竭尽全力。

初一·二班男生多,他们活力四射,经常把阳光体育时间的精神头儿拿到课堂和午休时间,一度让我这个新老师不知所措。二班有懂事的女孩,她们上课认真听讲,安静踏实,喜欢和我亲近,总是老远跟我挥手打招呼。二班有特长生,两位同学在全区比赛中斩获佳绩,占比在整个初一年级是名列前茅的。二班很团结,体育课和一班比赛踢足球,场上的小将们并肩作战,场下的伙伴们加油呐喊。

班里有的同学似乎天生具有化矛盾为统一的能力,我很是惊讶他们在两种身份之间的转换。例如一个总调皮捣蛋被老师教导的学生,常常摇身一变成为敬业的通风报信者;一个爱说爱动、常常扰乱课堂秩序的学生,写得一手成熟稳重的好字;一个初次见面很腼腆的学生,经常在课间热闹得一塌糊涂……天性,被他们短暂地隐藏又长久地暴露,被他们切换自如又融合得天衣无缝。我了解二班,可我又远远不够了解二班。

我的团友被分到相邻的一班,我们恰好在一间办公室,就连分班都印证我们未来一年要做室友的巨大缘分。我们经常堵在教室门口,请求下节课的老师给我们一个学习的机会。等到自己班的课听得差不多,就开始互相打探对方的班还有哪门课可以蹭,或者干脆缠着办公室的其他老师不放,一转眼的工夫又跟进一个完全陌生的班级。几次下来,听一节课从"起意"到"坐定"的时间大大缩短,不再小心翼翼地征求意见"我坐哪",而是迅速瞄准位置、拉开桌子椅子、进入听课状态,倒真是一点不把自己当外人。

时间过得飞快,转眼就到了实习的最后一天。4月26日我到校很早,我要上好最后一课"集体生活成就我",这个主题刚刚好。从尹老师那拷来了PPT,色彩斑斓,我原本设想"以强烈而夸张的视觉冲击吸引学生分散在四面八方的微弱注意力"。

但我错了。整堂课下来同学们几乎没有分神,回答问题也很积极主动,看得出他们认同二班这个集体,更热爱集体中的人,节奏正合适。到下课前5分钟,刚好结束课程内容。剩下的时间,是我答应他们的"彩蛋时间"。

> 亲爱的初一·二班:
>
> 两周时间过得飞快,我还记得刚站上讲台介绍"我是谁""我来自哪"的场景,一转眼,我们就要分别。
>
> 成为二班的一分子,融入二班这个集体,是我引以为傲的事。从此,初一·二班不再只是你们的二班,是我们的二班。这是我们共同成长的地方。
>
> 我想为你们提供力所能及的帮助,哪怕一点点的启发,如果你们当中某个人因我发生了小小的改变,也是我此行很大的意义。
>
> 我们共同度过的这两周,对我而言是在和过去的自己对话,对你们而言是在和未来的自己对话。
>
> 祝福你们成为散发正能量的青少年,讲美好的话,做美好的事,向善、向阳生长。
>
> 我总是坚信,你们将来能够成为很好的人,能够过很好的生活。我总是坚信,你们当中一定有人会超过我、超过我们,去更好的大学,遇到更优秀的伙伴。
>
> 祝福从来不是凭空实现的,希望我们在平行的时空各自拼搏,为了祝福的成真,为了更好的再见。
>
> 这是我们共同的约定,拉钩!
>
> 2019年4月26日凌晨01:13

投影在屏幕上的手写信一字一句地滚动着,座位上的抽泣声像在平静的湖面上投下石子激起的涟漪,慢慢扩大。这是我留给二班临别的礼物。

课后,有个男生哭着叫我"樊老师",又怕我看到他"太不男子汉"的脸庞,极力躲闪,背身离开教室。女生们涌上来紧紧抱着我,久久不愿松开。一双双手递上课本、笔记本、课外书,希望我签名。我怀抱这些沉甸甸的期待,一笔一画为每位同学写下独一无二的寄语。同学们也回赠给我很好的礼物,有亲自编的手链,有署名的笔记本,有我的画像,有真诚的文字，有全班女生的签名……都是我永远的珍藏。

结束在一〇二中学的实习后，班里的孩子还惦记着我，一有好消息就赶忙跟我分享，我真心为他们高兴。我经常想起短短十天的实习，课间操、跳大绳、踢毽子，跑起来的轻快如风，赛场上的果敢自信，年少的无忧无虑和没心没肺，都令我难忘。最难回答的问题不是某道复杂的数学或英语题，而是他们口中的"老师，您今年多大了"。这一站，我把时光倒流的欢愉和感动装进行囊，向站台上的他们挥手告别。

"再见，我们一定会再见！"我满怀热忱与期待，扬帆向西部。

（樊沁怡，南开大学第21届研究生支教团志愿者，毕业于南开大学金融学院）

"支教"是什么?

王家国

周末的下午,我特意搜索了这首熟悉的歌,"到西部去,到基层去,到祖国最需要的地方去"。再次听到这首歌,思绪一下子回到十年前在上海的支教行前集中培训,正是这次培训,开启了我们第 10 届研究生支教团 13 名"支教人"的新生活。十年后,喜闻母校庆祝研究生支教团二十周年,身为研究生支教团的一分子,第一时间收到来自母校的通知,其实早就想写一点什么,说一点什么,但真的一时不知从何说起。这么多年过去,不是已经忘却了"支教",也不是已经淡化了"支教",而是深深地将"支教"融入自己的内心,成为自己的一部分,而今用最朴素的文字,说说自己的"支教"感受,总结一下自己对"支教"两个字的认识。

加入支教团,是我一辈子的幸运,这让我能与大家共同用生命的七十分之一去做一件最纯粹、最有意义的事。至今,我依然记得第一次站上讲台的紧张和不安,表面上"滔滔不绝",讲台后面的腿却一直在抖,也正是上第一节课才知道,原来课堂对老师才是最大的考验,把一件事情有条理地说清楚不难,但如何循序渐进地让几十名学生理解知识点,掌握课堂内容才是难点。我教的是高一年级的生物课,如何讲解"酶"让我无从下手,不知该如何向学生讲解这一课,但在我听了有能力、头脑清晰的买玲老师的课程后,一下子豁然开朗,课程导入、结构设计、思维启发、课后思考,买玲老师做得十分完美,也正是买玲老师让我认识到,二中老师都是最出色、最优秀、最负责任的老师,比如生物组张秀华老师,德育处黄建江、吕琴、马玉婧老师等,所有二中老师敬业、努力、踏实、用心,他们把教育当成了自己一生追求的事业。

当然要写写我们支教团成员。团内最帅的团长张之,让我十分佩服,无论是日常授课、团队建设,还是组织协调,各方面都尽心尽力,考虑周全，绝对是一名出色的团队领导者。但最让我们大家质疑的是他每次拍照时的标准笑容，至今我们也没搞清楚，他的完美笑容是否真的经过专业培训。大叔开军，主动回到新疆支教，号称我们团内的"CPA 党硕男"，绝对的优秀种子选手，至今仍然活跃在证券市场第一线。"曹姨"，我觉得这个称呼不是特别合适，但最有意思，称呼好像是来自后面出场的 IT 精英，这姑娘工作认真，性格活泼，但是对最喜欢的"额河"一喝就多，喝多了还傻傻地笑。伟坚，十年之后已成为一名 IT 精英，曾经参与知名手机软件（APP）创业，长得帅，性格好，所以，他注定一辈子跟阿勒泰有缘，成为货真价实的新疆女婿。小曼，性格极好，温柔体贴，大家喜欢跟小曼聊天，学生喜欢跟她交流，喝酒的时候好像也毫不客气。老大曦丹，一直都有大姐的风范，似乎一切尽在她的掌握之中，不然也不会在保卫处兼职了。博哥，帅哥，工作认真，极其专业，跟伟坚扛着"长枪短炮"去拍二中的会场，曾经有学生追到办公室要与他合影。老孟，又高又帅，地理课学生极其喜欢，酒量好，吉他王子，记得他很好奇生物课怎么讲。熙爷，性格豪爽，喜欢身着多口袋的"记者马甲"，在二中教政治的水平绝对厉害，下课以后能被学生围住请教问题。书记王洁，主要负责统一我们的思想，工作十分负责，给大家的课外生活提了很多点子。丽文，风风火火，不喜欢喝酒，认定的事情一定做成，把副班主任的工作做到极致，一帮学生好像是自己的孩子。宋燕，绝对实力选手，直接教高三英语，是支教期间唯一能瘦下来的人，不得不佩服。最后是我自己，被大家笑称"王老板"，原因已经不太记得，似乎是因为一件扣子比较亮的衬衣，也曾经因为大家开会时候的一句"腿真白"被笑话至今。

有时候想，支教，到底是什么？我认为，支教是一种无悔的选择，是一种沉甸的责任，是一种全面的成长，是一种真挚的感情，是一种最美的怀念，每一名支教团成员对"支教"的体会定有不同，但前述必将是我们共同的感悟。这一年，无限纯粹，所有人只想把"支教"这件事做好，支教绝不是我们将知识传授给学生这么简单，也没有洒热血这般伟大，但我们每一名支教团成员，都用自己最纯真的热情经营着属于我们这一代人的伟大事业。

支教团是一个优秀的群体，感谢曾经的优秀让我们拥有了加入支教团的机会，拥有了成长、学习的机会，拥有了展现自我价值的机会；我们感谢南开，感谢二中，感谢曾经的同事和学生，让我们用实际行动践行了"支教"的含义。

如果时光倒流，我们是否还会在支教团相遇？

我想，一定会！

（王家国，南开大学第10届研究生支教团志愿者，毕业于南开大学计算机与控制工程学院）

魔幻现实主义的金城

聂际慈

套用一段《百年孤独》式的开头——多年以后，随便在哪条河畔，曾被称为"聂老师"的人，准会想起在克兰河畔许下誓言的那个黄昏。

（一）

一面红旗，一只白鸽，一个手掌，一枚真心，在青年志愿者的旗帜下，15人共同宣誓为建设美好社会贡献力量。

一幕晚会，一曲离歌，卫城别时，客车前不忍归去的是15人的亲人、挚友、良师，有拿着DV摄像的家人，吩咐着饮食规律，天寒添衣；有执手凝噎的情侣，拥着说缱绻不移；老师则在叮嘱"到西部去，到基层去，到祖国最需要的地方去"。

无人送别的自己，坐在车头"押车"的位置，笑着啊，挥着手道别，可在开动的瞬间却为何怅然若失？

再掠过太行苍苍，黄河汤汤，绿洲片片，戈壁茫茫。六千里路云和月，关山飞渡。再睁眼，已是阿尔泰山余脉，余脉环绕着的，便是金城。

我是山的孩子，从北纬52度到北纬48度，从大兴安岭到阿尔泰山，从额尔古纳到额尔齐斯，从林海雪原到瀚海阑干，相似如此。也因此对祖国西北最北端的这片土地有着本能的熟悉与好感。

可当客车向市内行驶，西见金山，雄奇若此，仍使自己心中产生了一个大大的惊叹。巨石如积木一样堆砌，仿佛敖包的形状。雄鹰翱翔在"敖包"上空。河流湍急，河滩上，"一川碎石大如斗"。

是不同次元的"异域"？

（二）

　　倚靠将军山，这里是阿勒泰地区二中，团队15人的支教地，即将服务一年的"家"。自己更偏好称这儿为"金城"。"阿勒泰"一词，本是蒙语"金"的音译。

　　拿破仑说"不想当将军的士兵不是好士兵"。阿勒泰的老人说，这是一个"特产"将军的地方：整座城市倚靠着将军山，城里的干道解放路旁有一棵将军树，就连军区古旧的大门都被称为"将军门"。

　　志愿是激昂的，内心是火热的，不过工作是平凡的，生活略显单一。

　　教研、考试、反思，月月如此。

　　听课、备课、讲课，日复一日。

　　传道、授业、解惑，时时不辍。

　　习惯了流光溢彩，车水马龙，可在这座"开门见山"的宁静小城，浮躁是行不通的，守素常安，平凡不凡或许才是"生存"之道。

　　平凡不代表平庸，单一并非单调。师范、师德、师道、师表，团队都在努力做到最好。扬弃浮夸，支教人更欣喜于军训时班级整齐的呼号，授课中举手求知的力道，考试后学生成绩的提高。每当欣赏的学生考好升至更好班级，支教人会鼓掌，心中却也有淡淡的感伤。

　　这是钱钟书先生笔下的围城吧，身处11.7万平方公里的阿勒泰地区，却连小小的金城市区都没怎么迈出，可若要问，你愿意迈出吗？我说不出"Yes，I do"，答案是不愿。

　　一旦迈出，就回不来了。

　　"你是记忆中最美的春天，是我难以再回去的昨天"。

（三）

　　有人问，你说这里是"魔幻现实主义的金城"，体现在哪？

　　曾有老支教人对我说，你现在无法理解金城和卫城是存在于两个维度的世界。

　　老支教人走了，说着"最害怕看到任何与阿勒泰相关的字句和图片，没有之一"。

"我实在不能确定阿勒泰之行是不是真的存在过,只知道每当我看到阿勒泰的照片时,总有流泪的冲动"。

"从来没有哪个地方像阿勒泰一样,不愿梦到,不能想起,就怕空剩自己满心的失落"。

铁打的营盘流水的兵,循环往复。时光倥偬,新的团队在此服务也要期满、相逢、相知、相恋。

支教人说:"我在和这座城市谈恋爱。"

老支教人说:"看见我的阿勒泰已经成为十四届的阿勒泰,真有种旧爱觅新欢的感觉。"

支教人说:"面对伊甸园,没有人能把持得住。"有人补充:"这连蛇的诱惑都不需要。"

老支教人说:"离开阿勒泰三个月,失恋三个月。"

没有肯德基、麦当劳,没有必胜客、星巴克,没有沃尔玛、家乐福。真水无香,只有冰山上的来客给你最温暖的毡房、最香浓的奶茶、最热烈的"黑走马"、最难以割舍的感情。

就是这份"小国寡民……邻国相望,鸡犬之声相闻,民至老死,不相往来"的老庄式安静,足以成为致命的诱惑。

早就不说"你们新疆"了,要说就说"咱们新疆",然后干了这杯烈酒,半斤装的额河小个子,"只有这一种酒能让我甘愿喝到醉"。

(四)

自己大概永远成不了历史的创造者。

那就做记录者。

这不是最浪漫的事,也不妨一路上收藏点点滴滴的欢笑,留到以后坐着摇椅慢慢聊。

人爱惜自己的历史,就像鸟儿爱惜自己的羽毛,等后来人书写我们吗?那太远了,让我们自我书写吧。

为了记录。

自己无法忘记曾经在克兰河畔许下誓言的那幕黄昏。

或者那些黄昏。

誓言无声,誓言永恒。

也无法忘记校园隔壁那院的部队每天起床熄灯的号声，还有部队集合时士兵一二三四的呼号。

总想写一些文字，甚至想好了结语是"恪守心中最后一丝……"

那什么是恪守？什么是一丝？

无解。

那就听时间的声音吧。

（聂际慈，南开大学第14届研究生支教团志愿者，毕业于南开大学周恩来政府管理学院）

那 一 年

——献给支教团的兄弟姐妹

卢小曼

那一年，
我们阔别家乡，告别亲人，
怀着忐忑而期盼的心情，
奔赴遥远又神秘的边疆。

那一年，
我们佯装成熟，故作坚强，
带着羞涩而真诚的微笑，
走进陌生而神圣的讲堂。

那一年，
我们学会承担，懂得付出，
即使喉咙发炎，嗓音沙哑，
也坚持大声地传授知识，传播理想。

那一年，
我们变得宽容，习惯原谅，
即使感觉委屈，偶尔受伤，
也未曾放弃努力，放纵彷徨。

那一年，
我们穿越过无垠的戈壁滩，
我们抚摸过苍凉的骆驼峰，

我们畅游过绮丽的喀纳斯,
我们探寻过雄奇的怪石城。

那一年,
我们惊醒了春天的克兰河,
我们点缀了夏天的葡萄沟,
我们喧闹了秋天的白桦林,
我们复活了冬天的花冰灯。

那一年,
我们喝不够清洌的伊力特,
我们尝不尽鲜嫩的手把肉,
我们吃不够香辣的大盘鸡,
我们啃不腻劲道的新疆馕。

那一年,
我们学会了轻快的黑走马,
我们听懂了优美的冬不拉,
我们唱响了嘹亮的新疆歌,
我们跳起了欢快的民族舞。

那一年,
我们立马千山外,
感叹江山多娇,宇宙广袤,
我们把酒尽欢颜,
畅谈对酒当歌,人生几何。

那一年,
我们投身大西北,
体验青春作伴,轰轰烈烈,
那一年,
我们坚守讲台上,
书写默默奉献,孜孜不倦。

那一年，
我们生如夏花般绚烂，
那一年，
我们永不磨灭的记忆中的那一年。

（卢小曼，南开大学第 10 届研究生支教团志愿者，毕业于南开大学商学院）

做希望的传播者 做无私的志愿人

——写在南开大学第 15 届研究生支教团出征之前

刘成成

不知不觉已于南开园负笈四载,深刻于脑海中的,有春风和煦,有夏雨磅礴,有秋高气爽,有白雪皑皑,有二主楼前书声琅琅,也有新开湖畔笑语欢歌。四年一梦,南开留给我们太多梦境般美妙的回忆。六月的离愁别绪随气温高涨,四年的美梦要醒了,我们要背负"南开"二字,化作满天星辰,前往祖国各地建功立业。

我是十分幸运的,加入了南开大学研究生支教团,即将与十三名同伴代表南开大学奔赴新疆阿勒泰地区进行为期一年的支教活动,又与南开续写了几年的缘分。为了圆满地完成这个任务,在大四的这一年我们放弃了像其他同学一样挥洒青春的机会,参加了各种各样的教学培训和教学实践,不断丰富自己,完善自己,让自己加速从一个学生转变成一名老师。在这个过程当中,大家吃了很多苦,受了很多罪,但是,我们都看到了自己的成长与收获。

做希望的传播者

经过教学培训并且亲历讲台,我愈发了解到,作为一名教师,他的价值绝不仅仅体现于教授知识,让学生学会学习,学会知识,学会考试,他更应当提供一种精神力量,我喜欢把这种力量说成"希望"。

在育红中学实习的时候,这种感觉尤为强烈。刚刚来到学校的时候我们被安排去各班听课,学生对我们充满好奇,纷纷过来询问我们的身份,我告诉他们,我们是南开大学来的老师,来你们学校做实习教师。仿佛一石激起千层浪，学生围在我身边，问题就一直没有停过，令我感到十分意外的是，学生们的问题大多集中在"如何考上好大学""高中阶段的学习方法是什么"等，这和我的预期大相径庭，我想当然地以为他们不会对学习有半点兴趣。后来和学习委员聊天时，她跟我说，这里的学生虽然中考成绩比较差，但从本心上还是十分上进并且热爱学习的，他们希望通过自己的努力考上一所理想的大学，缺乏的就是别人给予的那一点希望，这将成为他们努力学习的动力，如果这种希望来源于老师，那么效果是难以想象的。

这就是学生给我上的第一课，让我知道了，作为一名老师，我应该让学生看到希望。

我走上讲台的第一节课是班会课，班主任老师让我把学习的成功经验分享给学生，想到第一次进班的情景，我决定尝试着把"希望"传递给他们。我和他们分享了我上高中的经历，给他们讲述我是怎么从数学及格线边缘爬到高考数学 140 分的经历，同学们听得聚精会神，我能感受到他们的眼神渐渐充满了自信，当我带领他们喊响"我一定能行"的口号时，他们没有丝毫的羞赧，全都发出了内心的呐喊，我能感受到我的确带给他们希望，他们也开始发现即使再艰险，路总是有的。几天之后，班主任老师单独和我说，孩子们的状态不一样了，变得会主动学习，有毅力多了。听到这些我特别开心，虽然我还没有教课，但是孩子们的学习态度已经发生了改变；虽然我只能在育红中学停留十天，但我想，我给他们的希望足以帮助他们度过高中三年的时光。

教师与责任

教师的工作对象是人，是成长中的学生。教师以什么样的精神对待工作，决定着工作的成败；以什么样的态度面对学生，决定着学生的成长。教师的态度决定着学生的成长，这就是教育工作之所以神圣，也是教师职业道德所在。

美国教育心理学家古诺特博士曾说：在经历了若干年的教师工作之后，我得到了一个令人惶恐的结论：教育的成功和失败，"我"是决定性因素。我个人采用的方法和每天的情绪是造成学习气氛和情境的主因。身为老师，我具有极大的力量，能够让孩子们活得愉快或悲惨，"我"可以是制造痛苦的工具也可以是启发灵感的媒介,"我"能让人丢脸也能叫人开心,能伤人也能救人。

马克斯·范梅南在《教学机智——教育智慧的意蕴》一书中提出教育是一种使命、是一种召唤,"只有当我们真正感受到教育作为一种召唤而激起活力和深受鼓舞时,我们与孩子的生活才会有教育学的意义"。他所说的使命、召唤,不是一种象征或比喻,而是一种十分深厚、十分真切的感受,就像初生婴儿的第一声啼哭一下就唤起了年轻父母的神圣使命意识,感受到吸引全部身心投向自己孩子的那种召唤,每一位教师都会有无数次这样的感受,都会无数次从学生的眼睛里、话语里感受到他们的召唤。教师应当努力成为学生心目中的好教师,并把它作为自己人生追求的目标。

为了成为一名合格的老师,我们第15届研究生支教团每周都要进行一次轮流试讲,在复习课本的同时把知识点转换成课程并表达出来,其余成员负责听课与批课,点评本次讲课的优点与不足,大家互相学习、互相促进,这个过程要半天,加上备课每周要花上一整天时间。为了早日进入角色,从容地登上讲台,面对台下众多充满期待的眼睛,尽到一名教师的职责,吃再多的苦也值得。

做无私的志愿人

从入选南开大学研究生支教团的那一天起,我们就被赋予了双重身份:我们既是一名准教师,又是一名援疆志愿者。作为一名志愿者,自然要把无私奉献、帮助他人的精神带到新疆,带到阿勒泰地区。

在准备出征的日子里,我们积极践行志愿者精神,履行志愿者义务,积极在天津开展志愿服务工作,其中坚持时间最长、影响范围最广的当属在尖山路农民工子弟小学开展的志愿服务工作。

在了解到尖山路小学是一所农民工子弟小学,教学条件艰苦,师资力量缺乏的实际情况之后,我们主动联系到学校主管部门,协商并确定了每周四到尖山路小学进行志愿服务工作,为学生解答学习中的疑难问题,并教授一堂兴趣课程,在毕业季忙碌的日子里,我们依旧克服困难坚持了四个月。

在这四个月中,我们给学生带去了欢声笑语,带去了丰富的知识,也带去了亲人一样的关爱与温暖。每周四中午是我们的答疑时间,学生们可以根据自己的学习情况，把问题带到礼堂由我们统一解答，这个时间段是我们 14 个人最忙的时候，答疑小礼堂座无虚席，每名团员同时负责给 10 名学生答疑。后来，我们从同学口中了解到，学校是有纪律的，不允许在校学生午自习时间擅自外出，礼堂里的这些学生有的是经过老师允许的，但更多是自己偷偷跑出来的，只为了见这些大哥哥、大姐姐一面，这些话让我们感动，在后来的答疑过程中，我们做得更加努力，只为了对得起学生们的这份喜爱与期待。

在这四个月中，我们为尖山路小学的孩子们准备了丰富多彩的课程：折纸课，合唱课，英语课，猜谜课，每一节课都吸引很多学生，广受好评。特别是在母亲节这一天，我们精心为学生准备了一堂课程，引导学生懂得感恩，感谢母爱，《中国青年报》报道了这项活动，引起了广泛的社会关注与好评。

在这四个月中，我们非常开心，并不是自己做的事情多么伟大，也不是自己的活动受到了其他人的关注，这种开心来自一种满足感。在上最后一节课的时候，学生为我们写下了一张张小纸条，写满了临别不舍的话语，孩子们的字迹歪歪扭扭，有的还夹杂着拼音，但即使如此，也能读得出字里行间的真情实感。仔细想想，我们做的工作很平凡，仅仅是举手之劳，但这样的微薄之力，却给孩子们带来了温暖与快乐。

从入选第 15 届研究生支教团的那天起，不知不觉已经九个月了，九个月对于一位母亲来说，可以孕育一个新生命，对于我们来说，也孕育了一个全新征程。在机场接第 14 届的学长时，他们的一句话我记得非常清楚：以后看你们的了。这句话是嘱托，是希冀，是前 14 届战友的期盼，也是后来人努力的起点，我想代表所有 15 届的成员说，我们已经准备好了，作为一名人民教师教书育人，作为一名志愿者奉献西部，作为一名南开人，把公能校训带到祖国边疆！

（刘成成，南开大学第 15 届研究生支教团志愿者，毕业于南开大学信息技术科学学院）

梦想传递梦想，助力百年南开

杨诗博

1971年是我母亲出生的那年，因为难产，我的外祖母生命垂危，也因此我们一家与南开结下了不解之缘。

小时候，父母对我的学习习惯有较高的要求，我也在父母的影响下励志考上大学，考上南开大学。文化水平不高的外祖父常说："南开是一所有人情味的学校。"原来，在我外祖母恶性肿瘤加上怀孕不能服用药物的危急关头，是南开大学的教授伸出了援手。

1971年4月，怀胎八个月的外祖母检查出了恶性肿瘤，腹腔器官均有不同程度的损坏，这可难住了医疗水平不高的家乡医院。医生提出让我的外祖父向外地大医院或者大学医疗专家求助的建议。外祖父托人写了十余封信，经过两周"漫长"的等待，几乎所有信件如石沉大海，杳无音信。两周后的一天，外祖父收到了南开大学主攻医学方面的教授的回信，欣喜若狂，拿着信去找家乡当地医院的医生商讨治疗方案。其中的困难外祖父从未向我详细说明，但外祖父在得到南开大学老师热情、细致回信时的激动和感激之情我总能感同身受。

在教授看来也许是微不足道的帮助改变了我们一家人的命运。这件事深深地影响了我在成长过程中的价值观，这也是"公能"精神的体现。在艰难的求学路上，考上南开大学就是我一直努力的方向。2015年，我终于得偿所愿走进南开园。

南开园里的学习生活丰富多彩，满足了我对大学生活所有的向往。同时，我也在想，我能为南开做什么，我能为社会和国家做什么。我想，我要以身作则，用我的南开梦，感染更多青年，汇聚更多的南开梦。

用梦想传递梦想，笃行实践培养公之襟怀

出于对贫困地区青少年教育的关心，同时希望在更多的少年心中播下上大学的种子，播下上南开大学的种子，我在原校团委实践部负责南开书屋的管理与建设。2017年接洽了耀华中学等4所学校，由中小学学生供书，共6000余册，建立了4所南开书屋。两年间，在山东省和福建省分别建成了第一座南开书屋，荣获天津市暑期社会实践活动先进个人称号。同时，我连续两年在原山东省莱芜市钢城区通香峪联小支教，讲述我的大学生活，讲述南开故事，激励更多孩子努力学习，长大以后来南开读书！一本本书，是一扇扇窗，也是孩子们成长的翅膀。

在赣南、古田，我追寻革命足迹，在南开区政府妇联部门参与平安家庭建设及妇女儿童的权益保护工作……在党员同志的带领下，我将理论结合实践，在实践中培养公之襟怀。

参加社会实践，了解社会，认识国情，培养能力，奉献社会，加深了我对"允公允能，日新月异"校训的理解，增强历史使命感和社会责任感。

用梦想传递梦想，将奉献立心

为完成职业规划的阶段目标、将所得能力回馈学校，经过选拔我成为"公能朋辈导师"，并成为军训指导员中的一员。在2017级本科新生军训期间，我做好本职工作，服务学生，协调军训工作的开展，获得优秀指导员标兵称号。青年党员应当建立起"披荆斩棘，舍我其谁"的信念，敢于到基层磨炼，乐于到困难地区发光发热，我立志投身西部计划或在基层选调工作中践行"知中国，服务中国"的理想。

2018年9月，我通过层层选拔，终于成为南开大学研究生支教团的一员，即将前往西藏达孜县中心小学开启为期一年的支教活动，将人生的第一颗扣子扣在西藏，扣在基层。现在，青春是用来奋斗的；将来，青春是用来回忆的。

用梦想传递梦想，创新创业之光点亮生活

受"日新月异"校训及"大众创业，万众创新"精神的影响，我加入"春芽网络科技有限公司"，开启了创新创业之旅。春芽网络获得了南开大学优秀创业团队称号，并被邀请参加"第五届深港澳台青年创新创业交流营"，在深圳进行了为期两天的培训与比赛，并获得"最具投资潜力奖"。创业让我的生活充满活力与激情。

用梦想传递梦想，永葆初心跟党走

在国家走向繁荣富强的伟大征程中，基层团员是重要抓手，党员青年更是中坚力量之一。作为党支部组织委员、班级班长，我组织开展团支部、党支部的各项工作。共青团的事业是党的事业的重要组成部分，青年工作是党的群众工作的重要内容。作为院团委的团学骨干协调八大部门开展"团委学生骨干培养工程""十九大聚焦"等系列活动，我在不断提升自己政治敏锐度的同时，带领更多团员增强自身的政治意识，向党组织靠拢。当代青年是同新时代共同前进的一代，只要奋斗不息，青年大军永不老去。

未来一年在西藏的支教生活必定是艰苦而有意义的。作为南开学子，我定将牢记嘱托，不负使命，扎扎实实做好一年的支教服务工作。

（杨诗博，南开大学第 21 届研究生支教团志愿者，毕业于南开大学经济学院）

心怀信念，颠沛必于是，造次必于是

张程亮

5月的天气，越来越热，太阳晒熟了万物，大地都透出了成熟的意味，像极了每位经历过高考的学子潜藏在内心的那份对高考的感觉。

是啊，对于莘莘学子来说，这正是收获的季节。仰望天空，我看到天边的太阳与白云，在天空勾勒出的美景，这不禁让我想起了高中时代，趁闲暇时光站在走廊上默读屈原的《九歌》。那时，随着文字与韵律，仰望天空，心中想象：东君驾车跑在西方，他操弧撰弰高驰翔，青云衣兮白霓裳，射出一道长矢，打碎满天的云，像绽了一朵亭亭玉立的菡萏。

这景色很美。

我记得大一暑假那年，心血来潮，拽着8月的尾巴，骑着车子，回了一趟高中母校，没有喊上任何人，也没有去见任何人，只是走进校园，看着操场上的单双杠和塑胶跑道、铺满青苔的天台、公告栏荣誉榜里贴着的照片、国旗杆上饱经风霜的铁索、书店门口模拟试题的海报、路边飘落的白鸽遗失的羽毛、北墙边的丝瓜……当这些景象映入眼帘，耳畔便仿佛响起慵懒的萨克斯的声音，它们都是以前的样子，却也都不是以前的样子。还记得那时候，我们人手一本《破茧成蝶》，里面反复提到要珍惜自己的高中时光，不厌其烦地诉说着"我终有一天不属于这里了"。

眼前现实的景象和心中美丽的回忆交叠，我终于体会到了这句话无尽的含义。我记得很清楚，高中时代的我还没有摆脱叛逆，也难以避免地做过一些令人失望的事情，这些事情，我的老师偶尔还会提起来，然后大家付之一笑，回忆也因为这些特殊的小插曲而愈发美丽，但是，不管怎么说，我的高中老师却难以想象曾经叛逆的我有朝一日也会成为一名老师。

他们猜不到我即将像他们一样接过粉笔，更猜不到让我做出这一决定的正是他们自己。我很庆幸，从小到大，我遇到的老师都是非常优秀的，不管是小学时代的调皮捣蛋、初中时代的懵懂无知、高中时代的叛逆敏感，甚至大学时代的轻狂迷茫，一位位陪伴我成长的老师，从各方各面对我言传身教，或点拨、或鼓励、或传授、或敲打、或交心、或批评……不管我犯了什么错误，他们都能够及时发现，并予以纠正。他们对我的点滴教诲让我铭记于心，对这些宝藏般珍贵的感受，随着我的成长而愈发深刻。

怎能想象如果没有我的老师，我现在会是怎样？可是老师们是不求报答的，我也能想象到，他们现在还拿着粉笔，在三尺讲台上传道授业，与学生朝夕相处。老师被比喻为烛光，这真的是一个最贴切的比喻了，是他们的奉献，为社会注入了一批又一批新鲜健康的血液。

师恩难报，我想：就让我像我的老师一样，扎扎实实地为社会做一些事情。

成为支教团的一员，是我刚刚成为南开人不久便有的愿望，大一开始，我陆续结识诸多优秀的学长，他们中的一部分人具有相同的身份——南开大学研究生支教团成员，我对这些选择了在毕业后前往西部基层，为当地的教育事业贡献力量的前辈充满了敬佩。通过他们，我仿佛能看到西部孩子们清澈的眼神，仿佛能感受到孩子们想获取知识、了解这个世界的渴望。因此，我就立下了向他们看齐的决心——在我毕业之后，用最实际的方式，践行"允公允能"的校训，前往社会基层奉献南开人的青春。

大三，我成为一名兼职辅导员，这段工作经历让我收获很多。不管是同学们向我寻求帮助，还是迷茫或沮丧时找我倾诉，抑或是喜悦和兴奋同我一起分享……每逢这种时刻，我都能感到一种欣慰——因为同学们是信任我的；而当我帮他们解决了困扰，这种发自内心的感情便更加强烈，我能感受到我的存在是有意义的。正因为如此，奔赴西部，在祖国需要我的地方发光发热，让更多的孩子因为我而拥有更精彩人生的愿望也愈发强烈。

因为亲身经历过，我知道，一位好的老师对一个孩子的成长是多么的重要。我很幸运可以在我的人生中遇到许许多多优秀的老师，他们深深地影响了我的成长，改变了我的一生。现在，我想接过教师的接力棒，哪怕仅仅一年，服务西部地区的孩子们，也可能因为我们的存在和付出而改变。同时，我也明白，接过了这一棒，所要肩负的责任与使命。

时间过得很快，再有不到两个月我就要出发了，去我向往已久的高原，接过那沉甸甸的一棒。想起未来，我的内心亦难免紧张，所谓"出门在外万事难"。我也相信，支教期间，并非事事都如同计划那样顺利，但是我已经做好了准备迎接困难与挑战；我也相信，我能够和我的兄弟姐妹们一起克服困难，在西部的土地上浇灌我们的汗水。

提笔至此，想到我的一位语文老师最喜欢的座右铭：君子无终食之间违仁，造次必于是，颠沛必于是。

她告诉我说："仁是孔子一生内心坚守的信念，我们每个人活着，都应该有一种信念，当你找到了这种信念，请你一定要在内心中牢牢坚守它，就像孔子说的那样，即使颠沛、困苦，都不要违背心中的信念。"在她娓娓讲述的时候，我能感受到她眼中闪烁着的信念的光彩。

我会记住恩师的教诲，坚守信念，接过他们的火炬，迎接我的支教生涯，用爱去照亮孩子们的人生道路，用虔诚的心奉献社会。是的，这便是我的信念，造次必于是，颠沛必于是。

（张程亮，南开大学第 21 届研究生支教团志愿者，毕业于南开大学旅游与服务学院）

秉公尽能，忠诚奉献，南开人永远在路上

诸葛梦婷

初次了解南开大学研究生支教团，是在 2015 年入学的时候。那是我在南开遇到的第一位学姐，从她身上看到的公能情怀使那时的我深受触动。于是去搜索了"南开大学研究生支教团"的百度词条，我开始意识到，"支教人"不是单纯的一个人，而是一类人，是奉献，也是接力传承。

在后来的一段时间里，我加入了南开大学新长城自强社，与支教结缘。2016 年 7 月，我前往湖北省恩施土家苗族自治州的一个乡村小学进行支教活动。在 20 天的支教中，授课、举办特色活动、理论立项和社会调研以及完善南开书屋的经历使我收获颇丰。

授课永远是支教活动中最为重要的一环，也是我们与当地学生接触时间最多的环节。在与孩子们日常的交流中，我们感受到，孩子们学习能力不强，上课效率低，下课时间利用不合理。同时，课外兴趣和课外活动单调，发展不全面导致孩子们在各种能力方面较城市里的孩子有很大的欠缺。在学习环境方面，由于农村环境的特殊性，导致大部分学生在家没有独立的学习空间；受到父母和其他监护人的文化水平限制，遇到问题也无法请教家长；学生与当地教师的沟通普遍不足；很多孩子反应教辅资料太少，学习用具少，当地各种教学资源匮乏。这些问题都是我们在授课过程中不得不面对的问题。

为保证每位队员的上课质量，在前往支教地之前对所有队员进行过授课培训，包括撰写教案、邀请往届支教队员分享经验等。在支教期间的备课中，在保证每堂课的知识量充实之外，鼓励每位队员采用新的授课形式，打破原有的教学模式。例如，充分利用多媒体设备和实验室。以初一·二班的英语课为例，我们最初采用的是常规教课的方式，在教室黑板上用粉笔写单词，再教学生们朗读，最后留下背诵任务。但在实践中发现，这样

的方式学生们难以集中注意力,课后的反馈也不甚理想。在后期的课堂上,我们尽可能选择在多媒体教室授课,播放从网上筛选的动画、视频,很大程度地吸引了学生们的注意力,上课效果改善很多。

除了在授课方式上做出调整之外,积极开设丰富多样的课程。例如,针对当地学生普通话不够标准、不善言辞的情况,我们开设了演讲与口才课程;为了弥补农村学生视野狭窄的不足,开设了扩展与思考类的课程,在课堂上播放纪录片、做素质拓展小游戏,引领学生主动接触外面的世界,鼓励学生们积极思考。例如,我们组织了三项活动,其一,南海爱国专题讲座。为鼓励学生积极主动了解国家大事,增强农村学生的爱国意识,激发爱国情怀,在2016年"八一"建军节之际,我们在湘西成功举办南海爱国专题讲座。讲座直面社会热点和国防安全,由队员王德扬为同学们讲解了南海多舛的历史命运和紧张的国际局势,并且播放了与南海相关的视频,让同学们对南海问题的由来以及现状有了基本了解。其二,趣味运动会。2016年8月6日,正值里约奥运会开幕式之际,我们在岩门口完全小学操场举办趣味运动会。运动会按照年级分为初中组、中班组和小班组。举办趣味运动会是为了增强班级的凝聚力,让班级学生之间、师生之间,在运动中增进感情,引导学生进行规范的体育活动,培养学生的集体荣誉感。其三,阅读节。现如今,南开书屋在全国遍地开花,我们的支教地也不例外。这里的南开书屋成立于2016年,是全国最早开办的南开书屋,经过几年的不断完善和补充,南开书屋已有各类图书、杂志5000余册。数量虽多,但学生的阅读量却很有限。为鼓励学生主动借阅图书,提高南开书屋的使用效率,我们在各班发起以"青春有梦书作枕"为主题的南开书屋阅读节活动。这项活动以班级为单位,开始前一周,由各班班主任发起号召,带领班级同学选择一本好书,阅读之后利用话剧、朗诵或其他形式展示阅读成果。这次活动不仅增强了孩子们阅读的兴趣,还扩大了南开书屋的影响力。

这次支教经历令我记忆犹新,也激励我用自身所学为需要的人做些事情。3年间,我累计组织开展短期支教46次,覆盖小学、初中、高中多个群体。2018年7月,我正式加入了南开大学第21届研究生支教团,这让我倍感自豪。在未来的一年里，我将带着自己的责任与使命，不忘初心，砥砺前行，与百年南开共同成长。

（诸葛梦婷，南开大学第 21 届研究生支教团志愿者，毕业于南开大学经济学院）

追梦·筑梦

张 扬

"用一年不长的时间,做一件终生难忘的事。"这简短的一句话,就是我支教生活最大的感受。终生难忘是因为在这一年的时间里,我们不仅仅教书育人,也是自己追梦和帮助学生筑梦的过程。

在支教的路上,我们都是追梦人。"到西部去,到基层去,到祖国需要的地方去。"这是西部计划志愿者最常说的一句话,也是我们心中的梦想。正是在这个梦的指引下,我们于2018年7月31日来到庄浪,成为一名光荣的支教老师。在这里,我们用心地教授学生,努力去帮助他们。在这里,我们努力为西部建设添砖加瓦,努力为基层的教育事业贡献自己的绵薄之力,实现自己服务西部的愿望。在这一年的支教生活中,我们都是追梦人,正是由于这种力量的支持,让我们能够直面支教生活的各种挑战。

在庄浪,我们不仅仅是追梦人,更是学生追梦路上的筑梦人。到庄浪之后,我才发现这里的教学条件远比想象的更加艰难,这种艰难不仅仅是硬件设施的落后,而是学生们思想的贫瘠。《乌合之众》一书中有这样一句话,"人一到群体中,智商就严重降低,为了获得认同,个体愿意抛弃是非,用智商换取那份让人倍感安全的归属感"。而这里很多学生所在的群体普遍没有目标,没有梦想,没有信念,表现在行动上就是不知道为什么学习,每天浑浑噩噩。"扶贫先扶智,更要先扶志。"对于这里的很多学生来说,帮助他们看到更加广阔的世界,树立远大的志向,比教会他们文化知识更有意义。于是,我带他们找寻学习的意义,让他们看到庄浪之外的世界比他们想象中的更加精彩,他们也有选择生活、决定命运的权利。几个月以后,我看到学生们用稚嫩的笔写下了"我想像我的班主任一样成为一名研究生,也想像我的班主任一样成为一名老师。""我也想考上南开大学",这一刻我觉得虽然支教生活很辛苦,但是能帮助一些学生树立目标,在他们心里埋下希望的种子，再辛苦也很值得。当我看到别人眼中不爱学习的学生在我的生物课上认真听讲，积极配合时，知道我对学生们也产生了一些影响。

  一年的时间过得飞快，当我敲下这段文字时，距离支教生活结束还有不到两个月的时间。我很庆幸自己有机会成为一名研究生支教团的志愿者，也很庆幸在庄浪三中遇到了热情的老师和淳朴可爱的学生。当我看到学生在小纸条上写下"听说生物老师要走了，我们全班同学都不想让你走，但我们没有办法"时，我知道虽然我能做得很少，但是我的出现对学生们产生了一些影响，或许我也会成为他们生命中一种特殊的存在。对我而言，一年的支教生活终将成为一生珍贵的记忆，而庄浪是一个特殊的小城，因为它是承载着我太多梦的地方。

  （张扬，南开大学第 20 届研究生支教团志愿者，毕业于南开大学环境科学与工程学院）

为什么做出这个"选择"

李亚斌

6月底,大三的最后一段时间,正是我处于迷茫的一段时间,大学的学习生活在那个时候已经基本画上了句号。周围的同学都在为自己的前途和未来思考着何去何从,而我却完全没有一个明确的方向。向学院老师提交支教团申请只是想做些事情,算是自己的一种选择,没有抱太大希望。报名之后,先是参加学院的面试,通过之后再参加校级的面试。关于面试的内容,印象最深的是每个人都会被问这样一个问题,你为什么去支教?我是这样回答的:"用自己微不足道的努力去做力所能及的事情,去改变这个社会,让社会更美好。"话虽然是这么说的,但是内心并没有深刻理解这句话的含义,当时的回答更像是一种定式,一种不带有太多情感的场面话。这并不纯粹的初衷以及自身能力的不足,使我站在最后的面试讲台上缺乏足够的信心,那时我知道自己的这个选择可能已经结束了。面试后的失落是必然的,就算是曾经不抱希望的一个选择,自己在准备了那么久之后没有得到想要的结果也是令人失望的。在那之后,我才沉下心来准备考研,准备另一个选择。

可生活总是在不经意间给你意外惊喜,当接到那个通知我成为支教团成员的电话时,我整个人是懵的,事后再和老师谈起那个场景,我竟然完全不记得自己说了什么。这时,我依然不懂自己为什么做出去支教的选择。后来参加了支教团的素质拓展活动,我认识了同行的团友们,在与他们的交谈中,我了解到其他人为什么做出去支教的选择,有人是放弃了保研资格来参加支教团,有人是为了服务西部,有人是为了让自己有一段经历,有人是为了保研……那我呢?我又是为了什么?我还是没有找到自己的答案。

转眼到今年4月份,我们一行人在天津市第一〇二中学实习,每天跟着自己的负责老师上课、备课、听课和参与班级管理，曾经的学生现在要在短时间内学会做别人的老师，还是很有挑战性的。当我第一次站在讲台上给别人讲课时，我才意识到讲课是多么不容易的一件事情，一个人面对四五十人，就算不说话，内心也会有压力，下课后我深知自己离一名合格的老师还有很长一段路要走。在实习中，给我留下深刻印象的是开班会，我事先从学生那里收集了问题，各种各样的问题让我应接不暇，但好在我还能给出我自己的回答。当我用自己的所学回答他们的问题时，我突然意识到自身的价值，正所谓"师者，所以传道受业解惑也"，当老师最大的作用就是用自己所学去解答学生的问题。由此，我开始觉得，我去支教是为了将自己学到的东西教给那里的学生，解答他们的疑惑。这是真正的原因吗？我感觉是，又感觉还是差那么点意思。

实习结束后，我参与到南开大学研究生支教团20年团庆工作筹备中，我能够有机会和之前的团友们进行交流。在他们眼中，支教这一年是他们人生中最美好的一年，对于我是不是这样，我难以得知，只有等到一年后，相信我会有我自己的答案。支教不仅是身体上的行动，更是对人心理的考验。在交流中，我意识到做出支教这个选择又多了一个原因，去经历一段时光，去感受支教地对知识、对教育的渴望。

后来，共青团的西部计划组织宣讲团来到南开大学，有一位老师给我的印象很深，他说，人生来就是为了奋斗，就像鸟儿生来为了飞翔，年轻的我们为了理想不停奔忙，把个人的理想融入社会的海洋，生活就会充满阳光。每个人都是在社会中成长，我们作为社会的一分子，需要做出属于自己的贡献。从选择加入支教团，到正式加入支教团，我一直在思考自己为什么要加入支教团，可能是一时的情结或者一时的冲动。现在回过头来看，我的视野是太狭隘了，只考虑自身的因素，只想着自己要有一段难忘的经历，要做出自己的努力，却从来没有想过自己如何与社会挂钩。

当我第一次回答为什么去支教时，那个时候的我对自身的回答是心存怀疑的，自己真的能为这个社会做出贡献吗？自己去支教的力量真的是可以忽略不计的，社会的转变靠我一个人是远远不够的。但是经过这一年的反复思考，我逐渐打消对自己的怀疑，既然处在社会中，人必然会有自己的贡献，我们未必能做出很大的贡献，但只需要在自己的岗位上力所能及做好自己的工作，千万人汇聚起来的力量是不可忽视的，既然支教团的大旗交到了我们这一届的手中，我们就要继承之前的传统，为后来者做出榜样。不仅是为了支教团的传承，更应该是当代青年责任意识的体现，外界总是对我们这一代人有质疑，认为我们生活在幸运的年代却不够努力。加入支教团，我们就要思考在支教团可以做些什么，可以用自己的力量为社会、为国家做些什么，不管能做到多少，都要不遗余力地去奉献，能做一点是一点，将自己的这一年毫无保留地交给那片土地。希望我们能在西部做出自己的成果，为自己代言，展现出当代青年的风貌！

（李亚斌，南开大学第 21 届研究生支教团志愿者，毕业于南开大学周恩来政府管理学院）

无我之境

刘 彤

今天是 2019 年 5 月 22 日，在暂时还没有工作安排的早上，我决定写下这篇文章。

最近很忙，写毕业论文、准备论文答辩、参与毕业生相关活动、教师资格证考试，让我有一种期末前赶作业的感觉。告诉自己坚持一下，再坚持一下。忙完这一阵，就要开始准备去新疆了。

是什么时候开始的呢？我与支教团的缘分，是在大一的暑假，一位学长和我们提到了支教团这个项目。当时听了就很向往，然后上网搜集信息，去知乎、百度刷论坛，问往届研究生支教团的学长们，我逐渐地了解了这个温暖的大家庭。看着屏幕里孩子们一张张的笑脸，以及往届研究生支教团成员写下的文字，我萌生了要加入这个集体的想法。最开始，我加入了学院组织的永基小学支教队伍，为孩子们进行生物等方面知识的科普。我记得当时需要老师自己准备知识点，准备课件。我很苦恼，不知道讲什么好，讲什么孩子们爱听。准备了很久的课，总怕讲得太难、太深，孩子们没有办法理解。但是上课时，孩子们对学习的态度与热情，一直不断地鼓舞着我。并且，一个班里，总有那么几个孩子，对各方面知识都有所了解，让我非常佩服。那时候我真正感受到了，我做的事情确确实实是有意义的。

我想任何事情都需经历这样一个过程吧——从有我，到无我，最终再到有我。在开始前总会有自身各种各样的情感，复杂而又真实地萦绕在身边。当真正面对时，要全身心地投入，这时可能感受不到自身的存在，或者说，没有时间与精力去感受。结束后，才能切切实实地感受到自我，一个投入的自我，一个做出了贡献的自我，一个有着满满收获与体验的自我。

或许真的是缘分，学院一个社会实践队伍因为临时调整，很多同学无法参加原定的实践活动,队长正好是我的同级同学,问我想不想参加,有没有时间。我当时很高兴,便加入了这个队伍。虽然听说了支教地的情况,但在辗转到达后,我才真正意识到当地的生活是非常艰苦的。这是当地最好的私立学校,学生们的食宿大多在学校解决,每日三餐是馒头和看不到肉的菜,学生们都瘦瘦小小的。尽管条件艰苦,但是孩子们对学习的热情丝毫没有减弱,下课后都围着老师,在他们眼中我看到了无限的希望与渴望。除了上课,我们还需要到村子里进行调研,走访留守儿童家庭,收集问题与反馈。两周的时间转瞬即逝,在这个过程中,有感动,也有困难与无奈,但是我们都觉得收获满满,虽然我们的力量可能是微弱的,但能够为推动教育事业前进做出一些小小的贡献,我们也是幸福的。

现在还没确定出发的时间,但翻看日历,发现时间过得飞快。考教师资格证、支教团选拔面试仿佛还是昨天的事。考教师资格证是和学长聊天得知的,抱着试试看的心态,准备笔试、面试。在这个过程中我的收获是非常大的,接触到之前没有接触过的教育学理论知识。孔子提出"有教无类"的教育思想,即学生不分阶级,不分地域,不分智愚,只要肯虚心向学,都可以接受教育。三寸粉笔,三尺讲台系国运;一颗丹心,一生秉烛铸民魂。除了学习到很多的理论,我对教师这个行业也有了进一步的体会。面试结束后,坐在路边揉着因为穿高跟鞋而红肿的脚,看着来来往往的考生,或是行色匆匆的奔赴考场,或是考完如释重负,这些人里有大部分将来要站在讲台上,教书育人,真心祝福他们,并且希望他们能一直坚持自己的初心。

大学四年有幸能和很多行业的前辈进行交流,我发现最终能成为行业前1%的都是那些一直坚持自我的人。"不忘初心"似乎是件非常难的事,受到外界影响,最后很多人折服,不得不向生活低头。写下这篇文章的同时,也是希望一年之后再回头看,我没有改变我的初心,是否还在坚持,也把这句话送给一年后的自己:"辛苦了,接下来的日子里也请继续努力。"

我还记得选拔面试结束后那种不真实感,一件我努力了很久的事,就这样结束了吗?沉思良久,在微信朋友圈写下了我最喜欢的席慕容的诗:

"所有的结局都已写好,所有的泪水也都已启程,却忽然忘了是怎么样的一个开始,在那个古老的不再回来的夏日。"

(刘彤,南开大学第19届研究生支教团志愿者,毕业于南开大学生命科学学院)

目之所及 心之所向

高 盛

2018年7月17日，极不平凡的一天。南开大学第21届研究生支教团成员经过选拔成团，拥有了自己的队伍，即将在一年后一路向西，朝着祖国的西部、最需要我们的地方出发。

我们都做过很多学生工作，也很渴望成为身边青年成长路上的筑梦人。

在大二的时候，我参加了学院和平安人寿共同组织的"专注为明天"蓟州区孙各庄满族乡平安希望小学支教活动，为孩子们讲授兴趣科普课。平安希望小学在满族乡的群山中，学校门前只有一条路，从这条路开车半个小时才能走出大山，在我们住的地方步行20分钟才能看到当地唯一的小卖店，东西不多，有些简陋。面对这样的生活和学习环境，我第一次希望可以和支教伙伴一起，用不长的时间，为孩子们带去他们想要接触到的外面的世界。也正是和公司的合作，我们有充足的资金和资源去完成想要完成的课程设计。在支教第二周的一次蛋糕制作课上，我们专门从市区请到了做蛋糕的老师，为每一个孩子购买了蛋糕制作材料和模具，课上我第一次感受到了孩子们的天真和认真，比以往的每一次正课都更加认真和快乐。下课后，一个男孩子说想要盒子把蛋糕装回去给妈妈吃，他在蛋糕上画的也是妈妈，还用稚嫩的笔迹写下了"生日快乐"，我问他"平时过生日的时候，吃蛋糕吗"，他说"没有，今天想拿回去让妈妈高兴一下"。这也是我第一次感受到，还有一些地方，有一些人的生活，和我们相比，远远不足，是需要外部力量给予帮助的。

还记得出发前，在支教项目第一次开会的时候，培训的老师和我们说，给孩子们送文具的时候，一定不能把所有文具一起拿出来，孩子们看到一定会哄抢。当时我还觉得有点夸张，觉得更多的是孩子的天性，直到来到当地，我才发现我们带去的文具、画笔、地球仪、模型在当地小卖店都是买不到的。支教结束返程的路上，我想，在天津尚且还有这样需要帮助的孩子，在我国的其他地方、世界的其他角落，会不会有更多的孩子，也像希望小学的孩子一样天真，渴望接触外面的世界，却没有能力走出自己生活的地方。从大二开始，我希望更多地参加社会实践，接触更多平时生活中看不到的世界。

还记得在支教团面试的时候，老师问我为什么想去支教，我最先想到的是孩子们，"我以前参加支教活动的时候，看到孩子们真的非常渴望接触外面的世界，但是他们能够看到的东西真的太少了，有一些孩子可能连当地的市区都没有去过，我想和他们一起多看一看，一起多了解一些"。入选支教团后，我发现支教团里面都是和自己一样想要走到西部，做出自己贡献的南开人。有的团友连续几年每个周末参加支教活动，每周都给孩子们带去需要的知识和快乐；有的团友每年暑假都会参加社会实践，到祖国需要青年的地方走一走、看一看；有的团友已经提前到甘肃、西藏熟悉民风民俗，了解当地经济建设发展状况。

今年是中国青年志愿者扶贫接力计划研究生支教团开展的第 20 年，也是南开大学研究生支教团成立的第 20 年，很荣幸我们有机会参与到联系往届团友、组织团庆活动的过程中，不论是和往届团友共同组织的活动还是对接往届团友征集文稿，都能感受到支教团强大的凝聚力和温馨的亲和力，不论年龄差距有多大，工作类型跨度有多大，每一次相聚感受到的都是哥哥姐姐对弟弟妹妹的关心和教导，我真的很庆幸可以投身西部教育事业，有幸加入志同道合、互相关爱的支教团，在未来的道路上努力前行，实现共同的期待。

扶贫先扶志，扶贫必扶智。我们时常能够看到西部计划志愿者为孩子们提供无微不至的照顾和关怀，也能看到各个高校研究生支教团的支教老师们在媒体平台讲述自己在服务地和学生们教学相长的经历。支教老师走近学生、倾听学生，引导学生树立正确的价值观，树立远大理想，在教育中厚植爱国主义情怀，在扶志的道路上接力奋进；用最积极、最有生气的心态，融入当地教育事业，教书育人，默默奉献，成为学生成长成才的热心人、知心人，在扶智的道路上贡献自己的青春力量。

目之所及，心之所向。当我们在大学阶段积极参与社会实践，看到更多国家社会发展现状，更加了解国家发展需要，真正做到"知中国"，才能投身国家发展、民族复兴的伟大建设中，真正实现"服务中国"。作为南开支教人,我们不仅要符合中国青年志愿者扶贫接力计划对支教青年的要求,更要具备南开人特有的精神和品格,秉承爱国爱群之公德与服务社会之能力,将小我融入祖国的大我、人民的大我之中,将自我的向往融入西部的建设、国家的发展之中,做出我们南开支教人的贡献。

新疆阿勒泰需要我们,甘肃庄浪需要我们,西藏达孜需要我们,祖国还有更多的地方,需要新时代中国青年在扶贫、扶智的路上贡献自己的青春力量,我也真诚地希望,在未来会有更多南开人加入我们的支教团队伍,加入建设伟大祖国的西部计划队伍,为西部发展贡献我们的新时代南开力量!

(高盛,南开大学第21届研究生支教团志愿者,毕业于南开大学金融学院)

白露映晨阳，将启航

张 焜

上天赐予人两只眼，用来探索和欣赏这个无垠的世界。我想，在孩子们的双眼中，对自己能来到这个世界看到美丽的人与物，充满着感恩与喜爱，要比晨曦下的露水更加晶莹剔透，熠熠夺目。

我叫张焜，生于甘肃省陇南市徽县，是一个山清水秀、民风淳朴之地，同时也是李白诗中"青泥何盘盘"的入蜀之道，交通落后，教育资源匮乏。我的成长，见证了徽县东关乡荆竹林小学的发展与衰败。小时候，附近好几个村庄的孩子都要在这个学校上小学，人数最多的时候有30多名同学，但去年回家时听奶奶说现在只剩下3个孩子，1个老师。路过学校时，它的破败让我内心五味杂陈。

我很幸运，通过自身努力，现在拥有良好的学习环境，但并不是每个西部的孩子都这么幸运，很多同学都不能顺利读到大学甚至高中。我十分珍惜现在拥有的一切，并且一直想尽自己的努力改变家乡落后的教育现状。

我的高中设有支教社，支教社的成员在寒暑假会去甘肃省其他地区支教，我是支教社的成员，曾去天水市清水县旺兴村小学支教。这是我人生中第一次真正意义上的支教。虽然当时因缺乏经验，年龄较小，支教时间过短等原因，我并不能给当地的学生们带来很大的改变，但在这个过程中，我收获了喜悦与感动，也体会了欢笑与艰辛。每一个渴求知识的孩子，他们的眼中蕴藏着整个世界，望着他们一张张黝黑的脸颊，切身感受到他们艰苦的学习环境与对知识和外面世界的渴望之后，我坚定了未来支教的决心。

大二的暑假，应初中班主任的邀请，我在徽县第四中学进行为期一个月的实习。实习期间，我主要负责初三年级竞赛辅导班数学老师的工作，与同学们分享精彩而又充实的我的大学生活，那是一段很幸福也很难忘的时光。同时，我也在日常的教学工作中，了解到身为教师所要承担的责任。临别的不舍之情和孩子们眼里的泪光至今仍在我心底最柔软的地方封存。

我一直想为教育事业尽自己的一份力量，但自己的努力只是杯水车薪，不要说影响西部落后的教育，甚至于对一个学校、一个班级的影响都微乎其微。但是，支教团却有潜能，可以影响更多的人，做一些实实在在的事。因此，我渴望成为支教团的一分子，回报家乡，报效祖国。

关于支教的想法，很大程度上也受我父亲的影响。父亲生于20世纪60年代，他高考那年，全县只考上了4个大学生，他就是其中之一。大学毕业后，他本可以留在更好的地方发展，但出于对家乡的热爱，在他年迈的小学校长邀请之下，他成为荆竹林小学的校长，那年父亲刚满20岁，便投身家乡教育事业，自此以后，为家乡的教育事业努力数十载。从我懂事起，经常听父亲讲述他的往事，可以感受到那个年代质朴的感情与青年报国的满腔热血。而我，一个南开大学的学子，就读于这个曾在国家危急存亡之时走在时代前沿的百年名校，更有责任与热情，也有信心与信念，为西部的教育事业贡献一份属于自己的力量！我的父亲和其他家人，也以我去支教的选择为荣。

当然，去支教，也是去接受教育。学习，永远是相互的，我相信在给孩子们传授知识的同时，一定会从他们身上学到些什么。在支教的日子里，我将学会怎样生活、怎样待人接物、怎样教书育人、怎样在支教的过程中完善自己、丰富自己的人生。党的十九大报告提出乡村振兴战略，我相信，一年的时间可以让我看到中国最基层的乡村是怎样的，我国是传统意义上的农业大国，农村的发展，关系着我们伟大中华民族的发展。

人生一世，草木一秋。如何让自己有限的生命体现出无限的价值，这是我们每个人都应当去思考的问题。去支教，去给那些渴望知识的孩子们带来一些改变，纵使自己能力微薄，但只要用心去做，总会带来一丝改变。为期一年的支教，是我们南开学子服务社会的宝贵机会，也是我一个甘肃学子报答家乡养育之恩的机会。大学生活的这三年，丰富的社会实践与学习生活相结合，让我明白了如何做一名合格的教师；双学位专业的培养，让我具备了复合型的知识储备与技能，学会了从不同角度去思考问题；感谢母校，感恩祖国，让我有机会去实现自己的支教梦想，让我以更实际的方式去回报家乡，让我的青春更加灿烂！

光阴似箭，我成为南开大学支教团的一分子已经近一年，一年中我接受了组织的培养,也为未来的支教工作做了很多的准备。在具体的实习实践中,我们有收获,也有思考,也明白了作为一名教师肩上承担的责任和将要面对的困难,也懂得了长期的支教生活不是理想世界,未来的一年有无数的困难等着我们去克服。虽然我们无法预知未来,但正因为未来充满了各种变数,生活才变得有意义。我们真诚的天性不曾改变,我们努力的目标不曾改变,我们充满希望的期待不曾改变。我坚信,只要我们认真地、踏踏实实地走过每一天,步履坚定,姿态昂扬,时间会带来惊喜。

距离出发的日子越来越近,而我渴望奔赴支教地的心,也越来越火热。

不管了,往前走吧。

路越走越宽,晨曦越来越亮,我们即将启航。

(张焜,南开大学第 21 届研究生支教团志愿者,毕业于南开大学计算机学院)

熟悉的旅程又要开始了

龙 俊

想起 2015 年的预科时光，最开始的感觉是热，一种能把影子都烤焦的热，而那条连接着寝室与农民工子弟学校的宏福大道完整地保留了这份温度。

轻松愉快的预科生涯来到了最后一学期，总想做点什么来充实自己。学学乐器，感觉学费太贵；晨跑锻炼，感觉太累；学学英语，感觉这个计划还挺靠谱，于是坚持了两个星期。现在也想不起是什么事把我的学习计划打断了，生活又回到了原点，大概是这种事情时常发生，所以我能把它记得那么清楚，现在看来，不断放弃是当时的我唯一没有放弃的事儿。

"闲着也是闲着，还是做点有意义的事吧，要不买些书来读读？"就是这么一个不经意的想法，开启了生活新的一页。

就这样奔着北京图书大厦出发了，在出学校门口的路上，遇见了同学。当然，大家都以一句"嗨"打了招呼，按照惯例，接下来就该问"你去哪"，惯例也似乎从来没错过，简单地聊了一会就到岔路口，我坐上了快线公交车，他们则说说笑笑沿着宏福大道走向了支教小学。

当天晚上，读着刚买的书，记得是余秋雨的书，因为白天遇见同学的事情一直留在心中，自己没办法安心读书，心中突然闪现一个念头——做老师。"行，那就问问吧。"这么想了一下，就开始与老师和同学们聊支教，不承想，支教团中还真有因个人原因无法给孩子们上课，当时心想：按照剧情的发展，是否该我上场了。事实证明，剧情从来没错过。

刚开学那阵，热意还没有那么强烈，步行几公里就到了支教学校，看着这个学校大门让我想起了我的小学，虽然外观破烂，但用途满分，一把小锁就能解决人员随意进出的问题。进入学校，感觉还很安静，应该是大家都在上课的原因，进入教室的前 10 分钟也很安静，后来才知道是有班主任在的原因，但在这期间有个小孩做了各种怪表情来表达对我的欢迎。第一节课，我先试听，适应节奏，于是便坐在了后排，在讲台上讲课的是我的同学。

突然，一个男孩回头说："老师，您是非洲来的吗？"这句话一下子打开了周围同学的话匣子，随之而来的是一声高过一声的感叹——"太黑了！"淘气的小孩和"非洲来的老师"，这就是我们对彼此的第一印象。

当时没想到的是，他们对我的好奇，除了肤色，再没有其他。课间一个叫张璐璐的小男孩跑过来跟我聊天，他问："老师，你的梦想是什么？"当时，面对这个突然的提问，我没有准备，于是搪塞地回答："那我们来交换梦想吧，你先告诉我，我再告诉你。"

"我的梦想是站在最高的山峰，去写诗，然后读给我喜欢的人听；还有就是赚很多很多钱，去帮助那些被欺负的人……"

聊天被上课铃声打断，但这并不影响我被这个小男生的梦想而感动。遗憾的是一个星期之后，我才知道孩子后半段没说完的话。原来在班里，有两位同学经常向其他同学收取"保护费"，数量是每天1元或2元不等，当时我很气愤，问他们为什么不告诉老师或家长，他们的回答是害怕。后来我通过一场篮球赛，一张写上了家长联系电话的纸条便把问题解决了。现在回想起来，可能是孩子年龄小胆也小，有些夸大描述才把那两个孩子说成了"恶魔般"的存在。

在我们相处的日子里，我发现班里有两个家庭条件相对较差的小孩，他们内敛得像失去了与其他同学沟通的能力，可上课时，他们积极思考，喜欢与老师进行眼神交流。告别的时候，我送给他们每人一本《小王子》，里面写上对他们的祝福与勉励。只是不知道，拿到英文版《小王子》的那位同学，看着书里的内容，是感动还是满脸问号。

最后一堂课下课后，我们正走下楼梯，被身后传来的声音叫住了，"老师，能和你们一起合影吗？"拍完照，我们每人还收到若干小纸条，我还清楚地记得，有一张纸条上面写着："老师不要太想我们，自己也要好好学习呀。"总结大学四年学习生活，后悔当初没把这句话听进去，真是好有先见之明的学生！

那是从好奇到热爱的 4 个月，我也因为这样一段时光，又选择了再做一次这样的事情，只是这次的我比以前更黑了，故事应该也会比以前更精彩吧！

（龙俊，南开大学第 21 届研究生支教团志愿者，毕业于南开大学环境科学与工程学院）

写在新疆支教之前的话

郭棒棒

  我非常荣幸能够加入南开大学第 21 届研究生支教团,加入支教团这个大家庭,还有一个多月,我们就要奔赴新疆阿勒泰开始为期一年的支教生活。在开启新疆支教生活之前,我想说一说内心的感受。
  南开大学是首批加入由共青团中央和教育部共同组织实施的"中国青年志愿者研究生支教团"项目的高校。一代代南开支教人通过不懈努力,积极传播和践行"允公允能,日新月异"校训精神,积极响应党和国家"到西部去,到基层去,到祖国最需要的地方去"的号召,自 1999 年以来,南开大学至今已经累计招募了 21 届 241 名研究生志愿者赴甘肃、山西、新疆、西藏等地区开展支教服务工作,在促进西部地区经济、社会、科技、教育和文化事业的发展及锻炼教育青年等方面取得了良好的成效,研究生支教团已经成为学校的一项传统,每一位支教人都将支教生活作为自己人生中最难忘、最幸福的一段经历。"用一年不长的时间,做一件终生难忘的事",我想每一位支教人都对这句话有着属于自己的独特感受,这不是一句口号,而是亲历过支教生活后对它的一份美好回忆。在这个过程中,除了一份美好的回忆外,我认为还有一种感情在其中,一种对支教地的人和物,对自己教过的每一位学生,对自己的同事和前辈的一种感情。在课堂上,在办公室里,在教学研讨会上,种种情景,历历在目,寄托了我们支教人的特殊情感。
  长期支教项目一直以来都是我特别愿意参加的,这也是我非常庆幸自己能够加入研究生支教团的一个原因,一年的支教时间并不长,却能够了解支教地的风土人情,我想这也是长期支教的优点所在。它与我们在暑期做过的短期支教实践活动不同,短期支教是利用两周或三周的时间去给支教地的孩子们讲讲课,做一些课外活动,这种支教活动是有意义的,它能够拓宽当地孩子们的视野,帮助他们接触很多以前不曾接触到的东西。但是,对支教者来说,短期支教不能深入扎根在支教地,没有足够的时间去了解当地的风土人情、教育发展现状以及存在的社会问题,支教活动的意义并不能只停留在教学层面上,我认为还需要支教者进行更多地走访调研,深入到学生家庭之中,同政府教育部门进行沟通交流等,这是一个全方位的活动,这是需要时间的。因此,对于自己未来一年的支教生涯,我并不想只把支教定义在教学上,这是一个最基本的层次,还要力所能及地解决当地在教育方面存在的相关问题,形成一个合理解决问题的机制,这对于支教地的未来发展会产生难以估量的作用,这也是我们作为一个南开人实践"知中国,服务中国"理念的最好诠释,是承担社会责任的最好表达。

我常常和支教结束的师兄师姐聊天,询问他们支教的生活,听到最多的就是"这一年在那里,绝对能够让你终生难忘",谈及自己所教过的学生时,师兄师姐们总是说"支教结束的时候,你会很舍不得那些孩子,他们真的很纯真,很善良",听到这样的评价,孩子们灿烂的笑脸仿佛就在我的眼前。"他们对知识的渴求是十分强烈的,可能因为一些不可避免的原因,造成了他们学习成绩的落后"。这一点我是十分认同的,每一个孩子都有自己的目标和梦想,都有自己想要考取的理想大学,"当你真正走入他们的内心时,你会发现孩子们对自己的老师是多么的感激与信任""身为老师,不仅仅是传道授业解惑,还有教学相长,你会从孩子们的身上学到很多东西"。听师兄师姐向我们讲述他们的心得体会,我渐渐懂得"支教是一件幸福的事"这句话的真正含义了,这确实是一种很难表达的感情,只有亲身经历过,亲身交流过,才能感同身受吧。

真的很幸运在即将到来的一年时间里我也能够体会到这种幸福的感觉,获得一份独属于自己的感情,我常常在想,未来的我在支教地会经历哪些事情?我的学生是怎样的?因为未知,所以好奇,好在我也即将出发,这份好奇不久就会变成真正的现实场景,当然,我会一直保持着这份热情与动力,不会因好奇变为现实就松懈下来,这是一份我想要去做好,而且必须要做好的事业。

阿勒泰二中，我的学生们，我马上就来了……

（郭棒棒，南开大学第21届研究生支教团志愿者，毕业于南开大学金融学院）

向着合格教师而努力

韩丹华

在支教培训的一个月里,我学会了从不同的视角审视自己,收获很多,也成长了很多。

我们的培训是从一部讲述支教人生活的电影——《麦积山的呼唤》开始的。电影中南开走出的学长坚持到最困难的地方,用他的热情、坚持和善良为我们树立了一个榜样。通过他的视角,孩子们的聪明好学、老师的尽职尽责、乡亲们的淳朴善良一一展现,让我们对支教的生活充满向往。虽然这部电影讲述的是南开人支教的故事,更贴近我们的生活,能让我们产生共鸣,但是这部电影以温情为主线,节奏较慢。建议学校是否能够丰富支教的培训素材,包括微电影这种新颖的形式也可以纳入其中。

关于素质拓展,这真是一次很好的体验。通过几个素质拓展项目让我们对团队、对服从、对沟通、对信任都有了新的理解,对于我们要担任的角色、承担的任务也有了新的思考和准备。支教团的团员之间也培养出了深厚的队友情谊,尤其在任务完成并不理想的情况下,每个人都敢于承担责任,勇于和善于检讨自己,能够理解他人,这对于一个团队的建设十分有益。

在社会实践之前,我一直以为只是去尖山小学教一节兴趣课而已,在实践之后才发现自己收获的是一种角色的转变。印象最深的就是小朋友们叫我"阿姨",开始觉得很不习惯,后来想想也就释然了,走出校园的我们,都是成年人,作为老师要为人师表。"老师"是一种称呼,更是一种责任。角色转变对自己的定位和要求是十分必要的,早日适应自己的成长对我们适应新环境、新角色同样必要。

在例会之前的试讲环节,令我对我们的团员有了一种钦佩之情。可以看出每个人都做了充分的准备,无论是正课还是兴趣课都取得了很好的效果。无论是课堂节奏、知识结构，还是课堂气氛、语速音量，甚至连板书都把握得很好，循循善诱，很值得我学习。

经过一周的实习，我从老师们身上学到了很多经验，同时我和同学们也建立了深厚的友谊，这让我对教师有了更高的敬意。当然，很多问题并不是只要听课学习就能发现的，两节课的试讲也让我发现了自身很多问题。比如，语速过快、对课堂节奏和学生接受能力的把握不够准确让我的讲课过程陷入被动。幸好老师和同学给予了很大的帮助和鼓励，在第一节课过后我调整自己的教学计划，教学效果在第二节课有了很大提升，当然还有一些问题需要我在以后的工作中进一步改进和提高。

总的来说，这几周的培训让我认识到自己的不足，也让我对以后的提升建立了信心。希望通过以后的培训能得到更多的收获。

（韩丹华，南开大学第15届研究生支教团志愿者，毕业于南开大学信息技术科学学院）

亲密无间的 14 人团队

袁 埜

春暖花开,百鸟鸣春,我们南开大学第 15 届研究生支教团在新学期伊始就投入到紧张而有序的准备工作之中。每周固定的例会既让我们大家重温纪律性、集体荣誉感和团队意识,更让我们变成每周甚至每天都会相见的亲人,大家亲密无间、无话不谈。

三次的周例会内容既充实又丰富多彩。

第一周例会上,团队组织架构的确立,团队文化的建设,让我们这个团队变得更加具有凝聚力和指向性。观看第 10 届研究生支教团的纪念视频,让我们这些还未到阿勒泰的志愿者们都心情激动,有的人情不自禁地握紧了拳头,有的人甚至红了眼眶。大家看过纪念视频之后纷纷表示要在继承学兄学姐优良传统的基础上,更大限度地发挥自己的光和热。不仅要教授文化知识,更要开展兴趣课堂、东方杏坛等第二课堂,将南开学子的风范充分展现出来。然后,经过团长的提议,大家纷纷表示要在每次例会上,进行有关支教文化的交流活动。这一次我们观看了志愿者电影《麦积山的呼唤》。我们支教团的每一个人无不被电影里的精神所感动,"志愿者最可爱""志愿者永远年轻"……大家看过电影之后,情绪都变得很激动,表示要在南开的最后半年中,抓紧一切时间充实自己,提升自己,在前往阿勒泰之前将自己变成一名合格的人民教师,在阿勒泰地区二中展现出南开学子的风采。我个人认为,在接下来的一年多时间里,我们有三个身份:"支教团人""阿勒泰人"和"南开人",我们应当牢记这三个身份,不应该有任何松懈。

第二周例会上,大家紧密结合第十一届全国人大第五次会议、全国政协十一届五次会议,畅谈感想、发表见解,结合将要进行的尖山路小学支教的培训安排,提出以"中国梦"为出发点,从孩子的梦想出发,将中国梦从娃娃抓起，详细制定了社会实践计划。

　　第三周例会上，我们开始试讲。试讲内容分为三个部分：文化课堂、兴趣课堂和读书交流会。在文化课堂上，支教团内部有新东方的专业教师进行试讲后的点评，我觉得这对我们是很有帮助的。专业点评让我们能够认清楚自己的台风、授课方式等方面存在哪些不足，有利于我们进一步改进。虽然在批课的过程中，我们每个人都做到直言不讳、就事论事，甚至偶尔会产生一些争执，为了一些问题争得面红耳赤，但我认为正是这样我们支教团的感情才能够更好更快地建立起来。兴趣课堂充满了欢声笑语，让我们见识到支教团这个大家庭真是能人辈出，大家多才多艺。读书交流会，则是每个人每周读一本有关新疆的书，内容或是风土人情或是民族特色，大家坐在一起进行交流。萧伯纳说："如果你有一个苹果，我有一个苹果，彼此交换，我们每个人仍只有一个苹果；如果你有一种思想，我有一种思想，彼此交换，我们每个人就有了两种思想，甚至多于两种。"通过读书交流会，大家对哈萨克族有了更加全面的了解，只有充分了解哈萨克族的民族习惯和风土人情，我们才可以做到入乡随俗，才能够以一个朋友的身份融入其中，我想这对于教学也是非常有帮助的。

　　三周的培训对我来说，是十分难忘的经历。在这三个半天的时间里，我们支教团的14个人，紧密地团结在一起，为了共同目标而努力。就像我们之前在素质拓展时说的那样，我们慢慢从一个"团伙"变成一个"团队"，从一个"组织"变成一个"家庭"。在这个家庭里，我们付出心血，收获感情，收获感动。最后，我想由衷地说一句：谢谢大家，我爱你们！

　　（袁垫，南开大学第15届研究生支教团志愿者，毕业于南开大学经济学院）

要像妈妈一样，做一名光荣的人民教师

韩 琳

培训已经进行了三周，从最开始的观影，到素质拓展，到团内试讲，到尖山小学的志愿服务，再到育红中学实习，我收获很多，也感慨很多。特别是在尖山小学和育红中学的经历，让我对"支教""教师"这两个词有了更深的感受。

还记得当初申请加入支教团时，我对自己特别有信心，我觉得自己有这个特长，有那个优势，但是和各位同学相处之后，我才发现我拥有的这些别人也有，甚至更好，而他们还拥有很多我尚未拥有。在互相了解和比较中，我才更加了解我自己。我是学习历史的，所以最开始对于试讲我并不怎么担心，但是在备课的过程中才发现自己听课是一回事，讲课却是另外一回事，一方面要考虑知识点，另一方面还要考虑如何能让学生接受和理解。而后者更是一种艺术，记得我的初中老师说过，教师也是导演，一节课就像一场戏，怎么开头，哪里是高潮，又该怎么结尾，都有考量，而学生就是看戏的人，要引人入胜，让观众理解每一个过程，还要在结束后让人有所回味。而我离这个标准还差得很远，应该向各位同学学习，学习他们的耐心，他们的诙谐，他们的严谨。

在与学生互相交流中，我明白学生和老师之间也需要相互学习。年轻人的思维很活跃，会提很多让你意想不到的问题。记得一个同学课下问我问题，但是涉及的内容不在我备课的范围内，一时没有想起来，就非常笼统地回答他，我觉得很惭愧，放学回到寝室赶紧恶补。他们的求知欲会督促我，巩固旧知识也要学习新知识。在学生面前，我是老师；但在老师面前，我又是学生。指导我的何老师非常负责，对于我的失误很包容，一直鼓励我，对于我提的问题也是很耐心地解答，真的非常感谢，让我受益匪浅，也让我对之后的支教更有信心。

在实习的学校里，总会有学生叫我老师，听了特别开心，特别有成就感，同时觉得肩上的责任也更重了。"一日为师终身为父"，我觉得除了学生对老师的尊敬外，也可以这么理解，教师在孩子成长的过程中和父母一样重要，你教他什么，他就学什么，你想把他塑造成什么样，他就会向那个方向发展，老师的一言一行都在影响着学生。记得在尖山小学"中国梦"的活动中，我们组的一个孩子说，"想要当医生，可以挣很多钱"，成成老师就不断地引导她，"医生可以为社会做贡献，可以救死扶伤"。听到孩子说的话其实有点不是滋味，他们都是农民工的孩子，如果有很多钱，或许他们的父母就不用外出打工，可以有更多的时间陪伴他们，或许他们也可以到条件更好的学校上学。而成成老师却让她了解到世界的另一面，医生可以赚钱，但更伟大之处在于对病人的帮助。现实会有点残酷，但是作为老师我们应该给孩子们更多积极向上的东西，让他们更多地了解这个世界，能够有积极的人生观、价值观和世界观，让他们成"人"，然后才能成"材"。

这些经历让我震撼，不仅仅是对未来的启示，也让我对我周围的人有了更多的理解，特别是我妈妈。她就是一名教师，工作勤奋认真、兢兢业业。为调动学生学习的积极性和主动性，常常自己花钱买些小礼物奖励那些勤奋学习的孩子。妈妈一直教育我要好好学习，常说她自己就是"知识改变命运"的鲜活例子。但我曾经特别不理解她，我觉得她工作那么辛苦，有时还因学生生气，拿着和工作量有差别的工资。现在觉得，教师真的很伟大，也开始理解妈妈，明白她的投入，明白她的辛劳中更深的真诚。

我想我们的旅程才刚开始，有付出才会有回报，我会不断学习，完善自己。

（韩琳，南开大学第15届研究生支教团志愿者，毕业于南开大学历史学院）

45 分钟的考验

王天宇

2013 年 3 月 25 日一大早，14 个兄弟姐妹每个人都怀揣着一颗惴惴不安的心，来到了天津市育红中学，开始为期两周的教学实习。来到学校后，我得知被分到了高三学年教授生物课程，本来就信心不足的我觉得压力更大了。随后，我见到了实习期间的指导老师——李昕。李老师是一名有着多年教学经验的老师，在了解了我的基本情况之后，与我确定了试讲的时间和内容，帮助我理清思路，说明上课时需注意的重点问题等，也交给了我一项艰巨的任务，即每天中午开设课外专题讲座，帮助同学们整理相关知识点的整体关联性及重点难点问题。

第一次准备一堂 45 分钟的课还是很困难的，因为当天中午就要讲授，准备时间只有两个多小时。还好，在李老师及大家的帮助下，赶在上课之前完成了备课。不过由于经验不足，时间安排不够合理，所以在既定时间之内只完成了预期目标一半左右的内容。课后，李老师及时与我沟通，先是表扬了我教态比较自然，板书清楚，内容具有逻辑性、层次清晰的优点，同时也指出了我时间安排不够合理、重点知识点不够突出等问题，紧接着又给我布置了第二天的讲课内容。有了第一次的经验，我开始准备第二天的课，利用下午和晚上的时间备课，第二天上午又征求李老师的意见，终于在第二次课堂上，完成了讲授的既定目标，学生和李老师也都比较满意。就这样，在实践中一点点积累经验，我先后完成了"细胞中的元素和化合物""有丝分裂和减数分裂""孟德尔遗传定律""基因、DNA、染色体与基因工程""高中生物中的酶"五个专题六堂课的教学任务。

时间匆匆而过，今天已经是我们在育红中学实习的最后一天了，回首这一段不长的经历，让我对教师的理解更加深入了：

其一，利在教师，功在学生。这八个字是育红中学老师备课教案本上的一句话。我想，各位老师秉持谦逊的态度，将自己的教书育人，比喻为功劳建立于学生，利益惠及于自己。的确，教书育人是他们的本职工作，不过他们的成果，是为我们的国家培养一批又一批的人才，所谓"十年树木，百年树人"，可见教育之功！

其二，亲身体验了老师的实际工作之后，方知"为师"之辛苦。仅以备课一项为例，一堂45分钟的课程，之前需要准备两个小时以上，更不用说还有批改作业、习题讲解等一系列工作。不过，在工作之中，还是充满了成就感的，当学生听完你的讲解之后眼中疑惑尽消，当学生因想听你的讲课而提前占座，当下课之后学生与你热情交流的时候……每一个时刻，我都会感到幸福，享受站在讲台上的感觉。

其三，在这段时间里，我总结了若想成为一名优秀的教师，至少要具备三点，即热爱你的学生、热爱你的工作和扎实的基本功。热爱你的学生，才能真正"育人"；有扎实的基本功，才能真正"教书"；热爱工作，才能坚守这份工作，责任感与奉献并行。

现在的我，喜欢站在讲台上的感觉，也喜欢与学生们打交道，也许最欠缺的就是扎实的基本功，我会在去新疆前的这段时间，努力准备，坚信我会成为一名合格的高中生物老师！

（王天宇，南开大学第15届研究生支教团志愿者，毕业于南开大学商学院）

那声"王老师"给我莫大鼓励

王奕涵

最近一段日子，我们一起在育红中学实习，作为一名志愿者，我以为支教的老师之路就此开始。

说实话，实习前，我的心情非常忐忑，我不知道面对高中的那些知识，相隔 4 年的我还能记起多少，我也不确定我是否能够顺利地转换角色，从学生转变成一位老师，更不知道我站在讲台上，面对全班学生时是什么样子，是紧张还是从容，是慌乱还是淡定。育红中学的实习让这一切很自然地发生了，当我不知不觉经历了一段实习时间后，才发现自己有那么多的收获，也可以做得让自己满意。

实习第一天，当我知道自己被分配到高三文科班教地理时，不由自主地慌了，尤其当我见到带我的实习老师后，她给了我一张高三的地理试卷，说要考察一下我对高中知识的认知度时，我感到非常无助。虽然我上高中时的强项学科是地理，但是已经过去 4 年了，我不确定自己能不能回忆起当时的知识，会不会被老师问住。幸运的是，我发现自己对很多知识还能清楚地记起，老师也在第一时间给了我很多鼓励。

在此后听课的过程中，我又找到了自己高三时候的感觉。育红中学有些同学学习基础不是很好，他们不能很快地将知识消化吸收，还会提出很多"奇怪"的问题。负责指导我的高三地理老师马老师让我非常佩服，她讲课思路非常清晰，着重引导学生去思考。地理是文科中非常特别的一门课，它要求学生跳脱单纯的背诵，更多地要求学生掌握分析能力、思考能力和举一反三的能力。马老师的课并非照本宣科，而是能脱离教案和书本给学生进行非常清晰的知识点梳理，能在讲解题目之后总结出答题的思路，引导学生们积极思考，进而更好地消化知识，提高答题能力。我听了马老师的很多课，从中也学到很多。在听课的过程中，我慢慢转变了对自身角色的看法，更愿意主动地思考某道题该如何讲解，然后同马老师的思路和方法进行对比，在反复的比较和思考中，我受益良多。

很快，在听了一些课程之后，迎来了我的第一次试讲。3月27日上午第五节课，高三·五班，为学生们讲解高三的地理试卷。因为之前自己很重视，已经在课余时间将要讲解的内容做了充分的准备，因此我没有很大的压力，心态比较从容。现在回想起来，当自己站在讲台上的那一刻，真的有种抛开一切杂念的感觉。我在讲解试卷每道题之后还给学生列举出一系列的答题模板，针对每个重要知识点进行了多次的扩充。我尝试按照马老师的讲课方法，多启发学生们思考，引导他们自己分析每道题的思路，总结出哪种类型的题应该从哪些方面解答。看到学生们在课上时而踊跃地回答问题，时而专注听讲，我真的很满足也很幸福。试讲过后，马老师给了我很高的评价，也告诉我学生们很喜欢我的讲课方式，这让我有了很大的成就感和满足感。尤其是学生们在课后每次见到我都叫一声"王老师"，他们还会拿着习题册找我问问题，让我感受到了他们对我的信任和热情。

然而，马老师也在我试讲后给我提出一些存在的问题。这些问题主要集中在两方面，一是在我带领学生进行知识点解答分析的时候，语速有些快，没有考虑到一些基础稍弱的学生能否跟得上大家的节奏，让他们堆积了一些问题；二是我在讲到一些重点或者难点问题时，在黑板上留下板书的同时，也应该着重语调或者敲击黑板多给同学们一些提示。这些都是当一个好老师的技巧，既能抓住重点又能让学生变被动地接受知识为主动地思考和分析，从而更有效地解决问题。

除了马老师的地理课，我还去听了其他老师和"战友"们的课。可以说每个人都有自己独特的讲课风格和值得借鉴的地方。我也认真地做了笔记，不断提醒自己反复思考。

总之，这几天的实习生活已经接近尾声。虽然忙碌，但非常充实。我也希望保持自己的讲课风格和优点，改正一些缺点和不足，能够在阿勒泰二中的讲台上进一步提高自己的讲课水平，做一名合格的志愿者老师。

（王奕涵，南开大学第15届研究生支教团志愿者，毕业于南开大学商学院）

整装待发 奔向西部

陈 鹭

经历了半年时间的培训，也和同学、支教团的兄弟姐妹一起走过了整个毕业季，我觉得整个人成长了不少，也收获了不少。

第一个收获，教学水平得到提高。半年前的我站在讲台上是非常紧张的，因为害怕自己讲错了会误人子弟，让学生笑话，在最初准备课程的时候我会直接把要说的话都背下来，课程听上去很生硬，所以在备课的时候会花费特别长的时间，一节 45 分钟的课我要花一天时间去准备。但是，在我们支教团例会的锻炼和育红中学一周的实习之后，我讲课的水平有了很大的进步。一是精神层面，看到学生聚精会神地听讲，我反而觉得不紧张了，然后越来越喜欢这种状态。下课之后，我们班的同学会悄悄和我说"老师你别走了"，这些话让我自信心猛涨。二是技术层面，跟学校的老教师学到很多，例如他们的教案很整洁，不像我们一样写得满满当当的；"备课不是背课，你要知道学生需要听什么，爱听什么，考什么，把这三者结合起来，就一定是一堂优秀的课"，这句话对我触动很大，之后我按照这个要求去做，效果不错。

第二个收获，我的志愿服务精神有了极大提高。在刚刚去尖山路小学支教时我的积极性并不高，因为当时事情特别多。但是，虽然那里的条件特别艰苦，校舍破旧，孩子也比较顽皮，可他们都是真心喜欢我们，为了中午与我们见一面，宁愿放弃自己的午自习。在我们上完最后一节课时，孩子们给我们写临别赠言，有个和我特别要好的小姑娘写了"哥哥你是我的太阳"，我当时很受感动，明白自己这几个礼拜的辛苦没白费，我们的确给他们带去了温暖和欢乐，即使在我们眼里这点东西微不足道，但对于他们来说却是十分珍贵的，这就是志愿服务带给我的全新的精神享受。

第三个收获，通过这半年的支教团生活，处理事情的能力变得更强了。

从 3 月份培训开始，我每天要做的事情非常多，基本上是每天早上 8 点开始进入工作状态，然后连续奋战 12 个小时，这种强度放在前几年我是绝对承受不住的，但是现在我做到了，成功地完成了每一项任务。非常感谢支教团给我这样一个平台去锻炼自己，让我的能力得到迅速提升。

这半年是我大学生活最充实的一段时光，收获了很多知识和能力，结交了很多优秀的朋友，得到了很多老师的帮助和关心，我已经为出征阿勒泰做好了准备。

（陈鹭，南开大学第 15 届研究生支教团志愿者，毕业于南开大学周恩来政府管理学院）

和"战友们"一起成长

曾佳慧

这是一个光荣的团队,这是一个荣誉的集体,在这里我度过了最难忘的大四。首先,我要感谢南开给予了我南开人的名称和精神;然后,我要感谢南开大学党委研究生工作部对我的信任,将我招进研究生支教团;最后,我要感谢和我并肩战斗的战友们,是你们在这一年里给了我无尽的帮助和关怀。请允许我对你们说声谢谢!

为期半年的支教团培训,大体分为三个部分:每周的例会活动、每周四的尖山路小学志愿服务活动和为期一周的育红中学实践教学活动。下面我从三个方面谈一点自己的感想。

首先是每周的例会活动。例会,是一个团队维护团队纪律和有机整体的必要活动。我们每周的例会内容包括文化课试讲、兴趣课堂展示和思想交流三个板块。文化课试讲,大家根据自己擅长的科目和预报名教授的科目进行准备。我们深知作为一名志愿者,我们主要的身份是教师,保证教学质量是重中之重,所以对待这方面我们不敢有丝毫的懈怠。每个人都积极备课,认真讲课,其余的老师以学生和旁听教师的身份,对每个上台试讲的同学给予中肯的指正。兴趣课堂展示,团队中的每个人都积极展示自己的爱好与特长,这不仅有利于我们到阿勒泰之后开展课外活动,还让我们对彼此有了更深入的了解,增加了团队感情和凝聚力。

其次是每周四的志愿服务活动。不论刮风下雨,我们都坚持到尖山路小学辅导学生们的功课,并开设兴趣课堂。不同于高中生的文化教学,小学的兴趣课堂需要我们放下架子,忘记自己,回归童年。其实很感谢尖山路小学的孩子,比起我们给他们的,他们给予我们的更多,一张张可爱的笑脸,一双双清澈的大眼睛,临别时,一句句难舍难分的话语,对那里的孩子们,我只想说一句:难以离开!

最后是育红中学的实践教学活动，这是我们培训成果的一次展示，也可以说是一次练兵。我们来到高中的讲堂上，开始上课时，内心是紧张和兴奋，通过与老教师的交流，我们慢慢适应了高中的课堂节奏，接下来的几节课，我们对课堂的整体把握能力越来越好。

再一次感谢南开，感谢研究生支教团，感谢与我并肩奋战的兄弟姐妹们。

（曾佳慧，南开大学第 15 届研究生支教团志愿者，毕业于南开大学外国语学院）

希望成为能者,做更多好事

许广楠

为期半年的支教团培训,收获颇多。当准备这一阶段总结时,又重新审视了这半年的生活和收获。用一段话来表达自己的感受:"成长,需要一步一个脚印地踏实走过,我们无须急功近利,或心急如焚。思考和总结,收获和感慨才更多。"

为什么要讲这段话?我觉得成长是这半年收获最大之处。下面我将从三个方面来总结这半年的成长。

一是心理素质变好了。我是一名理科生,大学除了做学生工作以外,大多数时间是在课堂和实验室度过的。可能是骨子里就带着矫情和自负,承担压力的能力较差,脸皮太薄,自尊心很强。遇见支教团13个无论在学习和做人方面都颇具心得的战友之后,我觉得可以更加轻松地面对生活,消除了很多羞怯,能够正确地思考究竟是对的还是错的。记得有一次试讲,我特别害怕,准备十分钟的课用了好几天,讲课前一晚上紧张得没有睡好,看着大家都很轻松,自己觉得压力很大,但是同伴们给了我最大的信心和鼓励。我觉得,他们对我的信任让我特别温暖。

二是对老师这一职业的认识更深刻了。原来以旁观者的角度看老师这一职业,认为他们只是备课、讲课,单调且重复,觉得老师的价值只是体现在学生的学习成绩上。当自己费尽心思,查阅各类资料只为准备一段10分钟的试讲时,当满怀自信地站上讲台面对育红中学的学生时,才真正体会到,老师教授的是知识,传递的则是克服困难的决心和能量。在育红中学实习的10天里,每天早上8点到学校,跟着老师备课、听课,中午还要给高三学生补习生物,而前一天的晚上要为第二天讲的课准备很久。然后批改试卷,找出学生的薄弱知识点。那段时间,听过每一名支教团成员的课,也让自己更加理解老师这个职业。当我站上讲台,给高三毕业班的学生讲课时，我才真正体会到老师的意义。"没有坏学生，只有好老师"，这就是那个时间产生的想法，而这个想法，让我每次去图书馆，都在《如何提高自己的教学水平》这本书前站很久。

三是对待生活更有勇气了。这半年的支教培训，欢声笑语中不缺让人深思的事情。记得去尖山小学做志愿服务期间，正赶上自己在泰达学院做毕业设计，往返两地奔波，当时感觉很累，但是看到孩子们阳光般的笑容时，觉得自己一切的辛苦和付出都是值得的。在支教团这个大家庭里，大家互相包容，取长补短。在毕业实验和支教培训中，大家的关心和鼓励，让我更有勇气提高自己，更有信心度过即将到来的支教生活的每一天。

通过对这三个方面的总结，清楚了自己在这个过程中收获最大的不是培训本身，而是在培训中认识自己，发现自己，改变自己。

记得李老师经常说："能者多劳，好事多磨。"希望自己能够成为能者，做更多好事。

（许广楠，南开大学第15届研究生支教团志愿者，毕业于南开大学生命科学学院）

脚踏实地，寻找乐趣，保持热爱

赵 情

经过近一个学期的支教团培训，我们团队中的每个人在各个方面都有了一定的提升。我主要从以下三个方面总结自己的成长和收获。

第一，自我认知。一位长辈曾经告诉我，年轻人要想把事情做好，必须得认识自己，认识自己的两个方面：一是知道自己想要什么，二是知道自己的优缺点。在这学期培训的过程中，我也一直在思考这个问题。在听过心理讲座后，我对自己有了一个更加明确的认识。未来的一年，作为一名人民教师，我要做到"为人师表"，比如自主规范、严谨、做强自己、承认别人的美、和优秀的人站在一起等，这些对我接下来的支教工作有很大的指导意义。

第二，榜样的力量。这段时间的培训让我收获最多的是我身边的队友，他们就是我的榜样。比如在育红中学实习的时候，我特别佩服天宇同学，他每天写教案，中午给学生补课，认真写板书，这些体现出对教学的热爱，我觉得这是每一个老师都需要的一种基本素质。又如在试讲结束后，广楠同学主动承担了会议记录的任务，把大家每次试讲的一些优点和缺点记录下来，帮助大家一起提高教学水平，这让我很受触动。正是因为有这些榜样在身边，才能让我更加努力前行。

第三，技能的提升。这里的技能，主要是指讲课技能，团队协作，对学生心理的把握，以及对一些基本常识的把握。这学期的培训内容涵盖了很多方面。我们的身份慢慢从学生向老师转换。在阿勒泰支教将遇到很多问题，但是我相信有了这些基本技能的储备，我们会有更加平稳的心态和更加成熟的做法。

我还想与大家一起分享我的收获。龚校长曾说过几句话，对我即将开始的阿勒泰生活有很大的指导意义。第一是"提高情商"，我觉得作为教师这一点是非常重要的,"仁者爱人",我们要学会欣赏别人的优点,平等地看待每一个学生。第二是打好基础,踏踏实实地做好每一项工作,有选择地坚持和放弃。把持人生的大方向,坚守道德底线,这样才能对工作方向有所把握。第三是"做什么,爱什么"。教师可能不是我们下半生的最终职业,但是要在这一年踏踏实实地做,找到工作中的乐趣,这样才能有热情、有动力、有信心把自己的工作做好。

(赵情,南开大学第 15 届研究生支教团志愿者,毕业于南开大学外国语学院)

向着梦想大胆进发

高翔宇

在参加支教团培训的将近4个月的时间里收获颇多，各种类型的讲座丰富了我们作为未来的支教教师应当具备的知识。

对接教学的三项活动，分别是先后进行的试讲、尖山小学志愿服务和育红中学的实习，在这三项活动中，我的收获很大。试讲中发现自己的不足，寻找同伴的优点，让我进步很快。在尖山小学的梦想培训中，我了解到了孩子们拥有的梦想，激励他们，努力向自己的梦想大胆进发。

让我感受最深的是在育红中学的实习活动，我真正地作为一名高中教师站在了讲台上，与学生面对面进行了第一节课的交流，之后又三次登台讲了三节不同的历史课，也听了多堂老师及支教团同伴的课。

一个星期的实习工作，我有以下几点体会：

首先，教师并不好做。真正的教师要吃透知识点，结合学生的实际情况传授知识，把握课堂节奏，掌握课堂进度，注重张弛有度、劳逸结合，调动学生的听课积极性和主观能动性，这些都是需要积累和总结的。刚上课时的生疏和手足无措令我不能忘怀，不断向老师和同学们学习，掌握了很多课堂小技巧，这让我受益颇多。同时，积极备课的过程也让我发现历史课要准备更多前后联系的知识点。没有认真负责的精神和灵活应变的能力，是无法成为一名合格老师的。

其次，要站在学生的角度考虑问题。听课的时候可以更清楚地发现学生们的需求和老师的不足，我们现在最明显的不足就是还不像老师，而是像做课堂展示的大学生，只有站在学生角度，才能了解他们的需求，尤其是讲课进度不能太快，不能变成自言自语。

最后，团队合作在实践磨炼中得到了加强。经过为期一周多的实习讲课，我明显感觉到了支教团内部的氛围更加和谐，合作更加愉快，彼此之间的关心也更多了，这离不开团长和其他成员们的努力，也来源于我们共同工作建立起的友谊，未来的一年在阿勒泰会有更多这样的时间、这样的事情，相信我们可以一起走过。

在尖山路小学做志愿服务期间，令我印象最深的是一个四年级的女同学。在一次活动之后，我们给所有小朋友发礼物时，她对我说："哥哥，我只想要一个礼物，我想见我妈妈。"原来，她的妈妈在西安打工，每年只能见面一次。了解到这样的情况后，结合支教团的服务计划，我们在母亲节前夕开展了感恩母亲的教育活动，教小朋友为母亲写贺卡，送上给母亲的祝福。那位小朋友课后感动地跟我们说，通过这次活动明白了怎么表达对母亲的想念，以后要学会更好地表达孝心，让母亲感受到自己的爱。这件事对我触动很大，一名老师，不仅仅要成为优秀的授课人，更要成为学生心灵的引导者，深入了解每一名学生的想法，对学生的心理问题给予及时的疏导。在新疆支教的一年，这也是我应当重点关注的问题。

（高翔宇，南开大学第15届研究生支教团志愿者，毕业于南开大学周恩来政府管理学院）

服务他人 快乐自己

侯霁桐

随着毕业的临近，我们第 15 届研究生支教团本学期的培训也接近尾声，首先要感谢校领导的重视和关注，给予我们平台去锻炼和丰富自己，当然，我们也没有辜负领导的期望，每位团员在培训中都有所收获，也在培训的过程中渐渐拧成了一股绳，在各个阶段都发挥着我们团结奋进的集体精神。

加深彼此感情的素质拓展

3月15日，培训计划的第一部分是安排我们进行一天丰富而充实的专业素质拓展训练，看似简单的拓展项目做起来并不容易，像拼七巧板的环节，只有各个小组团结协作才能完成任务，由于每个组不吝啬自己的活动资源，最后成为赵老师所见过的完成最出色的一个团队。在困难面前 14 位精英从未低头，总能将问题化繁为简，实际上，无形中素质拓展真正的意义便显现出来，素质拓展不但联络了成员之间的感情，而且培养了我们的自信心，增强了互相信任，培养了与人相处和解决问题的能力，更增强了我们的凝聚力。

延续志愿精神的尖山小学

3月21日，我们去尖山小学做志愿者，带着希望和梦想全身心地投入到孩子们的天地。本次活动是南开大学支教团志愿精神的延续，也是本届支教团第一次做志愿活动。为了贯彻党的十八大精神，我们将主题定为"中国梦"。记得在我领导的小分队，孩子们对自己的梦想畅所欲言，在与孩子们谈梦想的同时也感受到了志愿者的价值所在。第一次志愿活动得到了校领导的一致好评和认可，这也给予了我们前进的动力，接下来是每周分批进行的教学辅导和兴趣课堂，利用午休时间给孩子们辅导功课，在兴趣课堂上锻炼孩子们的动手能力，希望孩子们可以从中受益。

在辅导孩子们功课的时候，我发现有的孩子往往在前一个问题答对后换个问法就会答错，这是因为对知识点的掌握还不扎实，我就让同学将做对的那道题重做一遍，再做出错的那道题，加深他的解题思路，效果很好，问题迎刃而解。

虽然之前做过不少志愿活动，但这次是以支教团的形式参与志愿活动，每次前往尖山小学我们都会事先安排工作任务，明确分工，各就其位，各司其职，在实践中我们已成为一支高效团结的团队。

育红中学的第一堂课

2013年3月至4月我们支教团在育红中学进行试讲培训。得知自己被分配到政治组，教高二理科班政治课程，我还是有压力的，这次是面对50名学生，班主任是政治组的资深老师。我跟着杜老师听了四节课，课下认真备课和书写教案，又将当下的许多知识融入教学，拓宽了学生的视野。

将近一个月的试讲培训，我做了10节课的笔记，为准备自己试讲的课程，写了5次教案，详细列出内容板书和知识点，并采纳杜老师的建议。课上与同学们进行了积极的互动，共同完成了第四节"生产与消费"的教学任务，课下为同学解答了难题。我还听了其他团员的试讲课，并积极参与授课方法的讨论。

我记得最后一周我给同学们上了一堂班会课，激励即将奔赴人生第一个转折点的他们，讲述了备战高考的技巧以及如何做到知识的活学活用，并将自己的人生格言告诉他们，希望会对他们有所帮助。

当然，课下我也不忘向前辈请教，参加政治组的课程研讨会，积极向班主任请教授课的方法，我也因此丰富了知识，增长了经验，为日后在阿勒泰的教学打下了坚实的基础。

团内各项培训、兴趣课堂

培训期间，我们收获的不仅仅是集体的协作精神，也提高了我们自身的素质。校史知识讲座加深了我们对南开大学的理解和认识，也使得我们能够在阿勒泰宣传南开精神；在医疗救护培训课上，宋媛老师为我们演示了包扎和人工呼吸等急救方法；通过心理健康辅导课，调整了自身心态，可以更好地把握与中学生和睦相处的心理，使得我们更快地转换角色，在传道授业的同时成为他们的朋友。

在每周的兴趣课堂上，大家都会积极试讲，每个人的讲课风格各不相同，精彩的试讲也是我学习的过程。一次次地试讲使我逐渐熟悉讲课的方法，相信我们在阿勒泰的讲台上会大放异彩。

身体才是革命的本钱

在培训期间，李老师要求我们每周定期进行两次体育锻炼，身为运动员的我便主动承担起带头作用。除了跑步之外还增加了羽毛球等项目，几周下来，大家的体质有了明显提高。偶尔也和老师同场竞技，既增加了与老师的感情，也提升了支教团的形象，真正做到了德智体美全面发展。

经过一系列的培训，使我更加懂得志愿者的真谛。有人说做志愿服务是一种奉献精神，不求回报。但我想，志愿服务是一种付出与回报融为一体的志愿行动。付出的是关爱和行动，获得的是快乐和满足。俗话说："送人玫瑰，手留余香。"在志愿者的价值追求中，奉献爱心、服务社会，与充实自己、提升自己、感悟人生，同等重要，正所谓：服务他人，快乐自己，到祖国最需要的地方去。

（侯霁桐，南开大学第 15 届研究生支教团志愿者，毕业于南开大学周恩来政府管理学院）

我为成为一名支教队员而骄傲

刘 悦

投身西部彰显青年本色，志愿支教传承南开精神。

经过支教团完备的培训，我可以很有信心地说，我为自己是第15届研究生支教团的一员而骄傲！

还记得第一次的例会是以观影为主题，电影展现的是甘肃特有的风貌和学校艰苦的环境，看到支教人身上具有的笃定与坚守，我对支教工作增添了一份向往，对自己能成为支教团的一员更增添了一份自豪。

在冷风中奔跑，在信任中前行，在协作中进步，经过素质拓展培训，我找到了对组织的归属感。没有伙伴们的团结，我没想过自己能够在线绳围成的小网中"穿过"；没有伙伴们的鼓励，我没想过自己能够戴着眼罩在障碍重重的地方如履平地；没有伙伴的倾诉，我没想过自己能够对生活如此感恩。特别记得成成同学在我蒙眼时候，引领我前行，在我惊慌时拍拍我的肩膀。这使我想到，在孤独时，你身边的伙伴就是你可以依靠的人，只有完全信任他人才能照顾好自己。一个月后，在阿勒泰，我们的团队就是我们的依靠，相信组织，团结他人便是我们快乐生活的源泉。

每周的培训例会，都是凝聚力量、提升士气的平台。在培训例会上，我有幸进行了三次试讲。阿勒泰地区的民俗风貌、解读咖啡文化、健康减肥小贴士这些兴趣课堂提升了我登上讲台的信心和教态。会后，伙伴们对我的讲解提出了宝贵的意见，更教会我交流和沟通的重要性。就是在这种交流中，我们每个人的能力才能得到提升。

尖山小学的社会实践也给我留下了深刻的印象，帮小朋友解答问题、陪伴他们玩耍，在快乐中成长，这些都把我们的童心唤了出来，更让我体会到作为一名老师的快乐。

一年的支教生活给了我一个奉献爱心的机会，也给了我一个展示自我、实现自我人生价值的舞台。有了这次支教的宝贵经历，以后无论走向什么工作岗位我都能艰苦朴素，心存感恩，为社会创造价值。

教学是一门学问，也是一门艺术。虽然我现在已经掌握了一定的专业知识，但是缺乏实际教学经验，还需掌握有效的讲课方法。因而，在前期准备中还需要认真筹备，找到适合自己的教学方法。我会多看一些和教学有关的书籍和电影，积极地与往年研究生支教团归来的学兄学姐多多交流，学习他们优秀的经验，聆听他们宝贵的建议，为一个月以后的支教生活储能蓄势。

（刘悦，南开大学第 15 届研究生支教团志愿者，毕业于南开大学法学院）

奉献

每一句话都不想句号结尾,就像在这里的生活,我不期待句号来临的那天……

未知的西部，遇见未来的自己

施 悦

每当踏上前行的路，我都会不自觉地侧身扭头望望西边——那个相距自己约2500公里的家，心就暖暖的。记得在那个青葱岁月的四季，在金山银水的天空下遇见了那个最美好的自己。

希 望

2007年11月25日星期日，是我第一天给学生补课的日子，有七班的李娜、陈红、蒲培茂、范存发、徐乃东、巴哈达提，八班的李金凤、乌拉尔、董洪晓，这些孩子大多都是学习成绩优异，但是英语相对薄弱，而且家庭相对困难的孩子。11点半我来到教室，他们早已到了，小眼睛齐刷刷地盯着我，我第一次感受到自己那么地被需要。

从周一到周日我都有课，有人问：何必这样辛苦呢？我觉得再辛苦也值得，因为我是在做一件能够改变他人命运的事情。

这是一个偏远的地方，对于这几个学生来说，他们没有钱去享受城里同龄人所能享受的东西，他们来自乡下，父母都是面朝黄土背朝天的农民，而他们将来面对的生活大概也会如此，唯一能做的就是通过学习来改变自己的命运。在有些人看来也许学习并不能改变命运，但是对于这些孩子而言，他们又能用什么来支撑着他们走完下面坎坷的路呢？

说我的这点辛苦能改变孩子们的命运有些夸大其词，但是至少我为他们的改变付出过自己一点微不足道的努力，我认为这样的意义就是重大而非凡的。

"我是别人点燃的，我也要点燃别人！"这就是我的信念，这就是我的动力，这也是我在阿勒泰二中的理想——点燃孩子们的希望。

感 动

在刚刚结束的运动会开幕式上,我们支教团成员一起演唱了《红旗飘飘》,我们身着"中国加油"的 T 恤站在台上。南开历届研究生支教团很受学生们的欢迎,我们也不例外,台下此起彼伏地喊着我们的名字。当听到自己的名字被一次又一次喊到的时候,心里特别开心,他们的声音就像暖流激荡着我的心田。

学生们的喊声是对我们辛勤工作最好的褒奖,学生们的欢呼是我们最大的欣慰。他们的喊声让我们知道,有一个好老师在他们身旁,有一个好朋友在他们心中。我们虽身在千里之外,学生们的热情和爱戴,让我们感到并不孤单,有他们在,我们很幸福。

因为有了他们,我感受到一份热情,更享受着一份感动。

谢谢你们,我的孩子们!

离 别

眨眼间已到了离别的时候,写下这些文字的时候,几分感慨,几分不舍,萦绕我心。

此时此刻,我想向你们道一声"谢谢"!

一年的时间,你们是我最大的快乐。我的生活因为你们而丰富多彩,因为你们而从不寂寞。从你们身上我感受到朝气、感受到希望、感受到力量,尽管你们也会调皮,也会惹我生气,但在我心中你们始终是我的弟弟妹妹,从未改变。

一年的时间,你们给我太多的感动。怎能忘记,阳光体育课上我们的欢声笑语;怎能忘记,班会课上你们送给我的祝福;怎能忘记,运动会上你们大声呼喊我的名字……所有这些我已当成珍宝埋藏到心里。

一年的时间,很短,短到我来不及品味更多感动就要匆匆离开。

一年的时间,很长,长到我要用一生一世铭记这些过往。

思绪缓缓流淌,感激那个时候的自己,拥有义无反顾地选择的勇气,充满信心地拥抱那个未知的大西北,走向那帮纯洁的孩子,遇见了未来有爱的自己。感激岁月,感激阿勒泰,感激自己。

依旧走在上班的路上,未来,我来了!

(施悦,南开大学第9届研究生支教团志愿者,毕业于南开大学法学院)

人生里的一年

张 之

一些碎语

午夜 12 点,刚刚结束一天的工作,拖着疲惫的身子回到家,打开电脑,准备再工作一会儿。

"霍老师,再给我几天时间,我忙完这个活儿马上就给您。"

"霍老师,我今天晚上就挨个通知大家,我也尽量早给您。"

"霍老师,不说理由了,我今天晚上就给您。"

……

想到这个,心里面都是愧疚。说好写写支教的故事,可是,因为每天加班到凌晨,就一直拖了下去。

出了学校的大门,如何平衡梦想与现实的关系,成了每个人必须面对的一堂必修课。这堂课的老师,是生活。

经历新的自我

我是南开大学第 10 届研究生支教团的团长,2008 年 8 月至 2009 年 7 月在阿勒泰地区第二高级中学支教,时任高一数学教师,是 2008 级阿勒泰地区二中高一(8)班和高一(11)班的数学教师,同时兼任高一(8)班的副班主任。

这一届研究生支教团共有 13 名成员,现在都已走入不同的工作岗位,可当时,我们就住在学生宿舍顶层那四个宿舍,彼此见证了我们走过的日子。

说起在阿勒泰支教的日子,真的不知道该如何说起。因为这一年的生活承载了太多的回忆。你让我说说我的学生们，我可以和你说我教的学生都已经大学毕业了，也可以和你聊聊那些不爱学习的孩子让我多么又爱又恨；我会和你聊聊很多学生总愿意将心里话与我分享，我也可能和你聊聊我和学生们一起经历的小猛士杯、雪地杯和班风班训比赛；我一定会和你说，学生们把美丽的巧克力糖纸当做礼物送给我，也一定会告诉你孩子们把我气个半死之后又给我写小纸条说对不起；我会给你看那段录像，看我给他们上最后一课的时候，每个学生抱着我哭泣；我也一定会给你讲那个故事，那些孩子们在我们临走前最后一天睡在宿舍的走廊里，不肯离去。

　　学生们和我说话会没大没小，会把我扔到雪地里用雪埋起来。所有的，都弯成了一抹弧线，画出了我的唇线。

　　要是让我讲讲当老师的感受，我估计会从第一节课给你说起，或者说说拿起粉笔开始在黑板上书写的时刻。我可能也会说，批改作业可以写"优"也可以写"重写"，犹如学生时代自己想象的逆袭。比如，我发现拿着答案给学生们讲习题，原来也不是那么难；在课上让学生们记住一个简单的定义，是需要多年的功力。还有可能，我会说说第一次监考时的洋洋得意，也会说说第一次出卷子时的战战兢兢。我会聊聊我故意发脾气然后给全班同学讲道理，也会为自己别出心裁地设计了几堂课而沾沾自喜。我会记得高考前我给学生们送苹果和"德芙"巧克力，也会记得高考后帮孩子们报志愿直到深夜。我会记得那张讲台，那盒白粉笔。我会怀念那声"老师好"，还有那句"老师休息"。

　　做数学老师会一周上六天班，到假期的时候一天六节课，会讲课讲到失声，会写板书写到手抖，可就是这样的日子，充满了甜蜜。

时光无法倒流，希望可以延续

　　支教回来，总会有种脱离感。记得刚回来，我又开始做回学生的时候，总是觉得生活少了点什么。尽管不用每天早起去"盯"早自习，也不用每天批改作业到很晚，每天的生活很自由，很放松，但是总觉得自己不能安下心来。

　　支教留给了我们什么，可能每一个人都有不同的答案。对我而言，是一段经历、一份感情、一份回忆，还留下了一个信念。

　　有一种幸福，很难用言语表达。我们通过与学生们的接触，去传递正确的人生观和价值观，培养学生们谦虚、礼貌、真诚、善良的人生态度，帮助学生们养成良好的学习习惯。我们欣喜的，不仅仅是学生们试卷成绩的提高，更是在这一年中他们本身的成长。我们幸福，是因为我们在用自己的真诚与耐心，看到了一个个青年的悄悄转变。也许这些转变很微小，比如自己独立完成作业，礼貌地待人接物，有秩序地上下楼梯，但这是他们成长中的一大步。成绩，只是衡量学生对课本知识掌握程度的一个参考；而成长，才是帮助他们面对人生顺逆的信念源泉。

这种幸福，是没经历过、没付出过、没用心过的人感受不到的。

除了这种幸福，支教还在我心里种下了一粒种子，叫"善"。

善的意义有很多，通俗一点说，是做好事。俗话说，善有善报，但倘若行善事是为了求得善果，那"善"则是为了求，为了得，为了福报，善就变了味道，只是为了美好而选择的一条路径。善是内心深处的坚持与信念，当没有了得善果的回报心，也就结下了纯净安稳的心吧。

所以，支教所留下的就是这颗纯净安稳的善心。

工作了，有时候找不到方向，不知道自己正在做的繁重工作的意义在哪里，不知道自己的动力在哪里。常常自己与自己对话，问自己到底想做什么，到底做什么不后悔，到底做什么愿意百转千回。

我想，我找到了答案，找到了自己愿意付出的事业——公益。在深圳工作以外的业余时间，我加入了中国最大的非公组织"真爱梦想"，做一名志愿者，一名素质教育推动的志愿者；我也在不断和我的各方朋友沟通，希望打造一个分享的平台，关注大众化的心理沟通，弥补专业心理治疗和无心理倾诉平台的空间。这一些我都做得津津有味，从不觉得辛苦，从不感到迷茫，因为我找到了我认为可以终身坚持的事业，一项关于"善与爱"的事业。

是的，看到了阿勒泰的天，仿佛洞穿了苍穹；拂过克兰河的水，好似清澈了灵魂。这一年，留下的不只是回忆，更是将回忆延续的信念，与希望。

我记得，孩子们曾经问过我，我对他们有什么希望。

我说，我希望你们做个好人。

尾 记

准备发出这篇文章给南开研工部的时候，手机传来一条短信，是支教

的时候同办公室的项玉敏老师发来的,从我去英国留学之后,我们好久没联系了:

"在今晚的聚会上又提到了你,惊鸿一瞥留下的是久久的回忆。这么长时间都过去了,大家都念着你,欢迎回来。"

念及此,我泪流满面。

你说支教带给了我什么,我说支教重塑了我的人生。

(张之,南开大学第10届研究生支教团志愿者,毕业于南开大学经济学院)

南开大学第 2 届研究生支教团追忆往事

贾 宁

（一）

中国青年志愿者第 2 届研究生支教团（2000—2001 年度）成员总计 132 人，由来自 33 所高校的 131 名学生和一名新加坡支教志愿者组成。

2000 年 8 月 20 日，支教团全体成员汇聚中国人民大学开始集训，第 2 届研究生支教团正式成立。2000 年 8 月 28 日集训结束，支教团成员分批离京奔赴不同支教地。

（二）

南开大学支教团成员共 4 名，分别是王巍（物理）、陈军（哲学）、王威（生物）、贾宁（外院）。

南开大学支教工作地位于甘肃省榆中县，在榆中的其他支教成员还有中山大学、兰州大学若干人及新加坡支教志愿者 1 名。南开大学支教团具体工作学校有榆中县恩玲中学（高中）、小康营乡中学（初中）和银山乡中学（初中）。

2001 年 7 月 4 日，我们一行人离开甘肃，支教活动正式结束。

（三）

支教团要上课教书。

那一年我们教了此生最多的课。基层学校普遍缺教师，只要学校有需要有要求，我们就忽略专业，迎难而上，身兼多任，生物专业的教英语，哲学专业的教体育，经常帮其他老师带班，举办辅导讲座等，不一而足，乐此不疲。

我们为孩子们付出了最真挚的感情和最投入的陪伴，除上课之外，还包括各种文体活动、家访、自费购买教学设备和材料以及课外辅导与交流等。那是一个网络尚未普及，通信仍显落后的年代，我们让孩子们了解到外面美好世界的点点滴滴，激发他们了对美好生活的向往。

我们有幸遇到了最质朴、最纯真的学生。那时没有电子卡片，没有表情包，学生们在简陋粗糙的纸质卡片上认真写下他们的感受。有的孩子说，"不远千里来支教，举目无亲，你把我们这些穷学生当作亲弟弟妹妹一样看待，从不嫌弃我们；我们也深为您渊博的知识所佩服"；有的孩子说，"在课堂上，你不但传授了文化知识，还教给我们不少为人做事的道理。我平时不说出来，但我真的感谢并祝福你"；甚至有的孩子说"你是我一生中最难忘的老师"。想至此，仍泪目。

（四）

支教是一项细致、深入、扎实的社会实践。

我们向当地老师学习，与他们深入交流，建立了深厚的友谊，深刻体会到当地基层教师的辛苦、奋争、坚韧、疲惫、压力，还有些许的无奈。

我们跟随当地老师和学生进村入户，了解他们的生活环境和生存状态，见到过最贫瘠的大山，观察到最艰难的民生，偏远贫困的山村、家徒四壁的农户、衣衫褴褛的小孩。

成年人对生活的热爱与无奈，年轻人对现状的思考和对未来的渴盼，交织交替，久久萦绕心头。

冲击强烈，印象深刻，我们认真观察，深入体验，激烈讨论，深度思考，关于这里和那里，关于现在和未来……

（五）

交通不便，通信困难，我们在完全陌生、几近隔离的环境中度过了一年。

我们体验过最简单、质朴的生活，吃过最简陋的饭菜，喝过最原始的水。我们爬过最深远的大山，走过最陡峭的山路，也欣赏过最晴朗的蓝天，最美丽的花朵，在最清新的空气里陶醉。

我们建立起最深厚的友谊，享受过最单纯的快乐！

因为简单，所以深刻；因为深刻，所以难忘！

致难忘的支教青春！

（贾宁，南开大学第2届研究生支教团志愿者，毕业于南开大学外国语学院）

忆小康营岁月，纪支教人青春

王 巍

我们第 2 届研究生支教团是 1999 年选拔的，2000 年到甘肃省兰州市榆中县，2001 年返回南开读书。南开是首批中国青年志愿者研究生支教团 32 所高校之一，我们那一届全国仅仅 130 名大学生志愿者，平均一个学校 4 人，很多事情都处在尝试、探索的阶段。后来跟团中央的张俊虎老师交流，他说之前有过零星试点，而这种"长期"的方式比"假期"式的更能缓解西部地区的师资问题，而且具有工作的延续性，所以才大力推广开来。

我们南开第 2 届研究生支教团有 4 人入选，外语的贾宁、哲学的陈军、生物的王威和物理的我，都是党员。当年没有手机，联系不到之前入围的师兄师姐，我只见过化学院的刘二伟，得到的信息几乎为零，而事实上他们那个时候也是刚刚到服务地，恐怕连他们自己都还不甚清楚。

临行前，印象中也是我们 4 个人在学校唯一一次聚餐，在现在已经变为纪念品商店的招待餐厅，还非常奢侈地点了半只烤鸭。吃饭只是形式，重点在于我们统一思想、凝聚共识。不确定前路如何，所以大家抱着"一无所求"的心态走向西部。而对我来说，我父亲当年是"知青"，他有些许的不安，我就宽慰家里："现在时代不同了，而且户口还在天津，不会迁走，没什么可担心的。"其实，我们对未来是否发生变化心里也拿不准，"大不了回来拿着本科毕业证找工作，反正怎么也不能给学校添麻烦"。

一份保单，一个邮包，就是我们全部的东西了。从北京坐火车到兰州，简单培训交流之后去了榆中县。团县委再开会，之后就把我们送到各自服务地了——贾宁在县城的恩玲中学，王威在银山乡中学，我跟陈老师在小康营乡中学。

贾宁、王威分别跟兰州大学、中山大学的团友在一起，虽然在小康营乡中学的只有我和陈老师，但周末我们都会去县城相聚，听听别人的"苦恼"让自己开心一些。工作中不可能没有矛盾，尽快磨合、搞好团结、求同存异，这个过程对自己是历练——未来不可能遇到的人和事都是自己喜欢的，如自己的心愿，是我们主动去适应社会，还是让社会都适应我们？

小康营村在一个山坳里，临行前我们都投巨资买了人生中第一部手机。"神州行"双向通话费每分钟 6 毛，太贵了——好在村里没有手机信号，爬上楼顶或者山上才有，所以我们电话费特别省。小学的楼房是援建的，为了省钱，学校的操场都是学生们利用间操、体育课、体活课等时间自己平整出来的。我们做饭、睡觉都在教学楼的一间办公室里，后来知道这叫 SOHO。没有上下水，脏水只有晚上天黑了才好意思拎出去倒掉。屋子里生煤炉取暖，做饭还好，学校给配了煤气罐和新厨具。村子四面黄土，经常刮沙尘暴，记得有一次下午沙尘暴来袭，一时间天都黑了，我跟陈老师就坐在屋里子对望着，眼见沙子从窗户缝往屋里灌，落在我盖床的塑料布上发出沙沙的声音。

我前前后后带了 4 门课程，开始是 2 个班的物理，后来加了 1 个班的英语——英语老师怀孕了；再后来给老师们上计算机课——外面给学校捐了一批旧电脑，我同时兼任维修；最后还带了体育课——记得是一个体育老师调离学校了。原因很简单，不是我有多么出色、多么全能，而是当地真的很缺老师，我们就是补缺的，只要有老师不在岗，我们就要顶上——直到今天我们支教团去的一些服务地依然是这个情况。

我跟陈老师都教初二年级。学生们的学习基础差到我们一时难以想象，英语是用汉语拼音写的，物理书上的限速牌看不懂，普通话不会说……虽然前路漫漫，学生的未来是个未知数，但也要倾尽时间和精力去教他们，"哪怕只能让 5% 的学生提升 5%"，这是一个教师的职责，要做到问心无愧。留作业，不仅是留给学生的，也是留给老师的，特别是天天都有的语文课、英语课，每天批改作业到很晚，后来发现，几乎是自己给他们写了一遍……正课、倒课、要课，课最多的一天我上了 7 节，嗓子完全哑了。作为老师要让学生们了解：未来的物质财富、生活资本要靠自己的努力通过正当途径争取；不管怎样，人人都要活出尊严，也有平等的权利；最后，要反哺社会。支教回来之后跟学生们大多失去了联系，但也得知我的一个学生学了驾驶，另一个学生学了缝纫；再后来知道有的在上海工作，有的在西安成家。我特别开心，相信未来他们能够靠自己的双手养活自己和家人，过得充实而幸福。

有的学生跟我说：世界不公平，把他们生在西北的农村。我跟他们讲，你们不知道的是高考时候西部贫困生国家是有政策的，东部地区的孩子也说"不公平"怎么办。环境艰苦，命运多舛，但学生们依然坚强而快乐地生活——他们也这样教育着我，我经常说，他们教我的远比我教他们的多。没有什么事儿是老天应该给的，如果我们总是对境地不满意，认为付出与收益不对等，总认为这也应该、那也应该，人是会失衡的。计算自己获得多少之前，先看看自己付出了多少。

我后来发现，还是得多给学生留作业，否则晚上真的没事儿可干——手机没信号、电视没图像、广播听不清、每周去县城才能买到报纸，当地老师们总说"夜长着哩"，的确是这样。学生们虽然很喜欢新来的支教老师，但作业"该"不写的还是不写。起初我很生气，但后来放学在村子里遛弯，发现学生们回家放下书包就拉着车下地干活去了，天不黑不回来。小小年纪，他们已然成了家里的主要劳动力，如果不是因为有九年义务教育，恐怕很多孩子我们是不会遇到的。转天再看他们作业没有完成、在课堂上打盹，心头竟气不起来了。

刚来支教的时候，补助拖了3个月没有发，我跟陈老师身上也没带什么钱，就把手头的钱凑一起，买东西记账，基本上都是吃的。我们先买了100斤土豆，当地叫洋芋；两个月吃了100斤大米、50斤面，平均每人每天主食就1斤多。自己擀面条，一人一炒勺。肉，每周1斤，都买肥的，炼成荤油炒菜放一点儿。鸡蛋只买几个，有一次陈老师说馋大饼鸡蛋了，烙了10张饼奢侈地做成大饼卷鸡蛋，两人吃了9套。没钱买菜，还好当地老师们在校园里种了很多萝卜、白菜，让我们随便吃。村里有两家"饭店"，一个有卤肉、炒菜，太贵吃不起；另一个就是牛肉面馆，我从一份小碗吃不完，到后来一大一小才能吃得饱。

离家太远住校的学生们，每周从家背一口袋锅盔、一些白面和土豆来学校。早饭是锅盔就着热水，冬天偶尔还可以在教室的炉火下烤个洋芋；午饭和晚饭学生们自己做煮面片，锅里放点儿盐和酱油，菜一年到头只有洋芋……学校有个小食堂，能提供的也不过就是拉条子、煮土豆。

到甘肃，绕不开一个"水"的问题。本想着这地方是很缺水的，但到校第一天就看到学生们拎着水桶用墩布擦教学楼的水泥地，感觉太"奢侈"了。一问才知道学校有个水窖，擦地用的是积累的水。很快，停水的日子来了，学生们特别热心地帮我们从地窖里打水喝，水质不好，当地老师们的福利经常是碎茶叶和大冰糖,用红塑料袋装着,也发给我们。正确的使用方式是:水的颜色不好,多放茶叶;茶叶放多了苦,再放冰糖。洗澡,只能每周去县城的公共浴室。假如"每周3天有水、4天没水",可以说"这个地方真是糟透了,每周4天都没水",也可以说"这个地方还不赖,每周3天都有水"。对待生活,不仅在客观事物本身,更在自己的主观意识,我跟陈老师更多的是享受"每周3天都有水"的幸福日子。

团友,一生最好的朋友。我们第2届的4人,直到今天还保留着当年的那份情谊,经常在群里调侃几句,到对方的城市一定要见上一面,聊的都是当年的"糗事"。回来之后留校工作,有幸作为指导教师带支教团,第16届的小团友Lisa写道:"我最美好的青春是与你们共同度过的!"泪目。每当迎来一批新的团友,每当7月看着"接力者"坐上大巴慢慢驶出南开奔向新疆、西藏、甘肃,每当将小团友送到服务地我们转身离去时,都感慨万千。

用无悔的青春书写责任与担当,用坚定的信念回报信任与培养;让孤独和辛劳助力成熟与成长,让团结和真情铸成前行的力量。

永远难忘支教一年带给我人生的转变,记忆永远定格在23岁的那一年。

(王巍,南开大学第2届研究生支教团志愿者,毕业于南开大学物理科学学院)

我当老师了

杨 婧

时光荏苒，我挥手告别了四年美好的大学生活，收藏好值得珍惜和怀念的一切，准备踏上一段新的旅程。毕业求职时，我从没有想过自己会成为一名教师，尽管家人和朋友都说，这对于女孩儿是一个很理想的职业，但是我心里却始终倔强地认为，我的工作不会跟教师有什么关联。

可是恰好遇到参加"大学生志愿服务西部计划"的机会时，不知为什么，这对我却产生了巨大的吸引力。虽然只是去做一名普通的高中教师，但是祖国的边陲，那里是最需要我们青年一代服务和奉献的地方，能把青春的一部分留在那片热土上，便是无悔、无憾的，更是值得骄傲与自豪的。于是，经过一番竞争，我很幸运地得到了这个机会。虽然从师兄师姐那里对我们即将要奔赴的服务地了解了不少，但还是忍不住去幻想那里会是什么景象，尤其是学生。

结束了在贵阳为期一周的培训后，我们直接奔赴新疆阿勒泰地区二中。当天下午，校领导和年级主任就召集我们开会，分派了学科。我负责带高一年级4个班的地理，包括1个实验班，3个平行班，随即就跟着班主任进班，与我要教的孩子们见了面。当我站在班级前面，下面四五十人齐刷刷地盯着我，充满了好奇，我竟不觉有些紧张。当我说到自己刚刚从南开大学毕业，是来二中支教的第7届成员时，下面爆发出热烈的掌声，还有人在欢呼，他们的热情深深地感染了我，让我觉得无比温暖，同时也打消了之前的一些顾虑，让我更加坚信自己当初的这个决定是正确的。

我高中是学理科的，在高一的时候学过地理，所以讲起课来并不困难。作为学生，只要自己心里明白就算是达到要求了；但对于老师来说，要通过怎样的表达方式让学生们理解和接受知识，这才是最难的，考虑用怎样的教学方法需要花很长的时间。临来前，张校长跟我们说，第一堂课非常重要，自己要说什么，每一部分要花多长时间，都要提前安排好，这样才能胸有成竹地站在讲台上，不惧各种突发状况，给学生们留下好的印象，今后才能被信服。课堂最重要的内容是教学，备课和写教案就是第一要务。

我真正当了老师，才逐渐发现老师的辛苦。以前认为，老师做什么都是理所应当的；可现在才知道，老师要想在课堂上游刃有余、驾驭自如，除了平时要有深厚的文化积淀，还要在课前做好充分的准备，以应对学生们可能提出的各种问题。教案要详细到每一个环节的类型，比如新课的导入、板书、提问、总结、讨论、活动等。每一个环节要综合书本上基础的概念知识，结合教案的教学思路，参考教参上重点提示，借鉴习题上的拓展知识，整理出自己课堂上要运用的模式，把自己的思路串成一线。如果只讲课本上有的，难免单调乏味，还要查阅一些课本外的、学生们感兴趣的知识，帮助学生理解基本知识。每两周有7节新课，基本上每天都要备课。开始的一个月，因为一切刚刚起步，我有些惴惴不安，生怕自己准备不充分，所以每天除了上课，中午和晚上都是在办公室备课、写教案，可以说最烦琐、最花费时间和精力的也正是它了，这也正和"台上一分钟，台下十年功"颇为相似。

课堂教学是对老师智力和体力的考验，要"眼观六路，耳听八方"，不但要讲课，还要特别留意学生们在下面的动向。为了使那些在后排的学生们也能听到，讲课声音要洪亮，还要写板书，监督他们做笔记，尤其是接连3节课上下来，觉得很累，再没有力气说话了。地理对学生们来说是门副课，自然不如主课受重视，所以课堂纪律是一个大问题。课下找有问题的学生谈话，还得因人施教，不同的人要用不同的方法，不能过轻或过重，轻了好像蜻蜓点水，不起什么作用，说得过激，又怕伤了他们的自尊心，所以这个尺度还是挺难拿捏的。

当自己真的做了老师，才能体会老师的感受。站在讲台上可以看清楚下面的一切，如果很多人注视着你，大部分人都跟随着老师的思路走，讲课就会特别有劲头，就算累点也很开心；可如果没有几个人在听课，只要停下讲话就能听到"嗡嗡"的声音，说话、传东西、睡觉、打闹的人不在少数，只有零星几个人在下面喊出问题的答案，你就会觉得讲课的情绪备受打击，没有心情再讲下去。上课本来就是一个互动的过程，老师不是机器人，如果没有学生的互动与肯定作动力，我想老师也不会有太多激情。

事非经过不知难，监考和判卷子最值得一提了。以前自己考试的时候，觉得老师好轻松，坐在前面，也不用想题。可当自己去监考，却发现挺难熬的。尤其是大场，两个半小时，什么都不能做，只能在考场里巡场，观察学生的表情和动向便成了"苦中作乐"。安心答卷的学生一般不会看老师，都是专注地盯着自己的试卷；有的学生提前把书翻开放在书箱里；有的学生时不时地抬头看你，紧锁眉头，表情好痛苦，在卷子上改了写，写了改，可能是在怨自己为什么没有好好念书；有的学生在偷瞄旁边同学，当发现老师盯着他看的时候，目光马上飘到屋顶，用手挠挠头，做出一副冥思苦想的样子；还有的学生提前打了小抄藏在袖子里，想拿又不敢拿出来，用另一只手遮遮掩掩。当然，这些违规的行为在老师的"火眼金睛"下被及时制止了。想想自己当年，也曾为了考试想打小抄，原来老师什么都看得到。判卷子也是比较枯燥的，要在很短的时间要全部改完，3个老师要批全年级700多人的试卷，强度还是很大的。

不敢说自己是一个称职的老师，但至少是尽心尽力地承担这份神圣的职责，最后感叹一下吧，老师真的是很辛苦啊！

（杨婧，南开大学第11届研究生支教团志愿者，毕业于南开大学经济学院）

22 岁，青春正好

姜春卉

支教团成军 20 周年，我们有幸成为风雨兼程的同路人，把最美的青春挥洒在祖国边疆的热土。

支教一年，自教一生。在阿勒泰这片土地上，我收获的远比留下的多，倘若你问我，这一年的支教生活有没有后悔过，我想是有的，我后悔已经过去的两百多个日夜没能更努力，后悔没有释放出更多的能量，后悔没有让每一个学生都找到自我，后悔没有把每一件小事每一个名字全都记住……

8 月 26 日，是我第一次走上讲台的日子。

这既是学生们的高中第一课，也是我的第一课。

前一个晚上反复思量着第一课要给学生讲什么，以什么形式讲，思考着要为我的生物课定下一个什么基调，给学生留下一个怎样的初印象，也担心自己会不会被学生喜欢，一整夜辗转难眠。直到站上讲台上的那一刻，下面一片寂静，看着五十几个学生好奇又闪亮的眼神，我似乎接收到了他们对新老师、新学科期待的信号，也感受到了他们对我的信任。第一个 40 分钟顺利过去。

接下来一个月的 63 节课，63 个 40 分钟，在 2 个奥赛班、2 个实验班和 1 个平行班之间来回穿梭，同一个知识点要讲 5 遍，还要根据不同层次的学生安排有差异的教学内容和作业，在每一个班级内又要针对不同接受能力的学生采取不同的教学方法，给以不同程度的关注，上课时每一句话每一个环节都要精心设计。于是第一次备课时，我写了整整 7 页教案，查阅了非常多的资料，备一节课花费的时间和精力远比讲一节课更多。

晚自习我常常会到班级里去辅导学生，同样从学生时代走过来，我知道不会又问不到人的无助感，这种无助感累积多了会使人厌学，所以作为老师，要让学生消除对老师的陌生和恐惧感，要让他们信任老师，敢于提问，敢于交流。对落课的学生，我会找时间为他们补课，争取做到不让任何一个人掉队。

2018年9月10日，是我人生中第一个教师节，看着学生给我做的小卡片、小纸条、小漫画，真的觉得做一名教师很幸福。学生不止一次问过我，能不能带他们到高三，我很惭愧只能有短暂的陪伴，而我，会尽力让每一个日子都充实、都闪光。

9月的月考结束，我让每一个同学做了"错题集"，他们都很用心，视错题为宝贝，我给每一本"错题集"认认真真写了评语，鼓励他们把好的习惯坚持下去，留下对他们的期待，这大概就是做老师的幸福感吧。在一沓总结中，我还发现了一本标着红心的"礼物"。

按照我以往火爆的性格，如果有学生没写作业或写得不好，我会第一时间冲进班里把他揪出来"收拾"一通。但神奇的是，我并没有这样做，热依扎写下来我才惊觉自己原来变耐心了这么多，其实自己也不记得一个知识点到底讲过多少遍，总之每次有人问我都会毫不犹豫地再讲，直到他听懂，直到所有人听懂。再讲一遍，再讲一遍，真的只是一件微不足道的小事，但多说的一句话能让一个学生爱上生物爱上学习，真的超级值得！教师这个身份能净化心灵，我从此深信不疑。

这一年也记不清自己到底批改了多少作业，每次看到学生的作业破了，我都会小心把它粘好，希望他们和我一样爱惜自己的书本。每次看到他们在作业里问我问题，我都会在旁边予以解答，好像写信一样，这样可以帮他们梳理作业中遇到的困惑。现在每次穿过走廊，已经不只是传来一声声"老师好"了，他们会跟着我走很远，把我送回办公室，甚至在晚自习下课也会跟着我一直到宿舍楼下。有的班级明明不缺课，却还是跟班主任说要上生物课，每次一进到班里就有一大群学生围上来，胡阿喜总是喜欢问我："老师，我最近表现不错吧？您要相信我肯定能学好。"叶尔汗说他要做全世界最好的课代表，王宁总是会偷偷塞糖果给我……

一转眼，留在阿勒泰的日子只剩下一个月了，出征时的场景还历历在目。我仍然记得出发那天立下的目标，还记得支教的初心和使命，"教师的意义不在于传授，而在于激励、鼓舞、唤醒"，如今快要结束，我也不知道自己做到了几分，不知道课堂上精心设计的提问有没有真正启智，不知道作业上一行行醒目的评语有没有做到激励和鼓舞，也不知道我离开后他们还会不会记得我反复强调的"生物必修一"知识点,也不知道他们会不会记得我来过……

每一句话都不想句号结尾,就像在这里的生活,我不期待句号来临的那天……

(姜春卉,南开大学第20届研究生支教团志愿者,毕业于南开大学化学学院)

小 老 师

李奇璇

夏日炎炎,艳阳当空,8月的阿勒泰与我的家乡完全不同,空气干燥,太阳晒得像要穿透每一寸肌肤。一群身着各式运动服的少男少女在操场上集合,列出不算十分整齐的四列队伍,一个个绷住刚刚还挂在嘴角的笑容,装出大人严肃的样子,队列中也有三三两两的还忍不住嬉笑,一下子就暴露出他们这个年龄应有的天真与活泼。

我走到队伍的最前面,让所有的学生都能够看到我,然后扬起语调,说道:"我叫李奇璇,来自南开大学第14届研究生支教团,从今天起我就是你们的军训辅导员了!我希望在今后相处的过程中,我们互相学习,共同进步!"似乎是一听到"南开"二字,所有的孩子都眼睛一亮,而话音一落,他们就为我献上了最热烈最诚挚的掌声。

这就是我作为支教老师的第一批学生,高一(6)班,这个刚刚组建起来的集体。

班主任苏老师是个爽朗的新疆女人,待人热情,做事认真,还有些泼辣。也许就是这样的性格,让我这个初来乍到的小老师感受到了新疆人特有的热情,卸下了一身的紧张和防备;也使得她在接手高一(6)班的短短几天时间里已经和学生们十分熟络,学生们爱她、敬她,也怕她。我欣赏苏老师的能力和品格,也羡慕她和学生之间相处得如此亲密,可我初为人师,又是刚刚从大学校园走出来迈向工作岗位,虽然内心充满热情,但总是有点怯生生的,拿捏不好和学生们相处的尺度,只好想着尽可能把自己的热情和真诚投注于学生们。

带着这种复杂的心情,我开始了新生军训辅导员的工作。开始的几天,学生们一直在练基本功,站军姿、齐步走,以及其他几个简单的动作。虽然不像我在大学军训时那么严格,可是对这群从小娇生惯养的"小王子"

"小公主"来说，也是不小的考验。而我作为小老师，日常的工作就是在一旁陪着他们，给大家准备好水，还有一些琐碎的小事。尽管我可以站在树荫下，但几天下来我也黑了一圈，更何况是一直在烈日下训练的学生们，有几个更是晒成了炭黑色。要说前几天我承担的最艰巨的任务应该就是教军歌了，我们班的教官声称自己五音不全，在教军歌时犯了难，我学过几年声乐，也就毛遂自荐把这个工作揽过来。歌曲并不难，几句歌词也很顺口，学生很快就学会了，看着他们回赠给我的笑容，我倒生出几分成就感来。

军训后半程最艰巨的任务是徒步拉练。我还是头一次听说"徒步"这个词，说白了就是不借助任何代步工具，"纯走"！这一去一回可就是24公里，小小的数字真是吓坏了我，可一想到自己已经成为一名教师，我咬着牙鼓足劲儿就得上！当天我们踏着清晨小雨打湿了的泥土，一步步向着目的地前行，也一步步远离城市的喧嚣，走近自然的纯净。我仿佛是要步入一片神奇的沃土，心中满是新奇，然而与以往的任何旅行不同的是，有一份小小的责任感早已悄然地在我心中生了根。一路上，我总是不自觉地加快脚步，以便能更好地观察到学生们的情况；有的女生体力差，走不动了，我就拽着她们跟上队伍；走乏了，我就带着学生们喊口号，鼓舞士气；休息的时候，也不忘和学生们拍拍照、聊聊天。我似乎成了"超级英雄"，也不觉得累，而原本心里的那份不自信，也在这一路上渐渐消失。尽管我可能还记不住每个人的名字，甚至和有些同学一句话也没有说过，可是我突然感到，在那一刻我心里装着他们，就仿佛装了全世界。终于，我们到达了目的地——一片美丽的小山谷，满地的绿草映衬着绛紫色的野花，蓝天和白云就像画里描绘的一样。我们围成一圈席地而坐，嘴里嚼着馕和一些简单的吃食，边吃边聊天。清风拂过面颊带来泥土和花朵的清香，这一切，美极了！而这美丽回忆让我久久不能忘怀的是，我的学生们，他们让我的生活变得多么不同！

军训过后我被分到了高二年级组，工作上的安排使得我没有太多和高一（6）班学生接触的机会。只是有几次学校文艺演出活动前，苏老师都不忘抓住我这个教过军歌的"壮丁"，给学生们排排节目。每次我和学生们的努力得到了肯定，取得了不错的成绩，我心中总要窃喜一番，我想这是源于我和（6）班这一份不解的情缘，他们是我的第一批学生，面对他们时我无比热情、真诚。

寒假回家之前，有两个小家伙跑来找我，神秘地把我拽出办公室，给我递上了一个包装精美的盒子。她们说这是高一（6）班全体同学送给我的新年礼物，我是他们的副班主任，这个礼物是我们相识半年的纪念品。比起"副班主任"的称谓，我更喜欢叫自己"小老师"。没错，我是他们的小老师，我与他们年龄相近，也和他们一样怀揣梦想，驾驭着青春扬帆远航；同时，我也是他们的老师，我人生的脚步比他们快一步，也更加幸运地能以老师的身份和他们相逢。我握着他们送我的礼物——一只戈壁玉镯，戈壁玉橘红的色彩扫去了阿勒泰冬日的酷寒，像是要融化一切。突然间，我意识到，也许我们之间不曾有过亲昵的话语和举动，只要我站在那里，我是热情的、真诚的，对于这些十六七岁的孩子们来说就是一种无形的力量。或许，这才是"支教人"三个字带给我们的最殷实的财富。

5月的天空万里无云，天空蓝得透明，让我又想起了那一个个有高一（6）班陪伴的夏日午后，如同我们最初的相识。我将要离开这金山银水，也许是时候该说再见了。可我想，我和（6）班的故事是未完待续的，因为我已经准备好装满与他们的回忆，跨步，翱翔。

（李奇璇，南开大学第14届研究生支教团志愿者，毕业于南开大学商学院）

支教追忆之监考记

范清华

支教一年的生活多姿多彩,这种经历和体验一生难忘。从漫无边际的回忆中撷取一朵来回味一下吧——监考,真是件有趣的事。

从学生到老师角色转变的一个重要标志就是从被监考人变成了监考人,这种感觉是奇妙的。

第一次监考是高二年级的一个英语小测验。看着平时很闹腾的孩子们认认真真、老老实实地坐着答题,是一件很愉快的事情。成绩不太好的学生时而苦恼地抬起头来看看远方,时而做无奈状看看我,让我觉得他们太可爱了。英语考试对很多学生来说是一种煎熬。考前我说不许提前交卷,不会做题就把试卷中不认识的单词画出来,当即就有学生笑道:"老师,我还是把认识的那几个画出来吧!"有些学生不到半个小时就把卷子做完了,可能因为客观题多,容易猜吧。他们坐在那里无所事事,一刻也安静不下来,我还是提前放他们走了。

第一次月考是我第一次正式监考,心里有些紧张。考务会上认真听主任讲话,请教其他老师。第一场监考就出了状况:刚开考不到10分钟,一个女生就要上厕所。我问了巡考老师,他不许,于是我就没让她去。可我发现她一直用手捂着肚子,面露痛苦表情,根本不能安心考试。于是趁着巡考老师不在,就让她去了,后来事实证明我做对了!她回来以后,文思如泉涌,一直在写答卷,看着她的样子,我心里又是庆幸又是得意。她走出考场时很感激地对我说了声"谢谢",听得我心里美滋滋的。

后来的监考就越来越顺,也没出现过作弊现象或其他状况。孩子们很听话,不用我老盯着。这本应是一件好事,却也让我无聊起来。一开始什么也不敢做,认真履行监考老师的职责,在教室里踱来踱去,看班级黑板报;看考场的花名册,记学生的名字,一般情况下一次监考能认识所有考生。再后来大胆一些,在监考时和他们一起做试卷,特别是英语、语文。每做完一道题,我就要走一圈看一下同学们的答题情况,有时看他们做错了,替他们着急,特别想告诉他们一声。

以后再去监考已经不感到稀奇、激动了,但是仍然很珍惜每次监考,因为我知道一年后再也没有这样的机会了。

离开新疆已经五年了,我亲爱的学生们也将大学毕业。看着他们高考后迅速融入新疆外面的世界,在依旧热情奔放中一步步变得成熟沉稳,不禁想,你们是否还记得那个监考老师?

(范清华,南开大学第9届研究生支教团志愿者,毕业于南开大学外国语学院)

回族老师在阿勒泰

杨 蕊

清晨路上，看见南开的海棠迎风怒放，娇艳如勤恳的新疆女子美丽的脸颊。记忆开始远远追寻一年前的时光，看到那一片片的紫红变成一张张美丽的笑脸，一颗颗灵动的花蕊化身一双双闪亮的双眸。这无数的眼眸中，有一双紧紧地吸引住我，恍然间，带出一段深沉的回忆。

上课铃响起，我站在讲台上，用眼神快速地数班上人数。当然，不是第一次，更不是最后一次，班上的座位在上课铃响之后的3分钟内，总是有空缺。我能做的，只有在我的教期内，尽我所能提升学生对于学习、对于课堂的重视程度。为此，我想了很多办法，或严厉，斥责迟到同学并给予相应处罚；或严格，课堂上无数次强调守时的重要性；或深入，与班主任、班长、迟到"专业户"进行交流。但是，我所付出的一切努力收效甚微。

我仔细地观察，发现几位迟到"专业户"竟然都在座位上，难道又出现了新的"迟到大王"？随着一声"报告"，门口站着两个女学生，刚刚开始执掌教鞭的我，没有及时想起两个女孩的名字。两个脸颊紫红的女孩看着我，眼神中流露出些许的抱歉和胆怯。突然之间，一向严厉的我竟然不知道该说些什么，隐约记得，其中有个学生在一次班会上说过想要考女警，便随口说道："未来女警回来了，你这以后抓犯人可不能迟到啊。"班上一阵哄笑，事情就这么过去了。但我万万没有想到，当时一句不经意玩笑之语，却给学生们留下了深刻印象。从那开始，总有学生问我是否知道他们的志向，如何实现他们的志向等。这个小细节，让我猛然意识到，我在学生们的心里有着如此强烈的存在感，而我的一言一行也会影响他们。

从那节课以后，"未来女警"的上课效率明显提升，目不转睛地看着黑板，认真听讲，我甚感欣慰。我记住了她的名字——米丽，活泼可爱的哈萨克族女孩。正好，我是一名和哈萨克族民族习俗一样的回族女青年。当米丽知道我的民族身份后,那份亲近之情更是与日俱增。

2011 年古尔邦节前夕,我收到了当地老师和学生共度民族佳节的邀请。那一天,我的行程用办公室老师的一句话来说:"不是在吃,就是在去吃的路上。"我表示以往的 23 年,对这个民族节日没有什么概念。但这一次,我闻到了新年的芬芳。这一天,我先后被邀请到了两个同学家中。浓郁的奶茶温暖了我的手掌,醇厚的酥油滋润了我的味蕾,酥脆的巴尔萨克让我了解了新年的意味。傍晚,接到生物组一位回族老师的电话,邀请我到她家做客,过一个地道的新年。我激动地在屋子里转了很久。来到老师家,她为我们准备了美味的民族特色食品"粉汤",这也是我至今难忘的美食。最让我感动的是,在老师家里我接到了学生的电话,他们竟然来到我的宿舍拜年,虽然我不在宿舍,很遗憾,但心里却是满满的幸福。回到宿舍,伴着浓浓的奶味,淡淡的油香,那是怎样一个香甜欢畅的新年梦乡!

转眼之间,距离 2011 年的古尔邦节过去了一年半的时间,我已经回到南开大学开始研究生的学习生活。前两天接到了米丽的电话,马上要高考的她"偷偷"告诉我,想到云贵边境攻读刑警专业,尽自己的一份力量。作为同样存在忌口习俗的"前辈",我跟她分享了很多经验和教训,以及独自在外漂泊的利弊。从她的话中,我渐渐觉得,孩子们都已长大。之后的一段时间,我开始接到各个学校的准"本科生"发来的消息,有些振奋人心,有些却令人遗憾。但不管是什么样的消息,我都在深深的喜悦中藏着淡淡的遗憾。亲爱的孩子们,我是多么想,在你们身边,共同奋进,和你们一起面对火热的 6 月,激情的洗礼。我是多么想,在你们身边,看你们的成人仪式,看你们心怀梦想,踌躇满志,奔赴大江南北。我是多么想,在你们身边,看骆驼峰白了又绿,看桦树绿了又黄。而现在的我,早已不是那个学生们敬畏的回族女教师,而是一个回族朋友,闲来无事话家常。

一年一度的古尔邦节再次临近,我却没有了当年的兴奋,在三千多公里外却是另一番景象,满眼盛装,欢天喜地,又是一个幸福快乐祥和年!不能与你们共度甚是遗憾,但我相信我们终有一天会再见面。

我远在新疆的朋友啊,请你们一定记得:阿勒泰的回族教师走了,但天津的回族姑娘还在等待着各位朋友的到来呢!

(杨蕊,南开大学第 13 届研究生支教团志愿者,毕业于南开大学生命科学学院)

故园北国拼高考

靳 星

刚一离开阿勒泰,它便成为我魂牵梦绕的地方。阿山脚下归来,就不忘紫塞千里的日子。

最高才90?

2009年8月,我参加了南开大学第11届研究生支教团,来到阿勒泰地区二中。

一开始分教学任务的时候,大家很兴奋,有一种初来的闯劲儿,好像脑门上贴着"给分配啥我都能干得红火"的字条。

当时,高一、高二、高三各需要一位英语老师,决定我带高一英语。我暑假的时候在天津新东方教课,四六级、考研都教过,商业化的课堂上百人咱都讲了,来教高一有点儿失望,但是也可以"从娃娃抓起呀"。

当时给我们团里王曼分配的是高三英语。她主动跟我做了调换,我就去了高三(14)班。后来,我知道高一英语组是清一色的女老师,男修理工进高一英语办公室都会觉得不好意思。可见,我去高三是沾光了。

分完教学任务,我来到高三英语办公室。高三办公室环境非常不错,一进去就是一股消毒水味,地面擦得锃亮,墙边一个大柜子,全是卷子,看着就过瘾!

老师们特别和善,一位姓邵的女老师对我说,高三(14)班是二中的文科班,文科班好带,学生们听话。

我一听就觉得更沾光了。

"邵老师,(14)班的花名册、成绩单在哪儿,我想看一下。"

"原来是赵老师带的,你找他要。"

我拿到花名册一看，全班最高分是 90 分，英语满分可是 150 分，也就是说，全班就一个及格？

赵老师说，这是复读班。

变形金刚

复读班更好，重建自信，冲击高考！

高三备课组组长宋老师说，每天都要默写单词。"已经高三了还要默单词？"我觉得这太浪费时间，自己高三的时候老师只讲卷子和语法。然而，入乡随俗，各有教学特点，我可以理解。

第一堂课，没有特别的感觉，因为之前有一些教学经验，所以很顺畅。同学们也很认真，没有一个说话的，特别安静。

我把新东方的教学内容搬到课堂上，给学生们讲词根词缀。

"新东方一期课上千元，我已给大家详细讲了，一定要好好记录！"

讲到 transform 这个单词的时候，我说，"大家知道 transformers 是啥意思吗？"

此时，我习惯地看投影，才想起这屋没有 PPT。

同学们不说话。

"这是变形金刚，新电影哟！"

同学们仍然没反应。

"你看过变形金刚吗？"我问一个同学。

她摇摇头。

我略有些无奈。

不要说他们物质条件差，没有看过变形金刚。其实真正的原因是，这是文科复读班，几乎全是女生，从小没人玩儿汽车、看变形金刚。

第一节课上的"段子"失败。该笑没笑，该记没记。

打温情牌

我也是从高三过来的，谁也不喜欢听批评。于是，我判默写，每个错单词，我都给改过来。

我在课上说："我给大家改了，大家要看，错了自己写几遍，记住是目的。"有的学生在每次默写之后会把错过的单词写几遍。

这就是进步的开始！

之后的考试，出现了好几个过及格线的学生，我非常高兴！

年级排名结果出来了，我们班是倒数第一。

好嘛！

邵老师说：你们一直就是倒数第一。

好嘛！

我知道结果后眼泪流下来了。

通过分析原因，我找到了问题的症结。我们班以及格为优，不及格的学生占绝大多数，所以要面向中等学生教学。为此，我对教学方法进行了改革。

首先，我会面向中等同学讲课，中等生就是差十分左右及格的同学。其次，成绩暂时不错的，课上要有选择性地听课，不会的再进行有针对性地听讲，充分利用时间把错题再做一遍。但是，成绩相对较好的同学，我会在课堂上随时提问。

同学们听到我的改革方案后很兴奋。

我的实际方法是，主要精力集中在中等生，中等生回答不出来的问题，我就叫好学生"打个样儿"。这一下子，好学生更加努力学习了。

晚上八点半

之前班上经常捣乱的男生突然转走了，我觉得有些失落，因为我想带着所有同学一起迎接高考。

接下来，班里的学习出现了一种新状态：分层次。学习好的学生，认真听课；学习不好的，根本不学。

邵老师说，有些学生是艺考生，现在的分数状况足够应对考试，所以不用特别努力学习。但是我要求他们"虽然分数够了，但是课上要遵守课堂纪律，给其他同学创造良好的学习环境"。我告诉他们要学好英语，对以后的深造、表演都有帮助，同时列举了很多真实的案例。

同学们好像听进去了，课上学习氛围还不错。

课下，我看看学生的笔记。

有的学生正在玩儿手机，突然意识到我来了，赶忙把手机收起来。

我们都笑了。

"我又不没收手机。"

"嘿嘿",他不好意思地笑了。

有一天上课,我发现少了好多学生。

班长说,艺考的同学去考试了。我突然想起一句话,"铁打的营盘流水的兵"。

希望我课上说的一两句话对他们有帮助吧。

剩下的学生需要高考。

高三学生有各种考试,新疆是下午4点上课,一直到晚上八点半。

冬天,晚上八点半很冷。我问学生们离家远不远,住宿的孩子需要啥。一下子,学生们打开话匣子了,非常兴奋!

我们从学习、考试,谈到大学学习生活,甚至谈到留校当辅导员。

"我希望把自己知道的都告诉你们,这样你们就有明确的方向。"

一个学生告诉我,她是哈萨克族,有加分和降档的政策。

这样算来,很多民族学生分数也够用了。

我举了一些高校里学生不学习最后劝退的反面例子,希望他们都学出个样子来,新疆需要人才。

学生们越聊越开心,说:"老师,你是哪个民族,长得好像维吾尔族。"

"可我不是维吾尔族!"

"老师要是出门,不管干啥,肯定会被以为是维吾尔族。"

"那就给我起个名字吧,你是哈萨克族,起个哈萨克族名字吧,不要女孩名啊!"

"别的名字都太平常,不像老师……"

她们想了一会,"老师,你就叫耶拉瑟吧"。

"这是什么意思?"我问。

"好像是推崇、尊敬,还是大官什么的。"其实她们也说不准。

回到宿舍,我就跟团员炫耀,说我有了哈萨克族的名字,叫"耶拉瑟",我还会写出来!

团长赵恩杰大叫:"夜里,夜里嘚瑟!"

我的美好青春被毁了……

艾尔肯

时间过得特别快，马上就要高考了。

5月底，我和班里同学到楼下拍了毕业合影。当时很拉风！

记得我刚到阿勒泰过教师节时，班里英语成绩最好的余丽代表全班同学送给我一盆儿带叶子的无名植物。

看着我收到的礼物，我说，我就教你们一个班，你们就是我的"独苗苗"！

6月，最后一次上课，我提前做了功课，学习了哈萨克语的字母，在黑板上写下了"别了，阿勒泰"。

学生们要我唱歌，我唱了艾尔肯的《我的姑娘在哪里》。

后来，我发现有同学把QQ头像换成了黑板上的"别了，阿勒泰"。

高考，余丽是英语最高分——124分，其余刻苦的孩子都有较大提高。真的是一分耕耘，一分收获。

渤海之滨

本来心静神安，挺快乐的，回校汇报时，自己给自己煽情了。

近来与学生、老师QQ聊天时，我的学生说：

"老师你回家了？"

"老师我'狠'想你。"

我回复说："'狠'想你呀？""狠"，词汇用得很准确。

每天出入实验室，经常参加研究生会活动，很快就放寒假，快过年了。我一直关注学生们在QQ空间的新鲜事。

我的学生在QQ空间给我回帖说：

"你这一感动，可感动了一大片呢！那一年真的太美好了，遇到的人、发生的事，让人时常想起。虽然只有一年的时间，可是我们的感情是那么真挚，真的很感谢你给我们的美好回忆。当然还有你不知道的事……嘿嘿，比如不知道那时候有多少外号！"

我说："告诉我一两个吧。"

"这可是我们大家的秘密，想知道？那……就不告诉你，嘿嘿。"

我很高兴，我的哈萨克族学生考上了武汉大学、宁夏大学、中央民族大学等。

我珍藏了学习哈萨克语的笔记，还可以见到学生给我起的名字——耶拉瑟。

这是被称为"夜里嘚瑟"的原稿。

如今我上研究生三年级了，马上就要离开南开园走上工作岗位。支教团永远是我最得意的经历。

纪念逝去的青春，永远的回忆。金山银水旧寻常，除却巫山不是云。

（靳星，南开大学第11届研究生支教团志愿者，毕业于南开大学信息技术科学学院）

致青春·支教所至，满天星辉

樊沁怡

我的221颗星 一闪一闪亮晶晶

2019年的夏天，我站上魂牵梦绕的雪域高原，一下子拥有了221个藏族小朋友。

开学第一天，我在每个班分别用了整整一节课，介绍我的名字该如何读写。"樊—沁—怡"孩子们在学完后仍然发着各不相同的音、写各不相同的字。那些十来岁的孩子一定想不通，为什么新来的科学老师，要叫一个"三个字全都不认识"的名字。

那是我第一次，见到我的221颗星。

高原孕育的他们，眼睛里都是光，如同这片神秘的土地，拥有致命的吸引力，我开始不由自主地靠近他们。

有的孩子上课前1分钟才气喘吁吁地跑回教室："老师，我去办公室接您了，没接到。"红扑扑的小脸上挂着一丝失落，我不忍心说出"下次别去了"。

有的孩子抱着半人高的科学作业陪我回办公室："老师帮你拿一半好不好？"他用不可商量的语气说"不行，不行"，小步快要跑起来。

有的孩子羡慕学校教师的孩子可以在教工食堂吃饭："老师，有一次我们从窗外看到里面漂亮极了，我们也想去里面吃饭。"可我知道，里面普普通通而已。

有的孩子执着地向我推荐他喜欢的动画片《八仙过海》，我口头上应承了数遍，却因无暇而屡屡爽约。"老师，您看《八仙过海》了吗？"，我没有想好下次该如何回答。

有的孩子只掌握简单的几句汉语，听不懂我讲课，我们几乎无法直接交流。"老师!"是他仅有的问候,"嗯!"也是我仅有的答复。我们都遭遇着表达的无力,可情感又奇妙地相通。

有的孩子晚上回宿舍的路上看到我,跑过来握了握我的手,静静地在我身旁走几十米,进入楼门前的短短几步,三次回头、挥手、说再见。他不是我的学生,他第一次见我。

有的孩子悄悄从医务室要来儿童感冒药,语重心长地叮嘱:"老师,这药管用,吃了牙就不疼了。"他忘了老师早已不是孩子。

……

这样的热情与日俱增,而我却无法回馈。多少次想着第二天就能再见,才踏实地进入梦乡。

科学是你抬头仰望时那颗最亮的星

我一直觉得很荣幸,成为孩子们人生第一位科学老师。

我们一起做的第一个实验是,证明空气的存在——把乒乓球放在盛满水的锥形瓶瓶口,倒转锥形瓶,乒乓球会掉下来吗?这是第一个所有人都知道正确答案的科学问题。

每个小朋友都亲手证明,空气是看不见摸不着的,可它存在,就像爱。

说来惭愧,我这个科学老师,一年间趁着职务之便竟补上了十几年欠缺的实验操作——搅拌、加热、过滤、蒸发、连接电路、使用天平、烧杯、玻璃棒、导线、砝码、弹簧测力计,我一边苦练酒精灯的点燃和熄灭,一边琢磨如何让藏族小朋友记下这些"奇怪"的汉字。

我常把实验器材放在一个黑色的纸袋里,它像个黑洞,吸走所有孩子的目光和殷勤。我常在课堂上变身,成为"什么都不知道"的"机器人科学老师",请下面的小小科学家们向我发出指令——这是因条件所限,只能进行演示实验的无奈之举。

只是一次分组实验就足够让一个班欢呼一整天,让其他班羡慕一整天。讲公开课的时候,平日淘气到上天入地的孩子们反倒比我紧张。课后有孩子小心地问:"老师,我们这节课表现得好吗?"我笑着反问:"你们觉得呢?"他思索片刻后轻轻答:"我觉得,不太好,但是很快乐。"

傻孩子,快乐,就是最好的表现啊。

那节公开课,孩子们终于亲手使用了天平。那个平时看起来有些腼腆、总是坐在最后一排的孩子，在全班的安静中突然说："老师，我们组的天平平衡了！"

我把那句别人看来"不合时宜"的报告，视作公开课最有分量的肯定"评语"。

我考虑到藏族小朋友的理解能力和表达能力，编了很多科学口诀，被他们亲切地称为"歌"。"歌"成为我们之间相互记得的符号。在日复一日的念叨中，我们都形成了条件反射，只要给某首"歌"起个头，我们就能在想起下一句的同时想起对方。

比如，食物种类有多样，六种营养齐跟上……

比如，小小种子土下藏，开出美丽凤仙花……

比如，天平放在水平处，游码归零调螺母……

这一刻，我又想起了他们，想起了我们一起抬头仰望的日子——科学是独立思考，是坚持己见，是熠熠生辉。

再闪亮的星也会偶尔黯淡

我心里尤其放不下的是叫次多的小朋友，我们的相识，并不愉快。

他不是我班里的小朋友，我不教他，可他却当面说我的坏话。我实在是个"小肚鸡肠"的老师，写了4000多字的记录《复仇》"声讨"他：

"他紧张、警惕，浑身都是防御的刺。他目光闪躲，慌张、挣扎，拼命想逃。他疯狂摸头，咬上衣拉链，手脚一刻不停地动，像无法控制。他的不安危如累卵，他把头沉到底，未知使他恐惧、煎熬，尽管我还什么都没有做。"

他顶着"老大"的名号行走江湖，我却屡次感到他内心的"怯"，他甚至不比普通学生自如，在老师面前局促得无法静立。

我记得他在热爱的足球场上飞身射门，也记得他红着眼睛用左手跟我拉钩，更记得他新学期第一天静静地站到我身旁。

他是颗偶尔会黯淡的星，或许是又受了疼痛的惩罚，或许是课堂比不上他热爱的足球场，或许是没人蹲下来耐心听他说说话。

可他本来是闪耀的星啊，他会写很漂亮的汉字，也会自豪地介绍藏文是他的强项，会凶狠地从对手脚下抢断足球，也会激动地炫耀他的赛马战绩。

他只是有自己长大的方式。而我,只是希望他好好长大。

遇见你时所有星星都落到我头上

我很想谢谢在西藏陪我开怀大笑过的人:我的研究生支教团团友孔航老师、少川老师、程亮老师、诗博老师、清华大学支教团的大为老师以及达孜区西部计划志愿者康哥。

"谢谢"听起来老套,却无可取代。

每每在不经意间想起那些温柔的时刻,都会觉得"要是我们认识得早一些,该有多好"。

我不曾预设这一年会得到什么,也不敢预想以怎样的方式离开。孩子们把哈达挂满我的脖子,抱着我问"能不能不走"——我们,连擦眼泪的手都腾不出。

我想过这满天的星辉会贯穿这一年,却从未想过它可能贯穿一生。

而现在,我越来越确信,这满天星辉将照亮我一生,也治愈我一生。

(樊沁怡,南开大学第21届研究生支教团志愿者,毕业于南开大学金融学院)

梦想（10）班，花开不败

徐　毓

当面对一张空白的纸页，我必须在上面书写，书写我们一起走过的路，细数我们一同采集过的星光点点时，我才意识到能和你们朝夕相处的日子已经屈指可数了。现在的你们，十六七岁；现在的我们，二十三四岁；现在的我，站在支教生涯的尾巴上。留恋，回望。

2012年的夏天，我和我的团队一起背着重重的行囊，背着期许的目光，背着自己的青春梦想，回到那个生我养我的美丽新疆，来到金山银水的阿勒泰。以一名南开大学第14届研究生支教团成员与你们相遇，以一名军训辅导员与你们相识，以一名政治老师和同乡姐姐与你们相知。

军训的日子里，我仔细阅读每一天的军训感悟来初步了解你们；陪着你们一起排节目，为女孩们曼妙的舞姿、阿尔曼精湛的街舞倒立和旋转、夏帕哈特的B-box喝彩；和你们一起冒着烈日拉练二十多公里，帮希拉克处理那个被酸奶泼洒的背包；紧张而又认真地观看你们的会操表演。小辉的喜羊羊T恤和小翰尉的贝塔长衫让我记忆犹新，短暂的日子里让我喜欢上了你们这些可爱、善良、热情、懂事、多才多艺的弟弟妹妹们。

当我以老师的身份与你们在（10）班的课堂上相遇，同学们全体起立说"老师好"时，我是那样的激动，由此正式开始"那些被叫做老师的日子"。你们仰着纯真的笑脸，忽闪着眼睛齐刷刷地看着我时，我的紧张和拘谨烟消云散。我毫无保留地和你们分享自己的高中时代以及自己的心路历程，你们认真地听着不时给我些许回应，那种感觉就像是离别许久的好友或亲人，重逢后再诉衷肠，那样的熟悉，就像是曾经发生过一样，分不清是梦境还是现实。后来我想也许是在你们身上看到了当年的自己，是源于军训时对你们的喜爱，那种信任和亲切感自然而然地产生了。你们也通过一份特殊的见面礼向我介绍了自己，并分享了自己的梦想，那些五彩斑斓的纸张在我一一梳理记录后存放在抽屉里——那个专属存放（10）班梦想的地方。

每周你们只有两节政治课，每一节课我都会用心准备，在备课中根据你们的兴趣爱好及特点来选择适合的例子；会根据你们的学习情况不断地调整自己；会非常严格地要求上课的纪律和听课状态，上课时不许趴着，更不许睡觉，会不断地提醒那些注意力不集中的同学。在时间允许的情况下我会给你们进行阶段性默写来巩固知识，虽然你们每次嘴上都会撒娇想侥幸地"逃过"默写，但每次我都会严肃地说"拿出一张纸，我们开始默写"。有时会害怕太严格你们会有意见，但是经过沟通后发现，懂事的你们明白我对你们有多严格就对你们有多关爱。

温室里的花朵是无法茁壮成长的，所以我对你们也不是一直和风细雨，有些时候会为你们当中总是表现不佳的同学生气，甚至很严厉地批评他们，但是从未想过要放弃他们，因为每个人都有优秀的一面，无论周围人怎么说，无论谈多少次话，或者伤心几次我都一如既往地用心对待他们，更加期待他们的进步，愿意在他们身上花更多的时间和精力。记得有一段时间，班里的学习状态不太好，大家都很浮躁，月考也如预期没有考好，不及格的人数上升，低分区人数也有所增加，看到你们挥霍自己的时间，很多同学明显放松甚至放弃自己时我非常着急，花了一整天的时间认真地看每一份卷子，并在每一份卷子上给你们留言。我开始自我反省，在上课时和你们一起分析原因，说了很多知心话，说得自己也热泪盈眶，当时你们中很多人都哭了，我知道我们的这些眼泪并不是脆弱的见证，而是爱之深责之切。我不想放弃你们中的任何一人，因为放弃了任何一人就不是我们的（10）班了，而你们中的每一个人都有自己的梦想，要让努力成为一种习惯，才能离梦想更近一些。

从那以后你们的状态好了很多，也有很多学生因成绩进步而离开（10）班走向实验班，我为他们感到高兴，他们也会常来办公室看看我，跟我聊聊天，班里有活动也会回来参加，我想他们会有不舍是因为这里是他们梦想开始的地方。而真正触动我，让我明白你们每个人在我心中地位的是顺远同学退学，而我也能感受到你们通过这件事有所成长。记得顺远退学的前一天我带他来到"心理氧吧"跟他谈心，能明显感觉到他与平时的不同，平时他可没少惹我生气，每天感觉都是吊儿郎当的，是让很多老师最头疼的学生之一，曾经在气头上想过要是他走就好了。可是当他真的要走时，我的心里就像打翻了五味瓶，甚至痛恨自己为什么以前会有那样的想法，为什么自己这么无能无法向学校申请留住他，作为他的老师，他的毓姐，我竟然一点办法也没有，只能跟他谈谈心，鼓励他重新迎接新的生活。晚上在班级群里看到你们都在说顺远已经走了，你们好多人都哭了，很舍不得，我的眼泪也抑制不住了。那一刻你们明白了要对自己的行为负责，我也明白了要更加珍惜还能跟你们在一起的每一天。周末过后再去上班我收到了顺远给我留的信，信里写了他经过此事的自我总结和梳理，并承诺会重新开始新的学习生活，认真努力地过每一天，同时也表达了对我的感谢和不舍。合起信我的心里挺不是滋味的，既欣慰又不舍，我的学生就是这样的可爱纯真，也许你们的成绩还有待提高，但是你们总会用乐观的态度去努力，用感恩的心来生活，这方面胜过无数个 100 分。而顺远在新的学校也用成绩大幅度上升来实现了他的诺言，并且政治考了全班第二名。

和你们相处的日子同样让我成长了很多，并且收获了满满的幸福。我想这一生我都会记得可爱的你们给我度过的 24 岁生日，当时钟指到零点时你们给我打电话，女生宿舍齐声为我唱生日歌，QQ 群里不停收到各种生日祝福，直到我不断催促你们去休息时大家才散去。第二天我一整天都没有课，上午去地区团委彩排节目，下午去参加"五四"青年节的演出，你们让班主任董老师跟我约好演出结束后去找她，那时其他班的同学已经放学了，而你们还一直在教室里等着我。当推开门的那一刻让我想起我们开玩笑时说的一句话"幸福来得非常快，我还没有做好准备"。黑板上写着"生日快乐"，还有（10）班所有同学及班主任董老师的签名，在黑板正上方我看到了顺远的名字，调去实验班的同学也回来了，这就是我们的（10）班，一个都不能少的（10）班。美丽的彩虹蛋糕，喷着焰火的蜡烛，大家齐声唱着生日歌，声音响彻整个楼道，那一刻我真切地明白了什么叫"幸福得快要晕倒"。我们一起唱歌、跳舞、涂抹蛋糕，我被你们抛到空中，又和你们一一拥抱。你们齐声为我唱着班歌，当唱道："你知道我的梦，你知道我的痛，你知道我感受都相同，就算有再大的风，也挡不住勇敢的冲动；努力地往前飞，再累也无所谓，黑夜过后的光芒有多美，分享你我的力量，就能把对方的路照亮。"我看到你们中很多人都眼含泪水，而我理智的最后一道防线也让你们的歌声打破，泪如雨下。那一刻，我多么感谢命运让我遇到了可爱的你们；那一刻，我觉得自己也回到了十六七岁，看到自己梦想的花朵在空中绽放；那一刻，我许下了心愿，希望我们的梦想，花开不败，希望可爱的你们都能努力往前飞，收获幸福，实现梦想。

　　你们一生中会遇到很多老师，但却是我人生中第一批或许是最后一批学生，我是如此珍惜。很多时候总觉得每周的课实在太少了，不能常常走进课堂与你们见面，心里空落落的。有时帮董老师看个班，看你们认真的早读，打扫卫生，做眼保健操、课间操，看着你们可爱的模样会傻傻地笑，这些在我眼里都是满满的幸福。有一段时间给其他的老师代课，会一连上很多节课，等到给你们班上课时已是声音嘶哑，但一进（10）班看到你们就变得精神百倍。也许经历过这些生活，才知道其中的辛苦，体味过这种辛苦，才知道其中的幸福，拥有过这些幸福，才知道其中的情意。

　　看一看日历，一种莫名留念的情愫油然而生，过去的日子我们没有辜负，他们永远定格在我的脑海中。接下来的日子我们要过得更加充实，不知道我们到底能做多好，但是要一直努力！虽然终有曲终人散时，但那一朵朵用我们纯真的情谊浇灌成长，属于青春，属于（10）班梦想的花，花开不败！

　　我会一直记得你们说过只要再听到这首班歌就证明你们想我了，它在告诉我你们依然在努力，而我也要努力往前飞，因为你们也给予力量把我的路照亮。

　　　　推开窗看见星星
　　　　依然守在夜空中
　　　　心中不免多了些暖暖的感动
　　　　一闪一闪的光
　　　　努力把黑夜变亮
　　　　气氛如此安详
　　　　你在我的生命中
　　　　是那最闪亮的星
　　　　一直在无声夜空
　　　　守护着我们的梦
　　　　这世界那么大
　　　　我的爱只想要你懂
　　　　陪伴我孤寂旅程
　　　　我想我们都一样

渴望梦想的光芒
这一路喜悦彷徨
不要轻易说失望
回到最初时光
当时的你多么坚强
那鼓励让我难忘
你知道我的梦
你知道我的痛
你知道我们感受都相同
就算有再大的风也挡不住勇敢的冲动
努力地往前飞
再累也无所谓
黑夜过后的光芒有多美
分享你我的力量就能把对方的路照亮

（徐毓，南开大学第14届研究生支教团志愿者，毕业于南开大学周恩来政府管理学院）

生命中的第一个教师节

陈沛瑶

来到阿勒泰地区二中快两个月，对教师的身份已渐渐熟悉，兼职工作也成为生活中的一部分。不能说我们的生活多么绚丽，但是充满了别样的充实。

2011年9月9日，是一个让我一生难忘的日子。

还记得当天上午在办公室，看到桌上摆满了学生们送的礼物，不禁让我想起以往的教师节是如何与同学们绞尽脑汁，用充满新意的方式表达对老师节日的问候，感慨时光流逝。当然不免也开始期待着，自己会受到什么样的"待遇"。

那天下午第一节是高一（4）班（也就是我担任副班主任的班级）的课，如往常一样，我踩着预备铃声走向熟悉的教室。推开（4）班的门，一朵康乃馨从天而降，悬挂在我的面前；习惯性地往黑板望去，发现以往干净的黑板被写上了大字、画上了图案：沛瑶节日快乐！正当我对眼前的一切目瞪口呆时，班长刘元鹏喊"起立"，全班孩子们齐声道"陈老师节日快乐！"副班长叶丽娜手捧一大束鲜花从教室的最后一排走上前来，"陈老师，节日快乐"。生平第一次已经让我惊喜万分了，待我接过鲜花走上讲台时，发现这些有心的孩子们还用鲜花在讲台上摆出了一个大大的爱心。"今天在你们班上课的老师一定很幸福吧？"我尽力压住内心的激动，对这帮可爱的孩子们说。孩子们用最纯真的笑脸回答了我的问题。

由于这是假期前的最后一堂课，我把上节课遗留的知识点讲完之后，给同学们放映《大国崛起》进行史实补充教育。趁孩子们目不转睛地盯着屏幕时，我踱到教室后方，感动的泪水夺眶而出。虽然只跟孩子们相处了2个月，但我们经历了很多——报到、入学教育、班会、军训、拉练、军训会演再到课堂教学，欢声笑语自然少不了，我同孩子们的感情与日俱增，我甚至敢说每天早上起床的动力就是与我这帮"亲"孩子们见面……想着这些，我悄悄取出手机，将这一难忘的情景记录下来。

　　下课铃响起，我祝愿孩子们节日快乐，孩子们也无一例外地为我送上了口头的祝福。待出门，发现高一（5）班的孩子们正捧着鲜花在门口等着我。抱着两束鲜花回到办公室，又看到（6）班的孩子们送来的鱼缸和字条，以及（9）班孩子们给我写的祝福。虽然跟这些班级中的个别"活跃分子"交锋时不是时时刻刻都占上风，但严肃过后，私下里也愿意和我聊天，分享他们的喜悦与困惑，并没有因为我是支教老师而疏远。那一瞬间我突然明白，为什么有人愿意在教师的岗位上奋斗一生，愿意为学生奉献自己的一切？有这么一批批自己爱也爱自己的孩子，夫复何求？

　　那是有生以来第一个教师节，也可能是我们这个团队里大多数人唯一的一次教师节。这次支教的经历带给我们的不仅仅是难忘的经历，更是人生中最纯洁的感情和最单纯的感动。

　　从新疆回来之后，我还是非常喜欢听别人喊我"陈老师"，因为这个称谓包含了支教这一年难忘的回忆，过去的一点一滴都铭记在心。"陈老师"这三个字给我带来的温暖，是任何昵称都无法比拟的，这也是我现在选择加入兼职辅导员队伍最大的动力。

　　（陈沛瑶，南开大学第13届研究生支教团志愿者，毕业于南开大学周恩来政府管理学院）

一路花香

李 彤

2010 年 7 月 27 日我离开了天津,带着父母、老师和朋友的祝福,满怀希望踏上了这段期待已久的新疆支教的征途。在乌鲁木齐为期三天的培训结束后,我第一次来到了这个有着"金山银水"之称的地方——阿勒泰。从此,我在阿勒泰地区二中为期一年的支教生活正式开始了。

迎春花:新角色,新生活
信息技术教师

随着新生军训的结束,新的学期开始了。按照学校教务处的统一安排,我负责高二年级 14 个班的信息技术的教学工作。

作为一名第一次走上讲台的新教师,心里确实非常的忐忑,努力地思考着上课过程中可能发生或者出现的各种问题,认真准备上课的内容,精心制作了上课使用的课件。

信息技术作为一门较为前沿的学科,有很多知识对于高中生来讲理解起来确实有一定的难度,尤其课程的学习内容为 VB 编程,相对枯燥。所以在备课的过程中,我努力将一些专有名词用非常直白的话解释出来,同时在课堂上演示一些利用程序解决实际生活中问题的实例,使学生们能够在很好理解书本知识的同时,增加了学习编程的兴趣。

在讲解书本知识之余,我穿插讲解了一些关于电脑的实际应用知识,比如常见的电脑病毒症状分析,杀毒软件性能分析等,提高了学生们在电脑应用方面的能力,使学生们真正可以将课堂上学习到的知识应用于实际生活,亲自解决生活中实实在在遇到的问题。

学生们经常会遇到这样或者那样的问题,比如:手机中毒了、制作幻灯片时不会插音乐、不会视频剪辑、不会制作伴奏音乐等。学生们喜欢来办公室把问题告诉我，请我帮助解决。解决问题之后我发现，"授人以鱼"不如"授人以渔"。从此以后，学生再来办公室请教，我会给他们讲解方法，让他们亲自去实践，在实践中如果遇到什么问题，我会再给予相应的帮助，这样学生们不仅解决了问题，最重要的是他们学会了解决问题的方法。

还记得在我读高中的时候，班主任对我们要求非常严格，当时我并不理解，但是当我走上讲台成为一名教师的时候，我真心地体会到老师的不容易。一节 45 分钟的课程，老师们要花一天甚至更多的时间认真备课；一个新概念，为了让学生明白，老师们要绞尽脑汁地寻找好的方法和途径；一道习题，为了锻炼发散思维，老师们要努力用多种方式求解，从不同的角度思考问题……

但是当辛苦与努力过后，却看着自己讲了很多遍的题学生们依然错得"不亦乐乎"，看着学生们"千疮百孔"的考试成绩……很多次我都会大哭一场。那一刻，或许我真正地明白了什么是恨铁不成钢。以前老师对我们的那份严格，真的是出于责任，出于对于学生最深厚的爱。

梅花：坚持，成长
在信息中心的那些累并快乐的日子

在信息中心的日子是我支教生活中最为精彩的一部分。每天的生活充实忙碌，有的时候从早上走进办公室开始一直到晚上下班都没有坐着的时间，但是在信息中心的这一年时间里，我不仅学到了很多大学四年里都没有学到的知识，更重要的是我学会了坚持。

作为支教团 8 年来第一个被派到信息中心的女生，刚开始的时候确实有些担心，害怕自己胜任不了这份工作，也害怕办公室的老师会因为自己是女生而给予过多的迁就，记得那时见到老师的第一句话是：不用当作女生看，直接当作男生用。

信息中心的工作比较琐碎，全校 165 台笔记本电脑，各办公室的电脑，每个教室的多媒体设备，以及全校有线、无线网络的维护，再加上校园网站的维护，以及学校大小活动的拍照摄像、制作宣传片等，这些工作由算我在内的 3 个人来完成。

其实，信息中心的工作更多的是分散到每天的生活中的。记得刚开始的时候，我害怕或者是有点担心接到设备出问题需要修理的电话，不是不想干，而是大学4年学习的都是书本上的知识，实践知识实在是太少了。例如，有一次一位老师拿着主机箱过来，跟我说显示器不亮，我把主机跟显示器连接好，出现了黑屏现象，根本不知道从哪里下手。后来看办公室的老师把内存条拔下来，用橡皮擦一下，然后再装上就好了。又如刚开始维护系统，我维护一台笔记本需要半天的时间，而现在经过不断地总结和改进，工作效率明显提高了，有时可以三四台笔记本一起进行维护。

还记得两次通宵制作宣传片的事情，第一次是连续工作了25个小时，休息了3个小时又上了2节课。第二次是连续工作了30个小时，睡了2个小时，下午上了3节课，然后工作到了晚上8点多才下班休息。我感觉到那种累，累得连话都不想多说一句，累到最后连从电脑前站起来的力气都没有了，现在想来，或许正是这段经历让我学会了坚持，让我深刻地感受到了团队的力量，能够让很多看似不可能完成的事情变成现实。

从2011年开始，高考志愿填报工作改在网上进行，学校要求在高考之前完成恢复中央机房的工作。我和办公室的史老师一起，到各个办公室回收中央代表团电脑，给各个办公室发放新电脑；回收电脑之后清理满是灰尘的机箱，收拾机房并且将电脑归位。然后我利用4天的时间将机房电脑及连接线擦干净，连接好电脑并且将所有的线都整理捆绑完毕。最后重新安装系统，调试网络，经过了将近半个月的努力，我们顺利地恢复了中央机房。我们见证了一间库房变成一间机房的整个过程，虽然这个过程付出了很多的辛苦，但是面对整洁如新的机房，非常有成就感。

康乃馨：温暖，感动
一群可爱善良的孩儿们

我新浪微博的名字是"骆驼峰上的小猴子"，很多人问我为什么起这么奇怪的名字。每次我都笑着回答："其实这个名字是有来历的，我支教的地方有一座山，叫做骆驼峰，我经常去爬。上课的时候学生经常说话，我总会说'孩儿们不要说话了，安静一下'，学生们慢慢地将'孩儿们'说成了'猴儿们'，我就当之无愧地成为'猴姐'。"每每说到这里，我总会那么的开心与幸福。

做了老师才知道，老师最大的幸福就是拥有这些可爱的"桃子"们和

"李子"们。不舒服的时候,孩子们会气喘吁吁地跑进办公室给我送药;上课生气的时候,孩子们会偷偷地递一张纸条,写着"老师不要生气了";当孩儿们有心事的时候,总会在耳边悄悄地和我分享他们的小秘密;圣诞节平安夜的时候,桌子上总会摆满大大小小的苹果……或许这就是幸福。

还记得我的孩儿们在圣诞节送了我100颗自己叠的心;还记得要离开阿勒泰的时候,孩儿们送了满满一箱子的小礼物;还记得我的孩儿们给我叠的21朵玫瑰花,每支玫瑰花上都写上了制作日期……

在支教团的所有人中,我拥有最多的学生,一个年级14个班。或许很多学生我没能够把他们的名字和长相准确对应,但是我感谢一年来有这群可爱善良的孩子们的陪伴,正是有了他们的陪伴,才让这段经历有血有肉,才让这段经历充满了温暖与感动。

我爱新疆,我爱阿勒泰

从阿勒泰回来将近23个月了,忙碌的生活模糊了很多记忆,但是2010年7月至2011年7月整整一年的时光,却依旧光亮如新,生活中的点点滴滴,时常浮现在眼前,挥之不去。

在我心里一直觉得新疆是一个既美丽又神奇的地方。等我来到这里,才真正找到了一直向往的那种天大地大的感受,那种自由自在的空气。在这里有蓝得近似透明的天,有清澈得可以见底的水,有民族特色的文化,还有真心喜爱我的学生们。

我经常利用周末的时间跟学校的老师们徒步,有时候能够走上15—20公里。还有那个永远爬不腻的骆驼峰,记得刚来的时候,每天晚上吃完饭都要去爬一次骆驼峰,在山上俯瞰整个城市,看红红的太阳从西边落下,感受着那轻柔的风,真的特别幸福。

在新疆时我喜欢上了一首歌《可爱的一朵玫瑰花》,每次听到这首歌的时候我总会驻足,情不自禁地闭上眼睛,眼前浮现的是我坐在奔驰的车上,静静地看着车窗外的蓝天、白云、一望无际的戈壁滩,还有遍山的牛羊……感受那份宁静与平淡,忘记了平日生活中的压力、劳累与纷扰。或许在想念新疆想念阿勒泰的时候,才是内心最平静和舒适的时候。

在阿勒泰我拥有很多美好的回忆,也拥有很多无法割舍的东西,还有很多值得我永远牵挂的人。我要感谢我的爸爸妈妈,能够支持我来到新疆支教，我要感谢二中的老师们对于我工作的肯定，我要感谢办公室的王老师和史老师一年来对于我的帮助和照顾，其实还有很多需要感谢的人。

我非常怀念每天给孩子们上课的日子，怀念陪着孩子们在阳光的炙烤下一起军训，怀念和孩子们一起参加"班风班训"展示和元旦会演，怀念每天挂着照相机到处跑，怀念和王老师、史老师一起奋战……这些日子是最幸福的。一年的点滴我都记在心里，不管未来走到哪里，我都会踏实认真地生活。我爱新疆这片神奇的土地，我爱阿勒泰这个美丽的地方。

（李彤，南开大学第12届研究生支教团志愿者，毕业于南开大学信息科学技术学院）

Miss Thanks in Class 12

谢扬帆

这一天,要截稿了,憋着的自己像个小嘴的茶壶,想倾诉的是如此之多,可若要讲起,从何开始呢?

这一周,阿勒泰的天阴沉沉,淅淅沥沥的雨下个不停,老阿勒泰人说,这是近年初夏最绵长的一场雨,是在诉说着一段又一段的故事吧,故事里有你,有我,有他。

这一年,在阿勒泰的日子里,若是问我对阿勒泰感情最深的是什么,是巍峨雄壮的骆驼峰还是奔流不息的克兰河?是香味四溢的大盘鸡还是大快朵颐的羊肉抓饭?不是。在我的记忆中烙下了印记的答案应该是二中的学生们,我的学生们。

相 逢

高二(12)班,是闻名于阿勒泰地区二中的艺术体育特长班。来到这里,我成为这个班的英语教师。开学前几天组里的老师给我打了预防针,让我做好充分的心理准备,这个班的学生底子薄、基础弱、不听话、不好教。我听完心里有点发慌,当晚就失眠了,躺在床上脑海中一直想象着学生的样子,也设想着开学后师生见面会发生的场景,针对不同场景还想出相应的解决方案。就这样琢磨了一晚上,忐忑而又满怀期待,期待将要和高二(12)班的学生在一起的时光。

第一天,第一堂课,我没有讲新课,和他们简单交流了一下,说说彼此的兴趣爱好,讲讲我的高中和大学生活,顺便教给他们一些学习英语的好方法,目的在于拉近和他们之间的距离。

第一周,共六节课,两节早读,课程基本都在上午。每天早上一觉醒来，走进教室，首先看到的就是我的学生。六节课下来，和我预想的那些场景完全不同，高二（12）班的学生们很懂事，很聪明，很活泼，很外向。虽然我们刚刚认识，但是每当我走在校园里，他们都会大老远大声跟我打招呼。每当我说"下课"，都会有一群学生跑上来围住我，"老师，你看我新买的这双篮球鞋，怎么样？""老师，这是我的美术作业，你觉得画得咋样？""老师，你会不会跳黑走马？"我听过最霸气的一个问题是："老师，我们能不能称呼你 Miss Thanks？"看着这些可爱的学生，我点点头。就这样，刚上一周的课，Miss Xie 就被学生唤作 Miss Thanks。每天的早读课，他们都会起立大声地向我问好："Good morning, Miss Thanks!"新的一天就在他们的琅琅读书声中开始了。

与团里其他教两个甚至更多班级的老师相比，我只教一个班，好处是可以把全部的精力投给这个班的 46 名学生，尽己所能去爱每一个人。就这样，Miss Thanks 和高二（12）班的故事拉开了帷幕，一幕幕欢笑与感动依次上演。

相　知

这个班的学生大部分是艺术体育特长生，文化课基础不是很扎实，英语水平更是一般。刚开学摸底考试，看到学生们的试卷，我十分惊讶，英语满分 150 分，班里平均分仅有 40 多分，有的学生只得几分，主观题全部空白，只做对几个选择题而已。从那时起，我明白这一年任重而道远，培养学生的学习兴趣是我的责任，提高学生的英语水平是我的目标。也许前路漫漫，但是我依然坚定信念，尽己所能。

我一直提醒自己，了解每个学生的真实水平，努力找到最适合他们的教学模式。经过一段时间，不管是向有经验的老师请教，听其他老师的课，还是从网上找视频，在图书馆找材料，在短时间内摸索到自己的讲课方法，总结出自己的教学经验。从学习习惯的纠正，到学习方法的介绍；从最直白的授课方式到一句话重复三遍的讲解速度；从如何高效率背单词，到怎样利用模板写作文；从学习经典英文歌曲中的单词短语，到掌握电影中经典对白的简单句式。Miss Thanks 煞费苦心。

在教学上最骄傲的事情是给我们班的学生讲解如何写英语作文。之前无论是平时还是考试，学生们英语作文一项基本上都是零分，压根儿不会写，写出来的同学也仅仅是单词的堆砌，很多语法错误。了解情况之后，我准备系统地给他们讲如何写作文，如何写出漂亮的句子并且快速有效地提高成绩。我把自己总结的作文秘籍和经典词汇句型用法等全部找出来，结合学生的实际情况做了一些改动，最终适合高二（12）班学生的英语作文模板出炉了。当我把高级词汇和简单句型通过最通俗易懂的方式讲给他们，并且告诉他们如何记忆之后，他们豁然开朗，感觉写作文并没有想象的那么困难。在之后的考试中，越来越多的学生开始攻克试卷上的作文部分，并且成绩显著提高，考试中作文一项得分率有了明显的改观。很多学生感激地对我说："Thanks, Miss Thanks！"

我始终相信将心比心，当我真诚相待，竭尽全力做好一名英语老师时，他们会用心去感受，用实际行动去努力，履行他们的承诺。

相 恋

几个月下来，通过自己的努力，我渐渐得到了学生们的认可，和他们慢慢熟络起来。他们会在我嗓子沙哑的时候做到自觉遵守课堂纪律，尽量让我少说话；他们会在下大雪的时候叫上我一起打雪仗、堆雪人，体验阿勒泰大雪的魅力；他们会在私下把我当成他们的大姐姐，跟我分享他们的故事。和他们在一起，我说话时不时有"海发""攒劲""好好的撒"这样新疆味的词语；和他们在一起，我学会了跳黑走马，喜欢上了冬不拉。

（12）班的学生们善良懂事，总是让我在感动中度过每一天。每逢过节，学生们都会想着我。从9月的教师节到10月的古尔邦节，从12月的圣诞节到转年的春节，就连我最近才知道的"5·20"也收到了学生们礼物和祝福，满满的都是回忆，都是温馨，都是幸福。

每天最幸福的时光是在办公室批改学生们的作业，在作业本上给他们画个大红花，画个笑脸，画个星星，再写上"Very good""Perfect""Wonderful"这是心与心的交流。有一次我批改作业时发现学生们在本子上给我留言。有的抒发对我的喜爱，有的提醒我天冷要加衣，有的写个英文笑话，注明"老师批改作业太辛苦，看个笑话笑一笑，休息一下吧。"多么可爱的学生啊，多么令人感动的画面啊，多么让人温暖的场景啊。虽然是只言片语，但温情无限。

现在想一想，我很荣幸能认识这个班的学生。男生热情奔放，女生外向开朗，篮球、田径、绘画、舞蹈、音乐，每个学生都有自己的兴趣爱好。不管是"小猛士"篮球赛，还是元旦文艺会演，我们班的学生都能够充分发挥自己的优势，为班集体争光。我发现，他们上进，他们可爱，他们懂事，他们每个人身上都有很多优点；我也发现，做老师是一件十分有趣的事情，每天能和学生在一起，上课的气氛永远是活跃的，自己的一颗心永远是年轻的。

醉过才知酒浓，爱过才知情重。慢慢地，我爱上了这座小城，爱上了这里的学生。

相　别

经过一个寒假的调整，这个学期回到二中，和以前一样，备课、教课、批改作业，只是那渐渐融化了的冰雪，那逐渐回暖的气温，那绿荫浓浓的校园似乎都在提醒我，在这里的日子即将进入倒计时。在课下和学生谈心，他们的问题与以前相比多了几个，"老师你什么时候走？""老师，你不要走了，你留下来吧，好不好？"每当这时，我都无言以对，我能感受到他们那种强烈希望我能留下来的心情。越是这样，心里就越发难受，离别的日子真的越来越近了。

老支教人曾嘱咐我们，一定要珍惜在这里的生活。我时刻牢记，以至每天结束的时候都会倍加留恋，所以每晚写日记时，总是希望通过文字将这一天还原到最真实的样子，将自己的心情表达得更细腻。但是时光非但没有放慢它的脚步，反而越走越快，一晃就到了离别的季节。

一年的时间不短，他让你的心态彻底改变。一年的时间不长，来不及细细感悟就要宣布结束。不短不长的一年却会成为我生命中最难忘的经历，成为内心最柔软最不愿触碰的地方。这一年经历的事情，或许这辈子都不会再体验第二次，这一年接触到的学生，或许将会成为自己人生当中唯一的学生。

回去之后，再不会听到张宁和买来他们亲切地喊我"Miss Thanks"，Miss Xie 或者谢老师；再不会有机会站在三尺讲台上，偶尔章靖、叶尔达纳他们调皮捣乱，训斥一番再慷慨激昂地一口气连上三节课；再不会被哈尼、坤坤他们抬出教室，扔进厚厚的雪堆之后开心得哈哈大笑；再也不会有机会和小芳芳、小闵月一起爬骆驼峰，登将军山看日落，谈人生和理想；

再也不会在"小猛士"篮球赛的操场上,为我们班像塔兰、家华那样的运动健儿加油呐喊;再也不会和(12)班所有学生在所谓的世界末日论被推翻那天一起喜迎新纪元,在飞哥生日那天一起互抹蛋糕拍照留念。一切都不会再有了。这一切,都成了过去时,变成了回忆,存在了心底。

我不后悔,或者说从未后悔过当初的选择。来到这里,是我一生做出的最正确的决定;认识这里的学生,是我这一生最幸福的际遇。感谢我的学生,是他们,让我变得容易感动;他们,让我的心态变得豁达。离别的日子就在眼前,一直不愿提起,不敢想象,分别那天真正到来时候的自己。只希望,我能微笑着离开。轻轻地,我走了。再见,二中!再见,高二(12)班的学生们!我会永远记得你们的笑脸。

(谢扬帆,南开大学第 14 届研究生支教团志愿者,毕业于南开大学商学院)

这一路好风光

李国光

　　写这篇文章的当天我有四节数学课。我教的两个班都在一楼，经常是又冷又暗，上课时难免压抑。但是每当抱着作业匆匆忙忙走在楼道里，各种各样、此起彼伏的"老师好""国光欧巴"的问好就仿佛阳光一般照亮我的内心，一扫心中阴霾。我总是抑制不住内心的欣喜和激动，学生们对自己肯定的眼神就是我每天认真工作的理由。

　　最后一节是我在（11）班的辅导课，如往常一般，上完课整理自己的东西准备离开，一个平时很认真很努力的男孩突然走到我跟前，低声地说："老师，我要走了。"我一惊，然后把他叫到我办公室询问。原来他的妈妈觉得他一直在平行班没有出息，平时也不够刻苦，想在高一还没结束的时候把他转到另一所管理比较严格的学校。他低下头，不敢看我："老师，我舍不得大家，我舍不得你，马上要见不到老师了……"我心头顿时堵得慌，拍了拍他的背，可以明显地感受到他身体的颤抖。

　　伤感的不仅仅是学生本人，我心里又何尝不难过。支教快要结束了，离别的气息越来越浓，马上就要跟这些我一辈子都难以忘怀的学生分别。

　　从炎热的广东来到祖国的北疆，我感受到的不仅仅是南北气候的差异。从刚来阿勒泰的自习备课，到在炎炎夏日带高一（12）班的军训，到后来分到高一（11）班教数学，到得知入学考试自己要教的班级考了全年级倒数第一，到第一次进班时获得学生们的掌声，这一点一滴都凝结成了心底的感动。

　　高中教师的日子快乐也辛苦，第一学期我是一周7节课带一个班，第二学期是一周16节课带两个班。偶尔其他老师有事儿的时候也帮忙代课。我不会忘记第一眼见到学生们灿烂的笑容时的激动心情，不会忘记我从李国光变成李老师。一声声"老师好"，带给我的不仅仅是内心的震撼，这也意味着一份沉甸甸的责任。

　　课堂上，我与学生们分享自己的高中生活，告诉他们分到平行班不要气馁，我也是一名高中三年都在平行班的普通学生；告诉他们别为入学考试而担心，新的起点意味着新的征程，尽快投入到新的学习生活中。第一个学期只带一个班的时候精力比较充沛，我看着学生们真挚的眼神，我就下决心带好这个班，每次认真批改作业，在每个细小的地方都加以批注；对认真回答每个学生提出的问题，以求他们能有小小的感悟和收获。第一次单元测验他们就给我带来了惊喜，他们不再是倒数第一，不少孩子或多或少取得了一些进步。我觉得他们有不小的潜力，我会经常找学生谈话，问问他们的想法；每天下第9节课我会到班里辅导有数学疑问的学生，别人是7点多下班，而我总是忙到8点多才去吃饭。每个人的学习情况不一样，要做到因材施教就必须给每个人不同的内容。在新疆的古尔邦节放假前，我给班里的每个学生出了一份题，作为他们的假期作业。这个工作量是非常大的，前后忙了十多个小时。但我认为这样付出是值得的，学生们也用不错的成绩回报了我。第一次月考他们就已经上升到平行班的第三名，刚刚结束的期中考试他们考到了平行班的第二名，和第一名的平均分只差0.2分。从倒数第一到平行班的第二，不得不说是一个飞跃。这里面有我的付出，但更多的是学生们的努力。除此之外，我给班里一个物理基础特别差的学生每天出一道题，让她尽快跟上高中的学习进度。

　　两个平行班的每个孩子我都记得，对他们的感情非常深，每次查作业的时候不用一个一个地点，只要翻一翻就知道谁没交；每次月考的时候，尽管试卷是封订起来的，但总能认出哪些是自己班学生的字。

　　孩子们的学习让人费心，更让人忧心。他们学习基础都不太好，这与当地的整个教育环境有很大关系。尽管当地老师多次给我打过不能抱太高期望的"预防针"，可每次月考的成绩我还是傻了眼；尽管上课气氛活跃，但作业完成却不甚理想，起初一个班里能找出十多份完全一模一样的作业……刚到学校时，孩子们的一些坏习惯曾让我感到失望。我总是想，你对他们真心的好，他们的学习天分才会得到更好的发挥，我发现对待孩子们有时确实需要"恩威并施"。尽管经过将近一年的努力，我教的两个平行班成绩并没有特别大的起色，但每次家长会的时候有很多家长跟我说我对他们的孩子的影响很大，都是一些积极的影响。这个评价让我感到很高兴，我虽然达不到传道授业解惑的境界，但不耽误他们的青春，让他们自觉地发展成他们所期望的那个样子，也不虚此行。

  学生们总是在不经意间给我留下最难忘的感动。他们会时不时地给我塞点吃的，让我尝尝当地的特产。这学期期中考试之前是我的生日，两个班的学生在我的课上都给我唱了生日歌，(11)班的学生们还给我准备了生日蛋糕，让我受到深深的感动。得到学生的喜爱必然是对一个老师最大的嘉奖。

  孩子们很懂事，可是，他们中的一些却因为家庭或学习的负担有着或轻或重的心理问题，并非如我们想象的只是生活窘迫或者学习上的困难，这是始料未及的，也是更难解决的。有时候我只能做一个倾听者，支教之初那种希望帮助素昧平生的孩子们追求更美好生活的热情会遇到现实的冲击，但现实的困难也恰恰是当地需要志愿者的原因。"志愿者"身份的可贵之处是在基层岗位上勇于承担、甘于奉献。

  生活是忙碌的，恬淡的，丰富的，单一的；日子是一天一天过的，也是一周一周过的，然而每一天、每一周的日子却是不一样的，从开学到现在没有一周的生活是我自己安排的，总会有各种各样的事情，很忙碌也很充实。越来越觉得当初选择来支教是一个正确的决定，不能说能够给学生带来什么实质性的改变，若能调整学生的学习态度、纠正不良习惯、引导学生积极面对生活，这一年也是十分值得的。

  我希望自己确实能做点什么，哪怕只影响一个孩子，都会让我心境坦然、温暖、纯净；希望自己能踏踏实实去做一些事情，哪怕会很艰辛、很寂寞，甚至很委屈。我守望麦田，不仅是为了收获，还为了欣赏天地的杰作，乐于把自己融入那无尽的麦浪。在喧嚣的尘世给自己的心留点空间，让感恩长存于怀。

  一个志愿者就是一把泥土，但我们存在的意义，不是被淹没，而是与无数把泥土聚集在一起，成就一座山峰，一条山脉，一片群峰。这样的山峰，可以改变风的走向，可以决定水的流速。无论中国的发展推进到什么阶段，无论时代发生了怎样的变化，都需要一代又一代有志青年的无私奉献和付出，到祖国最需要的地方去建功立业的选择都是庄严而崇高的，都值得我们大力提倡、身体力行。时代需要的是脚踏实地做出奉献的人，而不是空谈、吹牛的人。在阿勒泰，我们在实践我们的诺言。

  我们即将离开阿勒泰，虽然很多舍不得，分离却在所难免。当了一年的老师，得到了很多很多的好，学生对我们的好，学校对我们的好，阿勒泰对我们的好。我们怀揣着感动离开，也将会不断鞭策自己进步。老师是一所学校的灵魂，当了一年老师才发现，老师得扮演很多角色，做一名好老师，没有几十年的积淀是达不到的。我们离"好老师"这三个字还差得远，但真心付出过就无悔。最后向在阿勒泰地区二中默默耕耘的老师们致敬，你们是最可爱的人！

这一年走来，才发现一路好风光，生命的七十分之一留在了祖国的西部。南开的旗帜已经深深地插在了阿勒泰，我们平时在街上购物、在饭店吃饭、去理发、去散步，都会被当地人认出来。南开人的素质在阿勒泰也是有口皆碑的。南开人在阿勒泰一切都好，也祝愿所有南开人一切顺利。

（李国光，南开大学第 14 届研究生支教团志愿者，毕业于南开大学环境科学与工程学院）

忙碌着，幸福着，收获着

李宝华

  时光如同白驹过隙般流逝，转眼间，来阿勒泰已经快一年了。克服了小小的时差影响，适应了略微干燥的气候，现在我已经完全融入了二中的生活，静下心来，回忆过往的点点滴滴，心里不免有很多感慨。

  开学伊始，心中忐忑不安的我迎来了第一个挑战。由于高二政治组赵老师要参加特岗教师培训，教务处临时决定由我负责代课，2个年级，5个班，每周16节课，对于我这位还未曾走上讲台的新教师而言，是一个巨大的挑战。由于课程横跨高一高二两个年级，每天需要准备《经济生活》《文化生活》两份课，白天上课，晚上备课，还要批改大量的作业，忙得不亦乐乎。

  作为一名高一政治老师，我来二中的第一节课不是在高一，而是在高二年级14班。就这样，我以一名代课教师的身份开始了我的支教生活，面对的是50多个陌生的面孔，教授着我并不熟悉的《文化生活》，我内心更加忐忑，尽管自认为已经有了充分的思想准备，但我仍然非常紧张。幸运的是，孩子们很热情，积极性很高，良好的课堂氛围和师生互动，帮我渐渐地进入了教学的节奏，但是寻找这个节奏对我这名新教师的挑战的确很大。我清楚地记得，周三是最忙碌的一天，4节正课，1节辅导课，还要兼顾《经济生活》《文化生活》两本教材，可能是课程太多的缘故，也可能是我不懂讲课时发声的技巧，几天下来，我的嗓子哑了。那天我走进教室后，用近乎沙哑的声音说：大家把课本拿出来，我们上课。本来略显躁动的班级气氛一下子变得特别安静，没有一个人发出任何一点动静，惊讶之余，我明白，这是学生们对老师的理解与关心，而我也坚持用近乎哑的声音讲完了那节课，尽管声音很小，但那节课的效果却是出奇的好。下课后，不少学生来到我的办公室，送来了金嗓子喉宝，并不断地嘱咐我多喝蜂蜜水，多注意休息，尽量少说话，我想这些都是爱的表现。那一刻，我感动了。尽管那段时间身体极度疲劳，嗓子哑了两次，但回忆起来，却是最充实、最快乐、最幸福的时光。

教学上，原本信心满满的我，初上讲台就遭受了很大打击，几周课下来发现自己存在很多问题：语速太快、教材重点把握不好、课堂时间安排不合理、对新课标和导学案的使用不适应等。作为一名大学毕业生，高中知识对我而言并不难，可对于如何教学、如何科学合理地引导学生学习，我却十分缺乏经验。在教学上，教研组长与备课组长给予我很大的帮助，通过新教师诊断课、集体备课活动等，我在教学中存在的问题得到了及时的发现与纠正。遇到困难，我也积极克服，一方面，多听老教师的公开课、示范课，虚心向有经验的教师学习教学方法、技巧；另外，重视备课，认真分析教材，根据教材的特点及学生的具体情况设计教案；改变"满堂灌"的教学方式，发挥学生在学习中的主体地位，调动学生的学习积极性，加强师生互动、课堂合作探究。经过努力，课堂效果已有明显改善，学生们也取得了非常优异的成绩。

做一名教师并不难，但做一名优秀的称职的高中教师却很不容易。花季的学生们充满了朝气与活力，而他们也将这样的朝气与活力带入课堂、学习，对教师而言则是很大的挑战。我记得高中班主任曾经对我们讲，做教师就是一笔良心账，当时的我并不理解，真正成为一名支教老师后，我终于明白做老师确实凭的是良心，对于一名仅支教一年的志愿者教师更是如此。如果仅仅按照规定，教师的本职工作非常简单，写好教案，教好每堂课，批改作业与试卷，仅此而已。其实，教师能做的还有很多，学生上课没有带教材，作为老师，我们管不管；学生上课听课不太认真，时不时交头接耳，作为老师，我们管不管；学生考试成绩下降或者波动比较大，作为老师，我们管不管。其实这些问题也不需要太多的思考，作为一名志愿者，作为一名高中教师，我想自己有义务做到这些。回忆一年的支教生活，我想我对得起自己的良心。一年来，在我的课堂上，只要没有带教材或者没有完成作业，我一定会让学生站着听课，课下也会单独谈话，批评、鼓励并严格要求他们；一年来，对于课堂上说话、不认真听课的学生，我都会想方设法地采取针对性措施，引导其建立良好的学习习惯；一年来，每次考试结束，我都会在班里表扬鼓励进步的同学，帮助他们建立信心，课下帮助退步学生找出具体原因，并督促他们努力。

作为高一政治老师,我主要负责一个实验班、两个平行班的教学工作,教学中遇到了很多问题,也在不断摸索解决的办法。高一(12)班的陶娜尔同学就是一个教学管理方面的典型。这个哈萨克族的男孩很聪明,但非常贪玩,对学习没有任何的兴趣,上课说话、睡觉,课下作业完成不好,政治考试基本在 20 分左右,而作为老师,我没有放弃他,不断地找他谈心,努力地寻找问题的根源,我记得他和我讲,"李老师,其实我也想好好学习,知道学习很重要,但是我就是控制不住自己,总想玩……我现在基本啥也不会,也懒得学了……"这应该属于自制力差、基础差,导致厌学的典型。我因材施教,一方面,严格要求他完成作业(作业量较少),认真听课,让他从基础知识一点点学起;另一方面,在课堂上不断点名表扬他取得的进步。两个月的时间,我的付出有了收获,他在期末考试中得了 64 分,也就是从这次考试开始,他的考试分数再也没有低于 55 分。他在给我的留言中写道:"李老师,因为您特别重视我,所以我特喜欢学政治,您每次在班里表扬我,我都特别开心,也逼着自己更加认真地学习……"其实,学生真的特别需要老师的督促、关心、肯定与鼓励。

高一(5)班的郑赫也是一个典型的学生,她是一名实验班的学生,一名住宿生,学习非常刻苦、认真,每堂课都听得特别认真,每次作业都完成得非常出色,而每次考试,她的成绩总是中上等。注意到了这个问题后,我不断与她谈话,发现主要是学习方法存在问题。首先,让她认识到自己存在的问题,并帮助她建立信心;其次,课间与放学后,多给她补课,多向她灌输学习方法与学习技巧,比如,政治基础知识如何按照逻辑进行联系记忆,政治主观题如何审题与确定答题思路,政治选择题干扰项的特点与选择题的技巧等。总之,无论学生存在学习方法问题,还是缺乏学习兴趣,只要学生和老师一起努力,一定能克服困难,取得进步。一年来,在我们的共同努力下,几个班一直保持优异的成绩,很多学生改掉了他们身上不好的学习习惯,取得了很大进步,作为老师,我感到非常欣慰。

在教学之外,我也很喜欢和学生们在一起,无论是"小猛士"篮球赛,还是班风、班训展示大赛,都有我加油助威的身影。慢慢熟悉之后,很多男孩子和我打招呼的方式也变得比较特别,他们总叫我"宝哥""华哥"。嘴上批评他们的我,心里却也美滋滋的,因为我知道,在课堂上我是严肃的政治老师,而在生活中,我们早就成了很好的朋友。他们带给我太多的感动。我清楚地记得那天是新生军训文艺会演,演出结束后,作为辅导员的我负责组织高一（9）班回班，而班长却一本正经地说，大家先别走，我有事情要通知。这让我感到特别意外，有事情我应该先知道啊。就在我疑惑的瞬间，孩子们突然欢呼起来，把我围在中间，唱着"祝你生日快乐，祝你生日快乐……"此时，粗心的我才意识到今天是我的生日，简单而又意外的庆生，带给了我更多的感动，更多的幸福。

　　一年的支教工作是短暂的，是忙碌的，是充实的，更是快乐的。在阿勒泰的每一天，我都在被激励着，都在成长着。虽然仅仅只有一年，可就是在这一年，我恋上了阿勒泰这片沃土，恋上了地区二中的三尺讲台，恋上了这里每一双渴求知识的眼睛，我想我更是恋上了这种充实、成长的感觉。作为一名研究生支教团的志愿者，十分自豪，一年的支教生活，我收获的不仅仅是登上讲台的勇气、从容教学的技巧，更是一种积极的生活态度。在未来的人生路上，我会更加严格要求自己，以更加积极的态度去迎接挑战。

　　（李宝华，南开大学第 14 届研究生支教团志愿者，毕业于南开大学周恩来政府管理学院）

爱，因为在心中

宋 燕

2008年，对中国是意义非凡的一年，在这一年，有冰雪南国的艰苦，有汶川地震的灾难，有举世瞩目的奥运会的成功举办，也有神七登月的兴奋。无论悲喜，同样是在这一年，在中国共产党的正确领导下，有一个名字分外的耀眼，他们没有豪言壮语也不招摇显赫，却用无言的大爱感动着山河，他们不计报酬，低调缄默，却缔造出时代最响亮的名字——志愿者。

作为一名南开大学第10届研究生支教团的成员，在这一年，我们13名志愿者党员，在党和国家的号召下，来到祖国的西北边陲——阿勒泰，进行为期一年的支教服务。

来到这里，陌生的地方，陌生的人，陌生的生活，一切都充满着未知。来到这里，亲切的笑容，和蔼的声音，淳朴的心灵，一切又孕育着温暖人心的希望，我们就在那一瞬间爱上了这里。走进教室，孩子们的眼睛格外明亮，闪烁着纯真的希望；孩子们书声琅琅，穿过课堂飘向远方。面对着一双双渴求知识的眼睛，我们的心中充满力量，学生们更加主动地开口说英语，更加积极地钻研数学题。于是，试卷上一个个鲜红的对勾化作愉悦的音符轻轻敲击着我们的心灵，对于这些潜移默化的改变，我们看在眼里，笑在心上。

有一种关怀没有华丽的语言，没有盛大的场面，只是薄薄一张纸片，却能够点亮你心中的灯火。还记得一个周一的上午，我因为感冒还未痊愈，连着三节课下来，嗓子已经沙哑，到第四节课时，几乎说不出话来，走上讲台后用尽全力喊出的那一声"起立"，虽然不像往常那般洪亮，却使每一名同学真正地振奋了。接下来的课堂，安静且认真。当我写完板书转过身时，我愣住了。讲桌旁摆着一瓶绿茶，下面压着一张纸条，"老师，多喝点水"。从此以后，我的相框里多了一样东西，就是这张纸条。有人说志愿者是传播爱的使者，但我认为是你们让我懂得什么叫爱。

我们一起出现在篮球场上，为自己的队伍呐喊助威，我们一起出现在文艺晚会上，为演出的节目鼓掌叫好。我们一起为成功欢呼雀跃，我们一同为失败而相互鼓励，我们清楚自己甘愿做一缕阳光，给这些幼苗增添一片绿、一抹红。我们积极参与学校组织的各种活动，二中的五十年校庆，我们全身心地投入到筹备工作中，校庆的成功举办是我们共同奋斗的道路上最温馨的回忆。班主任节、班风班训展示、优质课大赛，我们毫不吝惜地将自身的潜能发挥到极致。班主任们脸上幸福的笑容，学生们手中闪光的证书，会深深地镌刻在我们的心上，亲切的二中，可爱的学生，还有那像亲人一样关爱我们的老师，这将成为我们心中最温暖的记忆。

白天舌耕于三尺讲台，夜晚笔耕于灯光之下，孤独和寂寞我们不怕，思念和苦恼我们不愁，13个人相互鼓励、相互依偎，爱的芬芳弥散在整个团队。我们会为团里的每名成员精心准备生日派对，让成员们虽身在异地却可以感受家的温暖，假日里我们一同出游，一同欣赏大自然的优美风光。我们坚持每周一次的党支部会议，我们交流思想，畅谈时事，团里的凝聚力得到加强，我们为捍卫团队的荣誉而奋斗，因为我们正在用自己的行动，诠释个人对群体的关怀，对社会的责任，对党的热爱，对国家的忠诚。

我们将继续执着于这份支教事业，我们就要离开这里，但一批又一批年轻的志愿者，会接过我们手中的接力棒将希望的火种传递下去。他们会同我们一样，将青春的笑脸，印在祖国西部的大地上，印在美丽的阿勒泰，印在美丽的地区二中。

我相信我们的努力会像火炬一样，永不磨灭，生生不息。我们的志向会像天地一般，永远挺立，坚定不移。我们会在未来奋斗的道路上永远坚守南开的气度与梦想！我们将在振兴中华的征途中继续挥写属于南开人的华章！无愧于党！无愧于祖国！

（宋燕，南开大学第10届研究生支教团志愿者，毕业于南开大学汉语言文化学院）

永远记得,你们叫我老师的一年

李 妍

2013 年 9 月,我们第 13 届研究生支教团的成员再一次聚会。此时离我们远赴新疆阿勒泰的那一刻已经过去两年,第 14 届刚刚回来,第 15 届已经踏上征程。对于二中来说,南开人前赴后继,不曾离开;对于我们来说,那一段凝聚欢笑和泪水、挥洒青春的日子的的确确只能够作为回忆了。我们有时候会觉得,我们还在金山银水的阿勒泰,还在讲台上兢兢业业,未曾离开。那里的人和事时常出现在梦中,第 13 届的兄弟姐妹时常在微博发出关于那段岁月的感慨。

一年的时间究竟有多长,大约只有生命的七十分之一,大学的四分之一。属于我的二十五个一年,有很多都记不清了,包括奋斗的高三、迷茫的大四,仿佛随着时间的流逝都开始朦胧起来。唯有去阿勒泰的这一年,365 个日日夜夜,是如此刻骨铭心、深入骨髓。时光荏苒,我依然清晰地记得那里的一草一木,记得解放路、金山路,记得骆驼峰,记得二中 43 个教室的位置,记得每一位老师同事,记得我的一百多名学生。我记得第一次上讲台的紧张,记得第一次监考的手足无措,记得第一次和学生发脾气,记得第一次过教师节的感动……阿勒泰地区二中有我太多太多的"第一次",这里见证了我最迅速的成长和最美好的蜕变,我把我的真心和努力都留在了这里,留在了每一个学生的心里。

支教的岁月,我一直保持着记日记的习惯,我想把每一点感悟每一滴感动都记录下来,作为日后回忆时最宝贵的财富。回来之后,我也常常翻看,偶尔也会想起那时、那人、那景,也会随着自己的文字或哭或笑,看着自己从 8 月初的青涩懵懂、彷徨失措,渐渐地蜕变成为 6 月离开时的成熟干练、稳重通达,从刚成为教师时和学生斗智斗勇、怒其不争,到离开时深深地眷恋和依依不舍,仿佛在心里又重走了一遍支教路,重温了一遍心路历程。

八月——初为人师

飞机降落在阿勒泰机场的那一天还历历在目，转眼之间，我们到二中已经一个多月了。这一个多月里我们用了最快的速度熟悉环境和转换角色。

记得刚到这里的第二天，当我们还沉浸在对这样一个陌生而安宁的城市的新鲜感中，我们就走进课堂，开始听课。

我第一次走进二中教室的时候，真的有种想哭的冲动，我看到孩子们的桌椅，想到我的高中舒适崭新的桌椅，想到我在南开附中实习的时候，他们有空调，有带锁的小柜子，有饮水机，顿时感慨这里的孩子真的很不容易，而大城市里的孩子如果还不好好学习，就辜负了那么优越的教学环境了。

听了几天的课，我们一行人接到了监考的任务，这是我第一次监考，在前一天晚上，我紧张地在纸上写了很多监考时应该说的话，要强调纪律、要提醒考试时间……但是当我真正进入教室，看到一群陌生的孩子时，之前准备好的话居然全部忘记了，只能临时发挥了。监考是我认识这里的学生的第一步，通过四场监考，我意识到，他们和我们真的不一样，这么重要的入学考试，我监考过的四个考场，居然大部分学生交了白卷，有的学生从始至终东张西望，隔空对话。

监考结束的下午，我突然接到通知，不带军训，直接带高二的生物。我完全没有任何准备，赶紧备课。虽然在南开附中实习时曾经有幸上过两次讲台，但是毕竟环境变了，也不再有别的老师带我，40分钟的课堂完完全全交给我一个人，学兄学姐在交流时多次强调第一节课的重要性，所以我心里还是紧张的，特别是完全不知道教几个班，上几节课。

上课的那一天，原本安排我下午上两节课，带两个班。由于突发的状况，我在上午最后一节课走进了高二（6）班的教室，开始了我支教的第一节课。开始几天的课，本来感觉还算顺利，但是经常有学生反映我讲课速度比较快，缺乏和学生的眼神交流。虽然我一直努力纠正，但是面对十分活跃的这群孩子，总是不由自主地紧张，以至于语速变快，不敢看学生。每天三节课的工作量，让我的嗓子很快变哑了，不幸的是，即使再大声讲课，仍然有学生反映我的声音小。

补课开始不久，我们新教师的培训也随之开始。于是，白天讲课，晚上培训，夜间备课的生活就这样持续了"很久"（有一点度日如年的感觉），终于迎来的盼望已久的休息。我们也终于有时间出去感受一下这个美丽的城市，享受这里的美食。

原本安排我教高一生物，后被调整教高二。高二的教学任务是一年要把三本必修课本全部讲完，这样的压力对于非生物专业出身的我来说，确实比较大。好在教文科班，相对轻松一些，没有过多的作业，没有月考，从头讲起，假期补课已经讲了两章，我基本不用再备课，讲课也不再生涩。但是文科班的生物是副科，面临的情况又不一样了，有的学生上课睡觉，或者连书也不拿出来，这又给我新的考验。我让每个班的学生都写出自己希望在我的课上学习到什么，然后尽量在课本里加入有趣的奇闻轶事，让课程生动有趣，虽然尽量不给他们布置课后作业，但是该掌握的课后题和导学案我在课上一定讲清楚。

两周的文科班教学工作，没想到如此短暂，在我得到去德育处兼职的通知的时候，我又被安排重回理科班，也是年级最难管的两个理科班。在文科班的最后一节课，我用很短的时间给他们讲了大学和专业的选择，希望对他们有所启发。

重回理科班意味着重新面对成绩的压力，每天备新课，每天批改作业和小测验，每天面对不同的突发事件，还要带我自己都不很熟悉的实验课。于是每天我都去听课，听备课组长的课、组内其他老师的课，只要我有时间，我一定去听，我的听课记录也是写得最快的一个，我知道自己和别人有差距，所以要努力弥补。

偶尔在楼道里看到之前我所任课的班的孩子，他们会说，"老师我很想你""老师你为什么不教了""老师，你走了我都不想学生物了"，我觉得这是对我最好的肯定。

现在的两个班，学生们活跃、不听话、不认真学习、作业完成情况很不好，我每天都会和他们"斗智斗勇"，还要把知识灌输给他们。

到德育处报到的那天，心里特别不舍得，离开工作近一个月的生物组，离开相处近一个月的和蔼可亲又充满幽默感的老师，心里的难过难以言说。有时候趁早晨签到或者听课的间隙，还会到生物组办公室和老师聊一会儿，有一种回家的感觉。

德育处的工作很繁杂，给学生开假条、卖校服、收各种纸质文件、换水……还有负责学生会的工作，特别是9月底的换届。

前天晚上，我们团内开会，大家说起教学时，都面临着和我差不多的困难，但是我发现，大家和我一样，已经把这种困难当成了生活里的一种乐趣，我们没有被困难吓倒，而是提起十万分的精神去面对它并克服它。我相信我们之后的几个月，甚至一年，会越来越好，不管后面还有什么未知的艰难险阻，都阻挡不了我们成长和前进的道路。

九月——开展工作

9月就这样匆忙地过去了。回忆这一个月，真的感触良多。

回归理科班之后，原有的轻松不在，取而代之的是每天的备课、批改作业，每天都是新课，每天面对着两个全年级最活跃、最难管的理科班，除了头痛还是头痛。平行班的孩子有两种：一种是完全不想学习，上课说话、睡觉，除了不听课什么都做得出来；另一种是学习很认真，上课总是看见她专注的眼神，下课围着你问问题，但是作业和测验的成绩却不理想，理解能力很差。所以针对这些孩子们，我下足了功夫，首先，把课程准备得有意思，用PPT加入一些动画和视频，调节课堂气氛。其次，我要随时准备"战斗"，和调皮捣蛋的孩子斗智斗勇。这一个月让我脱胎换骨，从刚开始的眼睛不敢和学生对视，到现在不停地盯着每一个下一秒就要说话的学生，用眼神制止他。最后，对那些喜欢问问题的同学，我备课的时候更要充分，既要有深度又要有广度，上次有同学拿着各省市高考题来问我，全是三本书的大综合，我都一一解答清楚，只有这样学生才会对我有信心，也愿意听我这个半路出家的非专业老师授课。

同时，我开始研究每一个学生的情况，各个击破，比如，上次正好看到（10）班一个学生的家长，这个学生平时坐最后一排，比较活跃，经常不听课，我趁机找他谈话，从他的父母谈起，告诉他父母对他期望很高。我看出来他心里有所触动，后来学习态度明显有所改善。平时作业我留的比较多，批改也很及时，做到只要留了作业就肯定收、肯定改，这样他们才会认真做。对于不交作业的情况，我上课时专门用了五分钟来说，从那之后这两个班的作业都是齐全的，而且都是拿本子写的，没有再用过单页纸。在月考之前，我找了（10）班最优秀和最差的几个学生谈话，给予了鼓励和肯定，从考试情况来看，谈话收到了明显效果，我很后悔没找出时间对（9）班也这样做。

这次月考，让我有了很多反思，最重要的一点，我明白平行班不能按照实验班的进度来进行，以前我总是急于和其他班保持一样的进度，但是通过学生们写的考试反思，我发现很多同学真的是跟不上，觉得快，接受不了，所以我要放慢速度，把基础打实，讲课不是完成任务，而是尽可能地让想学知识的学生能够真正学到知识。

除了教学工作，德育处的工作也在9月展开了，我用了这一个月时间适应这项工作。我要做好批假条、补办校卡、卖校服、每一节课后换水的工作，德育复检、学代会召开，我要整理一系列的材料、文件，常常加班到很晚。新学期开始，整理全校三个年级43个班级的班牌资料，需要打电话和每一个班主任落实情况，然后进行整理和汇总。最后还是因为个别人的疏忽，导致这项工作出现了小瑕疵。之后我做了总结，自己的工作就要亲力亲为，一定要检查核对后才可以上交。虽然德育处的工作很烦琐很累，但我不后悔，我相信我有能力在做好教学工作的同时，完成好德育处的兼职工作。

十月——迎接挑战

10月的阿勒泰，没有传说的那样冷，没有风，穿一件大衣足矣。周末在外面走一走，看到树上的叶子变成金色的。远处群山环抱，白云朵朵，这确实是以前从未见过的秋天。

10月，对别人来说可能过得飞快，但是在我看来，却有一点度日如年的感觉。

首先，在教学上，我进入生物课第一个难点：呼吸作用、光合作用、有丝分裂。作为必修一的三个重点知识，如何把知识生动有趣地进行讲解，让同学们易于了解、熟练掌握，是我每天无时无刻不思考的问题。而两个平行班的水平，从月考已经初现端倪。（10）班的整体情况要比（9）班好很多，从学生的接受程度、卷面成绩都能体现这一点。而且，（10）班有四五个非常不错的尖子生，也是我重点培养的学生。上课的时候我会经常和他们眼神交流，他们的回应也很好。而那些学习吃力的学生，我也不会放弃，时不时地提示他们我在关注他们的学习和成长。第二次月考结束后，虽然我的两个班在平行班里都是领先的，尤其是（9）班有了很大的进步，但总成绩还是"惨不忍睹"，最让我不能接受的是这些考点都是我平时一再强调考前还系统复习过的知识。这反映出平行班的学生，学习基础十分薄弱。反思之后，我做了总结，这些孩子学习的主动性和自觉性都很差，我应该把一些精力放在课上的默写和检查上，一些重点知识要不断地、反复地说，比让他们做题和讲题重要得多。因材施教，这是根本的指导思想。

其次，在德育处的兼职也迎来了最繁忙的时刻。地区二中第二次学代会和高一年级的班风班训班歌评比安排在同一周的相邻两天。不过难得有机会能够和学生会的孩子们近距离相处，一起工作。晚上8点，楼道安静了，校园熄灯了，三楼的德育处还灯火通明，我们一群人在里面讨论文件册准备到什么程度，代表证可以做了，选票要印多少份。虽然很累，但很快乐。幸好有从前在学校准备社代会的经验以及前辈留下来的宝贵资料，只用了三天，一切就绪。我也在这个过程中变得越发的全能。学代会整整进行了一天，最后的结果当然不能尽如人意，看着他们新老交替，有成功的喜悦，也有离别的泪水。我不禁想起自己当选主席团成员的那一天，结束必然是另一个开始，新的主席团要在我们的带领下开始运转了。接下来，高一年级班风班训班歌的展示活动开始了，从初审到彩排，我看到从班主任到全体同学都非常重视，正式展示，高一年级带给了我们无数的惊喜。记得高一（9）班的手语《天使》，高一（6）班的誓言……乐器、舞蹈、朗诵，各种形式的精彩表演，让我们眼前一亮。从他们身上，我看到了青春，看到了朝气，更看到了曾经的自己。

10月最后一天的清晨，拉开窗帘，满眼的雪白。冬天真的来了。我知道前面有无数的挑战，希望我走得平稳。

十一月——彷徨与反思

入冬的阿勒泰，比想象中的暖和多了，老师们说这是一个难得的暖冬。开会的时候大家开始议论什么时候回家，什么时候发工资，也说说学生们的调皮"事迹"，但是很明显，大家都成熟了，变得处乱不惊。

在一个周六的早晨，我在办公室加班，陈书记推门进来和我聊了起来，他还是那样温和、平易近人，他说："来这将近4个月，想家了吗？"我笑了笑，说"还行，不太想"。这话是真的，我确实没有那么的想家，发达的网络让我几乎天天抽时间和爸爸妈妈视频一小会儿。只是心,有些累了。想起有一次和几个老师聚餐,其中一个一直带奥赛班,成绩突出,拥有各种荣誉的老师,突然叹了口气,说:"我已经疲倦,不想上课了,找不到上课的动力,4个月就发了一次工资,真不想干了。"她说得很实在,突然间我迷茫了。像这样的老师都会失去动力,我有点不能理解了。对于我,只要是学生一个"明白了"的眼神,就是对我最大的激励,但是带着全年级最差最乱的两个理科班,这点念想都成了奢望,一时间,我也突然感到疲倦。每节课都用2天到3天去认真准备,一点一点地做课件,把自己总结的方法和高中时的经验加入其中,重感冒的时候在办公室加班批改测验本,但是依然得不到想要的结果。两个班,一个班整体情况很差,另一个班两极分化严重,虽然有一批高分认真学习的孩子,但是班主任告诉我他们有几个人念完这学期就不念了。

前几周(10)班一个家长问孩子的情况,说实话我对这个孩子的印象不太深,上次月考成绩很不好。但是听班主任的描述和家长的表扬,我感觉这是一个不错的孩子,最近可能受了某些影响导致学习成绩下滑。于是我瞬间有了力量,我想为了这些望子成龙的家长,我也得用心教学。从那之后,我一直在观察和督促这个孩子,但是很遗憾,我觉得他根本没有把心思在放学习上,他主动要求坐最后一排,上课说话,作业不交,这次监考理科考场看到了他,整个考试过程小动作不断,我一直在他身边溜达,提醒他。我不知道他是本来就如此,还是受其他学生影响,总之我突然变得很泄气,看到他所有的坏习惯,我一时也不知道如何是好。

11月也是收获的季节。青年教师培训拉开了序幕,每一次培训都让我获益匪浅。例如第一讲,吴昊老师详细地讲解了从备课到写教案的过程,让我意识到自己的教案原来还是有很大漏洞的,如没有专门规划本节课的板书、没有体现三维目标等;第二讲,孙艳老师提到了每节课不能满堂灌,而我为了进度,总是讲满40分钟,其实效果并不好。11月18日,我去听了备课组长的公开课,这一节课让我有很多的感悟。我发现宋老师能将新课标的三维目标很好地贯穿在知识结构中,注重在讲授知识的同时培养学生观察能力和创新思维,而我们新老师过多地追求知识的掌握情况而忽视了学生的能力、感情目标。

德育处的工作依然是忙碌的,5分钟之内可以接6个电话,一个课间要接待十几个学生;为了12月的班主任节、元旦文艺会演,我们还要写策划，每周六要轮流值班，等等。

距离学期结束还有一个月的时间，我一定不能松懈，好好地完成任务，争取让我和我的学生都有更多的收获。

三月——重装上阵

自从来到阿勒泰，"时光飞逝"和"度日如年"就变成了一对不能分割的词，往往在月末的时候，这两个词同时进入我的脑海。

3月过得很快，拿着行李再次回到二中仿佛是昨天的事一样。进入宿舍的一刹那，觉得很熟悉，就像从未离开过，寒假不过是梦回了一次天津。开学、备课、站上讲台、德育处的工作，一切照旧。

3月过得又很慢，感觉过了很久。这中间经历了一次月考、几次大会、两章新知识的授课。每天上午最后一节课和下午第一节课，我总笑着说最期待的就是老师和我换课，因为没有比我的课的时间更差的了，所以不管换哪一节课我都是开心的。当然这样的课表对我的学生很不公平，曾经有学生向我表示，她真的很想听课，可是上午连上了四节课之后真的很累了，状态大不如前，下午第一节课又困得很。我只能无奈地表示与她一起克服这个困难，其他的我也无能为力。

提及感悟，更多的是对教学方法的深入思考。毕竟不是第一天教学了，对这个学校、这些学生已经十分了解。每次月考过后，我都想要寻求突破，找寻更好的方法帮助那些想学又学不好的同学。但是我发现，平行班的孩子只要下一点功夫有一点成绩，就可以去实验班了，就像班主任感慨的那样，平行班再怎么付出，得到的都是零。我在他们的月考反思上面写道："即使你们已经放弃了自己，我也从来没有想过放弃你们任何一个。你们缺乏自制力，没关系，我定会在我能力范围之内鞭策和督促你。"于是，我开始让那些成绩过低的学生每天上交课堂笔记，给全班同学定期测验，上课多一些让他们思考回答问题的时间，发现违纪的学生决不姑息，也不会说说就算了，一定要让他们记住，不会再犯。当然这些做法不能让所有学生都有所改变，有些学生我怎么说都没有用，他们似乎有自己的想法，我始终走不进他们的世界。最令人伤心的是，有的学生在面谈时很诚恳，但是平时的表现不得不让人怀疑"诚恳"是作秀。

总之，改善这里的教育环境是一个很大很长远的问题，不是一些思想几个制度就能改变的。但是我作为一名高中老师，我已经竭尽全力了，我把我想到的我能做到的全部付诸了行动。当我离开的时候，我会说没有任何遗憾，当我回头再看这段路的时候，我看到的是无悔的青春。

四月——收获回报

4月就像我想象中的那样飞快地过去了。记得有一天，我在上楼的时候想，当我离开时，再也看不见那些稚嫩的、淘气的脸，心里竟浮起一丝哀伤。没想到这个学期两个月的相处，我已经能够融入其中。学生在给我写的月考反思中对我这个学期的变化给予了肯定和赞扬，说我"和上学期不一样，非常给力"。还有学生感谢我除了教他们知识，还教会他们很多做人的道理。最让我感动的是，一个成绩让我头疼的学生在反思中写道："谢谢老师，没有放弃我，当我听到您说'其他学科我管不了，但是生物，我一定能把你抓上来'时，我很感动。"看到自己一个多月来的努力和辛苦没有白费，两个班的成绩直线上升，其中一个班70分以上的同学达到10个，其他平行班只有2个，我很满足。我想不管遇到多少困难，总能想到解决的方法，我需要不断地尝试，不停地提醒自己用心，再用心。

当我把这些孩子真的当成孩子，他们的错误都是因为幼稚和无知时，我不再敌对，他们也成了我很好的朋友，我们会开玩笑，会聊天，我会拍他们的肩膀说："嘿，放假几天别总玩，多看看书。"不管他们成绩多差，不管班主任怎样劝说我最后几名可以不用再管，不管我平时气得拍桌子发脾气，但是在我心里，从没想过放弃任何一个学生。我知道对这些孩子来说，也许学习是枯燥乏味，他们更喜欢运动、跳舞、画画，我告诉他们：我不能保证现在带他们走的路一定是正确的，但至少不会是错误的。

狠抓教学让我变得整日忙碌，再加上德育处的工作，学生会的事务，我就像陀螺一样不停地旋转着。在4月的最后两个星期，我又被通知去参加阿勒泰教育系统的一个合唱比赛，我们南开支教团7个老师代表二中开始了每天2小时的排练。整整两个星期，上午上课，下午5点排练，我们把所有下午的课倒到上午，连批改作业和备课的时间都没有，只能从晚上不多的休息时间里去挤。刚刚开始，我又感冒了，两首高难度的歌让我的嗓子哑了很长时间。还好，在4月27日那天，我们以最饱满的精神状态完美地发挥，赢得了第四名的好成绩，受到了教育局的表扬。

一年的时间就这样一点点进入倒计时。开始的时候，觉得很漫长，结束的时候，才觉得时光飞逝。最后的时光，我一定要好好把握，不让自己留下任何遗憾。

五月——充实忙碌

5月上旬。

"五一"短暂的休假之后，并没有迎来阳光明媚的初夏，阴雨连绵气温很低，我又把冬天的大衣拿出来穿。我们来到这里，不仅仅是体验生活，迅速成长，更要为西部奉献自己一份力量，成为祖国需要的后备力量。

这个月刚开始的时候发生了一件事，让我们学会了珍惜。从五指泉徒步回来的晚上，停水了。没有真正在这里生活过，永远不能体会什么叫"缺水"。在没有一滴水的日子里，我们才发现，生活是那么离不开水。没有水，我们只能喝瓶装水，不能洗漱、不能洗澡、不能洗衣物，甚至不能洗手。小时候在书上学习的循环利用水，这时候才有真切的体验。第二天上班，发现很多人没有洗脸就来上班了。上班到中途，被告知会给半小时水，那个场景我永远不会忘记。老师们纷纷冲出教学楼，跑向宿舍，然后拿着宿舍里一切可以盛水的用具，一趟一趟到楼下接水。很幸运，水来了之后就没再停。但是，我们对水的珍惜程度远远超过从前，不管是什么水，都不会轻易倒掉。这次的经历，让我回想起在天津，经常听见学校宿舍水房的水龙头哗哗响，大家节约用水的意识不强，因为他们从来没有过缺水、停水的体验。

5月初还有很多故事，比如月考，我的两个班成绩还算稳定，至少完全符合我的预期，虽然没拿第一，我没有批评他们，我告诉他们："我对成绩只有两个要求，一是要真实，二是要比从前的自己好。只要这两点就足够了。"

建团九十周年——我身边的优秀团员演讲比赛。因为其他老师或出差或月考，所以这项活动完全落在了我一个人身上。虽然正为下周的运动会做准备，打算简单准备一下这个活动就可以了，但是真正准备起来，还是有很多细节的。每天我要把第二天要做的事写在一张纸上，大概十来条，睡前想想第二天的忙碌就很怵头。第二天一项一项地去完成，当我把最后一条划掉之后，觉得所有的辛苦都是值得的。每一次我组织活动之后，静下心来都会想很多细节，得出的结论是下一次我可以做得更好。

5月刚开始，各种活动就如此丰富，似乎预示着整个五月都将是一幅忙碌的景象。我已经准备好了！

5月中旬。

5月中旬的主题只有一个——第四十三届运动会暨第十届文体艺术节。这是二中大型活动之一，涉及全校两个年级、各个部门、所有老师，主要由德育处负责，具体操作的是学生会。这就注定了我的忙碌和奔波。还好，这些孩子关键时刻还是很有责任心和组织协调能力的，让我们省了不少心。每当有活动的时候，如何平衡授课和活动就成了一件很困难的事情，学生的心都在文体活动上，老师也要满足一下他们的意愿，比如利用一节辅导课时间让他们练习入场式。

运动会近在眼前，我又开始在纸上列任务的日子。每天奔波在教学楼、综合楼、艺体馆之间，放学后还要一起排练团内的节目，每次8点多回到宿舍时身心俱疲，睡觉的时候脑子里都在重复运动会的流程，一遍又一遍，然后因为某个细节而惊醒。到了运动会前一天，联系评委的工作出现困难，很多老师表示有事不能参加，不得不临时换评委。唯一的艺术展评委美术老师因家中有事而请假，于是我又和王老师一起先把奖项定下来，然后准备奖品，再反复推敲每一个细节，最终定案。

运动会开幕的日子终于来到了，我早早来到办公室做准备，思考一下今天的每个环节，确保不要出错，然后坐在入场式的评委席上，观看29个班级的入场式。开幕式顺利结束，运动会拉开帷幕。我需要监督检录处和算分处，帮忙审宣传稿……一天半的忙碌，终于随着统计分数名次、颁奖仪式的落幕而告一段落。运动会后还有一些工作，比如有些同学还没有领奖，参展的花卉需要让各班领回，班主任要查分数，周一的上午我依然忙得连坐的时间都没有。

5月下旬。

大型活动告一段落了，终于有时间去听研讨课了。听了政治王洁老师和数学黄江宁老师的研讨课，这些有经验的老师能够很好地利用小组讨论的形式培养学生自主学习能力，一方面节省时间，另一方面能够全方位调动学生的积极性，同时能够将导学案融入其中，让我获益匪浅。

教学方面，必修三接近尾声，这意味着学业水平测试越来越近了，我们即将进入全面复习阶段，因为我教的是理科班，复习不可能停留在应付学业水平测试的层面，要基于高考的高度大量做题。备课量和强度大大提高。

一年的支教生活快要结束了，还有 4 个教学周、30 多天就要和二中告别，和生物组告别，和德育处告别，和这里的老师学生告别。我觉得自己已经融入这个城市，融入二中教师这个群体。我从未在天津以外的城市生活这么久，阿勒泰可以算是我的第二故乡了，我想着、计划着离开后的某一年，会再回到这里看看，那时我的学生都毕业了，但是这里的一草一木还是不会变的。

尾　声

离开阿勒泰已经一年零两个月了，就在今年 6 月，我当初教学的两个班完成了高考和志愿填报，有几个学生向我咨询和汇报，并且开始憧憬他们的大学生活。我很开心我在他们心里还占有着一个小小的角落，更开心的是我当年说过的一些话还深深地印在他们的脑海中。虽然那时他们未必能体会到，但是日后他们一定会明白我的一片苦心。而我自己，从未觉得离开，晚上会"梦回阿勒泰"——或监考，或备案，或在宿舍聊天。梦醒之后会习惯性地打开回忆之门。

很难评述这一年我到底给阿勒泰留下了什么，就像很难评述阿勒泰带给了我怎样的成长。但是，我们确确实实在生命中交汇过，并且改变了各自的人生轨迹。首先，我第一次真正地认识了新疆，认识了阿勒泰这个北方小城。新疆很美，景美人更美，同事的笔记本电脑、我的水杯落在校门口的小餐馆里，过几个小时回去东西还在；学生的手机丢在了公车上，会有人给他送回来；背包拉链忘记拉上都可以放心……祖国河山的壮美也只有在新疆才能感受到，湛蓝的天空，喀纳斯的人间仙境，禾田的日出和村落的袅袅炊烟，在我心里着实比丽江还要绝美。其次，我练就了超强的演讲能力。这也许是支教带给我的最大改变。研究生的课堂，少不了各种展示，而我总是被推举为那个演讲的人，同学们对我的评价是"太像一个老师了""虽然有时候不懂你说的内容，但觉得你说的正确""你的台风太有范儿了"。而我在演讲之前不会刻意准备，只是迅速梳理一遍 PPT 就可以了。例如，在一次实习的无领导群面时，我们各组面对的是四十几页专业领域的资料，我能够在短短的 30 分钟掌握云计算的信息完成小组讨论并在之后进行了小组展示，事后被人力资源管理（HR）邮件称为"面试时最出色的人""我们最想要的人"。再次，我提高了为人处世的能力和组织能力。虽然本科时就参加了学生组织并担任骨干，但是这一年的支教生活却是真正融入社会的工作。和领导、同事们的相处让我真正学会做一个社会人。而带领学生会开展的各项大型活动，让我从一个听老师安排的服从者和开展活动的学生干部，成为自己领导和策划而让学生完成后续工作的负责人。最后，是一种心态的转变。每当我迷茫、焦躁、不安、急功近利的时候，总会想起那个北方小城——阿勒泰。那一年的点点滴滴都会让我记得曾经是这样踏实努力地奋斗过，一心一意地付出过，无怨无悔地奉献过；那时候的每一次磕磕绊绊和披荆斩棘让我觉得我是一个坚强而执着的人，没有任何困难能够打败我，没有任何障碍可以阻止我。

其实，在我心底，和阿勒泰有一个约定。所以，我知道我和那个边疆小城的故事尚未完结，还会继续。

（李妍，南开大学第 13 届研究生支教团志愿者，毕业于南开大学商学院）

记第一次家访

张 楠

2017年3月末，在适应了高原气候之后，我和搭档邻斌老师第一次踏上了家访的路。借了安老师的一辆"捷安特"，一路并行，一路高歌，我俩就这么出发了。整个过程并没有我们想象的顺利，意料之外的是手机没有信号，路上的不速之客——"羊群"，以及对体力的严重高估，都给这段回忆增加了一抹别样的色彩。

早上9点从学校出发，中午12点30分我们到了第一个学生索朗旺姆的家——比预计晚了一个半小时。之后在318国道沿线的村子，又走访了3个学生的家，因为语言不通、道路不熟，是班里的学生带着我们走，同时充当小翻译。给我们带路的孩子成绩并不好，也不是在课上会调皮捣蛋的学生，他是一个很不起眼的孩子。

一路上，我和邻老师回归了"本性"，我们和学生像朋友那样聊天，一起叫喊着去追野兔，跳过水沟去给鸳鸯拍照，一起摆傻傻的pose（姿势）。我慢慢发现，这些孩子与老师印象中的他们不太一样，他们活泼、聪明、机灵，不像在学校里见到时那么沉闷。

下午两点钟，我们去了班里最调皮的孩子——扎西加措的家，很不巧家长都不在。进门后，孩子第一句便问："老师您吃午饭了吗？"

3月份的拉萨，依旧是大雪封山，但这句话真是很温暖。

我和邻斌本打算去附近的茶馆随便吃点，但几个孩子张罗着要给我俩做饭。我们开玩笑说："你还会做饭？你会做什么呀？"此刻他发挥了在上课时的"积极"精神，炒饭、炒菜、糌粑等如数家珍。

在他们的坚持和我们肚皮的不争气之下，我们终于吃到了自己学生亲手做的糌粑，邻老师激动得发朋友圈，满心的幸福，大呼快哉。

在扎西家里，几个孩子像小大人一般，有的做糌粑，有的给我们倒茶，还会贴心地问"老师您喝酥油茶还是甜茶",有的给我们拿水果和零食。扎西加措指着院子里晾晒的草介绍这是做藏香的原料,给我们讲述藏族的传统。这样的他们,我也是第一次见到,乖巧、懂事、能干。

回去的路上我不禁反思,这些孩子为什么与我心中的形象相差如此之大。

在学校时,我在心里给他们贴上了一个个标签,"学习好""努力""逃课""捣蛋鬼"等,以此分类。但其实人不是标签化的群体,而是一个个鲜活的个体,他们有 A 面也有 B 面、C 面……就像我们不能单纯地去评判一个人的善恶,只能说,他们是做了善事还是恶事。这一次的出行,我不就看见了他们的 B 面吗?

标签化的后果是造成认知偏差,进而影响教学。我不知道心中的这些标签是否曾在课堂上出卖自己,是否在态度上对待学生曾有所差别,是否曾被这群敏感的孩子察觉?

但在真正的教学中,又很难做到不去标签化一个人。因为在特定的环境中,我们被彼此的身份所束缚,不管是在教学过程中还是在课下的交流中,对方所展现的只能是他作为学生的一面。和所有的学生做朋友,在应试教育的体制中,是不现实的。那我能做到的,只是尽己所能从各种渠道去了解他们,不去差异化对待所有的孩子。

离开西藏已经一年了,现在还会偶尔与学生聊一聊,但找我谈心的,大多数还是当时成绩不错的孩子,成绩不太好的孩子打王者荣耀都去找邻老师。想了想,大概我还是没有成功吧,哈哈!

(张楠,南开大学第 18 届研究生支教团志愿者,毕业于南开大学经济学院)

用一年不长的时间，做一件终生难忘的事

刘琛欣

时光飞逝，转眼间，来西藏4个多月了。从最初在拉萨市北京实验中学的7天培训，到在达孜县中心小学度过的教学时光，回首间，曾经的快乐和烦恼都变得珍贵，让人忍不住想让时间走得慢一些，再慢一些。

达孜县是距离拉萨市最近的一个县城，从天津市到达孜县，不见了重重雾霾，不见了高楼大厦，取而代之的是望不到边的湛蓝天空和点缀其间的朵朵白云，是秀美的山水风光，这里有热情好客的西藏人，这里坐落着我们支教的达孜县中心小学。

初到达孜县中心小学，我对这里的一切既熟悉又陌生。那时还是8月，暮夏初秋时节，这里不像天津那么闷热，从早到晚，天气都凉爽得刚刚好，大大的太阳在天上尽情地挥洒着热情，让我不禁感叹，这里不愧是"日光城"！在之前的想象中，拉萨市是干旱无雨、十分干燥的，而实际上，在雨季，这里白天艳阳高照，到了夜晚却是瓢泼大雨，窗外沙沙的风雨声能响一整夜，这一点与我的故乡烟台很像，所以对这里又多了一分亲切。

经过几天的修整，开学了。第一次见到学校的其他老师，见到我的学生们，内心的激动难以抑制。终于实现了自己小时候的梦想，站在三尺讲台之上，看着讲台下坐着的这些小不点们，嘴角忍不住地上扬，可是我却还要努力克制，告诫自己要严肃，要有老师的样子。现在回头想想，当时的我是很紧张的吧，怕学生不喜欢我这个新老师，又怕太亲近了他们会调皮捣蛋；怕自己业务不精，备课中有遗漏之处，又怕自己准备的内容太多太难，他们接受不了……

忐忑不安，唯有日日在办公室加班，以勤补拙。初时的一个多月，没有教师用书做参考，没有练习题，我只能反复查阅网上的备课教案，查阅课件，看网络教学视频，来来回回地修改教案，删删减减，生怕自己哪一

点讲得不好。

感谢上一届研究生支教团的师姐为我们留下了宝贵的课件和教案,让我们在最初的忙乱中有所参考,不至于手忙脚乱。感谢办公室的老师,对我们的关心和照顾,对我们提出的问题都给予了耐心的解答。

最初担任六年级五班的汉语老师,我既忐忑又兴奋,每天热情饱满,而同学们的乖巧懂事和上课时的良好互动也让我信心倍增。但是,随着时间的推移,大概是由于学生与我熟悉了,最初营造的严肃形象在每日的朝夕相处中逐渐崩塌,学生逐渐发现了我脾气好、"好欺负"这个现实,慢慢"原形毕露"。上课吵闹、吃东西、发呆、不听课……每次上课提问只有少数同学回答,再也不见最初上课时齐声回答问题的精神风貌,这让我头痛不已。也曾苦口婆心地和学生们讲道理,也曾疾言厉色地训斥过他们,可效果都不明显。在这样的"斗争"中,我进行了第一次单元测试,尽管班级平均分还不错,但是高分段和低分段却都不容乐观。班里缺少能考90分以上的尖子生,而分数只有个位数的学生却有4个之多。

我很着急,可学生们却似乎对这样的分数很满足。

通过观察,我发现,这里的学生与内地的学生还是有很多不同之处的。内地的学生自小就被告知学习的重要性,家庭和社会对于学习都十分重视,启蒙也较早。而西藏的孩子们由于自小在比较自由的环境中成长,年龄又比较小,缺乏学习主动性,缺乏自制力,比较好动贪玩,所以若想依靠他们自我克制、主动学习是十分困难的。这就需要老师发挥作用了。孩子每个月要在学校待20天,每次10天之久,这样久的时间里,老师与他们相处的时间甚至超过了家长,因此我们不仅要担负起教书育人的责任,更要在平时的学习生活中注意引导他们,向他们传播正确的思想,帮助他们养成良好的习惯,通过长期不断引导,培养他们对学习的兴趣。

同时,也不能盲目信任孩子的自主自控能力,要发挥作为老师,作为大人对他们的约束力。六年级的学生已经是大孩子了,而承担家务劳动和帮助照顾弟妹等事也使他们比内地的学生更加早熟。大人们总是习惯性地认为孩子还小,什么也不懂,而我也在最初时天真地把他们看作白纸,但相处日久,慢慢地,我发现,其实孩子也和大人一样,有自己的私心,会撒些小谎,以逃避老师的责备。认识到这一点后,我制定一些"规矩",来整顿他们的课堂纪律,规范他们的作业。

四个月来,我在不断地自我调整,前后尝试了多种教学方法,与学生们相互熟悉，相互适应，逐渐建立起默契。也在平时与同来支教的同伴、办公室的老师不断交流，吸取他们在日常教学和学生管理方面的优秀经验。

从最初的忐忑激动，到生气烦恼，再到今天，我已经适应了在达孜县中心小学的支教生活，适应了这里温暖的太阳、干燥的空气、湛蓝的天空，适应了这里的群山环绕，绿树成荫，适应了每天和学生们"斗智斗勇"的简单生活。

诚然，学生们是淘气的，是爱调皮捣蛋的，在学习上，也有很多学生缺乏热情、缺乏动力，这些都是让我日日烦恼的，但是，除了烦恼，他们带给我更多的是快乐。他们虽然偶尔会撒点小谎，但都无伤大雅，大多数时候他们是真诚和热情的。他们会偷偷把带来的水果放在我的办公桌上，问是谁时，又害羞，不肯承认；他们会主动帮助同学，将自己的东西主动分享，毫不吝啬；他们会与你分享各种各样有趣的事，在课间时缠着我问东问西，有着这个年纪独有的天真和好奇；也会在我生气落泪时，瞬间安静下来，会在课后特意跑来向我道歉，保证以后听话不捣乱（不过，这个保证的有效期不会超过1天）。他们很善良，很可爱，很热情，有时也会很害羞，当然大多数时候还很调皮。越与他们相处，我越感受到他们的可爱之处，也更感恩有机会来到达孜县中心小学支教。

一年时光，如今已悄然过半，回首这半年，最想说的，唯有感激。感谢县团委和学校领导对我们的关心和照顾，特别是达孜县中心小学的各位领导在工作和生活上给予我们极大的帮助和支持。感谢办公室各位老师对我们的关心和爱护，从最初的陌生羞怯到如今的熟悉热情，在这里能够收获一群同事好友，真是幸事。感谢支教团各位团友，朝夕相处间，我们的感情日益深厚，宛若亲人。感谢我的学生们，在我教授给他们知识的同时，他们也让我懂得了如何成为一名合格的老师。说不尽的感激，道不完的情谊，我唯有在剩下的时间里，以更加优秀的工作表现回报学校、老师和同学们的深情厚谊。

最后，祝愿达孜县中心小学的各位老师们身体健康，工作顺利！祝愿每一位达孜县中心小学的学生学有所成，在考试中取得优异的成绩！

（刘琛欣，南开大学第18届研究生支教团志愿者，毕业于南开大学化学学院）

永远的 22 岁

姚正锟

二十年过去了，每一年的支教教师都是 22 岁的模样，我们给阿勒泰，给地区二中，给所有的孩子们留下的回忆也永远是我们 22 岁时候的样子。很荣幸作为第 20 届研究生支教团的一员，作为第二十年的见证者之一，在这里，留下一份属于我的 22 岁的回忆。

去年 7 月第一次来到新疆，在踏进地区二中校园的那一瞬间，我突然意识到，从这一刻开始，我已经不再是一个月前的那个学生了，而是一名真正的教师，我的生活不再仅仅是对自己负责，更要为我所教的学生负责。从学生到教师的真正蜕变，还是要从站在讲台上那一刻开始的。第一次上讲台前特别紧张，不知道怎么去适应这个新的身份，但是当自己真的站在讲台上，说出第一句话的时候，一切就像水到渠成一样，进入教师的角色，进入教师的状态，不再有紧张和畏惧，伴随的是享受这个讲台，享受传道授业的过程。而伴随着适应的状态，面对的学生也越来越多，从 5 个班到 10 个班，在这个过程中，并不全是一帆风顺的上课、下课，还会遇到很多意料之外的情况，意料之外的学生问题。在这个过程中，教学是一部分，还有很大一部分是在跟学生"斗智斗勇"的过程，要经常变换教育的方式，对待有问题的学生既要批评教育，又不能太过伤害到他们的自尊心，慢慢地把批评教育和情感教育放在一起。回头看这段时光，总的来说，还是很快乐的，看着自己的学生学会了新的知识，看见自己的学生通过教育变得更好，愿意自觉去改掉不好的习惯，这些一点一滴的改变对我来说都是值得欣慰的结果。

下学期开始不久，每个班又多了一节课，一周要上 20 节课，刚开始的时候觉得课程压力很大，备课、讲课、批改作业的工作突然多了起来。但在临近离开还有不到 2 个月的时候，我们组新来了一位政治老师，可以帮我接手5个班的课程，那一瞬间我觉得给出哪个班都很舍不得，最后很不情愿地服从了学校的安排，给出了2个班。虽然之前教10个班的时候一直觉得压力很大，很想有人来分担一下，可是，当新老师真的来了，接走2个班之后，我又感觉到失落，虽然他们是我教的这些班里最调皮、纪律性最差的班级，但我还是很怀念那段"斗智斗勇"的时光，很怀念班级里的每一个人，这一刻我发现，在我心里留下的都是他们最美好的瞬间。我不知道当我支教结束离开这里将是一种什么心情，我也不敢去想这个场景，我能做的就是珍惜接下来的每一天，每一节课，每一个学生。

除了平常上课以外，晚上没事的时候我会跑到篮球场跟学生一起打篮球。还有不到一个月的时间就要离开了，我在这里的时间也不多了，我的22岁也要画上了句号，但我还是想在这段时光里给他们留下一段美好的回忆，而他们，也是我22岁故事的主角。

（姚正锟，南开大学第20届研究生支教团志愿者，毕业于南开大学金融学院）

22岁，在新疆

宋 杨

2018年7月，在22岁当月，我第一次来到新疆，来到阿勒泰。告别父母家人，告别恩师挚友，我拖着沉甸甸的行李箱和因毕业季而装满离愁别绪的脑袋，匆匆踏上了西行的征途，庆幸身边是一群志同道合的伙伴，让我相信未来可期。

来到新疆，我对自己的要求是做一名普通的高中语文教师，品小说戏剧，析诗词歌赋，循着一届又一届南开支教人的点滴印记，执教鞭，站好这一年的讲台。

盛夏·相识

第一个月的主题是"适应"。

踏上新疆的土地，顶着大西北的骄阳，我收到的第一份大自然的馈赠是重度"爆皮"，脸颊皮肤裂开，迎风隐隐作痛，随身带来的护肤品在这时都成了"撒在伤口上的盐"。

与火辣辣的骄阳相呼应的是火辣辣的三餐，辣味十足的新疆美食对于向来口味清淡吃不得辣的我实在是又一大挑战。大盘鸡、椒麻鸡的辣我早有了解，万万没想到食堂的饭菜也是无辣不欢，每次正餐都要碰运气，千挑万选点两个清淡的菜，拼尽全力保护一下我脆弱的肠胃。

除了生活上的"适应"，工作上也要快速进入状态。一个月左右的时间里，我从一个刚刚离校的本科毕业生，变成一名支教老师，"支教+老师"，既是一个服务西部的志愿者，又是一名高中老师。一个人走在校园里的时候我也常想，带着南开的重托，顶着"志愿者"这三个字来到新疆，万不可懈怠一日，一年到底短促，也争朝夕。

坦白说，这一年除了支教本身，我要做的另一件事是放空自己。本科四年，学校广播台、学院学生会、暑期支教团、学校书画协会……一个个"总负责人"身份的叠加让我产生越来越多的顾虑：这个事能不能做？这个话能不能说？一个主席应该是什么样子？一个台里的大总监应该做什么？一个队长怎么调动全体？师傅说我本科四年因为这些经历有得也有失，得了锻炼，也在某种意义上把自己肢解了。身在二中的我，希望自己能像《小王子》说的那样，做一项陌生的工作，可以很快适应它、学会它、做好它，每一天都干好自己工作上的事情，做得比一般人好，慢慢分解业绩焦虑，一步一个脚印地从头开始。

来到地区二中，从学生报到开始，我担任高一（4）班的副班主任，帮助李康老师带班，班会课、选班委、安排活动，独立处理军训期间47个孩子的大事小情；在学校办公室兼职，配合徐飞主任的工作，撰写校庆画册文字；看书、找资料、备课……一件件现在回想起来再平常不过的事，这就是我的教师工作，做一名一线的老师，没有什么大波澜，就是个小教书匠，挺好。

2018年8月26日，我正式走上讲台，开始以一名高一语文教师的身份行走在阿勒泰地区二中的校园里。

关于这一年的教学，我有很多期待，也做了很多努力。在本科期间，我考取了教师资格证和普通话一级证书，在课余时间积极旁听可能与高中语文教学有关的课程，我不断拓宽自己的知识面，就是希望能够呈现更加丰富、更加精彩、更加多元的课堂内容。

金秋·日常

当初为什么想教语文课呢？因为语文在我心里是神圣的。第一点，小学、初中、高中，我遇到的每一位语文老师都很出色，他们学识渊博且能言善道，既能向我传授知识，也能认真倾听我的诉说。第二点，唐诗、宋词、元曲、明清小说……语文是一个埋藏了许许多多优秀的传统文化的宝藏，我认为这是每一个中国人都应该认真学习的科目。第三点，语文源于生活，也藏于生活，抛开高考，抛开大学，只说最基础的与人沟通交流，接收这个世界的信息，表达自己的观点，这些也都是语文。我想，我应该尽力帮助每一个学生在高中第一年打好语文基础，成为我的学生们的良师益友。这是我的从教的初心。

实际工作的每一天，我都觉得有好多事要做，听课、备课、上课、改作业、月考、期中考、期末考、阅卷……日复一日，我不过是完成了一名高中语文教师的日常工作。

宋老师的教学日常是每周讲 14 节课和两个早读，备 7 节新课；宋老师的课间日常是改作业、备新课和听来倾诉的学生的心里话。

初为人师，我完成过自己非常满意的课堂教学，得到了学生和其他老师的肯定，利用晚自习给学生辅导过文言文朗读；我遇到过学生因为个人情绪在课堂上摔门而去，也遇到过学生因同学间的矛盾在课上爆粗口，曾经在办公室做课件加班到凌晨，结果"一崩全无"；我看过学生自主完成的朗读活动，帮出差的组长李老师代过课，并且一连几天赶进度备新课；我在早读时间抓到过学生抄作业，熬夜改过试卷且在改卷的同时心痛于学生的答题情况；我经历了 11 月初的重感冒和 11 月底的连续发烧，无数次在梦里遇见课堂的场景，由于连续熬夜和长时间对着电脑满脸痘痘一直难消……

我的支教服务期只有一年，我认真对待我的每一节语文课，字体、字号、配色、插图……我认真做每一页课件（PPT），希望在语文课上学生对每一个知识点不是走马观花听个热闹就过去了，希望尽可能让学生打下坚实的基础，希望能让学生掌握尽可能多的知识。在我眼里，没有哪个人学不好语文，这是我们每天都要用到的技能，也是将来他们立足于这个社会谋生或是继续改善生活的基础。

隆冬·稳住

2018 年 12 月 13 日是宋老师教学日常中最累的一天，连续上了五节不同的课，午休时间还帮学生排练朗诵，那天晚上哈斯叶提没背好课文，我一直陪着他背到快 11 点他妈妈来接他回去。

开学以来的大考小考，宋老师所带的两个班一直保持在同层次的第一名和第二名。最好的一次班级分数可以达到上一层次的中间水平。

成绩是学生的成绩，我满意的点在于，我教学的初衷是提升学生的语文综合成绩，不是奔着哪一次考试，而是每个人都能够读懂信息，能够准确表达，能够具备与这个世界交往的能力。成绩不值一提，但是能够让学生真正爱上语文，是我这一年不变的追求。

我是一心一意来教书的，万万没想到在2018年年末，险些被一波叫"元旦"的无形力量击垮。于是我明白，这世上好多事，你看起来是那样，其实那样的背后还有很多不一样。一个身份，意味着你要做好与这个身份对应的事，还要做好与这个身份相关的很多事。

2018最后的那几天，每一天我都在崩溃的边缘徘徊。备新课、改作业、剪视频、排节目……能者多劳是对碌碌庸人最善意的谎言，我不怀疑人生，也不相信所有善意的谎言。

为了节目视频，我在淘宝找了好久买了FCP（视频剪辑软件），重新捡拾起剪片技能。那些日子里最心疼的是因为彩排耽误了一节课，最开心的是节目被学生表扬，最感谢的是陪我剪片和排练的各位老师。

如果可以，我希望以后不要做那个对别人说"辛苦了"的人，真的太无力了。一段话告诫自己：不管遇到什么样的环境，要学会用合适的方式表达，即使遇到阻碍或者限制，也要能够独立思考，要有自己的观点，要用与环境相适应的方式表达出自己的想法，要实现自己想实现的。

青春·希望

上一个春天，我在南开园里，一边修改毕业论文，一边期待着即将开始的一年支教生活。这一个春天，我在阿山脚下，备课讲课改作业，不经意间支教生活已经过去大半。

在高一文理分班之后，我遇到了几个月来的第一次"困境"。我的6位"老学生们"向我发起了挑战，他们像是自认为摸透了老师的脾气，开学后连续几周不认真完成作业，课上走神甚至直接顶撞老师。我以为问题只发生在我的课上，和班主任田阿妮老师交流之后发现他们新学期以来对待各科皆是如此，而且几个人大有"团结一心"的气势。在几次"僵持对抗"中，我感受到来自学生对学习本身的抗拒，于是我决定"调整战略"，采用"各个击破"的方式，通过课上互动和安排任务的方式努力唤醒他们对语文的热情。终于，这6位同学重新找回了从前的状态，在课上能够积极参与，作业也重新出现在了我的办公桌上。

作为一个曾经信誓旦旦"绝不看球"的人，我竟然一连几天准时准点出现在二中的绿茵场上围观高一足球赛，原因很简单，这是我的学生们热爱的一项运动。某天听高二的老师说起上届冠军的时候,我忽然愣了一下,等他们高二比赛的时候,我会在哪?也许正是个该好好读书的春天我埋头在图书馆看文献写论文,也许正是个晴朗温和的日子我和三五好友相约在某城旅行,也许……大概不会在这里吧。欣赏一群热爱足球的少年,见证他们的汗水、泪水和欢笑,看他们踢球真的是一件幸福的事。我偶尔也会对着天空痴想,何其幸运,能有机会路过此时此地,他们的青春。

在二中,我看到我的学生们最好的青春的样子。他们在我的课上认真听讲,积极回答问题,他们在课下叫我小宋姐姐,他们中有人热爱音乐、播音、绘画,有人热爱篮球、足球、跑酷,有人一直坚持学习俄语,有人以后想当老师、医生、律师、警察……他们有自己热爱的事,有自己的"尕兄弟",有最闪亮的青春。席慕蓉曾写下诗句"青春是一本太仓促的书",正因如此仓促,才值得每个人在经历之后追忆和怀念。我希望,多年以后,我的每一位学生都还能如我 22 岁这年遇见的他们一样,阳光快乐并且充满能量。

转眼已入夏,小宋姐姐的 23 岁将至,这意味着宋老师为期一年的支教生活已经接近尾声。几天前我和好友打趣:我怕是用了一年的时间来试错,让自己明白自己做不了老师。因为我太看重每一个学生,一旦把学生放在心里,就再也放不下了。王老师说,教师是个良心活儿,付出多少都不多。是呢,不管做了多少都还觉得自己做得不够,所以,接下来的一个多月,继续好好干吧!

不用感慨逝者如斯,不必悲叹俯仰陈迹,日子是要继续往前走的。我想我会记得,永远记得,我们曾经拥有闪亮的日子。

22 岁在新疆,无悔于从前的选择,无愧于此后的人生,我希望,你还是你,一个更勇敢、强大的你。请你,继续——做自己。

(宋杨,南开大学第 20 届研究生支教团志愿者,毕业于南开大学文学院)

一瞥一年

杜雅雯

一年的支教生活匆匆而过，我也完成了从一名学生，到一位老师，再到学生的转变，除了身份的变化，一瞥一年的时光，林林总总尽是回忆浪潮中的朵朵浪花。一年的时间太短也太快，以至于紫荆山的花开我还没有看够就已经结束。

还记得我初至庄浪，搬家又搬家，和团友一起采购生活用品，热心的阿姨用三轮车帮我们运柜子，还有一起打扫宿舍做家务，这些还都历历在目，直到现在我还总想傻傻地问"那不就是昨天吗"这样时间错乱的问题。每天和团友在一起讨论的柴米油盐，反倒成了这段时间里一段独特而又愉快的回忆。

2018年8月27日，是我到三中的第一天。那天一进入班级，我告诉大家，我是你们的英语老师，你们可以叫我"Miss Du"。我抬起头看着讲台下的学生，他们个头小小，稚气未脱，想象着再过些年，他们就会带着青春的朝气，比我还高上一头。而这一年的陪伴，我愿意和他们共同成长，共同进步。

每一个老师都会明白，学生在熟悉老师一段时间之后都会变得愈发调皮。身为班主任的我一次一次帮学生解决他们之间复杂的矛盾，还要疏导他们在青春期的悸动。每一次都不禁感慨，现在的孩子啊，可比我们当时淘气得多。仅仅是五六个孩子之间的关系也可能各个不同，他们分帮结伙，同仇敌忾——这个人对另一个不满，而另一个的朋友又对此愤慨。我花一周的时间才把他们之间的关系捋清，然后为他们调解矛盾，方法自然是挨个谈话，然后对每个人提出自己的建议，并且告诉他们与别人相处的理论。我在对他们摆事实讲道理的时候，同时发现自己身上的不足之处——缺乏耐心、时常暴躁。不得不说，在为学生们调解关系的时候，我也在改变着自己，我知道只有我改掉了这些缺点，才能真正成为学生们的榜样。我努力地想通过一些事情给孩子们留下更为重要的影响，特别是当地教育环境无法带给他们的改变。希望这些调皮的孩子也能在一年的时间过后，还能想起某个关于我影响着他们的片段。

一年不长的时间过去，初到庄浪时添置的简易衣柜已经在岁月的疾驰中被撞得七扭八歪，团友还想办法帮我固定住了它的骨架，在它即将服务期满，我也意识到我将回到母校南开。我的班级我的岗位会有人代替，可终生难忘的事情都留着，其中收获的是在学生生涯中不曾有过的体会和感悟。人生路漫漫，在未来的时间里，我会一直感激三中和庄浪这个县城，感激这里的每个人和每一段故事。

（杜雅雯，南开大学第20届研究生支教团志愿者，毕业于南开大学电子信息与光学工程学院）

最美好的是以青春指引青春

夏克扎提

阿勒泰的 4 月，与我的家乡伊犁、曾经求学的深圳和天津有些不一样。印象中的 4 月，应该是万物复苏，春暖花开，莺歌燕舞，而阿勒泰的冷气似乎并不愿意离开这片沃土。盼着天暖想要在支教的最后一段时间里走出来感受阿勒泰春的美，又对于马上进入新一轮复习的学生着急和担忧。

"喂，您好，是×××家长，我是他们班的生物老师。"

"×××最近状态不太好，怎么了？"

"×××最近交作业情况有点差，马上就要新一轮复习了，不能再这么下去。"

怀着回报家乡之心加入支教团，我想要尽我所能去帮忙更多学生，不放弃他们中的每一个人。过去 8 个月，从学生每一次的作业入手，去观察他们的状态，一个多学期以来，已经无数次约谈状态有变化的学生，甚至会与学生家长沟通，讨论我们如何相互配合管理学生。每每看到被我"敲打"后的同学成绩有了进步，我也感到高兴。

我教的是高二学生，马上要进入新一轮复习，即使在我一次次"敲打"之下，最近一次的月考，同学们的考试成绩普遍不理想。我很着急，看着学生学习状态慢慢在好转，而成绩没有提升，我得更加努力，不能因为我的原因让他们的努力落空。

离支教结束只剩下 2 个月，把每一天当做最后一天，为二中倾注所有，为我的学生倾注所有。

（夏克扎提，南开大学第 20 届研究生支教团志愿者，毕业于南开大学金融学院）

支教一年，终生难忘

邓 健

2012年7月29日下午，新疆，阿勒泰，我与伙伴们终于踏上了这片梦想的土地。走下飞机，一阵阵热浪袭来，空气中夹杂着些许兴奋与紧张。霎时间，我心中的忐忑蔓延开来，先前所有的兴奋、期待和憧憬都化作一丝丝无形的压力汇集到一起，凝聚成一块重重的大石头压在我的心头。那一刻，突然有一种终生难忘的幸福感，慢慢在心底荡漾开来。也许正是在那一刻，预示着在未来的一年里，必将发生令我铭记一生的事情。

初识二中

刚下飞机的我们，并没有直接住进学校的宿舍。由于学校抗震加固工程还没有完工，我们被临时安排住在学校对面的旅馆里。旅馆对面，便是流传在支教团师兄师姐嘴边的二中。从宾馆的窗前一眼望去，她的大门是那么的朴素和不起眼，两边是商店和饭馆，门前有几棵长得还算茂盛的大树。透过大门，是一条百十来米的过道，粗糙的水泥路面两旁，种着两排大树。过道左边有艺体馆和学生宿舍，右边是土质的操场。过道的尽头是教学楼和综合楼，除此之外就没有什么了。这便是二中给我的第一印象。当我第二天早上走进校园的时候，一切却又发生了变化，简单的背后透出的是井井有条，在熹微晨光的沐浴下，更是显出了那份与众不同的氛围，从那一刻起，我便爱上了二中。

与14个班级一起战斗的日子

就在我与伙伴们一起慢慢熟悉二中的环境后，新学期的脚步很快就到来了。随着新生入学军训的开始,我们也一个个地走向课堂,完成了从学生到老师的转变。按照学校的教学需求,我被分到了高二年级,带高二年级共 14 个班级的信息技术课,每个班一周一节课,平均每天三节课。一段时间的课上下来后,我终于意识到,原来学生才是我最大的对手。一方面,学生根本没把信息技术课当回事,在他们看来信息技术课就是放松和上网的课,学知识、学技能什么的,他们根本就没放在心上;另一方面,14 个班级的学生素质参差不齐,有的学生连最基本的 office 操作都不会,有的学生上课根本保证不了应有的课堂纪律,这给我的课程带来了很大的难度,每节课都是与学生们斗智斗勇的过程。我想方设法让他们听得更有意思,让他们按照个人喜好自由选课,并空出更多的时间让他们自己练习。事实证明,这一切都只是我的一厢情愿。我的课上,除了几个比较好的班级以外,其他的班根本就无法按照我原来的计划完整地上好一堂课。就在我感到一筹莫展之际,事情出现了转机,计算机学业水平测试的压力让我们站在了同一条战线上,我们一起做卷子讲习题,我们一起上机房做练习,我们一起在考试前突击备考。他们由散漫转向专注,一下子让我觉得所有的努力都是值得的。在正式考试前的一周,我付出了巨大的努力,把练习题库里随机抽取的大题全部抽出来,然后一道题一道题地给他们讲解。这样,在 3 天之内,我连续上了 14 节课,把同样的内容讲了 14 遍,最多的时候一天上了 8 节课。虽然非常辛苦,那是我感到最开心的 14 节课,学生们无一例外地都非常专注非常认真地听课,我承受了考前连续上 14 节复习课的高强度工作,而他们交出了 95% 通过率的满意答卷。一个学期很快就过去了,随着高二学生信息技术的结课,我也就迎来了提前"退休"的日子。

半路"出家"的地理老师

下学期,由于高一地理老师工作调离,"退休"没几周的我便被安排到高一年级部,带 3 个班的地理课,从一名非高考科目的"边缘"老师,一下子变成了实实在在的地理老师,这让我感到非常的兴奋。但是,随之而来的教学压力也给我带来了不少困扰。上信息技术课时的从容淡定与信手拈来都没有了,取而代之的是认真细致地备课与小心翼翼地讲课。当然,在备课过程中我也偷过小懒,但是每次都会付出相应的代价。课没备好的时候,上课的进度就难以把握,课堂的氛围也难以掌控。我教的 3 个班,有 2 个实验班 1 个平行班，在实验班上课我需要注意讲课的深度，不能让他们觉得太无聊，而在平行班，我每节课都需要花时间花精力处理课堂纪律问题，这让我非常头疼。尤其是在下学期高一文理分科启动后，我带的 3 个班几乎都成为准理科班，选择高二学文的学生占少数，这就又给我的课带来了困难，上课的时候前两排坐的是学文科的学生，还算是能够比较认真地听课，后面几排学理科的学生就不听课了，有睡觉的，有看其他科目的，有聊天的，有玩手机的，还有吃东西的。为了激发学生们的学习兴趣，调动学生们的学习主动性，我在日常的讲课之余，还定期给他们开一些课外的拓展课，如电脑课、摄影课等，很好地调节了课堂氛围，让他们轻轻松松地学习知识，并主动去学习他们感兴趣的内容。慢慢地，学生们开始喜欢上我的课，即使学理的学生也渐渐开始听课了，我这个新来的地理老师也终于被学生们认可。

信息科的第一个文科生

除了完成日常的教学任务以外，我还在学校的信息科做兼职。由于本届支教团没有信息学院来的志愿者，所以我有幸成为支教团历史上第一个在信息科兼职的文科生。这是一个人少事多的科室，办公室里加上我只有 4 个人，但是工作范围却非常的广泛。信息科负责管理全校的信息设备，如网络与电脑的维护、信息采集与发布、活动时照相摄像等，可以说学校的每一项活动都需要信息科的支持才能顺利开展。我们要负责班级多媒体设备的日常维护，几乎每一周都有学生过来报修投影仪、音箱等。我们要帮老师的电脑做维护，每天都有老师的电脑出问题。除此之外，学校的一切教学活动、学生活动等，都需要信息科调试音响话筒设备，并拍照录像。在信息科，我是每天去得最早的，走得最晚的一个。早上提前半个小时我就来到办公室，扫地拖地烧水，收拾办公室。上班后就跟随信息科的两位老师一起完成每天的工作，维护电脑、拍照、录像等，还经常加班。除了工作日，周六晚上和周日上午我还在学校的"绿色网吧"值班，看管机房。虽然异常忙碌，但在这里，两位二中的老师教了我很多东西，让我在教书育人的同时，自己也成长了不少。

支教团里沉默的小伙伴

还记得支教团出发前自己许下的诺言，一要做好自己的事情，圆满完成教学和工作任务；二要做好团里的事情，为团里的工作贡献自己的力量；三要做好大家的事情，为每一位支教伙伴提供自己力所能及的支持。在这里，我是一个沉默的小伙伴，默默地做着自己该做的事情。在努力完成自己的教学任务以及信息科相关工作的同时，我还跟大家一起为团里的活动出谋划策，给大家的诊断课录像拍照，维护电脑、手机和网络，配合大家在各个科室的工作等，只要是我能做到的事情，义不容辞。在这个过程中，我也得到了锻炼和认同，以及珍贵的友谊。

用一年不长的时间，做一件终生难忘的事

一年时间真的非常短暂，一眨眼的工夫，就已经结束了。这一年，没有轰轰烈烈的大事，没有光鲜夺目的舞台，有的是那些被称为"老师"的日子，有的是那些令人怀念的点点滴滴。也许，以后再也没有机会登上讲台，教书育人。但是这一年的宝贵经历已经在我的人生中写下了浓墨重彩的一笔，这一年教会我如何静下心来踏踏实实地做一件事情，教会我如何挑战人生旅途中不同的关卡。我将带着这份感动继续前行，追寻属于我自己的青春。我也将把这份志愿精神一直延续下去，做一名终生的志愿者。

（邓健，南开大学第 14 届研究生支教团志愿者，毕业于南开大学周恩来政府管理学院）

融入

有些感情,平淡淳朴却耐人回味;有些岁月,时间不长却一生难忘。

阿勒泰的另一个角落

马宇平

离开新疆阿勒泰那天，我删掉了电脑里的 17 个文件夹、381 条记录。

我想来一场干脆利落的告别。电脑里的记录抹掉了，自己的心却永远留在了那里。

那是一个我离开 5 年、时常想回去、看到照片鼻子会发酸的地方。

那也是迄今为止，我在祖国版图上抵达过的最远地方。

阿勒泰是中国的一个角落，地图上大公鸡尾巴翘得高高的地方，它在阿尔泰山南麓，被 216 国道线牢牢拴在西北最末端。北面是漫长的国境线，常年积雪，四面环山。很多人因为作家李娟写的《阿勒泰的角落》而听说过那里。

阿勒泰地区太大了。它有 11.8 万平方公里，是我家乡天津的近 10 倍，人口 66 万，远不足天津的二十分之一。"阿勒泰"是突厥语，意为"金山"，有"阿尔泰山七十二条沟，沟沟有黄金"之说。

李娟在阿勒泰的一个角落，我在另一个角落。

1

我们一行 14 个人的支教团是在盛夏到达阿勒泰市的。

我曾想象，要到达的远方，满大街都是卖切糕和烤羊肉串的大叔，戈壁滩上挨着个儿躺满了胖胖的哈密瓜，葡萄沟不远处就是大片大片的白棉花。

事实上，这里年均气温 4℃，3 个月的无霜期，特产大雪。这里城市建设完备，有溜光的柏油马路，百货大楼也入驻了高档化妆品的专柜。

我们支教的高中在当地首屈一指。近一半学生是哈萨克族，他们第一次出现在我朋友圈就因颜值获赞无数。他们会讲哈萨克语、汉语和英语。

第一次英语辅导课上，大家自我介绍：藏哈尔是"高大的山峰"，朱丽德孜是"星星"，阿依达娜是"月光下的少女"，哈里哈西是"小燕子"，波塔是"小骆驼"。

"塔里哈尔，你的名字是什么意思呢？"我好奇地问。

"不告诉你，他们也都不知道。"他有些得意。

好吧，"不想说"又有什么打紧的呢？课堂上，师生也是一种平等的配合关系。我们需要给彼此更多的尊重。

她们叫我"玛丽"。刚到时，学生去办公室找我，年级主任说你们马老师去领新书了，不知道传到班里为啥就变成了"玛丽老师"，已经传开了，就没改，Mary 就成了我的英文名。为此被支教团的老师笑话了一个月，堪比理发师 Tony。

后来学生们给我起了哈萨克语名字——茉莉德尔，是清澈、小溪的意思，团里的老师因为只有我有此殊荣，所以称我"小茉莉"老师，后来大概因为我特能吃抓饭，又变形成"小米粒"老师。

我带高一年级一个普通班和一个特长生班的英语课，平均每天上3节课，批改作业至少150本，晚上回到宿舍继续做课件、写教案，通常被子还没盖上，人就睡着了。有时候，做梦都是在讲台上暴走。

站到讲台上是最踏实的时候，我似乎在粉笔灰里得到了某种神秘的力量，瞬间有了天然的大嗓门和抑扬顿挫的声调，还有偶尔"狰狞"的面目表情。"来，抬头，看黑板"是我唤起他们注意力的咒语。

特长生班的学生很多时候都不算乖巧。

他们喜欢在课上叠纸飞机，画太空飞船，起立的时候互相撤板凳，用课本作"掩护"，在课桌上带蜗牛散步，将两个透明胶带芯窝在眼眶里，装出一副凶神恶煞的样子站门口迎接我。

一个学生虽然是文科生，但是个"发明狂人"，他在日记中写道，他曾发明了一款"点痣器"，用各种电池导线鱼钩，把自己脸上的痣烧糊了。

还有一个学生，一整节英语课都在偷偷雕刻橡皮泥，我发现时，已是只逼真的拇指大篮球鞋。"老师，你学过《核舟记》吗，我这个技术比它如何？"

有一次下课前，我把作业打在6张幻灯片上，每天完成几项，很细致。他们将有6天的古尔邦节假期。

"呀，老师，作业留少一点。"

"不多，前3天基本上没有作业，你们可以去拜年。"

"老师，我们6天都要去拜年！"

学生习惯和我讨价还价、撒娇。有时作业多了，他们就喊："噢，Mary老师作业太多了！觉都不够睡！睡不好觉，怎么长个子啊！"

抗议无效。长知识与长个子本来就不冲突。

2

很多时候，我也不温柔，甚至想变成他们的亲妈挨个儿揉圆搓扁名正言顺地揍一顿。

学生总结过我的暴脾气：不认真听讲的时候，会先祭出"眼神杀"；被无视后，会掷出我的"暗器"，通常是粉笔头或听写本；最严重的后果是被我带回办公室。

"起立，你不是想说话吗，下课跟我去办公室，让你说到不想说为止。"我点名班里说得正热闹的学生。

"你看啊，我有这么多书，都没有时间看。既然你那么想说话，就读书给我听，一直读，读到你不想说为止。"我从书架上随手抽出周作人的《夜读抄》，递给他。

他也不惧，站我办公桌边读起来。读完三行，抬头说："老师，能换一本吗？"

有时气氛缓和了，熊孩子们在办公室里给我讲被初中老师惩罚的往事。

"你知道吗，冬天，我们拿着塑料桶去操场上装满雪，然后两脚踩着桶沿，蹲上去，直到雪全部化掉，我们才可以下来。"

尽管我时不时"修理"他们，可他们还是很爱我，说我的课很有趣。

"玛丽，你知道吗？"我的课代表沙塔娜在微信上向我语音播报，昨天班里要选副班主任，全班都在讲台下喊我的名字。沙塔娜故意把"全班"两字拉得很长。

来到阿勒泰的第一个月，我冒着小雨在邮局门口写明信片，我恨不得告诉全世界，"我很爱我的学生们，我爱她们金子般的心灵，爱她们名字中的月亮、山峰、草原和花朵"。

"这里的人们很淳朴，这里的街道只有一条，这里的蔬菜只有土豆、洋葱、西红柿。"

明信片还在路上,我和学生发生了支教期间的最大一次"冲突"。

3

我和 Lebron（勒布朗）之间的"战争爆发"是在一次英语自习课,因为他"在英语课上写物理作业"。

我生气地将他的物理书和作业本扔上讲台。他也不示弱,从座位上站起来,像个发怒的小狮子,冲上讲台抢回自己的东西。

他站起来高我一头半,性格大大咧咧,作业字迹潦草,但成绩很好。他也是班上最挺我的学生。

课堂上,我每讲一个知识点,都会问一句:"可以听懂吗？""老师,可以——"他老大声地把音拉得很长。他也喜欢偶尔出个难题,当堂考考我。

我把从母校南开大学带来的三枚青花瓷书签奖励给班上的学生,他拿到了其中一枚。

可这次,他不仅顶撞我,也让我建立起来的做老师的信心瞬间被击垮。我含着眼泪走出教室。

晚上,我收到了班里41名学生的短信。"老师,你不要再难过了,我们很爱你,希望你明天回来上课""老师,你要是还不舒服,我明天去揍他一顿"……这些信息里,唯独没有 Lebron 的。

他的行为被学校的老师们判定为"恶劣",但他依然拒绝认错。

不知道别的老师对他说了什么,第二天下午,他带着一束鲜花来办公室。卡片上,他只写了两个词,"玛丽,对不起。"

这张卡片的背面被我写上了冬季学校作息时间,贴在墙上整整一年。

此后的课堂还像往常一样。我依然上课提问 Lebron,依然偶尔开他的玩笑,他还会和班上同学在我上课的路上拦住我叨叨两句。

直到有一天我看到 Lebron 的英语书封皮上用黑色碳素笔写了一行大字,"不许惹老师生气",被反复描了很多遍,描得很粗。他尴尬地冲我笑笑,我却笑不出来了。

我没有生 Lebron 的气,却对自己很失望。我很内疚,为什么在学生成长的路上,自己没有保持足够的理智和宽容。Lebron 的代价是一个处分,而我的代价却是很长一段时间里和自己的斗争。

很久之后，我开口和 Lebron 聊这个问题，那时候我已经在和他们相距 4000 公里外的天津。

"对不起，为由于我的不成熟而给你带来的处分而道歉。"我终于在手机里敲下了这行字。

"说啥呢，本来错就在我。就像你说的，我应该学会对自己的行为负责。处分没事，我后来又背了一个，害得我们班主任连年终奖都没有了。"

Lebron 说的第二个处分，是他因为抢宿舍楼下的乒乓球台子，对一个学生大打出手。为此，老师们都快被气晕了。

再后来，听说他很乖，很安静，为自己的梦想而努力。

4

我在阿勒泰有段"集资"奶疙瘩的"丑闻"。

课间总有不同班级的学生在办公室门口探出个脑袋，小声喊着"老师，出来一下"，然后迅速塞到我手上几块奶疙瘩。就这样，我的桌子上堆起了一小座"奶疙瘩山"。

一块奶疙瘩差不多需要用一小桶牛奶才能制成。据说，世上几乎找不到两块风味完全一样的奶疙瘩。它是牧民游牧时的干粮。以前在冬牧场，酸奶疙瘩还是牧民面条中不可缺少的调味品，是醋的替身。

李娟在《春牧场》里写道："哈萨克族人做客通常是很郑重的事情，哪怕是孩子，也带有礼物上门。礼物通常是一块旧软绸里包裹的风干羊肉和几块奶疙瘩。"

我养成了每天吃一块奶疙瘩的习惯。早晨到办公室，拿出一块酸硬的奶疙瘩咬一咬，提起一天的精神，然后小心地用纸包好，放到书架边，奔去班里上课。改作业累了，再从书架旁拾起早晨的奶疙瘩，含在嘴里。

一块奶疙瘩我可以磨磨蹭蹭啃上一天。这在学生眼中，也成了办公室一景：南开大学来的英语老师每时每刻都在啃奶疙瘩。

阿勒泰市区面积不大，一条南北主干道。打车很便宜，起步价 3 元，基本可到达我出行的全部目的地。

这里没有新天地，没有百盛银泰新世界，也没有中影万达大悦城。

我们最多的娱乐活动就是散步，就像当地人说的："阿勒泰就是'一个馕饼从北滚到南'。"

"华丽"是一家商场。每次散步到这里,我都会想起帕孜来提的话。

有次上课,我讲词组 be native of(某物是某地专有的),帕孜来提造句:"Huali is native of Altay(华丽是阿勒泰所特有的)。"我惊异于她们的思维,灵活而可爱。

偶尔,我们会奢侈地去看场电影。

张艺谋的电影《归来》上映,我心心念念想要去看一场。刚来的时候,我立志不能降低伪文艺青年的生活品质,7个人去看了《速度与激情6》。多好看的电影啊,有一段却只能听见声音看不到赛车。坐前排的大姐说,哎,屏幕太小,估计冲出去了吧。

心情不好时,"海陆空"就搞定了。海陆空,就是一个长约一米半,宽约40厘米的铁板,把土豆、红薯片铺在最底层,上面有烤鱼、烤鸡翅、烤羊肉等,天上飞的、地上长的、水里游的都可以烤。端上来的时候还滋滋地响,"好吃到流眼泪"。

我们还喜欢在桦林公园一个"海拔888米"的牌子下照相,并决定照全四季,这个心愿终究是实现了。

秋天的桦林特别美,跟油画一样。只可惜镜头太差,糊了一片。

5

李娟在她的文章里写道,几乎这里的年轻人都向往着外面的世界。也有很多年轻人天远地远地跑到阿勒泰这个边疆小城,来之前,无人不心怀浪漫想法。但是,世上还有一个词叫"现实"。差不多所有人最后都会对这里失望,顶多两年就纷纷离去。就算为了生活不得不留下来,也一个个牢骚满腹,百般不顺。

松哥姓什么我们都记不清了,支教团的老师都这么称呼他。他是四川人,毕业于四川一所高校,2010年4月25日入疆,教地理。

学校安排年轻老师互相听课,我曾在他的课上听他给学生讲:"像我们国家,北有冰原,南有大洋,西连大漠,东接大海,这才是大国。"

冬天的时候,他经常在学校教职工健身房和我争夺唯一的一台跑步机,那台跑步机太老了,人在上面跑能感觉到它的剧烈抖动,后来干脆坏掉了。支教团的袁老师每天绕着室内的羽毛球场地跑100圈,经过他"精确"测量,场地一周是40米。

"我那时拉了一个行李箱，48 小时的火车从成都到乌鲁木齐。然后坐 12 个小时大巴到阿勒泰，4 月还是挺冷的，还记得我试讲的时候穿一件黑棉衣。"松哥试讲的内容是《固体废弃物的处理》，因为试讲要求是学生学到哪里，教师就要从哪里接着讲下去。

平凡的热情能催促人去远方，强大的热情则会让人在远方停留。留下来的松哥把新疆看作自己的第二故乡。

当离开新疆时，我才意识到他这句话的普适性。自己早就不说"你们新疆了"，而是"咱们新疆"。

6

在这座小城里藏着很多梦想。

阿勒泰是一个"特产"将军的地方：整座城市倚靠着将军山，城里干道旁有一棵将军树，一个古旧的大门为"将军门"。

将军山在克兰河东岸，隔河相望的便是骆驼峰。两山对峙，是阿勒泰的象征与骄傲。

学生臧哈尔告诉我，他们乐队的排练室就在将军山后。

这个看上去瘦弱的哈萨克族少年总喜欢用"燥"这个字。他喜欢听"重金属"。平时自己翻译外文歌词，那些歌"阿勒泰听过的人也不一定超过 5 个"。

在将军山上，他们有一间简陋的排练室。阿勒泰的冬天气温零下二三十摄氏度，他们便自己拖煤上去，长长的斜坡，是 4 个孩子的坚持。

乐队磨合得差不多了，他们在一家 KTV 租了场地，开过一个专场演出，收门票。去的人比他们预想的多很多，场面很火爆。他们挣了近 2000 元。

"如果有一天乐队解散了，怎么办？"

"不会的。"臧哈尔说："如果有一天乐队解散了，我会说，这是我的第一支乐队。"

为了让新来的老师保持对高考要点的"题感"，学校要求我们参与高三年级的月考和期中考。

答题卡让我有种穿越感。

英语 150 分中，有 90 分是客观题。但这里使用的"答题卡"，并不是机读卡，而是教师"人读"——点一支熏香，在正确的选项上烫出洞，覆在学生的答题卡上，能重合露出黑色铅笔涂痕的便是对的。

阿勒泰的冬天来得很快。

考试进行一半，窗外的雪花大片大片地飘下来。我在草稿纸上写，"窗外下起了白色的饼干"。

每年有6个月的冰雪期是这里值得炫耀的资本。

一场雪，厚度就能没过膝盖。连着几天飘雪，雪都能堆到腰那么高。听老支教人说，冬天，你觉得整个城市都矮一截似的，建筑物、指示牌什么的，都只高出地面一点点。

7

在玩雪这件事上，我的学生们把阿勒泰以外的人都称为"南方人"。

南方人打雪仗是团个雪球，扔过去。阿勒泰传统打雪仗的方式是，一个人过去，"咔"一下撂倒另一个人，然后出现一堆人，搓搓手，立刻铲雪，把这个人埋掉。大雪到来前，学生冲我坏笑一下，说："雪后不要落单哦。"

我就被"埋"过几次。下课铃一响，便有学生跑上讲台，"哎，老师，我帮您拿书，给您拿电脑""手机、钥匙也先放我这吧"，这真是一个"不良"信号。

后来，年轻老师们得到的经验是，在大雪堆积的日子里，布置两分钟自习，提前"逃"回办公室。

他们也会在回办公室的路上设下"埋伏"，将办公室门口的地拖上很多遍，老师们踩着冰碴极易滑倒。

等操场上的雪足够厚了，"雪地杯"足球赛也要开幕了。

山上是林海雪原、皑皑雪山的景观。滑雪行家说，这里的雪质是全国最好的，足以媲美日本的北海道和欧洲的阿尔卑斯山。

阿勒泰有着古老的滑雪传统。在图瓦人居住的地方，夏季游牧的时间很短，大概只有3个月。冬季，气温零下三十几摄氏度，积雪达1米深。牲畜寸步难行，滑雪成了他们在山谷中疾走、迁徙、运输、狩猎的重要方式之一。

2015年发布的《阿勒泰宣言》称阿勒泰是世界滑雪起源地，至今已有1万年的滑雪历史，超过之前考证的挪威滑雪史4500年，俄罗斯滑雪史8000年。

对于这里的学生来说，滑雪就像走路吃饭一样，不属于特殊技能。我有学生曾在 13 岁时获得全国滑雪比赛第二名。她的身体素质看上去并不出众，平时话少又低调。提起获奖，她无比淡定地回答"嗯，是有这么回事，上初中的时候了"，兴奋程度似乎还比不上考个班级第一名。

8

阿勒泰的冬天漫长，天上时不时飘下"锅盖"大的雪片，日落的时间从晚上 10 点挪到了约 7 点。

我们出门前都会精心装扮一番，头上戴着帽子耳包，脚上有三层袜子和厚厚的雪地靴，我俨然把自己裹成了一只"会讲英语的狗熊"。

团里的人相继病倒。

我的病说大不大，说小不小。二十几岁的姑娘，整张脸没有一平方厘米的好皮肤。因为水土不服，脸上除了痘痘，就是痘疤，还有的正在酝酿生长，马上破皮而出。严重的时候，几乎一个星期没有照镜子。涂抹药膏时，都是对着手机屏幕。还有学生给我找秘方，送酸奶抹脸。

"马老师，你的脸？"问的人多了，我反问："我脸怎么啦，脸上长胡子了吗？"

脸还是要的，我不会放弃治疗。

"哈萨克医医院"的汉字和哈萨克语写在一块铁牌上，白底红字。医院的建筑有着浓郁的民族特色，墙体是浅蓝色，屋檐用红色勾边。

我是支教团里唯一一个去哈萨克医医院看病的人。在医院就诊时遇见隔壁班学生米克的妈妈，她是这里的医生。知道学校不方便熬草药时，她便贴心地表示，明天一早米克上学时会带到学校。

我躺平了，床边的机器开始喷蒸气，整张脸被"浇灌"透了，蒸气停止，医生开始下针，把痘痘挤出来。

前前后后，我的脸上至少留下了上百个针眼。

翻身下床，自己去走廊尽头的水房洗净残留的药物。楼道里的待诊病人或坐或站，对我行"注目礼"。直到我在墙上的镜子里，看见被蒸汽喷湿又压变形了的头发，那张红肿、充满针孔的脸丑到极致。

冬天的阿勒泰白天也变短了，天色暗了下来。我站在公交站牌下，戴着护士好心塞给我的蓝色口罩，心情很复杂。

电商 300 亿元的成交额,恒大夺冠带来的新讨论……信息爆炸的时代,这些与我有何干系呢?我只关心我的脸,我只想健康地回去。

有次上楼,听见身后有两个女同学小声说:"呀,那个支教老师的脸怎么成了这个样子。"我不敢回头,我的脸确实很烂了,还不许别人说吗?可就在这时,突然听见我们班长的吼声:"说啥呢,我们老师的脸怎么了?"

再回头,他的拳头已经举起来了。他嘴里嘟囔着:"滚一边去,看你们是女生就不揍你了,以后把嘴刷干净再出门。"

我们班班长身高快 1 米 9,我经常仰着"月球"脸骂他,他也一副没睡醒或无所谓的样子,从来没有私下和我开过玩笑,关系也很冷淡。

可就在那一瞬,我突然感动得想哭。

新年快到了,学生们放寒假时,我们有一个月的返乡探亲假。

我的学生达吾列到办公室交作业时,给我科普阿勒泰的鱼,"细鳞蛙、哲罗鲑、白斑狗鱼、河鲈、鲤鱼、高体雅罗、贝尔加雅罗、江鳕……"他的重点是:"要是你们寒假的时候不走就好了,可以来我们福海县看看'冬捕节'。"

团里的人对回家似乎也没那么渴望。直到回家前一天,袁老师还有高二年级的 5 节数学课要上。他站在讲台上,没完没了地讲着椭圆和双曲线。

因为时间冲突,他上了(13)班的第四节课,就没法上(14)班的了。他给学生们道歉,课程实在倒不开,没有机会给他们上本学期的最后一节。

"第四节课,我一推门进教室,就傻眼了,另一个班的搬着凳子挤在过道里、讲台旁,原本容纳 60 个学生的教室,坐了 120 个学生。"袁老师说:"我觉得值了,真的值了。"

另一个深刻在他脑海里的场景是元旦演出,体育馆里黑压压坐满了人,袁老师带的 100 多个学生站到板凳上,扯着嗓子在下面一直喊"袁埜我爱你",他差点掉眼泪,"那种感觉这辈子不会有第二次了"。

9

阿勒泰纬度高,10 月飘雪,转年 4 月底才能春暖花开。

阿勒泰的春风"如母亲的手",再过一个月开车进山,你会惊奇地发现,山上的景观以阳光照射的地方分界,一面鲜花遍野,一面白雪皑皑。

山上攒足了 6 个月的冻雪化冰成河,携着泥来势汹汹,清澈的河水变得像黄河一样浑浊。阿勒泰的自来水为冰雪融水，春天的水会带有泥沙。白衬衫被我悄悄收进了衣橱。

经历了一次文理分班后，我和一些学生成了彼此的"前任"，而我离开的时间也进入倒计时。

没课的时候，"前任"们频繁地从教学楼的一端跑到办公室所在的另一端，从一楼再爬上三楼，凑在我的办公桌边。

可我每个课间都忙着给"现任"讲解阅读，只能一脸歉意地朝她们笑笑。她们不走，也不说话，就安静地站在一旁看着。

6月19日，我在（12）班上了最后一次课。没有正式的告别仪式，却第一次泪洒讲台，这个我站了一年的地方。我承诺他们，两年后，我研究生毕业，他们参加高考前，我会回来给他们助威、打气。

我听见第一排的学生小声说，机票钱多少？到时候我们凑钱，你要回来看看。

然而我没能兑现这个承诺。他们高考的日期与我研究生毕业答辩日期相撞，那成了我过去生命里撒的弥天大谎，也成了无法弥补的遗憾。

松哥说："来这里是个不错的选择，因为人生本来就没有最好的选择。"

离开时，学生们送了我一个10分钟的视频光盘。全班学生在操场上大声喊着"Mary，Mary，我们爱你，你永远是（12）班的大美女"。

我的抽屉里塞满了她们留给我的东西，照片、信纸、巧克力、新疆风情的小帽子……桌子上有一小袋奶疙瘩，一张小纸条上，有学生歪歪扭扭的字迹：老师，你知道吗，每个哈萨克族人都是啃着奶疙瘩长大的。牧民家的孩子远游前，母亲都会在行囊里塞一包亲手做的奶疙瘩，那是母亲的手艺，那是故乡的味道。

7月2日，我背着这些奶疙瘩上了飞机。自此，我再没去过阿勒泰。

（马宇平，南开大学第15届研究生支教团志愿者，毕业于南开大学文学院）

二中记忆

吕金全

相聚二中

斗转四方聚金山,星移北国耀克兰。
犹忆津地往昔甜,萦绕二中梦教坛。
六秩春秋几章篇?南开同庆遥百年。
回望廿载额河畔,青壮共蓝边地天。

——2018年9月14日

二中春日——赠语文考场上的学子

枝头新秀尚柔嫩,半吐半露羞涩深。
青松傲立掩扉门,翠柳垂头盘错根。
湍河簌簌没苔痕,小榭涟涟映旧人。
人间春意摹不尽,怎察文人骚客心?

——2019年4月29日为窗外二中校园春景而作

元宵夜记——赠孙共平书记

半载岁月情渐稠,几丝哀愁蓦然首。
台上指点青葱头,脱胎蜕变斥方道。
犹记行前英姿气,不负众望夸赞谬。
何以解忧待前路?惟有添彩更锦绣。

——2019年2月19日

阿勒泰的秋·冬·春

秋

阿勒泰是个神奇的地方，单不说它的金山银水、民族荟萃与物丰人美，光是季节，就颇有韵意和趣味。

秋天给阿勒泰染上了一层斑斓的颜色，黄的，红的，绿的，灰的，望着不远处的低山，竟也有种饱览如画江山的畅快感。它虽没有千里江山图的青绿靛蓝，然而有远处的荒山做底，有崇阻的野岭为伴，倒也苍茫孤傲，倒也瑰丽巍然。

挤出空闲，终于能出去走走。秋日的桦林公园满眼的颓唐与落寞，但也不乏生机与活力的痕迹。克兰河进入了枯水期，河中央的土丘上长满了桦树，近处的那一丛已经死去，露着狰狞的树根，似乎这些盘虬卧龙般的根须昭示着往日急湍的罪行。另一丛的桦树倒是茂盛，虽有小半秋叶随风飘舞，但看起来依然敌得过不算太过强劲的凉风。

冬

阿勒泰的第一场雪来得太过突然，以至睡了一觉，醒来透过窗子望去，屋顶上已稀稀拉拉地撒了一层细雪。屋顶的颜色与盐场相近，感觉那薄雪像析出的盐。咸咸的，让生活多了几分味道。

清晨醒来，悠然走在路上，四处观望着初雪带来的变化。云雾缭绕着近处的低山，好像一位娇弱姑娘额前的碎发，平添了几分姿色，多了几分朦胧的美感。山色与天色在天地这块调色板上融在一起，蒙蒙的灰色，浅浅的靛蓝色，山上的石头、泥土与黄绿色矮树混合成的斑驳色彩不免让人赞叹，好一番深秋初冬的秀美景象。

下午的时候，雨雪交加，倒也算不上大。外面的人行色匆匆，似乎都想快点钻进屋子，裹上一层厚厚的被子，在暗沉的天色中与人促膝交谈，或者独自安睡，总之那一番惬意，可比平日里的休息放松得多。

顶着雪花与雨滴，穿过一处文化长廊，蹑手蹑脚的样子有点滑稽。习习的冷风钻进毛衣，瞬间感受到初冬凉意的侵袭。路上只有一滩滩的积水，只有那尚存绿色的草丛上错落地积攒着残雪。想着等到深冬季节，也要攒几个雪球，与朋友嬉闹打斗几回，好好体味这北国饶有趣味的冬天。

阿勒泰的初雪不像印象中的模样，漫天飞舞地下个半日，就如同那西北汉子豪爽的性格一般。反倒有些江南水乡的绵柔之感，让人想起辛弃疾的那首词《丑奴儿·书博山道中壁》中的两句，"欲说还休，却道天凉好个秋"。兴许是阿勒泰的秋太过短暂，人们还没有体会透彻，浓浓留恋之意被这大自然的雪感知到了。于是这雪一会儿下，一会儿停，渐入佳境，也给人们多些时间适应。

淅淅沥沥地过了一夜，一觉醒来，拉开窗帘，忍不住喊了一声："哇，好大的雪啊！"昨日的雨雪交加，落在土路上，总给人一种泥泞不堪的感觉，此刻飘舞的雪花则不然。它轻盈曼妙，风姿绰约，如同西北少数民族善舞的姑娘。雪离不开风，来自西伯利亚的北风带着异域的情调，就像那带有强烈节奏感的乐曲，点燃了美丽的姑娘们的热情。雪花随风飞扬，有的向着左侧倾泻，有的竟向上飘去，好像看见大地的那一刻，不愿卑微到泥土里。其实它并不知道，它本是一滴水，从大地升腾而起，游历了高远的天空，更要回归那最初的怀抱。不一会儿，风徐缓了，雪花便不急不忙地落下，轻飘飘的，比那最柔软的、最灿烂的长绒棉还要轻盈。你若走近一看，定然会叹服自然的鬼斧神工，它纹理有序，毫不凌乱。

它也洁白无瑕，一尘不染，如同金山北部的雪山友谊峰。遥想千百年，这些雪花在高山之上，化作冰川，化作流水。它滋润着人们的心田，灌溉着农人的旱田，所以才惹来诸多的仰止，诸多的赞叹。

这雪依然时而徐缓，时而仓促，下得小的时候，倒觉得"撒盐空中差可拟"贴切极了。下得大的时候，只觉"北国风光，千里冰封，万里雪飘"最是恰当不过了。次年 4 月，残雪即将消殒殆尽，在春风中再也寻找不到冬的足迹。

春

当地人说"阿勒泰没有春天"，当然这是句玩笑话，只是阿勒泰的春天短得出奇，以至于你还没有感受到绵绵春意，便到了穿短袖的季节。春天奇怪极了，有人穿着羽绒服、大衣，有人穿着单薄的外褂，还有人穿着衬衣。人们见面了，便相互打趣："都啥季节了，还穿着棉袄呢？"那人也觉得臃肿，想着回去换个单衣，却又忘不了"春捂秋冻"的老话。

这里的春天多是光秃的，没有迎春花、桃花的装饰与点缀，更没有沁人心脾的芬芳，有的只是一群像盛开的花儿一样热情的人们。

夏天就快要来了，多希望它能慢些到来，好让我再好好感受一番这里的四季；又多希望它能快些到来，好早点见到期待了一年的果实。

这一年，我在阿勒泰，走过了2018年，走过了阿勒泰四季！

——2019年4月6日

与一个诗歌初学者的谈话

2019年4月2日星期二，晚上10点钟，办公室里只有我一个人，周日下午的"东方杏坛"系列讲座轮到我了，所以把自己关在办公室里整理思路。我准备讲"从爱国诗人到创意写作"，但是冗杂的素材让我脑子里一片凌乱。虽然一直在刻意地提升自己的逻辑思维（Logic Thinking），但我对自己的水平并不满意。

突然传来几声"当当当"的敲门声，一个女生很恭敬地走了进来。还未等站住脚，便说道："老师，我想学写现代诗。"

这个小姑娘是我负责的校报社——《二中部落》的学生记者，第一篇人物采访的稿件就让我眼前一亮，看得出她是一个有些文字功底的学生，当然更是个追求上进、孜孜以求的人。她很像高中时期的我，只是我当时比她腼腆许多，也难鼓起勇气去向一个并不教授自己课程的老师请教，毕竟我们之间也不过见过几次面，开过两个社团的会，算不上十分熟悉。不过，我倒是十分欣赏她的勇气，相较我的高中时代，现今社会对人的要求又高了许多，如果不能很快与人熟识起来，哪怕简单的攀谈，那么行动力就显得太过薄弱了。

"为什么想写现代诗啊？"我无心地问。

"最近接触了很多，就想学着写。"

"那你都看谁？"

"顾城啊、海子啊，但是他们的诗都太高深了。"说到这里，她似乎有些激动，又或有些紧张，不自觉地比划着："老师，现代诗有什么押韵上的要求吗，还是自由地写啊？"

"是这样，我是学英美诗歌的，主要是英国诗歌，他们的诗歌和中国颇有相似之处，比如他们的十四行诗，韵脚要按照'ababcdcdefefgg'的模式押韵，然后每一行又要按照'轻重轻重轻重轻重轻重'的要求写，我们称之为抑扬格五音步。然后,英国18、19、20世纪的诗歌,有的按照第1、3、5行押韵,第2、4行押韵,也有第1、2行押韵,第3、4行押韵,比较自由,而中国的现代诗总体上比较自由,不会严格要求。"

她听得很入神,见我停了下来,发出一声长长的"噢"!

"你想了解诗歌,为什么不加入我的克兰诗社呢?"那是我负责的另一个社团,主要跟学生探讨与诗歌相关的话题。参加的学生一共有二十人左右,社团的体量很小,也是为了聚拢一群真正喜欢诗歌、愿意了解诗歌、敢于尝试写诗的人,并且对他们产生些许深远的影响。

"之前不知道,那我可以去旁听吗?"她面带笑容地问。

看见她满脸灿烂的笑容,我自然不会拒绝,何况这个社团就是为了促进学生之间的诗歌交流。

"这样吧,给你看一首诗,我前几天写的。"

"嗯,好。"

我点开电脑桌面上的那首《太阳颂》,为了她看起来方便,还调整了字号、行距,分成了两栏。

她的目光快速地扫着一个个诗行,平静而又犀利。我在一旁补充:"因为没有想好开头,所以前面一两句显得有些口语化。"

"我觉得这个写得很好。"她盯着电脑屏幕,目光中透露出赞扬之意。

那首诗如下:

太阳颂

傍晚七点整的时候
屋子里一片昏暗
不一会儿夕阳挣脱了云朵
射进一束无比明亮的光
这光明比正午的太阳
还要耀眼,还要夺目
它穿透一切
照进我的心房,照进我的思想
那摞书上的影不是游走的笔
而是思想的舞动
它是深渊,深邃到不可捉摸

它洗刷掉往日所有的濯垢
它杀死鄙贱与肮脏的菌群
它是无上的光明
威严而不可侵犯
你若忤逆着直视它
便会发现耀眼之后
蕴藏着无尽的黑暗
它是裨益的温暖
亲切而惹人称赞
你若躲藏着逃避它
便会发现浑身上下
遗失了本真的自然
它最发散，也最聚集
辐射五洲四海
也穿梭漏洞之间
它最公平，也会有所偏袒
普照万物，却近者为先
它最正直，也能曲折蜿蜒
气质浩然，更察人情冷暖
然而多少赞美之词都挡不住它的脚步
落下西山畔的那一刻
周身顿生几丝阴凉之感
不过日月轮回
夕阳不没
旭日何以送走云烟？
——2019年3月31日于阿勒泰地区第二高级中学

"给你简单说说我的想法，这是上周日下午七八点的时候，我一个人坐在办公室里写东西，原本屋子里很昏暗，但是突然一束强光射进窗子，似乎整个世界都明亮起来了。那一瞬间，灵感来了，就写了这首诗。"

"原来是这样啊。"她指着"它最公平……"那几行，说："我很喜欢这几句。"

"这里也是我想通过强烈的对比特别突出的地方，以后你写诗的时候，也可以用这种对比，这样语言会更有张力。我也尝试过'它最公平，普照万物；也会有所偏袒，近者为先'，但是这样写，语言的表现力就会逊色许多。"

她点点头，看得出她是真的愿意学习诗歌的，我正要往下说，进来了一个同事，他见我跟学生谈话，索性没有言语，径直做自己的事了。

我接着说："看这里，'它是无上的光明，威严而不可侵犯，你若忤逆着直视它，便会发现耀眼之后，蕴藏着无尽的黑暗'，这是说太阳是无比明亮的，它象征着至高无上的法则，我们要是直视它，去违背法则，那么我们眼前就会一团漆黑。另外这就像我们政治上学的'唯物辩证法'，光明与黑暗是相生相伴的，看待问题不能绝对化。还有这句'它是裨益的温暖，亲切而惹人称赞，你若躲藏着逃避它，便会发现浑身上下，遗失了本真的自然'，这是说太阳这种温暖而有光辉的东西，我们要亲近它，要多去晒晒太阳，不然就会像狄更斯的小说《远大前程》中的女主角艾斯黛拉那样，面色煞白，丧失了自然的美丽。再比如说'菌群'这个词，这是我模仿的一种写作手法，这是英国17世纪影响广泛的诗歌流派，John Donne（约翰·邓恩）在他的诗歌中就常借用天文的意象，在诗歌的表达上有意想不到的效果。这里我是想借用生物学的常识，紫外线能够杀死我们身上的细菌，从侧面歌颂太阳的恩惠。"

她点点头，我又接着说："'它最正直，也能曲折蜿蜒，气质浩然，更察人情冷暖'，我最喜欢这句，我把太阳比作一个人，太阳就像一个非常正直的人，他射出的光线是直的，但他又能折射、反射，到达很多角落，若用直来直去的方法，是不可能到达的。这寓意人在原则和大是大非面前要保持正直，但世事多是复杂的、波折的、起伏的，所以我们懂得变通，有时候就需要折中，甚至退让。所以表面写太阳，但深层次中还传达着一些人生感悟。"

"就是说，不是为了写诗而写诗。"听了这么多，她插了一句。

"嗯，就是这样。起初写诗的时候，不可能一下深刻起来，我也是一步步过来的，从高一开始写诗，我已经写了八九年了。"

"我现在就是不知道从哪里立意，所以感觉写不出来，也不能为了写诗矫揉造作。"

"对。"

第二节晚自习的铃声响了,她跟我道谢告别后,走了。

我又看了一遍那首诗,发现有个重要的点没有来得及说,于是自己心中暗想,夕阳再亮、再美,无论我们多么惋惜,多么想要挽留,太阳也是无动于衷的,但日月轮回,没有夕阳西下,如何迎来旭日东升,又如何驱散海上的迷雾与人生的乌云,开启崭新而美好的一天?

——2019年4月3日

(吕金全,南开大学第20届研究生支教团志愿者,毕业于南开大学外国语学院)

我不想回忆支教的日子，因为……

刘琛欣

我本来不想写这篇文章的，也不想去回忆支教的时光，因为——那段日子真的太幸福了！一想起来，各种好吃的、好玩的、温暖的、有趣的、酸甜苦辣的各种片段汹涌而来，没个三五小时根本停不下来，太耽误事了！回忆的时候还总会一个人搁那儿傻笑，被身边的人报以看傻子的眼神，太影响形象了！

一直想为这一年的支教时光写下点什么，但是我这个人，文笔不好，想来想去，怕写得太矫情，反倒不美，迟迟没有落笔。

卉仔说第20届研究生支教团要办个公众号，想让团友们写点东西，这给了我一个很好的契机。

一年来，在西藏的点点滴滴还时常出现在梦里，和别人谈起西藏时，语气总是熟稔亲切得像谈起家乡。这一年，真的很特别，好像那里的每一天都能在我的记忆里复盘，每一帧都清晰可见。

在西藏这片广阔天地中成长起来的学生，性子里也带着几分高原的气息，自由、快乐又温暖。学生作业没写，课文没背，上课时交头接耳都是常有的事，所以我生气发火也几乎成了每天的保留节目。他们看到我嘴唇一抿，眼睛一瞪，就知道暴风雨快来了，马上乖乖地坐好，腰板挺直，或是手中运笔如飞，或是口中念念有词。嗯，不错，我心想，淘气是孩子的天性，但他们内心深处还是很有学习劲头的。

在班里慢慢转一圈，感受难得一见的热烈学习气氛，我的心情也由阴转晴。咦？这小子语文书下面放的什么？此时学生的余光也注意到了我，马上要转移"证物"。说时迟，那时快，我一步上前，抢先将他的"地下行动"暴露在了桌面上。低头一看，哈！又是数学卷子！总在语文课上补数学作业怎么行？我抬起头来，正要发火，只见这孩子脸上不知什么时候已经鼻涕眼泪流成一片,一个劲儿地认错。唉……这叫我还怎么发火?"行了行了,你坐下吧,下不为例。"可等我刚转过头,人还没走到讲台,一回身,这小子已经跟同桌有说有笑的了。这些小机灵鬼啊,个个都是演技派。

学生们虽然淘气,却也有懂事温暖的一面。我生病时,他们会趁课间跑去医务室拿药;圣诞节的时候,苹果堆满了桌面;调皮捣蛋把我气哭了,会半夜跑到教师公寓道歉,非要把我哄笑了才肯回去睡觉;课间操结束后围着我唱歌,一首接一首,简直没有他们不会唱的;临近升学考试,主动要求周末补课;一转眼,他们毕业了……

我的学生啊,你们从前和以后会有许许多多的老师,可是老师我,很可能只会是你们的老师,只有你们这一批学生了。所以,格外珍惜和你们的缘分,在这一年里,害怕离你们太近了不好管束,又怕离你们太远了不被喜欢。怕作业太多,你们吃不消,又怕管得不够严,耽误了你们。这,大概就是一个"新手"老师的患得患失吧。

闭上眼,我好像又回到了那个群山怀抱的达孜县中心小学,好像又听到了扎西书记爽朗的笑声,看到尼校长骑着自行车在校园里巡视,小米老师带着我们开语文教研会,周末老师们一起在草地上过林卡。清凌凌的白纳河从镇中穿过,湛蓝如洗的天空下有野鸭排成一字,窗外是青稞和羊群,耳畔传来悠扬的藏歌,学生们嬉闹着在操场上跑着、笑着,五个年轻的支教老师边往食堂走,边说着自己班今天的趣事……

(刘琛欣,南开大学第18届研究生支教团志愿者,毕业于南开大学化学学院)

我在庄浪的日子

谢彦苗

从离开庄浪的那天就想着写一篇记录支教团一年生活的文字，然而想到这是一项浩大的工程，迟迟没有下笔。直到朋友圈疯传的《我在南开的孤勇岁月》面世，特别能理解作者小花离开南开之后对南开的那种情怀和依恋，那种想念的痛哭流涕，怀念自己逝去的青春。因为我知道，只有失去，才懂珍惜，只有经历，方知苦甜的感受。正如离开之后，庄浪之于我。

你是异想天开

要说庄浪，就不得不谈起支教团，正是南开大学研究生支教团，才让我有机会邂逅庄浪，留下无法割舍的情感。

第19届研究生支教团正在新疆阿勒泰、西藏达孜、甘肃庄浪，秉承着责任与情怀，为西部地区的教育事业贡献自己的一份力量。第20届的成员已整装待发，等待着明年奔赴祖国最需要的地方去。而我作为刚服务结束的第18届成员，能加入其中，可以说是一个奇迹，是我生命中的转折点。

听说我想报名支教团，有好朋友认为是异想天开，那是做过许多学生工作的学校风云人物才可以进入的竞争激烈之地，像我这样在大学里普普通通的人怎么可能进入，我也不相信自己有那样的能力。然而，当你真正想做一件事情的时候，就算有再大的困难，就算知道会头破血流，也会义无反顾地奋勇向前。所以我不时地默默鼓励自己：我有不做就低调隐入人群，想做就一定能成功的能力。那时为了面试，我每天都会思考怎么能脱颖而出，一有想法就赶快记在笔记本上，还经常向师范专业的同学请教该怎么上课，怎么让课堂更有吸引力。现在都能想起来，那时跑来跑去看哪儿能买到教具，最后不得已在网上买材料自己做。得到通知第二天就得面试，只有一天的时间准备，庆幸自己提早做好准备，不至于手忙脚乱。

现在回想起来，感谢曾经奋斗过的自己，有付出才会有收获，表面风光的人背后都有流过汗水的历史。普普通通、但求安逸的我，终于有所突破，而后我也变得越来越不安分。

我爱上了你爱的粉色，你爱上了我爱的鞋子

初到庄浪，说实话，我是激动、紧张、憧憬之中又带着些小失望的。宿舍、办公室一体，由一间小办公室收拾出来的，柜子门是掉的，也没有窗帘，窗栏锈迹斑斑，整面墙充斥着沧桑感，没有卫生间，也没法洗澡，晚上上厕所要跑到黑漆漆的大操场，最令人害怕又无奈的是生活的不便，尤其是一位女老师的私生活几乎是暴露在学生之中，万一被学生碰到洗脸、晾衣服……

但一想到，所谓支教，不就应该做好克服一切困难的准备吗？而后收到一件又一件的快递，我和思佳在这方圆之间创建了属于我们的小天地，开启了走出学生时代的新生活。这里的方方面面都倾注了我们的心血，满屋都是小姐妹相伴走过的感动。虽然后来"懒病"相互传染，垃圾堆积，稍稍有点乱，不敢让任何人进入，但这满满烟火气和生活气的地方就是我们的家呀！它见证了我们两个人越来越相似，从着装到性格再到爱好，还有羞羞不好意思说出口的"大姨妈"时间，以至于有老师会将我俩认错。

我爱上了你爱的粉色，你爱上了我爱的鞋子。还记得熬夜相互倾诉的时光吗？还记得相互看衣服、帮搭配的欢乐吗？还记得狭小空间里的粥、饭吗？还记得数次半夜抓老鼠的经历吗？还记得一起追星的疯狂吗？还记得临走时通宵收拾行李的失落吗？温暖的小屋，留下的是回忆，带走的也是回忆。现在回想起来，那时一切的不满与历练，都是那么的美好，以至于现在想念得无法呼吸，泪流满面。

老师，你看起来好紧张

初体味都是带着猎奇心理，充满好奇，紧张又期待，希望做好每一件事。正如第一次站上讲台，向学生做自我介绍，想着要给学生们讲什么，害怕自己贫乏的语言表达不出心里的想法，又害怕自己什么都说不出来，

在学生面前尴尬，最终这一难关还是被自己度过去了。

接下来是我的第一节课。怎样才能让课堂生动，让学生喜欢？上课要讲什么内容？可不能在学生面前丢人！一遍又一遍地看课本、做练习册，看好多不同的教学视频，在笔记本上写下讲课流程和讲课思路。准备好课件、教具、小礼物。

走进课堂，看到孩子们好奇的眼神，我满心欢喜，我不会让你们失望的！还能想起来那节课的趣味运动会吗？得到小礼物的同学，那书签还保留着吗？那节课我成功了吗？喜欢上我这个老师了吗？物理课成为你们期待的课程了吗？

之后，讲课越来越自如，在课堂上侃侃而谈，政治、英语、历史也慢慢进入我的课堂。作为（5）班的挂名副班主任，和正班主任抢活儿干，一向爱睡懒觉的我可以早起去看早读，下午自习课每节必去，开始挨个找学生谈话，每周给班委开例会，而这一切都源于对学生的喜爱，想每时每刻都见到他们。遗憾的是为什么不是每天都有物理课，为什么会周末放假，因为周末就意味着见不到这群孩子。

为了和孩子们有更多的接触，上体育课给他们照相，课外活动找他们玩，重新开启乒乓球运动，周末也约学生出去玩。县校园艺术节，我主动看孩子们排练，陪他们去表演。国庆节就是和几个小演员一起度过的，我们一起爬山，我请他们吃饭。还记得教师节收到第一份礼物时的激动，我立刻回一份礼物给温延荣，这引来其他学生羡慕的眼光。第一次家长会讲话，被学生发现我的紧张，还被某个小侦探当面指出，我只能藏起尴尬，云淡风轻地回复："是又怎么样。"体育课从操场走过，一群学生蜂拥而至，围着我喊"老师！老师！"下课被学生围在讲台，又一句句叫我老师，那眼神，是如此澄澈，那笑容，是如此明媚，那声音，是如此悦耳，我久久不能忘怀……

哭着问你们的良心在哪儿

和其他老师交流时，有些老师话里话外都表现出对调皮学生的烦恼与无奈，我以为自己永远不会有这样的苦闷时期，调皮学生在我面前也是乖乖的，然而直到没忍住在全班面前哽咽无语时，才知道自己最终也是普通的老师，并不是独一无二的。

热络熟悉期过后，学生对老师的新鲜劲儿过了，摸清楚了老师的脾气，再加上确实长大了一些，正是"中二"的年纪，管教起来心有余而力不足。上课吵吵闹闹，最开始全班扎马步的惩罚措施还有些效果，然而多次使用之后我也无可奈何了。打吧，是对学生的不尊重，效果也没有多好；进行思想教育，放感恩的视频，讲一大堆的道理，然而其他老师比我更深的思想教育也进行过，收效甚微，那一堆的"检查"就是最好的证明。就是因为这些检查，我在学生面前不争气地哭了。对学生的尊重被当成好欺负，自己的价值观被颠覆，这是我不能忍受的。像孤魂一般在深夜的大街上失落的游荡，直到收到某个乖宝宝反思自己的消息，才欣然返回学校。而后上课让他们自己复习，我没有笑脸，不说一句话，这群学生也知道自己错了，突然变得很听话，不吵不闹，课外活动主动看书，但看我不生气又恢复了本性，直到我走时的最后一节课，还不好好听课。

此间，也在回忆自己的初中生活，好像也曾气得老师不来上课，小学之后也再没给老师送过教师节礼物，我甚至还拔过老师头发。不得不感叹一句：人不疯狂枉少年。于是我慢慢试着去理解学生，也就逐渐释然了。带给自己满满感动的是这群学生，带来泪水的也是他们。

从来没有像这一年心情起伏如此之大。我知道，文章起承转合才有韵味，音乐抑扬顿挫才会动听，剧情一波三折才会扣人心弦，我们的故事也是这样，有泪水才会刻骨铭心，在这儿想着你们，想着，想着，想着……

从水中到体育场

我一直怀念这条小路，从水中，到水上公园，到健身房，再到体育场。尤其是周末的时候，来来回回走很多遍，感觉这条路浓缩了整个庄浪的幸福生活。

这条路上，有与思佳携手吃美食的身影，有与学生欢乐蹦过的足迹，有认识大个子以至于认识紫中学生的奇遇，曾想过，要拍完这条路，采访这条路上的人，以感谢让我找到归属感的相遇与温暖。中宁路口的烧烤阿姨换了一个又一个，但不变的是她们的热情与善良，不论是哪个阿姨，总会多送一串洋芋片，亲切地打招呼。路口卖水果的大叔，虽然记不住我长什么样，但记住了我的帽子、口罩，外加长期不变的4根香蕉，价格也总是给得那么便宜。水中门口卖年糕的大叔突然不见了，为此苦恼了很久，晚自习后没有了解馋之食，偶然碰到才发现，原来大叔与紫荆广场阿姨是一家，自己又为这个小发现欣喜不已。

水中晚自习之后，几乎每天都去健身房。有段时间迷上了卖香园家的桃酥，销售小姐姐问"你们是做什么工作啊，怎么每天都是这个时间来买？"哦，原来每天出健身房的时间这么固定啊！我慢慢融入了小城的生活，习惯了这条路上的所有。回到天津之后，时常回想起每晚在这条路上遛马路的日子，然而再也没有这样的悠闲时光了。

周末我们一起度过

如果没有学生，我在庄浪的周末该是怎样的？继续在朴哥、旭哥哪儿做饭，还是混迹健身房？你们的出现，成为我生命中的惊喜。对庄浪久久不能忘怀，是因为与你们在一起的幸福时光。

早晨出门，晚上 11 点回宿舍，来来回回将体育场、水上公园、紫荆广场走过很多遍。"老师今天早晨 8 点县医院门口""老师 1:30 紫荆广场金牛底下""老师我们 4 点之前在体育场打篮球，你过来吗？"被一波又一波学生邀约，感觉好忙，没有时间午休，这波学生约完，赶紧跑到与另一波学生约的集合地点，俨然成了孩子王。

与（8）班的孩子们一路打打闹闹从假山走到体育场，打乒乓球，骑自行车，而后被小偶像一直嫌弃，怪我过分疯狂，看孩子们在体育场打篮球。那一年，是相机用得最多的时候，几十个内存的照片承载着的是甜蜜与回忆。那一年，我的运动细胞也发达到了极致，与学生一起打羽毛球，陪着孩子们一起背书，好似回到了自己当年背书的日子。而后又喜欢上了读书，体会自己学生时代所没有的文艺气息。跟着我的爬山小分队，挑战徒手攀岩，从笔直的山峰拉着绳子跳下，张雅迪胆小找不到支撑点，迟迟下不去，杨洁洁没登稳，从山坡上滚下，最惊险的是王君军，树枝折断，数次掉下，吓坏了我这个老师。爬过山之后，我们都是脏脏的一群野孩子。在二郎山的亭子里聊八卦，听对方的秘密，了解各自的"情史"和暗恋小对象，然后相互开玩笑。

从那以后，每周的玩耍，小分队都会叫上我，这让我激动了好久，感觉融入了孩子们之中。端午节那天，赵曜问什么时候回庄浪，一起过端午，我被感动得一塌糊涂。

惊扰一场美梦的敲门声

"砰砰砰""老师,老师……",能在课外活动我睡觉的时候,肆无忌惮敲门的也就是(8)班那几个女生了。衣衫不整,乏累懒困,真不想开门,就假装我不在好了。但门外的孩子依旧坚持不懈,再加上我不能让孩子们失望而归呀!向门外喊着"等等,等等",但好似她们听不到声音,一边喊一边敲门,我只好以"邋遢样儿"开门,然后回屋换衣服,收拾整齐,和她们一起跑向操场。

教几个学生倒挂金钩,而后再被敲门声惊醒,被叫来看她们的成果。与张静南挑战极限动作,被其他学生鼓掌围观。之后我也学老实了,课外活动直接去操场,或跟着小师傅苏绪娟打乒乓球,或跟(5)班的几个玩你跑我追的小游戏,或学着调皮男生爬墙,或与(8)班学生跳大绳,或与孩子们跳皮筋。孩子们的课外活动,我却频频展示自己的体育技能,自己当学生时也没有像那时每天都参与课外活动,而那时的自己活力满满。和孩子们在一起,自己也成了孩子,笑着,玩着,闹着。

前段时间,田淑文和张静南发消息说她们鼓起勇气敲了我曾经住过的那扇门,大斐老师招呼她们进去,给她们零食吃,聊了半个小时,还惊喜地说终于看到了我以前不让她们进的房间。之后听大斐老师说,当时她不舒服,正在睡觉,听到不断的敲门声,哈哈哈!又是睡觉时敲门,又是不停地敲。我的孩子们啊!你们还是天真可爱的你们!现在每每听到敲门声,恍惚以为你们就在门外,拉开门就可以奔向那自由之地,痛快地遨游,遨游,遨游,遨游……

汗水浸透的马甲线

初去健身房只是为了解决洗澡问题,顺带锻炼身体,然而何时颠倒了呢?从在跑步机上跑步,到力量练习,再到科学的每天练习不同的身体部位。跟着思佳蹭"完美好男人——孙老师"的课,练习了搏击,之后孙老师有了女朋友,专心致志地教女朋友,我俩也不好意思再打扰,只是有问题时请教他。那时,只有练腹部动作还可以,每天练习,最后惊喜地发现,自己居然出现了六块腹肌!又一次见证了坚持的力量,受到了文文和齐钰的夸赞。想想浸湿瑜伽垫的汗水,有氧练习之后的大喘气,力量练习时肌肉的难受,流汗洗澡之后身体的舒畅,与柳琦、王宏、思佳在体育场上相约跑步,一切的一切都是那么充实。

从不会像现在这般闲下来居然不知道该干什么。那时的自己对生活充满了热情,有用不完的精力,活力满满是我所喜欢与满足的生活状态。支教的生活,接触的都是老师与学生,健身房让我们拓展了自己的生活圈,认识了一群年龄相仿的年轻人,真正有了在庄浪生活的感觉,成为生活的又一重心。

南开,南开

说不尽的南开情,道不尽的南开结,不论在哪里,南开人都互相关心。以前在学校没有什么感觉,离开学校之后,才发现身为南开人的自豪。

初到庄浪,在南湖挂职的艾老师来接我们。我们一起到平凉爬崆峒山,一起在三中包饺子过节,艾老师给人温润如玉的感觉,让人情不自禁地尊敬他。半年之后,翟老师加入我们的大家庭,对我们照顾颇多,往常都是我作为老师带着孩子们一起游玩,照顾他们,但是老师来了之后,我们又以学生的身份成为被照顾的那个。

再后来,天阳老师来了,艾老师走了。来的来,走的走,但我们驻留庄浪的南开人永远在一起。跟翟老师一起又认识了男叔叔,我很喜欢的一个叔叔,工作起来严肃认真,平时谈笑风生,他热爱书法,办公室里摆的笔纸砚让我对这位叔叔赞叹不已。

庄浪的南开人,南开的庄浪人,我们一直在一起!

轻轻的不带走一片云彩

轻轻的我走了,如云彩般悄悄地飘走,不留下含泪的身影。最后一节课,如往常一样,没有告别,就那样下课了。

(6)班的孩子依然淘气不听话,这样也挺好,没有离愁别绪。(8)班的孩子下课跑出教室门,带来一堆礼物,每个礼物都有暖心的小纸条,上面写着:老师,舍不得你走,你是我最喜欢的老师。表面上我装着漫不经心,内心已激起一番波澜。听到水中明年不再有南开的支教老师,我哭着在大街上往人烟稀少的地方跑，挂掉一个又一个的电话，虽然知道是关心我的电话，但是没有心情接。人生中第三次在大街上失魂落魄地哭泣。而后跟一群又一群的学生相约来道别，感叹时间太少，最后是晚上通宵收拾行李。

离开的那几天，眼睛一直红肿睁不开，虽然我们和巍哥在最后畅聊，但心情还是处于低沉之中。

说不完，道不尽，不负青春，爱在庄浪。

（谢彦苗，南开大学第18届研究生支教团志愿者，毕业于南开大学计算机与控制工程学院）

我的阿勒泰印象

李 妍

凌晨 3 点。

我简单地收拾完行李,看着已经进入梦乡的琪仔,疲惫地爬上床。不知道是不是 2 个小时时差的原因,这一天过得仿佛很漫长。此刻夜深人静,我终于明白了一件事,我彻彻底底地和天津告别了,离开生活了 22 年的城市,第一次要一个人生活了。回想起这一晚和阿勒泰的初次见面,却觉得一切都很美好。我没有惊慌失措,也没有过多的思念。这里的一切远比我想象中的要好。

独自生活从置办生活用品开始。一行 15 人齐齐整整地奔赴超市——雪域和好家园。这是我们对阿勒泰超市最初仅有的认识,其实后来也不常去了。因为我们发现学校转角的那家超市应有尽有,酸奶是最新鲜的,巧克力和饼干也是最全的,我们叫它"万能超市"。打扫完屋子,我和琪仔正式开始了"同居生活"。琪仔是个非常爱干净的人,这一点我后来越发有感触,我总想抢在她前面做卫生,却永远追不上她勤快的步伐,我觉得她做家务的那一刻是最隐瞒不了她女人的天资和本质。后来凡一也搬进来,我们在团长的庇护下,总能最先知道新鲜的情报和消息。那些日子,我们最盼望的就是上午下课后吃过午饭,去对面的超市买酸奶,回到宿舍聊八卦,说说笑笑,然后在温暖的阳光下美美地睡上一觉,迎接下午的挑战。我的课总是在上午最后一节和下午第一节,所以中午对我来说格外短暂和重要。每当琪仔抱怨她早晨总是听着凡一和我均匀的呼吸声出门的时候,我就会搬出中午我也一样的事情反驳她。

阿勒泰和天津有 2 个小时的时差,所以我和家里联系的很少。而当我一度以为我会非常想家的时候,却发现在阿勒泰我一次也没有想过家。也许是那里的环境太舒适了,让我不觉得背井离乡的愁苦。在我的记忆中,阿勒泰的天永远是蓝的，云像棉花糖一样白白的富有层次感，夜晚繁星点点，风也是淡淡的。

和我的高中相比，二中其实不大。但是麻雀虽小五脏俱全，我已经习惯了每周有那么几天最后一节课去学术报告厅开会，班主任节、元旦会演去艺体馆。还有三楼的机房、心理活动室，四楼的多媒体教室、通用活动室。三层小小的教学楼，就这样装下了整个高中三个年级 43 个班和所有任课老师的办公室。每天上班，都会穿过综合楼，偶尔看见黄主任，看见学生们值周，一路上和上班的老师打招呼。得益于在德育处的工作便利，我对学校的所有老师还算认识，喜欢他们对我亲切和蔼的微笑。第一次看见二中的教室，其实心里是疼了一下的。蓝色木制的长桌子和蓝色木头小板凳，窗户有很多已经破损了，这一副在我印象里应该是 20 世纪学校的摆设赫然出现在我面前。而学生用心听讲的神情举止却与此形成鲜明的对比。除此之外，二中的教室还算是很现代化的——饮水机、多媒体，都是当地很多学校不可比拟的硬件条件。正是多媒体，省去了我最开始每节课写板书吃粉笔末的苦。

在阿勒泰，最不愁的就是吃喝。除了学校和备课组对我们的关心之外，我们自己也形成了每周必吃一次大盘鸡的传统。哈巴河是我们公认的大盘鸡之最，特别是它家的面。还有学校门口小二楼上的老兵家的虎皮辣子鸡、学校对面的鸡肉拌面和烤包子、小意思的蒸面和烤串、特马尔的鸡腿抓饭、香鹅居和傻妹妹的火锅……在阿勒泰不变成吃货是不太可能的，连团里最瘦弱的人一个学期都胖了十斤。酸奶是我至今都不停回味的美食之一，西域春大概是新疆本土特有的品牌，但是喝过西域春之后，回天津的半年里我居然喝不惯任何酸奶。西域春在我们支教的一年时间里，不断开发出新的产品，不过我最喜欢的还是香蕉味和桂圆味的酸奶。新疆是瓜果之乡，八九月份是葡萄和瓜成熟的时节。在那里我第一次尝到了无核白葡萄，据说含糖量高达 95%，被称为"小糖豆"。还有哈密瓜、白兰瓜以及各种叫不出名字的瓜，便宜又好吃。五月份又是草莓和杏最甜的时候，市场里卖的都是自家种的草莓，连果心都是红红的，这种草莓，离开阿勒泰就再没见到过。杏更是种类繁多，我最爱的是一种来自南疆的"哈密杏"。

都说不到新疆不知道中国美，不到伊犁不知道新疆美。没有去过伊犁，但是阿勒泰的美，已经震撼了我。这一年的时间里，我们经常去学校周边欣赏美景，周末偶尔跟随老师们去徒步，那种空灵浩瀚的感觉，超越了以前看过的一切，这种美在和田和喀纳斯达到了极致，好似人间天堂，再也没有什么比这四个字更能概括，再也没有什么地方能够配得上这个词。

（李妍，南开大学第 13 届研究生支教团志愿者，毕业于南开大学商学院）

旧文四则

孟祥臣

1

我已经顺利到达阿勒泰!

坐了将近一天的飞机,头一直晕晕的,可能是第一次坐飞机的缘故,也可能是第一次到这么远的地方,幸好我们是一个团队,有阿勒泰地区二中党委书记亲自接待,更是感觉到了一种幸运!

从上海到新疆乌鲁木齐,再从乌鲁木齐到阿勒泰,可以说跨越了祖国的东西,一下飞机我们就感觉到了新疆温度,早晚温差很大,我们是晚上 11 点多到的阿勒泰,感觉非常冷,真的是有一种到了异域的感受,不过还是挺受感动的,包括学校校长在内的很多领导亲自到机场接我们,很激动,更是一种兴奋与紧张!

这里与内地有 2 个小时的时差,也就是说每天要比内地向后推迟 2 个小时,这就需要适应一段时间,比如我们中午 12 点肚子已经饿了,这上午第四节课刚刚开始,每天太阳落山很晚,感觉很神奇,我们生活在同一个国家,时间差距很大……

今天一连上了四节地理课,很兴奋,每一个班的同学都很纯朴、很可爱,我觉得有幸成为这里的一名教师真幸运!

这里天气很干燥,每天睡醒起来都有一种口鼻干燥的感觉,有一些难受,不过起来后适应一段时间就好了,吃的稍微有些油腻,不过地道的羊肉还没有机会去品尝,应该会很正宗吧。

刚加入地理组,老师对我和另一名老师的接风招待,喝的稍稍有些多,还算清醒,就写这么多吧,今天能上网了,感谢伟坚和赵博,明天有时间再和大家介绍这里的情况吧,也请大家放心!

2

  大家都喝多了……

  自从 27 号来到阿勒泰,就感受到这里的热情,下飞机收到了御寒的校服,来到寝室随手可及的生活用品,再到转天薛副校长亲自带队吃的第一顿早餐,我觉得我们真的有些受不起,需要更多的努力去回报这里的人们、回报这里的孩子……

  周六意外知道了郭斌老师结婚,大家被邀请过去,虽然之前有所了解,但这里的婚俗是新郎一定要被大家抽打,只有这样才能记住这个神圣的时刻,保守婚姻的忠贞,但是我们没有见到这个场面,有一些遗憾,更多的还是感谢,我们在这里真的很受欢迎,大家给予我们最真诚的敬意!

  前几天,和大家到学校附近的超市买一些生活用品,结账时收银的阿姨主动说:不收你们购物袋的钱了,你们来这里帮助我们的孩子,谢谢你们!当时我们都很感动,虽然购物袋只有几角钱,但是当地人真的很尊重我们,我们也为这里的民风所深深打动!我们没有理由不去奉献我们的青春,哪怕只有短短的一年……

  上课时,孩子们都很可爱,有女孩子向我推荐附近好吃的小吃,更有一个男孩子告诉我不要想家,如果想家了,他妈妈可以给我做麻花吃……说实话,我们不知道自己的力量能有多大,但是为了这份尊重,我们值了!

  参加完校领导为我们准备的接风晚宴,很感慨,校长和书记都喝多了,张队和熙熙也喝多了,大家似乎也都喝多了,尽情地在哈萨克族的毡包里唱着、跳着……好久没有这种快乐了,许多老师都是那样的欢迎我们,我们有责任好好完成任务!

  晚宴之前还受到了地理组李金媛老师的邀请,到她家里吃蒸面,我来这里还没几天,就受到这种礼遇,真是感动,这里的人们很纯朴,他们用自己的热情建设祖国西北边陲,建设自己的家园,我们爱你们,我们爱这里的一草一木!

  明天是周一,正式开学了,我有四节课,希望一切顺利!

3

之前和大家说过,这里的阳光很温暖,孩子更是招人喜欢,9 号晚上睡觉前还想着:呀,明天就是教师节了,我也是一名教师了,明天一定是个心情很不错的工作日!然后甜甜地睡去……

没成想,在第一节课课间,我们(7)班的李深馨跑到我的办公室,急匆匆对我说:孟老师,班里出事了,你快去看看吧!那着急的语气听得我心慌,我可是这个班的副班主任啊,出事那可了得!我赶快穿上外套,和她回到教室。在教室门口,我往里面一看,没什么不一样啊,大家很安静,不像是出过什么大事,这时我察觉出一丝不对劲儿,我一推门,全班 58 个学生齐刷刷地站起来,吓了我一跳,然后大喊了让我整天都开心得不得了的一句话:"孟老师,教师节快乐!"那声音大得很,用他们的话说,就是太大了,感觉耳朵都有些受不了了……李深馨递过来一个好大的礼物,包裹得很严实,我接过礼物的一刻,手有些发抖,我觉得自己离一名优秀的人民教师还差得好远好远,没和学生相处几天,就收到这么好的礼物,我觉得有些愧疚……

和大家说出了自己的心里话,以至都有些语无伦次,孩子们每个人都冲着我开心地笑着,那时的他们是那么可爱,有我之前批评过的孩子,有上课不认真听讲的孩子,还有总是和我逗的孩子……他们每个人都是那么善良,看得出,他们都很喜欢这个副班主任,我觉得自己做的还很不够,自己要加油了!

(12)班更是疯狂,一进门同样是大声的祝福,然后就是和我讨价还价:"老师今天是你的节日,我们就不上课了吧?"我犹豫了片刻,今生可能只此一个教师节,一节 40 分钟的课也许能再补回来,既然孩子们这般要求,我干脆地说:"好吧!"又是一阵欢呼,我心想:完了,我怎能这样答应他们,哪来的勇气啊……之后,他们要我唱歌,唱完一首不行,还要再唱一首,我看这可不行,就说:你们人多,我就一个人,那我唱一首,你们找同学唱两首,好不好?狡猾的孩子们犹豫了一下,不太情愿又带有几分同情地说,好吧……哈哈,一首一首,时间过得很快,孩子们很开心……

护手霜,雅客 v9,康乃馨……孩子们很是用心……

晚上我们团队一起去吃饭了,由头是高三组的宋燕老师过生日,大家玩得很开心,也是宋老师请客,大家为了宋老师的生日干杯,为了我们的教师节干杯……吃过饭后,回到寝室,已经 12 点多,心想:第一个也可能是唯一一个教师节过去了……

4

早晨扯开窗帘,发觉本来阴沉的天空倒映出一份光亮,原来天津下雪了……

比起阿勒泰的大雪封门,天津的雪婉约了许多。阿勒泰的雪夜里,几个闲人相约去吃火锅,伟坚、家国、赵博、燕儿、小渝,觥筹交错畅快得很,屋外雪大片大片地下,屋里羊肉大盘大盘地下。回去时踩着几近没过脚腕的大雪,听着"咯吱咯吱"的声响,那一年我们 13 个人很幸福……

记得小时候,大家都是爱雪的,就像喜欢大雨过后可以穿着雨鞋到处淌水一样的快乐,打雪仗、堆雪人,还有雪地足球,大雪过后几个伙伴跑到体育场,倒地铲球、飞身侧扑,雪地上几个精灵闪转腾挪,玩得不亦乐乎,那个时候的我们还没有什么烦恼。回到家后,全身沾满雪泥,然后被老妈骂个臭死,自己一边瞄着老妈恶狠狠的眼神,一边看着暖气上的羽绒服和裤子冒着水汽……

这辈子有一年是在阿勒泰度过的,那里的人和事至今难忘。雪是阿勒泰的灵魂,一年里将近五六个月的冬天,造就了那里的人们对于雪的热爱和执着,他们拥有雪一般纯净的心灵,拥有着雪一般宽广的胸怀。在那里,你可以欣赏到真正的鹅毛大雪,你可以看着雪花飘个几天几夜,你不必担心冬天里没有雪的光临,我们喜欢那里的雪,更喜欢和学生们在一起,当然还有被他们深深埋在雪里的痛快……

下雪了,天气也变冷了,大家都还好吧?

下雪了,一年又要过去了,这一年过得怎么样呢?

下雪了,温暖的春天就不远了,一切的伤心和难过都会过去的吧?

下雪了,外面真的下雪了……

(孟祥臣,南开大学第 10 届研究生支教团志愿者,毕业于南开大学周恩来政府管理学院)

日记节选

宋 燕

都还在路上

不知不觉中,再次回到这里已有两个月的时间了,总想动笔写点什么,但每每拿起的笔总会放下,总会和自己说太忙了。不过也确实不轻松,从2月19日晚上飞机降落阿勒泰以来,休息的日子算算也只有两天——清明节和五一节,这两天又因为要出去玩,所以放弃了睡懒觉的机会。特别是最近一段时间,为了适应高考,高三又提前了上课的时间,早晨当别人还在梦乡的时候,我已经开始工作了。忽然觉得自己变勤快了,因为这段时间,从来都没有睡懒觉,不是不想,是没有时间。高三这个特殊的年级基本上把我的时间都锁定在了课堂和教学上。其实,并不是真的没有时间,时间如海绵的道理为学生解释过无数次了,我自己更加明白。只是逐渐地习惯了这样的生活,懒得动笔了,"不平则鸣"的创作原理又一次显示出来。从上学期的种种不适到现在应付自如,其中的经历和感触只有自己明了。

这段时间以来,也曾经苦恼过,当渐渐融入每天"三点一线"的生活后,忽然找不到自己最初的追求,有些怀念自己以前上学时的年少轻狂和执着追求。我真的需要再次思考一下自己的梦想和未来了。搜索名人的励志语录,想通过这个来激励一下自己,却将目光再次锁定到老俞身上,曾经作为学生和新东方老师听过很多遍的讲座,如今再次听,从中听出了很多我以前没有感受到的道理。我想如果我没有到这里来支教,我对讲座的理解可能还停留在学生时,也许这就是成长吧。想到了老俞,想到了更多将我带入教学领域的人,回忆他们的精彩言辞,理解他们的人生态度,让我再次坚定前行的决心。

如果说名人的演讲是轰然入耳的话,那么学生的感动则是点滴入心的。

我的日记本里夹着两张小小的纸片,是学生写的,都是因为我生病了。不同的是悄悄放在办公桌上的东西,一次是药,一次是甘甜的水果。庆祝"五四"青年节的晚会上,我们的朗诵中我就要诠释出这样的经历,演出之后,别的老师开玩笑:"你真是个煽情派,我的眼泪啊!"其实哪里是我煽情,只是我真实感情的流露,正式演出那次是我练习无数次中最动情的一次。我就是被周围这群顽皮而可爱的学生感动着。

班里的倒计时牌显示,今天距离高考还有 30 天,提醒着每个老师和学生剩下的时间不多了。我也一直在努力着要带他们走好这段大学之前的艰辛之路,所有的努力都会在高考时彰显出来,而此刻我们、我还在继续努力着,因为我们都还在路上。

金秋十月,人在外

每年的"十一"国庆节假期都是和家人度过的,唯独今年是和团员在新疆度过。

快到"十一"的那段日子里,忙碌而充实,当然也会有些许的疲惫。地区二中成立五十年的校庆,几乎所有的老师和学生都在为此忙碌着,老师们忙着布置、忙着排练,学生们忙着打扫。我也和一些老教师们一起反复练习朗诵,他们很认真,不停地练习,不停地修改。当然所有的努力都会收到成效的,校庆前的最后一天学校真的是焕然一新,到处彩旗飘飘,迎风招展。

五十年的校庆引来不少人参加,有以前的校友和老师,也有受邀而来的嘉宾,这里面当然包括我们南开的老师。还记得那天宿舍的楼道里看到邹老师和王老师的兴奋和激动,像是见到了亲人一般,分别一个多月,如今又见面了,分外亲切。其实那天还有一件高兴的事情,那就是我教的一个班级英语成绩有了一定的提高,及格的人数比原来增加了。英语平均分的排名也提高了。一个月的努力总算没有白费,我也算是摸索出一个比较好的教学方法,没想到刚刚开始就有了收获。其实,我可发掘的潜力还很大,学生们更是。

校庆那天热闹非凡。看到那个场面,很庆幸自己能够赶上这个五十年一次的盛会。下午的演出中,我穿上从别的老师那里借来的工装,把头发高高梳起,画上舞台妆,整个人感觉都变了个样。之前的准备总算没有白费。

校庆后的两天，我们送走了南开的老师，随即去了吉木乃县和福海县考察。车子开起来，才知道新疆的广袤，县和县之间要经过大片的无人区。看到牛群羊群，我们会兴奋地尖叫，手中的相机不停地闪烁着、捕捉着。在吉木乃县，最难忘的是那天晚上，当地领导为我们举行的欢迎宴上，觥筹交错、推杯换盏，真是尽兴；也忘不了在冰川大酒店里感受到和名字一样的温度，中哈国境边上包括苏联时期的界桥，怪石林里千奇百怪的石头。在福海县，刺激的快艇，丰盛的全鱼宴。这些都深深地印在了脑海中。

　　回来之后，我又开始上课了，高三的每一天都耽误不起。今天是加课的最后一天，趁着下午的半天休息，去了不远处的桦林公园，红色、金黄色、绿色的树叶真是美丽无比。阳光透过缝隙照在被落叶铺满的林间小路，一种惬意爬上心头，一天的疲惫和不快一扫而空。

　　明天又要开始忙碌的日子了，未来的日子加油！

恒久留恋在心中

　　134天，4个月零10天，说长不长，说短不短，却是我在新疆的一段时光，明天就要背上行囊回家了，心中的感觉很复杂。

　　晚上8点半，习惯了这个时间一个人在办公室里独处。关上灯，锁上门，像每次月考之后一样，去买棒棒糖作为这次月考成绩进步的学生的奖励。现在还记得第一次给他们买棒棒糖时的情景，也记得他们疯抢棒棒糖时的场面，更记得他们考第一名那次个个信心满满的样子。在"复习—考试—再复习—再考试"的循环中，第一学期就这样即将过去。那天上课的时候学生问我："老师，你是不是觉得自己有进步啊？"我说："是啊，天天和你们斗智斗勇的，能没点长进吗！"因为对于那些带头捣乱的个别学生，我总是会以更机智的回答反问回去，最后弄得他们哑口无言。

　　买好了棒棒糖的我再次回到了办公室，收拾好自己的办公桌，收好办公室的老师为我准备的干果，学生为我准备的礼物，抱着箱子，关上灯的那一刻，刻意地要回头看看自己工作了几个月的地方，明天上课之后就要暂时离开这里了。走出教学楼，看着宿舍楼零零星星的灯光，一种不舍的感情一下子涌上心头。

　　明天我们要暂时离开了，办公室李老师的孩子圆圆也要离开了，她要和爸爸去美国读书。早上我把送圆圆的礼物拿给李老师，晚上圆圆打来电话说:"姐姐,你给我写的信很多字我都还不认识,我将来会认识的。"电话里稚嫩的童声让我的眼睛开始湿润了……

刚来的时候,曾经抱怨这里的种种不适,慢慢地开始适应了这边宁静而有序的生活,如今要离开真的会有依依不舍的感觉,尽管我知道我还会回来的。

(宋燕,南开大学第10届研究生支教团志愿者,毕业于南开大学汉语言文化学院)

王莉支教日记（节选）

王 莉

教师节（2010年9月10日）

这是我人生中的第一个教师节，有可能也是唯一的一个教师节，这一天充实而快乐。

学校组织老师们到红石头风景区郊游、野餐。早上如往常一样起得很早，然后坐2路车奔赴集合地点。早上特别冷，穿着毛衣外套都冻得直打哆嗦，阴冷的天空还时不时飘几滴雨，更增寒意。停留了近半个小时，人到齐后就出发了。一路上和同伴聊着各种好玩的事，聊到我们的学生时代，想到了母校南开，很怀念。

到了红石头风景区，老师们以教研组为单位开始活动。团委、工会还准备了很多游戏：猜谜语、投篮、飞镖、套圈……这一天就是给教师们过的"儿童节"。我猜对了六个谜语，得了两盒牙膏，嗯，从现在到支教结束再也不用买牙膏了。

二中的老师们特别好，很照顾我们，让我们有一种在家里的感觉。离家千里，我们在这里奉献青春的同时也感受着别人的关爱，真好。

今天不断有学生给我发短信送祝福，还有学生、家长给我打来电话问候，特别感动。我总觉得自己给他们的太少了，但收到的回报却是那样丰厚。这就更激励我要不断努力，只有用最出色的工作成绩才能对得起大家的厚爱。

今天虽然又是徒步，但比军训时候好得多。我想一方面是路好走，另一方面或许就是心态不同吧。带学生军训必须要负起责任，要时常关心学生，提醒大家注意安全，时刻不能掉以轻心。这一次则不同，我是其中的参与者，可以放松心情，尽情挥洒还未褪去的孩子性情。

当自己成为一名老师，才更加深刻地感受到老师的奉献与无私。今天在自己过节的同时也想到了我的老师们，想到了他们给自己的帮助，衷心地感谢各位老师！此时此刻，我作为学生想给我的老师送去最真心的祝福：祝老师们工作顺利，节日快乐！学生一定会努力工作，不让老师们失望！

明天打算回办公室备课。现在的教课任务重，一刻都不能放松。趁着现在不太忙，能多干点就多干点，能早干点就早干点吧。

美好的周末要过得充实，加油吧！

中秋节（2010年9月22日）

今天是中秋节，每逢佳节倍思亲。读本科的时候对这句话没什么体会，现在终于能强烈地体会到这种想家的感觉。

昨天做了个梦，梦见中秋假期三天我回家了，可刚到家没几个小时，假期就结束，我又匆匆地赶回阿勒泰。醒来之后心里很难受，想到爸妈想到家人，心里很失落。我多想在这一天陪在他们身边，吃月饼、聊天，和他们一起过中秋。给爸妈打了电话，祝他们节日快乐，知道他们一切安好我也就放心了。

不过失落的感觉只在那一刻，在这里我同样能感受到家的温暖。有学校的老师给我们送来月饼和水果，有学生们给我发来祝福短信，还有学生家长打电话邀请我到家里做客。走在街上总有认识的人跟我道一声"节日快乐"。在这里会觉得自己非常重要，有很多人关心自己，很幸福。

不用上班的一天很清闲。北京时间11点才起床，久违的自然醒。晚上支教团聚餐，15个兄弟姐妹在一起，很开心。离家千里，15个人相互照料，相互依靠，我们是一个无坚不摧的集体。

今天看了看南开新闻网，了解到新生已经入校，学校在校区礼堂召开了迎新生晚会；了解到研究生已经入学报到，我的很多同学已经开始了研究生生活；了解到社团正在纳新、新生正在军训，看到了电视台记者团纳新时的照片。很想念我的南开，想念我的老师和同学。这一年尽管我不在南开，但我依旧会关注她的消息。我会在祖国的西部边陲迎接南开的91岁生日；我会在这里努力工作认真教学，为南开增光添彩，不辱使命；我希望在南开100年校庆的时候作为年轻有为的成功人士重返母校，感恩母校庆祝生日。为了这一切一切的目标我会一直努力的。南开，等我回来。

明年我是新生！

　　明天要回办公室了，我不能放松，毕竟自己肩上的担子还很重，我要努力，一直努力，加油！

国庆节（2010年10月1日、2日）

　　十月的头两天，我们在旅途中度过。

　　其实说得更确切一点，是在大巴车上度过的，来来回回在车上的时间差不多10个小时。不过我很喜欢这种感觉，我喜欢一切与发呆、遐想有关的事情，比如坐车。坐在车里望着窗外一望无际的戈壁，成群的牛羊，高大挺拔的树木，听着车厢里舒缓的音乐，感觉一切是那么纯粹，那么坦荡。想累了就闭上眼睛睡觉，借机补充自己严重不足的睡眠。睡着睡着突然被一首熟悉的歌惊扰，醒来发现那是大叔最喜欢的《等待》。望着车窗外，想着大叔的模样，感觉很幸福。

　　一路上走走停停，休息的时候几次碰见了我的学生，十一回家的住校生。想到她们回一次家要经过这么长时间，驶过这么远这么长的路，很是心疼。想想自己高中的时候还是一个离不开家的小孩儿，顿时觉得很佩服这些学生。在外求学的孩子不容易啊，以后我更要多关心他们，让他们在学校感受家的温暖。

　　可可托海风景区很大很美，标志性景点神钟山、石门都独具特色，沿途的风景也不错。最喜欢的是那一片"夫妻林"，绿的松树、红的桦树交错在一起，漂亮有意境。比起自然风景，我更喜欢具有牧民特色的毡房，宽敞、民族特色浓郁。本以为会冷，带了很厚的毛衣，睡觉的时候盖了四床被子，结果睡到半夜嗓子干疼，于是又起来脱衣服。被子很软很温暖很舒服，这是离大自然最近的一个晚上。只可惜晚上怕冷没出去看星星，有点遗憾，不过以后还有机会，我期待着。

　　我在想，以后有机会一定要和家人来一次新疆，带上帐篷，带上各种做饭的家伙。这里真的是一片神奇浪漫、干净纯粹的土地，一定要和家人分享。

　　由于相机故障，富蕴之行没有拍太多照片，但我一点都不遗憾。最好的相机是心灵，按下心灵的快门，将所有美景、美人、美事都珍藏在记忆的相册中，或许这就是旅行的意义吧。

以此作为我的富蕴游记。

立冬日（2010年11月7日）

立冬日，蜗居时。

睡到自然醒的美好只属于周末。睁开眼睛感觉好幸福。幸福是什么？这是学生们刚刚考过的作文题目。在我看来，幸福就是一种状态与另一种状态的比较。当我做好了监考八场的准备，突然减掉两场落个轻闲，这就是幸福；每天忙忙碌碌，备课、改作业、早起晚睡，周末可以睡到自然醒，这就是幸福；学生努力学习，成绩不断提高，在这次题目稍难的情况下及格率很高，这就是幸福。幸福其实很简单，只要容易满足，只要细心体会，时刻都是幸福的。

今天立冬，中午大叔打电话说：要吃饺子，不冻耳朵。记得这好像是冬至的说法，但既然是"大叔节气"，我就照做不误。晚上一个人在青岛饺子馆吃饭，找了一个安静的角落，想象着大叔就在身边，我能感受到那份温暖贴心。之后身边坐了一家三口，看着他们的幸福，自己也被感动了。一家人穿着家庭装去吃饭去旅游，我带着两个小朋友一起打爸爸，这就是我梦想中的幸福。

下午备课之后给爸爸妈妈打了电话。听到他们的声音，听到他们不停地嘱咐我照顾好自己，心里酸酸的，放下电话眼泪就不争气地流了下来。总是说学生们为赋新词强说愁，多愁善感，自己又何尝不是个孩子呢？离家千里，总是惦记着家，想爸爸妈妈。每次打完电话心里都是酸酸的，仿佛一只小手在心底最柔软的地方挠了一下。我是个报喜不报忧的人，从小到大从来不想让家里为了我的事操心。有好消息好心情大家一起分享，遇到不顺心不如意的事习惯自己消化，很少跟家里讲。只要家里知道我一切过得都好我就放心了，再多的困难我都相信自己能克服。

语文考试的阅读题中提到了一种现象：冬季忧郁症。我发觉自己好似有这个症状，或许是夏天出生的人喜欢阳光照耀的感觉吧，现在的天气总是让我心情阴郁。没有原因，就是不兴奋，看来我只能自我调节了。强大的王小莉，我相信你！

新的一周又要开始了，收拾好心情，上路吧。

古尔邦节（2010年11月17日）

今天是穆斯林的古尔邦节，放假。

早上很早起床，等着学生迪娜叫我去她家过年。我很期待这个日子，因为这是我支教生活的重要一部分，以前听强哥讲的时候就很羡慕、很期待，现在终于有机会实现这个梦想了。

哈萨克族人民热情好客，迪娜的家非常干净。她的妈妈早就准备了好多好吃的，布尔扎克、酸奶、奶疙瘩、奶茶、大麦粥、果酱……丰盛、隆重。和学生们聊得很开心，也有很多共同话题，毕竟我们的年龄相近。

回来的时候和邵轶辰打了雪仗，第一场雪，很大。雪天的阿勒泰美极了，天空是那么干净，街道整洁，民风淳朴。我将永远忘不了这一天和支教这一年。

回到宿舍就备课，准备班会材料。虽然支教生活很累，但我的心是充实的。我要努力做好每一件事，珍惜在这里的点滴时光。

明天还有很多工作，加油吧！

（王莉，南开大学第12届研究生支教团志愿者，毕业于南开大学马克思主义学院）

王小轶老师的阿勒泰回忆

王轶智

在人人网上看到一个相册，名字叫"阿勒泰：那些年我们走过的角角落落"，每当在网络上看到阿勒泰三个字，我总会立即点击仔细去看。地区二中的校门、艺体馆、学生公寓、综合教学楼……一座座熟悉的建筑物又把我拉回了魂牵梦绕的地方，回忆起那些被叫做"老师"的岁月。

时差真的有

首先想说的就是时差问题。初到阿勒泰，中午 12 点已经饥肠辘辘的一群人来到了二中门口的小饭店（也是这一年里一日三餐去的次数最多的小饭店），大家兴高采烈地点完菜之后，老板娘很温柔地告诉我们要去市场买菜，尤其牛肉在比较远的市场……然后我们就等啊等，一群饥肠辘辘的人开玩笑说，牛还在牧场……终于，大家在一点半之后才吃到美味可口的大盘鸡、大盘牛肉——后来发现好多小饭店都是有扑克牌的，供等候的人打发时间。

至今唯一一个不在家过的生日

我的生日在 8 月，那时候正是暑假，但是 2011 年 7 月底我们便到了新疆，所以只有在阿勒泰的这一年我的生日不是和家人一起过的。晚上下班后，团里所有人到了米泉大盘鸡店，由于初到阿勒泰，本着对比试试看的想法点了三黄鸡和土鸡，吃三黄鸡的时候感慨阿勒泰的鸡肉质量就是好，肉食鸡肉质比在家吃到的"笨鸡"还要好，吃到土鸡的时候发现肉根本咬不动，以后就再也没点过用土鸡做的大盘鸡了。回到宿舍后，团里的人聚在一起分蛋糕，沛瑶带头唱起了生日歌，我闭上眼睛许了愿，"祝福大家能顺利完成支教工作，为南开争光"。

第一个教师节

当了十几年的学生，终于到了自己当老师的时候，在地区二中，我度过了可能是自己唯一的一个教师节，收到第一份教师节礼物的场景我还历历在目。走进（6）班，班长的一声起立大家迅速站了起来，没有往日的拖拖拉拉，大家齐声喊道"祝老师节日快乐！"，同时课代表拿着一份礼物走到我面前，我双手接过礼物，十分激动，我向同学们鞠躬，真诚地说谢谢大家，当时我的眼泪在眼眶里打转。后来我又收到了很多份礼物，有爸爸、妈妈的，有学校的邹部长、霍老师的，也有二中的孩子们充满真情的短信。这个教师节我会终生难忘。

成绩进步的喜悦

作为南开化学专业的毕业生，在地区二中没有成为化学老师是我最大的遗憾，但是通过自我介绍，学生们知道了我是学化学的，所以有人希望找我补习化学。为了让自己发挥更大的作用，我义务为找到我的学生进行化学辅导。从周一到周日，从高一到高二，从奥赛班到普通班，这一年我讲过了高中化学的所有教材。我在地区二中正式的授课内容只需备课一次讲一周，而我的义务辅导却需要根据学生的年级和知识水平设计不同的内容，真的很辛苦，也牺牲了很多休息时间，但是看到孩子们成绩取得进步时的喜悦我也很开心。在阿勒泰的第二学期初，有一个实验班的孩子找到我，跟我说化学从来没及格过，希望我能指导他怎么学习化学，我欣然答应了。经过介绍学习方法和习题练习，这个学生在学期的第一次月考中化学及格了。当知道成绩后这个学生马上在QQ上给我留言："王老师，你太棒了！我化学第一次及格，哈哈哈！"

满满的关爱

我从小身体比较弱，每到换季的时候总会感冒，阿勒泰的冬天很冷，一个冬天我病了两次。每当我生病时,总是辛苦了对面宿舍的杨蕊和琳琳,她们经常给我送煮好的梨水、鸡汤还有各种美味的粥。每当天气变化时,总有学生会短信提醒我注意增减衣物,或者告诉我什么药药效好,甚至有一个孩子从伊犁给我带了一大罐蜂蜜,让我天天喝,增强体质。每当想到这些,我的心里总是暖暖的。

浓浓的离愁

还是写到了最伤感的部分。一年的时间过得很快,转眼就到要离开的时候了。2013届(13)班的孩子们占用了一节体育课为我组织了一次欢送会,课代表代表班级向我送了礼物,每个同学都写了小纸条,这些我都带回了南开,永远珍藏。下课前,全班一起唱起《启程》,有人来跟我拥抱,有人哭了,我也感动得流泪了。

在阿勒泰的一年发生了很多值得铭记的事情,但我的拙笔却写得如此平淡。支教的这一年经历使我收获颇丰,长知识、增才干,更收获了快乐和友谊。衷心祝福阿勒泰地区二中发展得更好,祝福二中的孩子们都有一个美好的未来!

(王轶智,南开大学第13届研究生支教团志愿者,毕业于南开大学化学学院)

阿勒泰印象

张金朝

憧　憬

初次听到阿勒泰,就对这座处在祖国西北边疆的新疆小城充满了好奇。头脑中一直想象着它的样子,听说那儿有大片的戈壁沙漠,听说那儿有成片的白桦胡杨,听说那儿的冬天很冷,滴水成冰,白雪皑皑……

初　识

刚刚踏上阿勒泰的土地,就被眼前的情景惊呆了,大片的向日葵开得正艳,连天映日,无垠无边。郁郁葱葱的绿,鲜亮明快的黄,在青山绿水的环绕下,在蓝天白云的呼应中,给人一种生命的震撼。于是我知道了,阿勒泰是充满生机的,是充满希望的,我一定要在一年的志愿服务中竭尽全力,把自己的所学所悟全部传递给这里的学生,以此来慰藉这一份生命的震撼。

报到和备课的日子是顺利而充实的。当地领导的关怀、学校老师的帮助使我们很快适应了阿勒泰的生活。这里没有大城市的喧嚣繁华,却充斥着一种山城小镇所特有的静谧与安详。期待着开学的日子……

相　知

终于开学了,第一个任务便是作为副班主任带领一个班的新生进行军训。于是在接下来的半个多月时间里,我随学生一起出操、训练、比赛、汇报。一次次总结、一次次鼓励、一次次安慰,每一次的谈话都会让我和学生进一步拉近距离,好像真的找到点儿当老师的感觉了。还记得有一次教大家唱《军中绿花》,几位女生唱着唱着就哭了起来,其他的人也低下头默默想着什么。于是我趁机讲了些未来学习、生活中他们可能遇到的艰难困苦和他们想要成长所需的坚忍不拔的意志。大家听得很认真,我这才感受到自己能够走进学生的心里,更加真切地接触他们、感受他们、认识他们,了解他们所需并用自己的经历体悟来影响他们,这正是一名老师、一名志愿者应该做的。

我被分到高二年级部,教授通用技术课程,这是一门新课,直面学生的素质教育。每天需要备课、上课、备料、指导实践课、收拾实践室,用心学习、竭力授课,尽管偶尔会出些小状况,但是在年级部和科室经验丰富老师的指导下,课程有条不紊地开展起来,并且在教学评估中得到了自治区领导专家们的认可。随着课程内容变得具体而有深度,我自己也学会了用各种"小插曲"来提高他们的兴趣,也许不能留给他们太多知识,但是能够留给他们一些快乐生活的态度和对于未来美好生活的憧憬也是好的。如果有人能够体会到通用技术课程的真正理念,做个生活中的有心人、工作中的科技人,立志做未来世界某个领域的领军人就再好不过了。

慢慢地,我与学校的当地老师有了很多接触,他们热情奔放,豪爽大方。能够接触这些富有活力的人,则缘于一项富有活力的运动——徒步。烈日下,步行十六七公里,亲近大山,过戈壁,跨溪流,越高岗,高声长啸,低声轻歌。这里是新疆,广阔无垠,天生它就是这样;这里是新疆,热情好客,值得永远怀念的地方。

别 离

一年的时间很快就过去了。刚刚告别了课上的羞涩,刚刚吃惯了当地的美味小吃,刚刚挥去山间的冬雪,我们就要收拾行囊启程回津了。告别会上的不舍,送行课上的留恋,离别时的远远挥手,一幕幕都定格成最后的剪影。"用一年不长的时间,做一件终生难忘的事",这是我们最大的心愿,选择支教,青春无悔。

思 念

阿勒泰的生活经常会在我的脑海中浮现，有时是一个人，有时是一件事，有时是一个场景，有时也许只是一些只言片语。志愿者生活使我们迅速成长，收获颇丰。在那里的生活不仅极大地开拓了我们的眼界，丰富了我们的经历，锻炼了我们的能力，磨砺了我们的意志，使我们更加深切地体悟生活、热爱生活，在未来的人生中以更加饱满的热情与精神，全力以赴，拼搏进取。

思念那漫山的绿、遍野的黄、无垠的蓝、接天的白……

（张金朝，南开大学第 12 届研究生支教团志愿者，毕业于南开大学周恩来政府管理学院）

我的阿勒泰一年

邢北辰

2016年7月4日，新疆作息下的早上6点，阿勒泰还没有苏醒，和朋友最后一次走在阿勒泰的大街上，太阳刚刚升起，晨光穿过树丛，光线与树影交错，有幸能用相机记录下这一刻的美丽。如今，已经回来两个多月，每每看到在阿勒泰的照片，还是会想念这座边陲小城。在阿勒泰的初遇和归来，心境大有不同，如今放在一起，在回顾中纪念这最值得、最难忘的支教一年。

初 遇

毕业季，不管是仪式性的还是纯粹的纪念，都应该留下一些东西，可是匆匆忙忙，一直拖到8月底，这样也好，2015年的夏季值得纪念的事情很多，需要多一些时间慢慢回顾。

在阿勒泰的小影院里看的第一部电影——《滚蛋吧，肿瘤君》，片尾的情节忽然让我想起了当时留在天津和即将奔赴澳门的两位好友。毕业旅行，毕业婚纱照，一起吃火锅，在天台上摆一袋蚕豆，学一学孔乙己……我们给自己制定了很多的毕业计划，可是匆忙之间还是留下了不少遗憾。现在想想6月的毕业季，一切都是那么匆忙，似乎没有时间感受离别就毕业了，连收拾东西都像是战败的逃兵一样。最后一天，和荟羚一起把行李搬到临时宿舍，看着盼盼和小丽搬行李，没时间多留，拥抱过后就赶紧跑开了，不敢回头看，我想那时的她们也一定像我一样泪流满面吧。其实很想骗自己说只不过是一个暑假，可是一个月后重回南开，习惯性地拐到18宿路口却发现自己再也进不去了……

7月22日，再次踏上回天津的火车，只不过这一次我们会去更远的地方。

　　7月23日，第17届研究生支教团出征仪式，我记住了一句话"用一年不长的时间，做一件终生难忘的事"，相信这一年的经历会成为人生中浓墨重彩的一笔。那天天津的暴雨把我们困在学校行政楼，从此，第17届研究生支教团也要紧紧地抱成团面对西部的一切。

　　7月24日，天津飞往乌鲁木齐，地面从郁郁葱葱一直到大漠戈壁，我们就这样踏上了这片土地。乌鲁木齐用如火的"热"情和晚上11点不黑的天空迎接了我们。

　　7月31日，阿勒泰，这个一年前还和我没什么联系的、祖国最西北的小城，就这样走进了我的人生。

　　走进地区二中的门，似乎需要立刻切换到教师模式，很幸运地接下了最喜欢的地理课，开心却又惶恐：不知道面对的是什么样的学生，不知道怎样系统地讲一年的地理课……和学生第一次见面时才发现，他们都是高一的小朋友，00后，十五六岁的年纪，当我看到他们的眼神时，忽然觉得也没什么可害怕的，他们的眼睛里是满满的好奇、喜欢和期待，他们只是一群孩子呀！10天军训结束，我发现这些小朋友不但很可爱，也很重感情。军训后的告别仪式，把匆忙之间做出的一段小视频送给他们作为礼物，换来的是小朋友们红红的眼眶和集体起立喊一声："老师辛苦了！"也许他们不知道，他们起立的那一刻，真的很催泪。

　　军训后的假期是用来适应2小时时差的，当然也是用来深度"了解"阿勒泰的。夏天的乌伦古湖很美，给人一种来到海边的错觉，水天相接的地方都是澄澈的蓝色。行走在戈壁中的公路上，看着车窗两侧是茫茫的荒原，身后是笔直延伸的公路和公路尽头的金山，回程的路上还能有幸看到大漠中的夕阳，忽然就想起了电影版《变形金刚》。那种苍茫与壮阔，也许正是养育出豪放的西北汉子的景致吧。阿勒泰的星空很美，抬头仰望，会有一种生活在一片缀满星星的穹顶之下的感觉，连星空下的综合楼都显得比白天高大了许多。

　　行走在克兰河边，真的会被这一片金山银水和蓝天所吸引，这里的阳光和星空会给来自雾霾下的我们带来巨大的新奇感，许久不曾见过的璀璨星空和澄澈的蓝天；将军山沟的草场就像铺在大地上，有几只正在吃草的牛和骆驼，加上戈壁的夕阳，真就满足了之前对于"西域"的所有想象。夜晚站在将军山顶俯瞰阿勒泰，整个城市的灯光流淌在大山的暗影中，冰雪融成的克兰河水还在流淌。

8月，我们的阿勒泰一年刚刚开始。

融 入

一年的时间，可以做很多事。

我们把自己放在祖国最西北的这座城市，成为一名教书匠。真正站在讲台上，成为一名老师，才明白为什么当年我们的老师总是爱占用体育课，为什么老师站在我们面前的时候总是笑着的，也明白了在路上遇到老师的时候其实根本不需要害怕……

讲台之上的我们，总是被学生以一种仰视的角度在观察，一言一行，都能给学生带来不一样的东西。身为老师的我们，在学生面前总是正能量满满，因为我们不想也不能把自己的情绪带给学生，赶进度的急躁、琐事的烦闷和离别的不舍，在踏进教室的那一刻必须被藏起来。当然，正能量也是这群孩子带给我们最多的东西。周末的阳光中，和朋友走在阿勒泰的蓝天下，走在奔流向前的克兰河边，总能路遇一两个学生。周末的他们，没有了校服的"衬托"，更加帅气和漂亮，亲切地打声招呼，能带来发自内心的快乐。

自然，入乡还是要随俗的。在这样一个少数民族比汉族还多的地方，我们能接触到和体会到的也是在内地二十多年从来没有的经历。比如，不知道该怎么地道地读出民族学生的名字，总觉得自己的发音和学生相比，少了一些专属于阿勒泰的味道。再比如，内地长大的我们怎么也不会想到，有一天能在大街上看到一个骑着高头大马悠然走过的人，这时"粗犷"和"牧区"的概念在脑子里瞬间清晰起来。

在这里，孩子们放假之后说不定就进了阿尔泰山脉的哪个山沟沟里，娱乐方式也不是我们熟悉的逛街、看电影，而是自己买一只羊去烤正宗的羊肉串！在河边架起烤炉，用又清又凉的雪融水洗洗锅碗瓢盆，然后在河水里放上几瓶菠萝啤就达到了天然冰镇的效果，如此惬意地度过周末也是一种享受。

在这里，每年的9月底、10月初都是孩子们最喜欢的一段时间了，因为会赶上中秋节、国庆节和古尔邦节的超长假期。这段时间就是一个各民族的孩子互相"蹭"假放的日子：民族娃娃们跟着汉族"蹭"中秋，然后用古尔邦节还我们"人情"。也正是趁着古尔邦节的机会,我们第一次来到学生家里,看到这个被我们理解为"穆斯林朋友们的春节"的节日,是多么的美味和热情。孩子们会挨家挨户"拜年",家里的长辈总会在客厅备好一桌美食招待大家,点心、果酱、水煮羊肉、奶茶……

在这里,我们见到了人生中最大的雪,第一次知道阿勒泰的打雪仗是要把人埋进雪里的。夜里,支教团十几个人,走在昏黄的路灯下,路两旁的人行道早已经没有了痕迹,连路边的雕塑都已经沉睡在了雪里。雪已经积到齐膝深,但还是松松软软的,没有人敢去踩,因为只要一只脚踩进去,身边就会有朋友把你整个人都埋进去。课间站在办公室,透过窗户往外看,总能看到孩子们开心地在操场上"打雪仗",结束后也总会有一个"雪人"从雪里爬起来。这里长达半年的冬季,给我们带来了前所未有的体验和乐趣。

一点一滴,一天一天,我们越来越喜欢这里。

归 来

回想这一年缘何而起,又将如何结束。

所谓支教、奉献西部,初衷并不高尚:想得到一纸文凭,却又企图逃避考试。机缘巧合之下来到这里,认识支教团的各位兄弟,加入时的意外、无奈和纠结,又怎么抵得过真正踏上这片土地之后,一年的收获和惊喜,或许真的是这一生最美的一次意外。感念当初陪我纠结、给我指点的父母,惊讶于自己放弃另一条路时的勇气,感谢带给我快乐的好友、同事和学生,而"支教"的意义在经历这一年之后,也逐渐清晰明朗。

临近离别,总能想起初到的那一天,和东部的高温相比,透过窗户悄悄溜进来的微风让人身心舒畅,加上窗外的将军山,让人一下就爱上了这座小城。一年的相遇,最爱的是阿勒泰时时变幻的风景,湛蓝的天空,棉花糖一样的云,落日后渐变的晚霞,充满电影大片感的戈壁公路,克兰河边的绿色和远处友谊峰上的"雪顶",繁星璀璨的夜晚和大雪过后的雪仗……或文艺或壮阔,充满了各种色彩。这座西部边陲小城,恐怕是今后生活的城市中"颜值"的巅峰,不会再有一个地方拥有这样的宁静和安逸,也不会再有这样的空气和蓝天,更不会有城外让人心旷神怡的田野、河流和大山。

再也不会有的，还有这群可爱的学生。喜欢走在路上能收获一路的问好，"老师好""北辰姐"，或者，直接"觊觎"我手上的好吃的叫一声"老师，我也要！"他们也许不知道这样的问候有一种让人瞬间快乐的力量。所以这一年的幸福和满足要感谢身边的这群小朋友，有时候像弟弟妹妹，在我面前吐槽学习、吐槽老师，有的时候又像好朋友一样介绍阿勒泰好吃的、好玩儿的。犯了错误来我这里求救，有什么好玩儿的拿过来和我分享，挨了骂居然企图卖个萌了事！真的是一群太可爱的孩子，但也是这些孩子带给我最深的感动。教师节，满满一桌子的礼物，办公室老师说，还没有见过哪个南开老师收到过这么多的礼物。寒假前过生日，小朋友们的祝福让我回复了不下两个小时，弹生日快乐歌录给我听的、做祝福视频的、发红包的……花样百出，但带来的是一样的、满满的温暖和感动。临走的告别，抱着我哭的，看到写给他们的明信片被感动的，安慰我还可以回来玩的，每一个都让我对阿勒泰的不舍增加了一分，也让我对这里的爱增加一分。

　　西部计划志愿者，这样一个高尚的头衔让我惭愧，一年中所见之人、所遇之事，早就超过它本身的意义，一年的所见所感，收获的已经远远超过了付出。三年已过，对这段经历依旧是感恩，如果可以，我依然会选择来到这座小城。

　　（邢北辰，南开大学第17届研究生支教团志愿者，毕业于南开大学汉语言文化学院）

十月故事

陈沛瑶

时间说快不快，却在不经意间流过

这个 10 月，平凡而又特别。平凡，它仅仅是一个包含 31 天的月份，是一个我已经经历过 20 次的月份。不平凡，是因为我在阿勒泰。

大学四年，"十一"与长假无关，因为百分之百是在合唱团集训。如今面对陌生的长假，不禁有些迷茫。这个 10 月，地区二中为我们安排好了行程：在副校长蒋祖国和孙艺江两位领导的带领下，我们一行 12 人与东北援疆教师一起，来到阿勒泰地区富蕴县可可托海镇额尔齐斯大峡谷景区共同庆祝中华人民共和国成立 62 周年。

宽广的土地，总能令人的胸襟也随之打开。漫山遍野的黄叶，蓝绿色的湖面，还有那向世界游客展示着哈萨克族姑娘美丽侧脸的神钟山。在我一个南方人看来，这像是另外一个世界。可可托海的夜很美，茶足饭饱的我们站在毡房外，看着天边的银河，辨着天上的星座，听着额尔齐斯河的流水声，享受着大自然赐予我们的最宝贵的财富。那一夜，我们在民族毡房里睡着大通铺，真正体验了一次游牧民族的生活。

长假归来，我们又立即投入到紧张的教学工作中。到 10 月份，我们在阿勒泰已经工作生活了 3 个月，各种问题也随之出现。工作上的压力、生活上的困扰，都是让我花时间、花心思去考虑的问题；远在 3520 公里以外的人情世故，抑或是在 4305 公里之外血浓于水的家事，为之心烦而又无能为力。有压力并不可怕，可怕的是各种事情同时摆在面前，无从下手。最初的热情虽未减退，但是面对着一团乱麻，却也不知所措。

幸运的是，这个 10 月，我身在阿勒泰

作为团内唯一一名预备党员的我，有幸在地委党校接受了为期 3 天的培训。时间虽短，但与之前不同的是，让那颗浮躁的心能够停下疯狂的震荡，回到平静。身在桦林的黄叶之间，大口呼吸着最自然的气息。站在骆驼峰顶，整个阿勒泰小城的秀美景色尽收眼底，闭塞的心门也随之打开，梳理过去的一点一滴，找出问题所在，冷静分析，各个击破。感谢阿勒泰的美丽，伴我度过心里的消沉期。

这个 10 月，我迈过了人生的第 21 个年头，学生们的礼物和字条，远在内地的朋友们的祝福……阿勒泰用它仅 7.54 平方公里的建成面积带给我一个又一个惊喜，赐予我一生难忘的祝福。早前就听学兄学姐说，来到阿勒泰，能学到许多。这个 10 月，阿勒泰为我上了新的一课——沉淀与成长。

远在千里的津门，我无时无刻不在思念你。想念你，我的南开！想念你们，我挚爱的亲人！想念你们，我的同窗好友！但是，请允许我与这座拥有最美秋天的小城相恋，等回去的时候，我一定给你们讲讲我与阿勒泰的甜蜜故事。

（陈沛瑶，南开大学第 13 届研究生支教团志愿者，毕业于南开大学周恩来政府管理学院）

话里话外

田旭生

"喂，王哥，哈哈哈哈哈，我买新手机啦！"
"是吗，终于买了啊！是什么牌子的啊？"
"就是我坐等降价大半年的三星盖世兔啊！"

从国美电器买过手机之后，出门第一个电话就打给了我曾在新疆支教时办公室的同事——王勇，一个在生活上对我最为照顾的人。我的同事一共有两个，另一个是史速江老师，同样在生活上关心我很多，同时又教了我无数的技能。我很庆幸在我一年的支教生活中，能有这两位最好的老师陪伴着我。我们三个人都在信息中心，负责全校几乎所有需要通电才能使用的东西，除了电灯。王哥主攻信息技术课的教学任务，史老师主攻信息中心的日常工作，我既是主力跟班，又是王哥和史老师的大弟子。

信息中心另外一个不得不提的人是我们的直系领导金科长。金老师拥有强大的理论知识，具备更加强大的动手能力。为人严谨认真，凡事起带头作用，包括引领科室的潮流。曾一度拿出当年的"机皇"，令我羡慕不已。于是我暗下决心，我也要买这款手机！然而，它的标价居然要四千多元钱，比我的预算高出了整整三千多元钱啊！

关于手机，我有一肚子的话想要诉说，在此处就忍住不提了。总之离开新疆后一个多月，我终于决定以高出预算三千元的价钱买了下来。手机刚拿到手时的喜悦不言而喻，而我第一时间要将这份喜悦与谁分享，毫无悬念。我没有马上拿去给同学们显摆，也没有第一时间向父母亲人们报告，而是打给了王哥。在聊完了一通之后，我便紧接着打了第二个电话。

"喂，史老师，哈哈哈哈哈，我买新手机啦……"

人生就是这么有趣，当你看到某些人的时候，总是会联想到另外一些人；当你在做某些事的时候，总是会联想到另外一些毫不相干但却相似的事。不知应该称之为人生"连连看"呢，还是人生"来找茬"。但有一点是可以确定的，你所联想到的，一定是你希望去联想的。

时间过得很快，转眼又到了一年一度的古尔邦节。这是盛大的节日，你要问我有多盛大，我就会反问你大年三十有多盛大。再给王哥和史老师打个电话吧！

"史老师，节日快乐啊！"

"小田儿，还记得去年过节，咱们一起在王勇他们家过的吗？"

"当然记得，在王哥家做了一顿美美的大餐，让我们的肚子好好享受了一番。"

那天简直太开心了，王哥是回族人，邀请了史老师、我和其他几名同学到他家里去，隆重地款待了我们一顿大餐。我头一回这么全身心地参与并感受到了"最炫民族风"。主人是那么的热情，食物是那么的丰盛，并且管饱！

"史老师最近工作还忙吗？"

"嗯，挺忙的，主要还是一些例行事务。"

关于这个问题，其实我在问之前就已经知道答案了。去年我在的时候，一整年的辛苦劳动似乎历历在目。正如我之前所说，除了电灯以外，似乎一切电器都归我们三个人管，电脑、网络、音响、舞台灯光、摄像机、投影仪等，如果专门写一篇文章作为工作记录的话，应该可以写成一篇无聊的长篇小说。三个人的辛苦可想而知。其中，尤其要提到史老师，对于工作一丝不苟，让我感觉到，没有什么问题是他解决不了的。凡是遇到的或者能预见到的问题，他都会细心学习并大胆尝试，我心目中的史老师是无所不通、无所不能的。我在他面前是那么的相形见绌。于是，我会不断地向他提问。而史老师也总会不厌其烦地给我讲解，那一年里，我学到了很多东西。

通过了电话，又恰逢佳节，难免会勾起美好的回忆，不仅仅是回忆和王哥、史老师在一起的日子，还回忆起了很多很多。

那一年艰苦奋斗的日子，多亏有最够意思的室友与我一起共患难同悲欢。嘉哥、丰收，咱三个大老爷们什么时候还能再在一起通宵聊八卦；咱什么时候还能再聚在一起下面条、煮菜、炖可乐鸡翅……还记得面条要三开三滚的，切菜是用手撕的，可乐鸡翅是要炖一天的！咱三个本来都不怎么接触甚至没接触过 dota 的人什么时候能再玩一局啊？那一年，我才真正了解了那句话：无兄弟，不 dota。

  那一年艰苦奋斗的日子，多亏有最够意思的团员们陪我一同度过。时常像个假小子一样疯疯癫癫的沛瑶，一有好东西绝对会第一时间想到我们。杨蕊一边极力保护着濒危的饺子一边冲我大喊"不够"的场景我难以忘记，但同样难以忘记的还有她和琳琳在我生病时亲手为我熬的粥。琪仔一边展现出对工作的狂热，一边时常在生活上帮助我，展现出了居家的贤淑范儿。Lucy 时常会为我打抱不平，同为东北人的我们总是有很多共鸣。凡一对我在生活和工作上的关心很多，虽然我们吵过架，我很后悔，但这毫不影响我们的关系。小妍，感谢你给了我"支教团第一美腿"的美誉，你对我的祝福，让我非常感动。璨璨和龙哥总是能找到阿勒泰的好吃的，并带着我们去。轶智和水井，两个人不知道谁更胖一些，谁更憨厚一些，也不知道谁更热心一些。阿贵，一个斯斯文文的湖南书记，同样展现出了对于工作的狂热和对于团队建设的无私付出。

  那一年艰苦奋斗的日子，多亏有最够意思的学生们陪我一起度过。尤其在教师节那天，我简直幸福得像花儿一样！天啊，有关室友，有关团员，有关学生，我还有无数的话想说，有无数的感情想倾诉，但不知你是否看出来了，这篇文章我其实是想着重说说我的两个同事。于是，我决定先暂停这些回忆，然而无法暂停我的眼泪。

  时光飞逝，岁月如歌。转眼间又一个年关将至，再有一个多月，新一届的支教团也要回来了。

  忽然间，实验桌上的手机开始一闪一闪地发光，屏幕上再一次显示了熟悉的号码。

  "喂，王哥！"

  "小田儿，这一届的快要回去放假了，你想想看，有啥想吃的，我让他们帮着带回去！"

  "嘿嘿，好，我回头考虑一下，整理个清单出来！"

  "哈哈，可别列太多啊，让他们带太多也不容易。"

  "好的，放心吧！"

  王哥工资不高，女儿刚出生不久，经济上虽说不困难，但挣的每一分钱都是辛苦钱。平日在信息中心工作，晚上还给学校看晚自习，就为了能多给家里带份收入。他是个普通的男人，却是个伟大的父亲、骄傲的丈夫。

  就是这样为生计操劳的人，对我、对我的同学们、对他的朋友们，从不吝惜。

  那一次，我处事不当，是你帮我收拾的烂摊子。

  那一次，你遭遇低谷，我却只能疼在心里。

  但是这些永远都会在我心里。

  美丽的阿勒泰，有一所熟悉的学校，有一群善良的人，还有最难忘的王哥和史老师。

  于是每当有新情况发生，我都会先告诉这两个人，比如：

  "喂，王哥，嘿嘿，还没到三个月呢，我的手机丢了！"

（田旭生，南开大学第13届研究生支教团志愿者，毕业于南开大学信息技术科学学院）

梦回阿勒泰

殷丰收

昨天晚上,我做了一个梦,梦见我回到阿勒泰,回到二中,我的领导、同事、学生帮我把行李拿到宿舍,黄哥说东西搬完咱去特马尔吃烤肉!梦里,我馋得流口水,醒来的时候,傻笑的样子也确实很不堪。

今天白天,一个阿勒泰地区的号码打电话给我。虽然在上课,我还是把脑袋扎在课桌底下接了电话,电话那边说:"是分收吗?"我说:"黄哥!你咋打电话来了!"

我叫殷丰收,叫我"分收",是地地道道的阿勒泰口音。听见这个声音,我有点恍若隔世。阿勒泰这个地方,我似乎去过,记忆却模糊了,像是做了一场大梦。有句顺口溜说,人生有三大"铁":援过疆的、同过窗的、扛过枪的。至于为什么这三种人的感情最好,恐怕只有经历过这些事的人才知道。有人问我为什么对新疆感情那么深,在那里有没有发生过惊天动地的感人事迹,想一想也没有。假如翻出来说说,也是因为敝帚自珍。

同事情

初来新疆,我就像从南开园移植来的梧桐树,不太适应新疆的白杨林。我以为,只要在地区二中的营养钵里呆呆地立上一年,再健健康康地回去,任务就算完成了。

但是谁都会遇到困难,刚来新疆的时候,因为工作不顺利,我每天都绕着操场打电话,和父母、老师倾诉。

锦上添花从来都比不了雪中送炭,办公室里黄大哥看我着急,经常在我需要打电话的时候一挥手,示意让我放心去做自己的事,等我回来,我的工作他帮忙做完了。晚上自己在宿舍呆坐,黄哥就来敲敲门:"分收,过来喝酒。"进了隔壁宿舍的门,就看到一桌子好吃的,大盘鸡、马肠子、烤羊肉,还有额河酒。

黄哥总想尝试着开导我,对解决我的问题有没有作用先不说,至少我心里明白这里有个大哥对我不错。

战友情

在新疆,我们宿舍的人身体都不太好,刘嘉体重不过百,小田和我的毛病都是不定时发作的,在新疆,我们三个人后半夜都去过医院,算起来也得有五六次。新疆的后半夜是北京时间 2 点以后,一有毛病,支教团就全体出动,每次都前呼后拥一大帮人陪着,谁也不嫌累。有一次,小田因为医生给我治疗的时候拖拖拉拉,在医院跟人家吵了一架。"小田,看你不像暴脾气的人啊。""那也不行,我哥们正生病呢,耽误了怎么办!"

有一天,对门住着的琳琳说,她那里煮了点骆驼奶,让大家都来尝。我拿着小茶缸屁颠屁颠就过去了,琳琳说:"丰收,不是我小气,你先倒一点尝尝味儿,要是能喝,我这还有好多呢。"我心想,不让我多喝,就是小气,抱着试试看的态度我抿了一口。嚯,琳琳,兄弟错怪你了,这奶是什么做的啊,味道冲得像高度白酒,膻味大得像压缩羊奶,抿这一口,记忆终生啊,这骆驼奶,说不定能"闷倒驴"。看看这缸子里还有几口,也不能浪费了啊,我决定带回去给小田喝。回了宿舍,我装作十分淡定,面无表情地说:"田儿,这是琳琳给的骆驼奶,你尝尝,但是啊,这个奶就是味道淡,这也没多少了,你就一口喝下去吧,要不都不知道啥味道。"小田也不含糊,正好渴了,抢过茶缸一口就喝了下去。然后,看到小田的五官挤到了一起。

师生情

在二中教授政治课,很大一部分内容是在讲民族关系。我的班级上,有一多半是哈萨克族、维吾尔族和蒙古族的学生,他们天性好动,爱唱爱跳,说起"元旦会演"要表演节目,那可是比吃饭睡觉和上课都重要的天大的事,为此不惜和我商量能不能集体翘课去排练。学生的本职工作就是学习,作为老师的责任感不允许我让他们逃课。为此,我和学生们做了约定，你们好好上课，老师们元旦那天也表演节目，一定很劲爆！

到了会演那天，学生们跳起了黑走马，我们跳起了自编的舞蹈"中国话"，全场掌声雷动，气氛类似摇滚乐现场。许多时候，讲民族团结，我没有刻意为之，却处处是课堂。

胡西塔尔，街舞跳得怎么样了？铁列克，上次一起踢足球，我一脚把学校里的灯泡给踢爆了，教导员离老远就喊别跑，那当然得跑啦！当时给咱们吓坏了，还记得吗？玛尔玛提，临走的时候，高二（9）班给我唱歌，我当时感动得要哭，考虑到作为老师的威严才忍住了。孙晓萌，每次提到考试你们班都太淡定了，搞得我比你们还急啊！还好，我打听得勤快，你们会考大捷的消息我已经知道了。回想，从（1）班、（2）班一直到（10）班，进每一个班级，走上讲台是什么感觉，看一眼讲台下，有那些可爱的小朋友。上课的时候你们能把我气得半死，老师还记得呢，不过现在离开了新疆，你们的淘气因为分离而烟消云散，可是你们的可爱却永远也没人来重复了。

感 悟

新疆一年，有太多收获，也有太多遗憾。

新疆一年，在工作上，我学会了和各民族同学和睦相处，学会了在一个陌生的环境中开展工作，学会了承受孤独与思念，学会了珍惜团队的温暖。在这里，苦心志，劳筋骨；在这里，更知中国，更爱中国。而只有经历过这些，才能算一个合格的援疆干部。

新疆一年，在生活上，阿勒泰人给我的是不附加任何条件的关心和爱护。我们过去没有交往，将来也不知道会不会再见面，我们有的只是现在。这是纯粹的新疆感情，是最真的感情。

当我们把行李放上车，我的学生和同事们在车下送我，也没说话，就是眼睛对着眼睛站着，一个同学过来说："殷老师，这是我们送给您的冬不拉。"我再也忍不住眼泪了。阿勒泰，世界上有哪个地方比得上你！这里的人太善良，这里的山水太美丽，我以为我们走了就是走了，后来想起来莫校长和我们在毡房第一次见面的时候，合唱了一首歌叫《小白杨》：根儿深，杆儿壮，陪我一起守边疆。我发现，我们都变成了阿勒泰的白杨树，在阿勒泰生了根发了芽，再也走不了了。阿勒泰成了我们的家。

再说黄哥的电话，我说："黄哥！你咋打电话来了！"黄哥说："今天不是你的生日嘛，看看你还好不好。咋样子，啥时候回来！"

"黄哥，我肯定会回来的，可能今年，可能明年，不管什么时候，我都得回去，那么多亲人在金山下等着我呢。你说我到了阿勒泰，该先敲哪一家的门呢？可是说好了，到时候攒人喝酒，你可别先趴桌子底下！"

（殷丰收，南开大学第 13 届研究生支教团志愿者，毕业于南开大学周恩来政府管理学院）

全国最友善的出租车司机

董倩倩

从阿勒泰回来之后,我也去过很多地方,见过各种各样的出租车司机,有的健谈,有的热情,有的冷漠,有的油滑。在天津学习生活的人们,想必每个人都有被拒载和绕道的经历吧,每每遇到出租车司机对我摆摆手拒载的时候,我都无比地怀念在阿勒泰打车的日子,那是我最乐于出游、不怵打车的时光。

阿勒泰的出租车分为两种,一种是7人座的,打车的时候需要拼车,这更像是一种小型的公共汽车,阿勒泰地区只有两条路线,分别是1路和2路,大家根据自己要去的地方,在阿勒泰主要的大街上,伸出拇指是1路,伸出二指是2路,司机全凭手势来决定你是搭乘哪路汽车,如果不是一路车,就会自然地和你摆摆手,如果是一路,就会停下来。还有一种就是大家经常看见,但是又不同于经常乘坐的出租车,它的起步价只有3元,基本上10元钱可以在阿勒泰城区转上三圈,实在是经济实惠。

除此之外,我还要和大家分享两件小事。在天津,6岁的小朋友应该是不敢自己乘出租车,但是在阿勒泰,经常会有妈妈们,把宝宝放在出租车上,告诉司机地址,给了打车钱,放心地让孩子自己坐出租车走了。刚到阿勒泰的时候,见到这种事,我都特别担心宝宝,好心地问:"这样宝宝没问题吗?"所有的家长都信心满满地回答我"绝对没问题"。刚开始,我还半信半疑,直到我自己亲身经历过了阿勒泰出租车司机的热情和淳朴,我才相信这是确切真实的。

记得那是一个寒冷的冬日,阿勒泰的冬天出奇的冷,大概零下30多度。下午6点多,我要去地委开会,走出地区二中的门口,正当我一筹莫展的时候,看到了熟悉的阿勒泰蓝色出租车,一招手,车停在了我面前,我赶紧坐进去,到达目的地之后,我打开钱包,才发现身上只有一张百元大钞,没有零钱，5元的车费，我觉得都是晚上了，司机应该有很多零钱才对，可是当我递给司机师傅的时候，他还是面露难色地说没有零钱找，当时我也很着急，说：我下车去小卖部给您换零钱吧，说着，我就要下车，这时候司机师傅轻轻地说了一句：怪冷的，赶紧走吧，不用给了。我当时愣了一下，但是表示一定要给钱，我随即下车去换零钱，可是当我刚刚下车，司机师傅就开车走了，我看着他离去，心中充满了感动。我觉得这真是全国最友善、最朴实的出租车司机。

（董倩倩，南开大学第11届研究生支教团志愿者，毕业于南开大学汉语言文化学院）

支教聂的这些朋友们

聂际慈

每个二中支教人心中都有一个阿勒泰

那时的支教地还没有一分为三,记得每每和刚返校的支教人把酒,大家对阿勒泰的怀念甚至可用"执念"形容,当然这份执念会随着时间流逝而降温,但一有阿勒泰的朋友来到内地找我们,这团火就"腾"的一下,又燃起来了。

看了一些团友的文章,多是写和学校老师、同学的故事,款款深情,浓浓思念。自己不是个感情充沛的人,大抵也写不出这样的情怀,可提起这几位朋友,却别有一番感触。

当时二中尚未南迁,教师宿舍和隔壁的军分区紧紧相依,起床号、出操号、开饭号、熄灯号和军人们出操的口号声清晰可闻。自己本就是一个军事爱好者,在这种环境的渲染下,更是对部队爱得无以复加。

涉水的老贾

2012 年、2013 年的二中保卫科,有两名退伍兵,一位姓贾,一位姓何,都是从边防线退下来的。贾是士官退伍,长我一岁,何是义务兵退伍,小我三岁。当时大概是看到贾穿的鞋子是和自己一样的作战靴,于是一下就亲近起来,再拉上小何,三个人倒也熟络得快,于是自己专门去买了两瓶酒,在某日下班后请两位兄弟在学校旁边的饭馆一醉方休。

老贾一般是站大门岗,2013 年 6 月 5 日,阿勒泰下起瓢泼大雨。当时的学校门口有个大斜坡,一下雨就"发水"。那天亦然,水流直抵脚踝,放学的学生走不出校门。在大门口的我和老贾相视一下,又看了看彼此脚上穿的靴子（作战靴有一定的防水功能），于是不约而同地挽起裤腿，和在路口指挥交通的交警一起，背着学生涉水过街，成了"摆渡人"。自己当时是想要尽一名老师的职责，而老贾，大概是不忘老兵的本分吧。

迷惘的小何

一个月后，自己离开了阿勒泰，走之前他们二位请我吃了顿大盘鸡送行，走了以后以为大概和这些朋友再无交集，可没想到，和小何的联系反倒是走了以后热络了起来。

小何是从帕米尔高原下来的边防兵，一米九的大个，用啥都是特号。他高中毕业就从军入伍，回来后到二中当了保安。

回到天津后，自己某日接到了小何的电话，问我南开高自考的情况，原来他已不在二中，想进修学历。当时帮他查阅了一些资料，后来并未成行，原来他"下海"去开店了。

以后每年都会打电话或微信沟通，也在朋友圈经常看到他的动态。这些年他开过店、做过调酒师、帮银行做过工，可总还是没安定下来。前几日又与他联系，他说想出疆闯闯，还发了两个招工链接问我靠不靠谱。再后来，他到底没有出疆，到一个战友所在的军训基地当了教官。

每年"八一"建军节，小何都会怀念军营和战友，现在这个选择，或许就是最适合他的职业吧！

好酒的拐老头

这位朋友并不是二中人，而是在金山广场附近擦鞋的一个老人。

因为自己穿皮靴的缘故，总觉得"皮鞋不能不打油"，于是经常光顾老人的鞋摊。老人有些残疾，走路总是一拐一拐的，夏天日出而作，日落而息，冬天因为鞋油会冻，于是只在中午太阳出来以后出摊。

相比内地，老人的擦鞋服务绝对称得上物美价廉，一开始3元一双，后来由于物价涨得厉害，就浮动到4元。他擦的鞋光泽总会持续很久，他自述这是由于用的鞋油好，不糊弄的原因。

他是徐州人，曾有一阵回老家探亲，当时很久未看到他出摊还甚是想念。

老人还有一个爱好是喝酒，每天笑呵呵。他说阿勒泰家里没有亲属，每天下班回家总要喝两口打发时间。2014年的中秋，在天津的自己又惦记起他，还专门请在阿勒泰的支教团友帮忙，到摊上给他送了两瓶酒。

现在他不知怎样，只盼望安好吧。

户外的兄弟们

大美阿勒泰是徒步的天堂。在疆那一年，除日常的工作、教学外，自己最大的爱好就是户外徒步，大东沟、小东沟、红石头、夏牧场……走过好多地方。

由于有这个兴趣，和学校同样爱好徒步的收发室老刘搭上了线，老刘很照顾我，把我拉进了当地的"驴友群"——兄弟连。

日常和我联系的是老赵，留着小胡子，喜欢戴墨镜，虽年逾五旬可身体硬朗得很。徒步最累的活计是队尾的人，他要照顾全队的速度，还要收拢队伍，没法快走起来，队伍中途休息，队尾总是赶不上。老赵就是那个总在队尾"收队"的人。

"好好"是兄弟连的"首长"，也是户外俱乐部的老板。阿勒泰市里能看见一座"雪山"，"好好"说那是夏牧场。有一次机缘巧合，他还单独骑摩托车带我去过一次，夏季的雪山真是别有洞天。走之前我曾送过他一盒航空巧克力，可走了以后到底还是断了联系。

这些年也来过新疆出差，可总是和阿勒泰擦肩而过，很多瞬间也都尘封于回忆了。

（聂际慈，南开大学第14届研究生支教团志愿者，毕业于南开大学周恩来政府管理学院）

山城人的幸福

杨 帆

从来没有想过会驻足在祖国最西北的城市，从来没有想过会体验一年完全不同的生活，从来没有想过会结识这样的山，这样的城，这样的人。

但，我确实来了，当我站上骆驼峰的那一刻，我才真正领悟到，我的确跨越几千公里的距离，从祖国的东部来到最西北的城市。如果不看地图，我不敢相信我已经站在延伸于中蒙、中俄、中哈边界的阿尔泰山脚下。这是一片古老的土地，在这片与三个国家接壤的土地上，孕育了十几个民族，埋藏了无数个故事，承载了几代人的梦想。

而我，竟然此生有幸，能在这片土地上，切身感受西北的苍劲，领略一方劲土从传统到现代的穿梭，体验不同民族文化在同一生存空间的交融……这里不同于我熟悉了20年的生长环境，我就像一个刚出世的孩子，用新奇的眼光审视着周围的一切，从自然到人文，阿勒泰，完全是另一个世界，我所要体验的，是另一种生活——山城人的别样生活。

别样的山

我爱山，但也畏惧山。山峰雄伟险峻，严肃端庄，山上溪涧纵横，密布的丛林深不可测，一座山不知蕴藏了多少秘密和生机。每当我在山下仰望的时候，都怀着既崇敬又畏惧的复杂感情。可是，阿勒泰的山却给了我另一种感觉，挺拔而不威慑，温柔而不娇嗔。到这里已有一段日子，从宿舍楼到办公室的路上，我总是习惯抬起头四处看看，每次最先闯入我视野的是环绕着这个城市的东西两座山——将军山和骆驼峰。山上没有秀丽的风光，没有茂密的丛林，更没有涓涓溪流，他们其貌不扬，但是深沉、踏实、温和、亲切。这就是西北的山。偶尔凝视这两座山，会觉得很感动，一东一西，他们就那样静静地矗立着，沉默不语，亘古不变，就像一对想永远守护孩子的普通父母一样，温情地注视它，默默地保护它。将军山像父亲，威严不乏温和，为山城托起初升的太阳；骆驼峰像母亲，温柔慈善，为山城揽下落日的余晖。于是，东起将军，西栖驼峰，日复一日，年复一年，山城就像个乖巧的孩子，卧在两座山环起的怀抱中，和父母亲昵、撒娇，然后，学着成长。

别样的城

一直盼望能有一个机会，暂时脱离喧嚣的城市，到一个平和、安静的地方好好享受小城生活。结果，我在这里找到了答案。喜欢这个城市，没什么理由，就是觉得生活好平静，于是心也跟着平静。整个城市沿着山谷不断延伸，"父母山"成为天然屏障，为它阻挡着外来的自然侵袭。我喜欢这个城市，因为一条主干道从南通到北，步行就能从学校穿越生活区、商业区；无数辆招手就停的出租车，到哪都1元人民币的便利交通；弥漫着烤肉香味的夜市和富有民族特色的吆喝；街边裹着头巾卖酸奶的哈萨克族老奶奶；拉着车走在街上卖葡萄干、杏儿脯的老大爷……没有高楼大厦，没有灯红酒绿，没有嘈杂的人群，春夏生机盎然，秋冬平和安静，就这样的一个城，人们平平静静地过着自己的小日子，安居、乐业，幸福也沿着山谷蔓延开来……

别样的人

我想我没有资格也没有能力去诠释一方土地上人们的生活方式、精神状态和行为习惯，我只表达我所看到的。山城人热情，走在街上，相识的人远远地就亲切地和你打招呼，然后走过来嘘寒问暖；到馆子里吃饭，结账时经常会发现已经有人帮你付过了；上街也不用担心，因为山城人会告知你在哪能买到最合适的东西；百货店老板会告诫你冬天到了，多穿点，别感冒；山城人实在，便宜的出租车，不管多远，也是1块钱；饭馆的老板娘总会及时告诉你，你点的菜已经够吃了；洗衣店的老板会因为晾干的衣服有异味而主动戒烟；山城人勤奋，只要雪停，不管多冷，人们也会早早主动到岗，开始热火朝天的铲雪劳动。现在的山城人不再甘于卧在山谷中的简单生活，他们要将生活延伸出去，因此，他们不断思索，不停奔波，有人走出去，又有人走进来。就这样，山城慢慢长大了，人们的生活在安静与平和中悄悄发生了变化。这种变化就是，一个城市的生命力随着人们的幸福和努力在两座山的怀抱中慢慢膨胀、蔓延……

我想我是幸运的，短短几十年的人生，我能用其中的一年来和这里的人们共享别样的生活，能暂时告别喧闹嘈杂的城市，实实在在地做一年山城人，感受它的成长，真是幸福……

（杨帆，南开大学第 7 届研究生支教团志愿者，毕业于南开大学商学院）

克兰河畔

李恒明

　　白居易有诗云:"人间四月芳菲尽,山寺桃花始胜开。"正当家乡同胞还在因为春天的短暂易逝扼腕叹息时,位于阿尔泰山南麓的山间小城,正在接受春天的洗礼。伴随着迎春花的怒放,绿意悄然袭上枝头、河畔、山尖。

　　经受了漫长的霜雪禁锢,万物重又焕发生机。先是胡杨冒出点点嫩芽,接着是沙枣悄悄送给戈壁滩一丝阴凉,然后就是白桦树在春风下的沙沙吟唱。野草似乎也不甘示弱,从石缝、砂砾间冒出,渐渐地包围了沉睡的雪山,一丝丝涌上山头,稀稀疏疏倒也可以从远处呈现一抹绿色。矗立远眺,曾经高耸云霄的雪山还在固守山尖的最后一缕雪白,在太阳的照射下,沉默地看着最后一点外衣被融化。雪水沿着山体的沟壑,缓缓流下,流到山脚,围着砂石旋转,冲刷,等待着与其他的雪山融水汇集。汇集成股的雪水沿着山脚奔流前进,沿途不断地吸收新鲜的血液,绕过崇山峻岭的阻隔,形成了阿勒泰的母亲河——克兰河。

　　初识克兰河,是在盛夏刚来的那几天,晚饭后走出校门,右转,走几步,抬眼就可以看到一座形似彩虹的桥,我们私下就称之为"彩虹桥"。站在桥上,车辆走过都会引发桥梁的微微震动,让我不由得心中一怔,但比这更震撼的是桥下的滔滔河水。河道很宽,也很浅,但这并不能阻挡河水滔滔而下的气势。北高南低的显著地势,岩石浅滩的层层划割,以及上游融雪之水的不断累积,让克兰河拥有了无与伦比的雄浑气势,虽是短短数百公里,却有一种叫嚣黄河的气概。当时的我并不知道,我这一年的生活都将与这条河息息相关。

　　记得去年刚来时,正值盛夏。阿勒泰的盛夏,尽管也是艳阳高照,但只有在正午时分,太阳才会肆无忌惮地挥发热量,待夕阳西下,整个城市又会气温骤降,甚是凉爽。在阿勒泰市中心,金山广场的一角,背倚着克兰河的是一个不大的舞台,每到盛夏季节,这里都会举办一年一度的"金山之夏文化艺术节",时间一般会持续数月,地区的各个单位,从文工团体到乡镇街道都会在这里举办属于自己的文化艺术展示。每到日落时分,附近的居民都会不约而同地聚集到舞台前,欣赏来自各个单位、乡镇的演出。我印象最深的莫过于音色优美的冬不拉和舞姿雄壮的黑走马。喜欢冬不拉是因为它能够凭借简单的构造弹奏出旋律优美的曲子,没有琵琶的流畅华丽,没有吉他的动感澎湃,也没有古琴的音韵流畅,却能从最深处挑动人的神经,让听者跟随飘扬的音符在草原上放马牧羊。弹奏者多是年过半百的民族老汉,终年的放牧生活使他们的皮肤显得黝黑但很健康,脸上爬满皱纹,却不失硬朗。而黑走马意为"黑色的走马"。哈萨克族有一句古老的谚语:"歌和马是哈萨克的两只翅膀。"马是草原民族不可缺少的工具和伙伴,而"黑走马"更是马中尤物,它通体黑亮,剽悍雄壮,步伐平稳有力,姿势刚劲优美,蹄声犹如铿锵的鼓点。骑上黑走马,犹如进入一种艺术境界,人在舞,马也在舞,举手投足之间流露出草原人的豪迈与壮硕。就这样,在这个不大的舞台上,当地的各族民众融为一体,载歌载舞,民族之间的差异被克兰河的滔滔水声所掩盖。

克兰河全长 265 公里,由北向南穿过阿勒泰市区,经可可托海流入额尔齐斯河,去年 10 月份,我们有幸在校领导的带领下,来到了克兰河的终点——可可托海。经过上游的荡涤、冲刷,这里的河水略显宁静,还原了河水的真面目,清澈见底,碧波荡漾!沉静的可可托海(湖)与远处的雪山交相辉映。作为国家 5A 级景区,这里保留了最原始的自然景观,很少见到人工雕琢痕迹。在这里,你可以住进牧民的毡房,可以随时看到马路上等候羊群通过而停滞的车队,可以听到当地的牧民用不太流利的普通话向你问好。外来游客不断涌入,标语、汽车、商业慢慢普及,但结束了一天的忙碌之后,这里会重回平静,只有牧民时不时地骑马经过,冬不拉悠扬的曲调也从戈壁山谷飘来。这里的一切,都像克兰河水一样清亮、安静,保留着人类最原始的本真。

前些日子,正值"五一"劳动节,我们到了克兰河的上游,也是阿勒泰饮用水的水源地,阿勒泰的自来水厂就坐落于此。这里的水流和市区相比,更显气势!冲破了崇山峻岭的阻隔,奔流的河水就像脱缰的野马,顺势而下,奔腾咆哮,仿佛要把山间淤积的怨气彻底释放!在那里,我们也领略到了新疆人的待客之道。李白在《将进酒》里写道："烹羊宰牛且为乐，会须一饮三百杯。"这句话用来形容新疆人再贴切不过了。娴熟的宰杀、简单的烹制、甘甜的河水，展现出了新疆人最古朴的待客方式，洋溢其间的就是圣贤书中的真、善、美。

毗邻自来水厂，是一所乡村寄宿制学校——拉斯特乡寄宿制学校，由幼儿园和小学部组成，相信往届支教的前辈们对此并不陌生。"六一"儿童节那天，我们有幸作为学校的代表参加他们的庆祝典礼，延续"大手拉小手，水滴在行动"的志愿服务活动。记得上一次来到这里，正值隆冬，大雪飘飞，天寒地冻，孩子们穿着厚厚的棉衣，包得严严实实，只露出发红的小脸；而这一次，他们都换上了自己的民族服装，洋溢着浓郁的草原风情。男孩们上身穿着绣有彩色图案的套头式高领衬衣，下身多是便于骑马的大裆皮裤，头上扎着彩色头巾，与衣服颜色一致，腰束皮带，足蹬马靴。女孩子们就显得更加靓丽了，身穿袖上有绣花，下摆有多层荷叶边的连衣裙，多以白、红、绿、淡蓝色的绸缎为主，多姿多彩；对于头饰，就更加讲究了，平时她们都是扎一条漂亮的三角形或方形头巾，到了庆祝场合，小姑娘们都戴上了尖顶帽，上有绣花与金银珠宝装饰，颜色也与衣服一致，再配上精致美观的马靴，甚是美丽。据学校的老师介绍，这里的孩子普遍实行双语教育，即哈萨克语和汉语，平时文化教学和舞蹈教学参半，地区的各大演出都可以看到他们舞蹈队的身影。说到这，这位老师露出了自豪之意。的确，孩子们都跳得高兴且卖力。男孩子们的动作刚健苍劲，轻快有力，模仿黑走马的各种姿态，全身一张一弛的律动表现出粗犷和豪放的性格；女孩子的动作含蓄活泼、优美舒展，显示出草原姑娘美丽而自豪的真性情。老师们也不甘示弱，与孩子们相比，他们的动作显得舒缓很多，他们将自己的民族舞蹈与广播体操相结合，创造出了类似于广场舞的新舞蹈，令我们大开眼界，而这也可以成为促进民族文化交流的一种新方式。真希望在不久的将来，全国各地的广场上也能有无数"黑走马"在跃动。

自从来到这个美丽的山间小城，我便养成了一个习惯，晚饭后，总要沿着河走一圈。走在河边，聆听水声，工作一天的辛苦都会烟消云散。不时碰到一些放学回家的学生，在"老师好"的问候中，洋溢心间的是极大的自豪感和社会责任感。学校和克兰河相隔不过十来米，白天在学校，从事教书育人这个崇高、神圣的职业；傍晚，走在河边，聆听世间最原始的呼喊。从视觉到听觉，从身体到心灵，都在不断地冲撞、思考、升华，使我越发觉得支教的生活比想象中更加充实、更有意义。这里有兢兢业业、热情好客的同事，有古灵精怪、活泼开朗的学生，有精彩纷呈、热情洋溢的歌舞，有美轮美奂、自然原始的美景……太多的东西值得留恋。这一切就像克兰河的河水一样，清澈、奔放、热情、豪迈！走在河边，注视着克兰河的河水，它仍像往常一样，无休止的翻腾、怒吼，映射出的是新疆人热情刚毅的品格和不屈不挠的精神！

一年时间，白驹过隙，飞速流逝，一种比"毕业"更强烈的离别愁绪涌上心头，此时我才更加领会"珍惜"二字的真谛。短暂的支教生活留给我的远比我带给新疆的要多得多；与其说是我们改变这里，不如说是这里改变我们！奔流不息的克兰河水冲刷了我的灵魂，让我看到了大自然原始的一面，领会了新疆的伟大魅力，也发现了人性的真、善、美！

支教人，一年一批，从不间歇，克兰河畔的故事也将一直继续下去，就像那滔滔的河水奔流不息，孕育着新的希望。

（李恒明，南开大学第 14 届研究生支教团志愿者，毕业于南开大学化学学院）

行走阿勒泰

吕东海

"走路"对于一个四肢健全的人来说太过平常,实在算不上什么稀罕事,不过对于我来说,在阿勒泰的种种经历让我对"走路"产生了完全不同的看法,有一种不一样的情怀。

在阿勒泰有一项参与度高,广受人们喜爱的运动项目,那就是"徒步"。"徒步"不是散步,不是遛弯,也不是逛游,而是用双脚去丈量一段本应由代步工具完成的路程。我和"徒步"结下不解之缘得益于二中老师向我介绍的一个叫"兄弟连"的民间组织。"兄弟连"跟很多的驴友团一样是通过QQ建立联系,不交换真实身份、姓名等信息,完全以网名互相称呼。"兄弟连"知名度很高,甚至一些乌鲁木齐的驴友都慕名而来,这几年来"兄弟连"的足迹踏遍了阿勒泰的山山水水。

参加这个团的活动已经是在阿勒泰支教的第二个学期了,但即使这样还是给了我极大的震撼。

住惯了大城市的我们基本上奉行"能少走一步算一步"的法则,穿梭在钢筋水泥之间,满脑子想的都是如何赶紧坐到电脑桌旁,这并不是说我们已经异化成一种对于身边的一切景致视而不见的麻木生物,而是我们生存的环境越发使得我们忙碌、慌乱、心神不宁。可是来到了金山银水的阿勒泰,行走在阿勒泰这样一片神奇的土地上,我感觉到的是一种脱胎换骨。

在这些经历中,给我印象最深的就是一次徒步穿越沙漠戈壁。

其实长时间的跋涉对一个缺乏锻炼的人来说并不轻松,比如说我。但是那种疲劳的感觉却渐渐被一种来自内心的宁静所取代,每一步踏得艰难却又坚实。

走在沙漠里,带有沙粒的风吹打着脸颊,身后是一排模糊的脚印,而眼前是广袤无垠的沙海,仿佛置身于另一个世界,似乎基因中某种来自古老世界的记忆被激活了一般,一股股地涌上心头,这大概就是人对于大自然最原始的敬畏和爱。"徒步"是身体在旅行,又何尝不是心灵的旅行呢,就好像自己走在历史的长河中,眼前所见的一幕幕壮观的景象也曾出现在某一位古人的眼中,而他是不是也在和我一样感时怀古?我终于可以体会到历史上那些边塞诗人诗句中的粗犷和柔情,因为只有那样的诗句才能配得上这样的景致。

有时候,我一直在想,我们现代人可以穿越的距离是古代人所不能想象的,但是我们从来没有仔细地看过沿途的风光,我们总是怀有明确的目的性,目的就是"到达",但是却失去了一些东西。在"徒步"这项运动中,到达终点是目的,也不是目的,真正有魅力的只不过是那些没有目的的目的性。

能够自由地享受这种没有目的的目的性,是一种幸福,因为我们并不急功近利,所以有足够的时间去思考一些问题:比如你是谁?你来这里干些什么?你要到哪里去?在大自然的壮丽中,我们不再自大,这些平时会让人觉得矫情的问题的提出也显得那么必要。我终于明白了,"人"是不可以脱离自然的,这种脱离会让我们忘记大自然的恩惠,同时我们也会迷失自己。

一些有着同样信念的不同年龄的人走在一条漫长的路途上,这样的路途不花什么钱,却那么"奢侈",这种"奢侈"和钱无关。我们这个时代似乎把旅游和花钱绑定在了一起,好像不花钱甚至钱花得不到位就不叫旅游似的,站在一处名胜,为的只是在博客中晒几张照片,身体还在,但是心灵却不知道跑到哪里去了……而我说的这种"奢侈",是在那些人头攒动的名胜古迹找不到的那份宁静与感怀,是一种天人合一、物我两忘的境界,在这样一个纷繁复杂的大千世界里难道这还不够"奢侈"吗?

我热爱"徒步"这项运动,尤其是走在阿勒泰这片土地上,因为这是一种能让人变得沉静、内敛、谦逊、善思的运动。行走在阿勒泰我发现有时候形式可以大于实质。走路可以走出另一片天地。在那片天地中,我们追求的不再是物理上的目的地,而是心灵的归宿。我们去追寻,不停地追寻,目的地早已到达,但是我们的心永远在路上……

(吕东海,南开大学第14届研究生支教团志愿者,毕业于南开大学经济学院)

牧场钓鱼小记

陈曦丹

新疆牧场的春天迟了些，步履匆匆，转瞬之间，绿意盎然。五月初，桃花艳，鲫鱼肥，这诱惑是我不能抗拒的。牧场水库里枯黄的芦苇还没有钻出新芽，但鲫鱼儿早感受到春天的召唤，一群群聚集在芦苇根处，似乎等待着抛向自己的肥美蚯蚓。这里真是钓鱼爱好者的天堂。正是那番，可怜春早，草色遥看，雪山天高远。驱车而行，春风拂面，碧湖水漫漫。那美景也可算是天上人间的极致。

钓鱼，乐在钓的过程。手杆一甩，浮漂立于水上，静待无语，看那些调皮的鱼儿跃出水面，看远山的冰雪在阳光下烁烁闪亮，看一队队的鸿雁在天空穿行，看洁白独行的水鸟从空中冲下又衔鱼而去。抬头，见的是白云的变幻；俯首，看的为小鱼群的嬉戏。无所思，无所想，心中一片澄明。

古人云，授人以鱼，不如授人以渔，讲的是务实，强调的是一技在手。而今，处在传道授业解惑这个位子上，突然觉得授之以渔，更不如授之以渔乐。技，无高尚低下之分，虽在谋生，但若只为谋生，那人生岂不似苦行？故而先渔乐后乐渔，人人手有一技，且乐在其中，温饱小康，岂不天下大乐。传道授业，旨在传技，技能，立身之本。而惑，惑的是人心。解惑，是为他人拨开人生中太多无妄的诱惑，找寻一条快乐之途。所以因材施教，最终也是让人快乐。

在这片广袤的土地上，我也是一名师者。当初我怀揣着"德为人先、学为人师、行为师范"的师者精神，踏上了这片美丽富饶的土地，真真正正地作为一名"渔者"，来授人以渔。众所周知，疆外支教的生活也许并不像大城市的车水马龙，很多人因此望而却步。但当你来到这里，看到孩子们渴望知识、渴望外界的眼神时，确实激励我倾我所学当好一名老师。

师者也好，渔者也罢，想要桃李满园或者满载而归，办法只有一个——

用心，不因外界喧嚣而中断，不因风吹日晒而放弃。也许路途布满荆棘，也许路途泥泞难行，也许路途前路未知，但是只要有希望，只要有孩子们的渴望，我们就应该披荆斩棘，带月荷锄。我们也许达不到先人兼济天下的无为境界，但是我们可以尽自己绵薄之力。

回头来看，"愿者"已经上钩。众所周知，渔有多种。手杆静待，徐徐图之，淡泊高远，自是一种境界；海杆远抛，全力一掷，迅速求果，亦为快哉。课上，学生常问将来如何，可见其茫然之心。千里之行，积于跬步，万里之船，成于罗盘，大厦千尺，始于根基。故而，欲将渔，先要把鱼竿、饵料、鱼篓等一应俱全，此后，执手杆还是海杆，凭君选择。学习也应如此，学到为止。为师亦应如此，不应路艰而中弃，我们所能做的就是筑其根基，扶其成长，壮其士气。

那日，竟亲眼见五彩祥云，是否天降祥瑞不得而知，但在风景如画的湖边垂钓，任思想信马由缰，且中午又食得鲜美的狗鱼，实为渔之乐。斜阳西下，一行人竟钓得一百二十多公斤的鲫鱼，满满的几麻袋，确为渔乐！白驹过隙，一年支教时间转眼而逝，深深烙在我记忆中的除了疆外的蓝天白云，金山银水，唯有一颗颗炽热求学的心，实为师乐也！

快哉！快哉！

（陈曦丹，南开大学第10届研究生支教团志愿者，毕业于南开大学历史学院）

与雪都相遇的日子

赵帅淇

我换来了云海，如晦如梦幻；
我跑去了星繁，似灭似绚烂；
我翻过了绿洲，无边且无岸；
我亲吻了河川，春去春又来。

　　冰川雪岭与戈壁瀚海共生，沙漠与绿洲相邻，火洲与冰山相依，雪山与湖泊相映，新疆是一片神奇的沃土，是一抹神秘的向往。而来到新疆支教的这一年必将终生难忘！

　　从横跨北疆的飞机上出舱门的那一刻，我深深地吸了一口无比清新的空气，瞬间爱上了这里。而一年支教的生活也从那一刻开始了。

　　从初入课堂的紧张，到现在享受学生们认真听讲，也见证了一名初出茅庐新教师的成长。每周15节课的工作量在二中也算是课程比较多的教师了，周三周四每天上午连上三节课已是家常便饭，每次连续上完这三节课后就静静地坐在办公室的椅子上不想再张口说话，因为实在太累了，不过还是十分享受这充实的生活！在这一年相处的日子中，也让我感受到这里的孩子乐观自信的一面，他们时而欢快地和你分享他们的趣事，时而和你撒娇卖萌想看电影、看篮球比赛。

　　阿勒泰地区二中走出了很多优秀的人才，尤其中国篮坛目前当红新星、颜值与实力并存的阿不都沙拉木，在亚运会帮助中国男篮击败强大的伊朗队夺得亚运会男篮冠军后，回到母校和他留下了一张十分珍贵的合影。相信他也会在今年的男篮世界杯上展现出二中人的风采！

　　平时我会对少数民族学生进行家访，了解少数民族学生的生活情况。这学期我曾前往一位哈萨克族学生的家中，了解她的家庭情况。我和学生家长聊了很多学习经验和学生在校情况。在学生家里也受到了哈萨克族人特有的款待，感受到了哈萨克族人热情好客的一面。

来到这里，给我印象最深的季节就是冬天，因为阿勒泰的冬天降雪量大得惊人。而我对雪由衷的喜欢，最喜欢的事情就是每天吃完午饭，在食堂的三楼望着远处的雪山，感受雪山无与伦比的魅力！非常幸运的是我人生第一次滑雪经历留在了这里！这里的雪质非常好，有人类滑雪起源地的美誉。在滑雪中感受速度与激情，是再好不过的了！

阿勒泰市被天文学家认定为天文观测极佳区域，因为这里的星空资源和暗夜条件在全国首屈一指。2018年，阿勒泰市的天文特色曾得到央视《新闻联播》的报道。而我也有幸在二中带领天文社团参加全疆的天文奥林匹克竞赛，凭借学生们的不懈努力，有学生取得了全疆天文竞赛的一等奖，我也有幸被中国科学院新疆天文台评为优秀辅导员。这也为我一年的支教经历留下了浓墨重彩的一笔。当看到获奖证书上印有少数民族文字的印章，我想这会是十分珍贵的收藏了！

记得今年过完寒假回到二中，进入宿舍的第一感觉就像是刚刚出去旅行回到家一样！或许自己的内心早已融入二中！

还有一个多月就要离开这片热土，可能也是人生最后一次的告别吧！在这一年留下了许多弥足珍贵的回忆！在二中的点点滴滴都将组成一幅美丽的画卷，深藏在自己的心中！

（赵帅淇，南开大学第20届研究生支教团志愿者，毕业于南开大学药学院）

英语老师眼中的阿勒泰"语法"

施 悦

在阿勒泰待了一年，我已经把自己当成半个阿勒泰人。作为阿勒泰人，一定要知道阿勒泰的土语，这里的土语还是蛮有意思的，现在给大家总结一下：

1. 表达"非常"的意思。我们习惯把"很"放到形容词的前面，而这里要把"很"后置，比如"很漂亮"要说成"漂亮得很"。当然这种说法，不仅在阿勒泰，在其他地方也同样使用。

2. "撒"。"撒"常用来强调语气，用在句末，比如，"好好学习"。如果你要求某人好好学习，你就可以说"好好学习撒"，这样说的口气要重。

3. "也不行"。这句话常用来表达谦虚，在学生中用于调侃，也经常说成"也不行，还有缺点需要改正"。

4. "好好说"。这句话用途比较广泛，当你要表达一种半信半疑，想知道是真是假的意思时，通常说"好好说"。有时也说成"好好说话撒"，这样表达不仅是问你是真还是假，还有一种挑衅的意味，语气比较重，也有责备的意思，最好不要使用。

5. "勺子"。傻子的意思，这是句骂人的话。而这里吃饭用的"勺子"通常读成"shuo（二声）子"。

6. "球子"。这是一个形容词，一般用在词尾。比如，这里的一个歌谣唱道"天蓝球子哩，心烦球子哩……"。

7. "然"。它是缠着的意思，"你别跟我然"，就是"你别缠我"。这个词常用在买东西砍价时，老板烦了，就说，"好了撒，你别跟我然了"。

8. "野赛克"。这个词别的地方不会有，因为这是哈萨克语，"野驴子"的意思。一般学生打逗时，逗急了，就说"野赛克撒"。

9. "海"。它是副词"很"的意思，比如，"有很多作业"就说"有海多作业","很难"就说"海难"。

　　10."发"。形容词,"好"的意思。"很好"就说"海发",老师讲课好就说这老师"海发"。

　　11."宰"。就是"侃"的意思。这学期,我不仅教英语,还教历史,历史课上,我的学生就说我"海能宰"。

　　12."卡死的"。就是"绝对的"的意思。当你对一件事情特别有把握,你就说"卡死的嘛",就是"当然的啦"。

　　这些都是在和同学们的聊天中学到的,他们的一言一语都那么天真无邪,纯朴可爱。阿勒泰土语不仅是一种表达、一种沟通,它同时传递着一份感情、彰显着一种标志、蕴藏着一份文化。学习阿勒泰的土语并将其运用到我的生活中,是一件非常欢乐的事情。它在无形中拉近了我和当地朋友的距离,让我没有了"独在异乡为异客"的陌生,多了一份阿勒泰人的归属和认同。回津之后,我依然会在不自觉间讲出两句土语来,这时才发现,不知道从什么时候开始,我已经把自己当成一个土生土长的阿勒泰人了!这份故乡般的牵系会通过语言的形式,牢固地凝结在我生命里。待有机会能回到阿勒泰故乡去,我的朋友们,请允许我给你们一个深深的拥抱,然后大喊句:"我海想你们撒!"

　　(施悦,南开大学第9届研究生支教团志愿者,毕业于南开大学法学院)

故乡的味道

张开军

16岁那年，我离开了新疆，远赴五羊之城，开始了我的"口里人"生活，转眼间在内地已经待了13年，几乎与在新疆生活的时间持平了。但是，我依然会骄傲地告诉别人我的故乡在新疆，那里有最美的风景、最思念的家人、最难以忘记的故乡味道。

中国是一个安土重迁的民族，生你养你的地方就是故乡，这里的一草一木、一山一水都时时触摸着你的心房。离开的日子里，故乡的山水、人情，故乡的美食，故乡的一切都是那么美好。我思念故乡的果子沟，想起石头在山上和花朵一起绽放，念着羊儿在山上和云一起飘荡，甚至一度特别怀念故乡的牛粪味和刚出炉的馕饼香，都是那么纯粹与美好。

从高中步入大学，再到成家立业，辗转了很多地方，岁月轮回，心境万千。但是，每一次火车驶入新疆境内，一颗漂浮的心尘埃落定，我看到风车在戈壁上轮回，看到羊群在落日中归集，每每出现在梦中的这般场景，时时刻刻萦绕我的心。本科毕业那年，回家的机会摆在了面前——作为志愿者去新疆支教。理由似乎很简单，就是希望能回去找寻故乡的味道，用普通的教师或者志愿者的心境，去付出青春的点滴光阴，为生我养我的故乡做点事情。

阿勒泰是新疆北部的一个边境小城，在少数民族语中系"金山"之意。作为阿勒泰二中一名化学老师，我开始了我的执教生涯，同时，我还协助做一些办公室的工作。在阿勒泰的日子，每天与纯真的学生们共同探讨化学世界的多姿多彩，我的生活过得充实而有意义。两个月前我还和他们一样坐在课堂里听讲，而今却已站在故乡的讲台上为家乡的孩子传授知识。我想，乡情的力量正是于此，它把素不相识的人凝聚在一起，为共同的目标努力。我们愿意为它无私付出，因为我们在同一块土地上有过相似的生活经历，因为我们彼此叫"老乡"。

阿勒泰城市规模虽然不大，但是自然环境很好，每个晴朗的夜晚，天空缀满无数闪烁的星星，偶尔还会有流星穿过夜空，发现流星的孩子会惊喜地呼叫身边的人："哇！流星！快来看啊！"此时身边的人无论大人小孩都会抬头观望，这是多年后我依然怀念的画面。阿勒泰的人民如我的家乡伊犁的人民一样淳朴、执拗。我的学生非常听话，虽然有时也会为一道题的解法固执己见。但是想想自己走过的青葱岁月，那时的我也有股追求真理不服输的劲儿，这些学生又何尝不是呢？如今想起那一年的支教时光，画面最多的还是一堂堂化学实验课：铝热反应喷发的烟火引起同学们阵阵欢呼，在他们眼中幻化成庆祝的礼花；氢氧化铁的沉淀反应在杯中呈现出斑斓的色彩，我们一起为化学世界的奇妙喝彩；滴定试验中我那双颤颤巍巍发抖的双手，着实让学生们偷乐了半天；那张让我不小心烧坏而内疚很久的课桌，是否依旧安静地躺在实验室？年轻的生命在一起不断碰撞着青春的火花，知识的教授无声无息中变得非常容易，学生们成绩的提升和他们课堂上期待的眼神是每一个教授知识的人最渴望获得的"酬劳"。感谢你们，因为有你们，我的回报才显得那么丰厚。

快乐的时光总是短暂的，还没有体验够阿勒泰无数的徒步路线，还没有品尝够阿勒泰的经典美食，还没有足够时间饱览阿勒泰一年四季的奇幻景色，我们不得不返程了，带着沉甸甸的收获和值得追忆一生的美好回忆，离开了。

如今，工作性质决定了我要频繁地穿梭于各个城市，行走在祖国的大江南北，领略着不同的风土人情。一如行者的辛劳，体味在路上的匆忙与艰辛。然而，内心深处仍然潜藏着对故乡的向往与思念，任它斗转星移，风水轮转，物是人非，我心依旧。

（张开军，南开大学第10届研究生支教团志愿者，毕业于南开大学商学院）

舌尖上的阿勒泰

徐瑞璟

支教的这一年,由于学校的体贴照顾,生活还是比较简单的,不需要从工作中分心。由于课时紧张,我没有更多的时间在阿勒泰周边走走看看,所以课余时间,尤其是周末,最大的乐趣就是在市区发掘特色美食。这里的老师和学生也都非常热情,常常会推荐许多当地的特色美食。

学校食堂的规模虽然不大,但是足以应对全校师生的就餐需求。由于处于高寒高纬度地带,加上学生喜欢辣味的菜品,所以食堂的菜大都是辣味的,即使西红柿炒鸡蛋,也要再浇上一炒勺辣椒油。对于讲课本已嗓子酸疼的我们,确实无法长期吃下去,于是校门口的几家小吃店就成了我们经常光顾的地方。虽然初到时,由于饮食和气候的不适应,几乎每个人都经历过一段时间的腹泻。但是随着时间的流逝和生活的适应,我们无一例外地爱上了这个美味飘香的山城和她的人们。

在节假日的时候走出校园,让美食与晴好的天气给支教之余的自己一份放松。

新疆美食,丰富多彩。阿勒泰当地常用的食材有羊肉、牛肉、鸡肉、青椒、辣椒、胡萝卜、土豆(当地人叫洋芋)、洋葱(当地人叫皮芽子,是种去膻味的好作料)、粉皮以及各种面食。由于阿勒泰临额尔齐斯河、福海县内有乌伦古湖,鱼也是这里的特色菜肴,常用的调料就是孜然了。

当地的美味小吃有很多,而且物美价廉,十几元钱就能非常满足地吃一顿。"小意思"的蒸面、椒麻鸡、小菜,"特马尔"的过油肉拌面、鸡腿抓饭,"乌木尔江"烤包子,"哈斯木"的烤包子、薄皮包子、烤肉,"二毛馕坑肉"的馕坑肉,新阳光酒店的小锅抓饭,味道怪异的四十九丸子汤,还有各个小店夏天都有的饮料——格瓦斯,这都是当地有名气的特色小吃,也是我们每个周末改善伙食的选择。当地老师非常热情,在与他们的聚餐中，我们也品尝到了一些当地特色的菜品，比如哈巴河的大盘鸡、米泉的大盘鸡、阿拉吾民族饭馆的胡尔达克、香鹅居的鹅肉汤火锅、顺德酒店的清蒸鱼、阳光酒店的小锅抓饭，以及各种牛羊肉菜品、汤饭，等等。

抓饭是新疆特色主食，比白米饭有味道，比炒饭又少了些油腻，更难得的是粒粒米都沾着滋味，颗颗都不干瘪。在我们外来客看来似乎做法简单、口味单一，最多就是加的食材有所差异，但是品尝后才发现各家抓饭的味道却是大有不同。阳光酒店的小锅抓饭是甜味，羊肉散在饭中，一份管饱，配着自酿酸奶，酸甜可口；而特马尔的鸡腿抓饭则是咸味抓饭的代表，配着他家的小菜和撒着作料的烤鸡腿，堪称一绝。

格瓦斯是当地夏天的必备饮料。据当地人介绍，格瓦斯最初是俄罗斯族的酿造饮料，以啤酒花配以当地新产的蜂蜜酿造而成。东北也有，但是新疆北部的格瓦斯口味更偏甜一些，度数也低。除了超市里玻璃瓶包装的产品，冬春季节在小吃店是买不到格瓦斯的，因为在这里人们喝的都是用当年产出的啤酒花和蜂蜜酿造的格瓦斯，用木桶装着，接上一大杯，清爽甘甜。

当地的许多菜肴体现了"大锅炒、全家吃"的特点，比如馕、大盘鸡、大盘鹅、大盘羊肉等。同时，由于山东、河南、四川等地移居过来的人口众多，山东水饺、包子，川菜，河南面食在这里也比较常见，只不过都融入了当地特色。出去徒步的时候，3元钱一个大馕，一包榨菜或者一盒罐头，轻松又管饱；尤其是刚出炉的馕，又脆又香，有时忍不住，没上路已经先吃了。

古尔邦节的时候，受民族学生盛情邀请，我和几个团员到学生阿来家做客，感受到了哈萨克族的节日气氛。整个新疆都会根据古尔邦节安排节日休假，但是哈萨克族没有汉族过春节放鞭炮的习俗，整个山城很安静，但各家喜庆的气氛是非常浓厚的。提前一两天就有男学生请假说要回家买羊宰羊，节日的当天家中的男主人也要穿戴整齐，出门到清真寺做礼拜。那天我们到学生家，正好男主人已准备好出门，祝贺几句后，女主人接待了我们。这一家虽然已经住进了楼房，但是室内的布置还是充满了民族风情，地毯和桌布上绣着哈萨克族最具代表性的华丽图案，沙发也铺着哈萨克族经典图案的软垫，墙上挂着女主人自己绣的骏马。一桌菜肴以刚出锅的水煮羊肉居中，上面是刚过沸水的"皮芽子"，旁边是各种面食小吃和干果，还有酥油和果酱。我们起初有些拘谨，自是在主人热情的感染下，也渐渐入乡随俗，直接用手抓取美食。新鲜羊肉的味道十分鲜美；当地的"皮芽子"淀粉含量非常高，热水烫后，单独吃来也让人觉得津津有味；包尔萨克是哈萨克族特色的油炸面食，配着酥油吃；新疆大枣、巴旦木和各种坚果，或甜或咸，把节日的各种幸福味道浓缩到餐桌。美餐过后，阿来上小学的弟弟为我们表演了民族乐器冬不拉，尽管冬不拉只有两根弦，但优美的琴声仿佛带我们走过草原、走过河谷，我们沉浸在节日的欢乐中。

地道的手抓肉，由小火煮肉（现在用高压锅的越来越多），然后大盘上肉，由一名男性（象征勇敢和力量）担任割肉者并进行祷告，其他人用双手接过表示接受祝福，然后割肉者刀刃向里，将肉割下，在割肉前后还要撒点"皮芽子"去膻味，再按照一定的顺序分给众人。听当地老师介绍说，过去阿勒泰生活节奏比较慢，每逢亲朋好友到家里做客，为表示对客人的尊重，主人一定要当面给客人看将要宰杀的活羊，然后再宰杀入锅煮肉，待到肉味最鲜美的时候上桌。而主人和客人则把酒言欢，吃着干果小吃，喝着粮食酒或者奶酒，有时喝得开心也许还没吃肉，人已醉了大半。

不得不提的是阿勒泰的酸奶。我们最喜欢的一个酸奶牌子是"西域春"，不仅味道浓郁、口味丰富，而且没有任何食品添加剂。路边还有各种零售摊，卖自酿酸奶和奶疙瘩，这些自酿酸奶都是倒在塑料杯子里，然后依个人口味添加糖，拿一个大吸管，喝起来十分过瘾。阿勒泰的奶制品还是挺丰富的，鲜奶、奶酪、奶制点心和牛奶制作的蛋糕都香浓美味。

最让我感动的是各个民族的饭店、小吃、店铺都和谐地排列在一起，既保留了各自的饮食习惯，又以"汉餐"等字样相互尊重，菜市场里边界鲜明却又紧密相连地摆放着不同民族的农牧产品。在这里，我们教授着知识，也在领略着新疆各民族特有的魅力，感受、尊重和传播着他们的文化。

饮食，其实只是生活的一部分。只有热情好客的主人，才能做出地道的美味佳肴；只有开心快乐的来客，才能分享佳肴里蕴含的幸福。相融又相互尊重彼此的空间，这就是阿勒泰的民族一家亲。在这里，我们感受着多民族的团结融洽，用舌尖品味着阿勒泰浓浓的幸福。

（徐瑞璟，南开大学第 13 届研究生支教团志愿者，毕业于南开大学商学院）

包尔沙克回来了

董倩倩（热沃扎古丽）

包尔沙克是哈萨克族人吃的一种小点心，做法比较简单，用牛奶加适量盐水和面，然后搓成条状，用刀将和好的面切成菱形，再用煮沸的牛、羊、骆驼油或植物油炸成黄色即可。常见，好做，好吃又易于保存，受到各族人民的普遍欢迎。

刚到阿勒泰的时候，因为时差的问题，常常在非饭点儿的时候感到饥饿难耐，所以包尔沙克成了我包中必备零食，常常会在周末去市场买两斤，饿了时拿出来一个，方便又好吃。

记得有一天下午，我刚下课，有点饿了，准备利用课间泡上一杯茶，拿出我的包尔沙克来一顿完美下午茶。正要开吃，办公室响起了"报告"声，我连忙放下嘴边的包尔沙克，打开门，是一位完全陌生的学生，应该是办公室旁边高三的学生："老师，请问办公室有没有什么吃的，有一个同学低血糖了，现在有点难受。""你稍等，我这应该有糖和巧克力。"我赶忙在办公桌里翻腾。咦？我的糖和巧克力呢？哎呀，一定是都吃光了还没来得及买。"老师，没事，没有我就赶紧去小卖部买点，因为马上要上课了，我怕赶不回来。"我猜他一定是一位奥赛班的孩子，怕耽误上课，才来办公室求助。"你等等。"我赶紧把桌子上两个包尔沙克给他包好，又拿上一包奶茶，"你把这个拿去吧，也能缓解低血糖。""好的，谢谢老师。"小伙子拿着包尔沙克走了，我也赶紧准备去上课了。

这件事，就这样过去了，以至于我完全忘记了这件事，不记得是谁来过，哪个班级甚至是长什么样的同学。

直到一天周末下午，我和团友一起去市场买牛奶，开开心心地走进校门，有一位哈萨克族小伙子腼腆地叫住我："请问您是政治组南开的董老师吗？""对啊，我是，你有什么事啊？""董老师，这是我妈特别为您炸的包尔沙克，送给您吃的。"我看到小伙子捧出了一大搪瓷盘的包尔沙克，我完全不知所措，"这是？你不是我的学生吧？"我特别好奇地问。"是的，我不是您的学生，上次我饿了，吃了您的包尔沙克，这周末回家特意给您带来的，给您。"小伙子把包尔沙克放在我手上就走了，所以就有了我抱着一盆包尔沙克的照片。

到现在，10年过去了，那个场景依旧历历在目。事实上，我之后再没有见过这个小伙子，不知道他是哪班的，也不知道他叫什么名字。回到天津后，我也再没吃过包尔沙克。但是那个味道却像那一年的岁月，那个地方的亲人一样永远不能忘怀。

有些感情，平淡淳朴却耐人回味；有些岁月，时间不长却一生难忘。

（董倩倩，南开大学第11届研究生支教团志愿者，毕业于南开大学汉语言文化学院）

因美味，知人情

马广迎

朋友们都说我是个爱吃的人，我自己不但毫不忌讳这个评价，而且常常自豪地说："我爱吃，源自我对生活的无限热爱！"对于我来说，吃不仅仅是口腹之欲，而且是对生活的一种体会。脑袋里的很多记忆和"吃"相关，香味儿消散之后，剩下的是一段段事，一个个人。

在新疆支教一年，体会很多，有辛酸，有感动。新疆的美食也深深地打动了我这个吃货，留下了很多和"吃"相关的记忆，现在还会不时想起。

我在新疆是一位地理老师，与地理组组长吴谊老师搭档，执教整个高二年级的地理课程。吴老师已经年过五十，短发微胖，不仅业务精湛，而且为人正直友善，待我和其他支教团的人都非常好，就像母亲一样。她不但在教学上帮助我，而且还在生活上关心我们，有时还会请我们去她家里吃饭。

第一次在吴老师家吃的是炸酱面。她对自己做的炸酱面很自豪，没请客之前就几次听她说起自己做的炸酱面好吃，肉炖得有味儿，酱炒得香。那天她一共请了我们四个支教老师。因为之前的耳闻，所以我们都很期待。吴老师给我们每人准备了一个大碗，里面放着一多半的面条和厚厚的一层肉酱。双手捧着面，香味儿伴着热气散开，感觉确实名不虚传。一边吃，吴老师一边和我们说话，她说支教团来了7届，她跟每一届的人都很亲，喜欢和我们这些人一起玩、一起吃饭。虽然自己年纪越来越老，但心里还是很年轻，说说笑笑的没有什么隔阂。最后还说下次再请我们来，吃红烧肉。

第二次去吴老师家，她果真准备了红烧肉，客人不仅有我们支教团的老师，还有地理组的其他青年教师。吴老师准备了满满一大锅肉，光是材料已经价值不菲。肉炖得恰到火候，软硬适中，而且配菜土豆和干菜浸满肉香，一桌子人有说有笑，热热闹闹。吃过饭吴老师又给我们看了看她绣了一半的十字绣——"花开富贵",很大幅的那种。她说自己喜欢一边用电脑看电视剧,一边绣,最好是看过的电视剧,那样可以不用太集中精力在内容上,最好电视剧里边没有完全反面的人物,因为坏人让她生气,都是好人的话心情好。

之后我还去过吴老师家多次,吃过羊肉水饺,吃过奇怪味道的野菜,还有自制的腊肠等。每次都有惊喜,每次都是吃到饱才回家。

对于新疆美食的记忆除了吴老师的请客还有很多,其中有个印象非常深刻的面馆,名字叫福顺面馆。

因为中午食堂太拥挤,所以常去校园边上的小吃部吃饭,福顺面馆就是其中之一。面馆只有两个人,男的负责后厨,女的负责前台。店里的拉条子非常好吃,有各种拌面、牛肉面等,我很喜欢吃这里的西红柿鸡蛋拌面和干煸炒面。所谓拉条子就是用新疆的特别手法做的面条,拉条子味道和口感与一般的面条差别很大,由于制作面条的时候放了盐,所以特别有嚼劲儿。再加上老板精心准备的西红柿炒鸡蛋,满满一份面让人看了就流口水。干煸炒面是以红辣椒为作料的炒面,炒出来浓香微辣。

支教团里不少人喜欢到这家来吃饭,面条好吃,老板和气。时间长了,和老板熟了,偶尔会聊天,知道这是夫妻店,两个人都是回族,老板也知道我们是来支教的,会在这里待一年。快新年的时候,老板和我们说想新年时候请我们整个支教团的团员来店里吃饺子,说我们从天津大老远到新疆不容易,来到这都是为了新疆的孩子,而且平时我们常来,把我们当朋友,新年了请大家吃个饭热闹一下。

老板的话让我很吃惊。我没想到他们会这样真诚热情,也很感动,感觉被人理解和承认,老板当我们是朋友。新年那天我们支教团的成员们基本上都过来了,大家团坐一桌和我们的朋友一起吃了顿饺子。奇怪的是爱吃如我,竟然记不起饺子是什么馅儿的了,只记得热腾腾的水汽,大家的欢声笑语和窗外片片飞舞的雪花。

说完了吃的还得说喝的,新疆最有特色的饮品是奶茶。新疆的奶茶是咸味儿的,制作讲究,用料实惠,味道醇厚,芳香四溢。第一道工序是煮茶,原料是最普通的红茶,小火煮个把小时,然后倒入约一半的牛奶再煮一个小时,最后放盐。滤掉茶叶,一壶新疆奶茶就做好了。说起来容易做起来难,简单几步却要考虑时间、火候。我喝过最好喝的奶茶是一次和学校里的其他老师一起春游爬山,老员工李师傅带的奶茶,茶味儿浓厚,奶味儿香醇。

　　李师傅是学校传达室的老师傅,孩子大了出了新疆,常年在外地工作。李师傅和老伴儿两个人生活,一般早晨起床就会煮一壶奶茶,上午的时候煮好,一天的时间两个人正好喝完。李师傅不仅奶茶煮得好喝,饭也做得好吃。每年教师节的时候学校的全体老师一起野餐,都会专门立起一口大锅,由李师傅给大家做手抓饭,大家对李师傅的手艺评价很高。春游的路上李师傅给我讲他做饭的秘诀,他说做饭的时候要开心,做的时候开心,做的饭就好吃,别人吃了也开心,要是做饭时候心里不顺,那做的饭一定不好吃,别人吃了就更难受。之前总觉得"心情会影响做出的饭菜的味道"只是电影里的说法,没想到身边的人也这样说。我相信李师傅说的对,有了好心情才能做出可口的饭菜。李师傅还说他喜欢和我们支教老师一起出来爬山,觉得自己都年轻了。

　　新疆的美食不止这么几种,还有烤肉串、风干肉、马肠子、酸奶、奶酪、冷水鱼、葵花籽、哈密瓜、糖心苹果、库尔勒香梨等,数也数不尽。新疆给我留下深刻印象的人也很多,他们热情好客,喜欢分享,乐观向上,豁达开朗。这些人,我这辈子也不会忘。

　　新疆,我不是为吃而来,但是这里的美食却令我惊喜;阿勒泰,我是为人情而来,而这些人真的让我感动;地区二中,我欣然而往,一往而情深。

（马广迎,南开大学第11届研究生支教团志愿者,毕业于南开大学化学学院）

阿勒泰的古尔邦节

施 悦

今天是 12 月 20 日，穆斯林的古尔邦节，这个节日我在家时都没听过，只听过开斋节。到了新疆才知道，古尔邦节是穆斯林重要的节日。有多重要呢？简单地说，相当于汉族人的春节。

古尔邦节是我国回族、维吾尔族、哈萨克族、乌孜别克族、塔吉克族、塔塔尔族、柯尔克孜族、撒拉族、东乡族、保安族等少数民族共同的盛大节日。"古尔邦"在阿拉伯语中称作"尔德·古尔邦"，"尔德"是节日的意思，"古尔邦"含有"牺牲""献身"的意思，所以人们一般把这个节日叫"牺牲节"或"宰牲节"。古尔邦节与开斋节、圣纪并称为伊斯兰教的三大节日。

古尔邦节起源于一个伊斯兰教故事：真主为了考验先知易卜拉欣的忠诚，在夜里降梦给易卜拉欣，叫易卜拉欣宰杀自己的儿子献祭。易卜拉欣毫不犹豫地照办了。在他要用刀子割断亲生儿子伊斯玛仪的喉管时，真主派使者用一只黑头绵羊替代了伊斯玛仪。因为有此渊源，以后每年的这一天，人们根据这一传说定期宰羊献祭，相沿成俗。但是受到各种条件的限制，现在的城市穆斯林大多在市场上购买宰杀好的牛羊肉了。

"凡是给你的吃的都一定要吃掉"，这是邵老师告诉我到民族家庭去，最重要的礼节之一。我牢牢记住了。

我非常有幸来到我的学生迪达尔家里"过年"，她家是哈萨克族家庭，也是一个十分开放的家庭。她的父亲是《阿勒泰日报》的总编，母亲在政府工作，都是读书人，可以说既保有民族的传统，又思想开放。一进门我就看到摆了一桌的甜品，都是哈萨克族非常有名的食品：巴哈力、馓子、巴旦木、杏果、馕饼、饼干、葡萄干，中间是一大盘羊肉、马肉和马肠子，还有好多我叫不上名字的美食。作为客人，我受到了迪达尔家人的热情欢迎，她父亲不停地给我倒奶茶、倒肉汤。她的父母读过很多书，迪达尔也是，她给我讲了好多历史，讲到成吉思汗，讲到古老的城邦。她还有一个小妹妹叫高沙丽，11岁，十分可爱，她的民族舞蹈跳得"海发"了！我把她抱起来，搂在怀里，真不舍得放下来。从她家出来，我已吃得撑撑的。我又去了勇哥家，他是回族。到地区师范刚下车，我就看见戴着穆斯林小帽子的勇哥，笑呵呵地走来，格外精神。进了他家，琴姐和买老师都在，我刚刚坐下，勇哥的妈妈给我端上一大碗的粉汤，刚才吃的马肉，现在又是粉汤，这可真是考验我的胃啊！说真的，我是真不想吃了，但是盛情难却，"凡是给你的吃的都一定要吃掉"，我严格地遵守着。

从勇哥家出来，已经是下午6点多了，天空飘着雪花，放眼看去四下里白茫茫的。以前常在书中看到"民族风俗"，看到"文化"这些词，到了阿勒泰我才真真正正地感受到这些，能够有这样的经历，人生丰富了许多。

（施悦，南开大学第9届研究生支教团志愿者，毕业于南开大学法学院）

记忆深处的"黑走马"

李凡一

  大盘鸡、马肠子、手抓饭、风干肉、馕坑肉、拌面、蒸面、烤馕……新疆的美食数不胜数,每每想起就会令我口水连连,然而新疆给我留下最深印象的却是它的民族文化。阿勒泰地处祖国的最西北端,与哈萨克斯坦、俄罗斯和蒙古国接壤。山清水秀的阿勒泰如同神的后花园,神秘、安宁、美丽。这里生活着勤劳热情的哈萨克族人民,民风淳朴自然。

  走进这个神秘的后花园,处处充满着生机与活力,尤其是民族歌舞给我带来了深深的震撼。第一次听到哈萨克族音乐是在刚到阿勒泰的欢迎晚宴上,阿勒泰二中的薛校长在毡房里载歌载舞为我们生动演绎了黑走马。黑走马,哈萨克语"卡拉角勒哈",是哈萨克族最具代表性的民间舞蹈。几杯葡萄美酒下肚,配合着毡房的绚丽色彩,大家载歌载舞。我们开始羞涩,不忍起身,看着大家翩然起舞,脚下舞步旋转,配合手上的动作,心中的情感由内而外地迸发出来。这种歌舞热情奔放,极具感染力,让我不禁敞开心扉,抛弃在人群中仅有的羞涩与矜持,加入这尽情歌舞的行列中,跟随节拍舞动起来。我开始并不熟悉,但随着旋律,跟随着其他老师的舞步,逐渐也跳了起来。在欢声笑语中,忘却了一天的舟车劳顿,忘记了初到阿勒泰的紧张,忘记了毕业后的所有烦恼,这一刻只有音乐,只有舞蹈,只有欢乐。心中压抑的情感一下子得到了释放,最初最原始的情怀得到了纾解。哈萨克族人的热情在我到达阿勒泰的第一天就留下了深刻的印象,黑走马给我留下了深刻的爱。

  随着时间的流逝,哈萨克族的民族文化逐渐完整地呈现在我的面前,从盛大的古尔邦节、开斋节到阿勒泰美食文化节,从民族宗教信仰到饮食习惯,阿勒泰的一点一滴都深深地吸引着我,一点点浸润着我的灵魂。我逐渐融入了阿勒泰小城,融入了地区二中这个大家庭。从最初吃不惯拌面到每周末去特玛尔吃拌面加鸡腿、每天喝西域春酸奶，从念不顺学生的名字到脱口而出的胡西塔尔、叶斯哈提，从惧怕寒冷到适应阿勒泰零下二三十度的严寒，渐渐地，阿勒泰、哈萨克族融入了我的血液。在不知不觉中，我深深地爱上了这个地方。直到现在，新疆仍然是我最敏感的词汇之一，每次遇到地道的新疆餐馆，我总是忍不住进去回忆新疆的味道，看到烤包子、过油肉拌面、大盘鸡，当年新疆的味道混杂着新疆的记忆一起涌上心头。

记得最初和二中老师交谈，了解到了阿勒泰的宗教文化。阿勒泰以哈萨克族人为主，同时也有部分回族人。他们大多信仰伊斯兰教。信息科的王老师还给我详细地讲述了《古兰经》中的一些故事。

还记得那年夏天，阿勒泰的夏风中透出一丝丝清凉，傍晚时分，我们跟随地区二中校领导一起走进葡萄园。新疆的葡萄确实与众不同，甜得像初恋，闭上眼睛，那种甘甜的滋味仍在心中。浆液甘甜如醴酪，颗颗葡萄晶莹如玛瑙，一串串悬挂在道路两侧以及头顶的葡萄架上。

沿着葡萄架走入葱郁的深处，走进毡房，围着餐桌盘腿而坐，各种美食一一呈现。包尔萨克、草莓酱、手抓饭、椒麻鸡，还有最具特色的手抓肉。招待贵客的是羊头，看上去是清水煮熟的，放在一个大大的盘子上。每到这时，主人都会让大家把双手举过两肩，手心向着自己的脸，让客人中最有威望的长者说一些祝福的话，大家用手接住祝词，然后再开始用餐。一个完整的羊头，耳朵送给全场最小的人，寓意"要听话"，而脸颊要送给最尊贵的客人，表示"有面子"。阿勒泰人热情奔放，喜爱饮酒，额河酒是当地有名的烈酒，每喝一口就如灼烧一般。我自是怕喝酒的，每到宴会饮酒时我就想藏在角落，即使这样仍挡不住哈萨克族人的热情，喝过不少白酒。一口额河酒下肚，火辣辣的感觉从喉咙延伸到胃里，整个身体都暖了起来，酒过三巡，音乐响起，"黑走马"跳起来。

> 如果男人不会这个舞蹈，你将不再风流倜傥，
> 如果女人不穿漂亮的衣裙，你就不再美丽大方，
> （托依）上没有这个舞蹈，将没有欢乐的气氛，
> 年长的前辈有他们独特的舞姿和诙谐，
> 哥哥嫂子们也来共同分享这舞蹈的快乐吧，
> 如果没有"黑走马"你就找不到心爱的姑娘。

在欢快奔放的音乐中,大家抛开了矜持与羞涩,一起加入舞蹈的行列,欢声笑语,载歌载舞。在这一刻,我融入了这个城市,爱上了这个民族,深深陶醉在这美好的音乐与舞蹈中……

(李凡一,南开大学第 13 届研究生支教团志愿者,毕业于南开大学商学院)

我和阿勒泰有个约定

姚天琦

接连几天的小雨过后,天空晴了起来,走在校园的林荫路上,脚边一片青葱,柔嫩柔嫩的——春天来了。他们说,今年阿勒泰的春天来得特别晚,可是在我心里,这里早已春意盎然。

夏之约

初到这里是夏天,有回到家乡的感觉,一如这里的哈密瓜,甜腻到心里。一切都很习惯,一切又都很新鲜。

开学的第一天,就跟随新的高一班级,做起了军训辅导员。看着一个个初到高中的他们,稚嫩的面孔,憧憬的心情,一如当年的自己。这对他们来说是新的开始,对我又何尝不是呢?那时候我想,大概人在每个新的起点时,都会给自己一个小小的期许吧,而我的期许,也许就是与这里的孩子们的约定。

11天的军训,不记得孩子们做了多少蹲下起立,踢了多少正步,但烈日下,他们脸颊滑过的晶莹的汗滴,一直闪现在我的脑海里,我已经可以清晰地记得每一个人的名字,50个,一个也不能少。野外拉练的时候,即使是嘴唇惨白的女生,也坚持到了终点,那么我呢?在未来的日子里,无论风雨,不抛弃,也不放弃。

秋之约

9月的葡萄紫得要滴水,我也悄悄搭上了教师节的"班车"。
清晨走在路上,庆祝教师节的海报扑面而来。谁能有我这么幸福呢?

进了办公室，刚要追问没交作业的原因，一声"老师，节日快乐"，多少喜悦跳上眉梢。好吧，我承认，我被"收买"了，可是，那又怎样。从未期待得到什么，此刻，只是因为一个问候，就让我觉得，我们已经住在了彼此的心里，充实而温暖。

我常想，很多时候，我们纠缠生活的细节，却忽略了它本身的感受，大概就是如此。

冬之约

这里的冬天真冷啊，接连大雪，铺天盖地，纯洁而又厚重。

我也进入了冬眠期，不免滋生了很多感慨。我跟孩子们说，每个人都是独一无二的，我们要做的就是那个最真实、最完美的自己。我不是预言家，不知道未来你的路会怎样，怎样才是捷径，但我愿意与你们分享我比你先走的那一段，希望你们将来能走得更稳。现在，我们也许不能决定什么，但一样可以为未来做些什么。因此，即使不知道现在这么做，究竟有什么意义，也应该尽最大的努力，去争取更广阔的天空，追寻想要的生活。

他们似懂非懂地望着我，可是，那又有什么关系，如果有一天，他们翩翩起舞，只要能做那个最打动自己的舞者就好。

春之约

漫长冬日的终结，其实早就萌发在心里。

惊喜于生活中一点一滴的变化，感动于孩子们一分一秒的成长。也曾在皑皑雪山之下，冥想，山的背后会不会绿草如茵；也曾在冰封的克兰河之旁，敲击，想窥探坚冰下层是否会有暖流。

后来，我终于明白，踏实的生活永远在脚下。所以，迷茫也罢，徘徊也罢，都没有伏案读书、站在讲台上挥洒自如来得畅快、自然。每一天，都很期待，每节课，都充满深情。春天大概就是这样提前住进我心里的，即使窗外的树还没有完全抽出新芽，只是那枝头一点点挣扎冒出的绿意，都足以让我继续信守最初的约定。

我和阿勒泰有个约定，这约定与时间无关，与距离无关，却与青春有关，与梦想有关。一年的时间，有太多惊喜与感动，就让它们化作无声的力量，滋润我们共同成长。

（姚天琦，南开大学第 14 届研究生支教团志愿者，毕业于南开大学环境科学与工程学院）

收获

　　是的,看到了阿勒泰的天,仿佛洞穿了苍穹;拂过克兰河的水,好似清澈了灵魂。这一年,留下的不只是回忆,更是将回忆延续的信念与希望。

回望苍茫大地,回味无悔青春

贵哲暄

我们为什么要做这样的选择?单是这种把自己的青春与祖国边疆的天和地融会在一起的心境就会令人难以忘怀。支教就像一场梦一样,远远地在召唤和吸引着我们,直到今天我们将它付诸行动。

——题记

"到西部去吧。"张承志用朴实而又洒脱的语言告诉我。我应该到西部去。现在,我可以很自豪地说:"没错,我实现了这个梦想。"

西部对于我,是一片圣土。张承志说:"额尔齐斯,那是全国唯一的流向北冰洋的外流河,它以它的宽广孕育和改变着那里的人们。"因此,我相信那里的人们有最纯真质朴的品质,坚韧纯粹。我知道,我一定会爱上那里的土地和灵魂;我深知,我应该去西部!

我明白,如果不去支教,我可以用这一年的时间来读书,也可以用这一年的时间来寻求自我职业的发展;如果不去支教,我可以继续生活在一个熟悉了四年的城市,可以继续选择难以离开的师友。但是,如果不来支教,我却少了一年的缘分和一辈子的回忆。

从在乌鲁木齐接受大学生志愿服务西部计划的培训后,志愿者之歌始终在我脑海里回荡。从陌生到熟悉,志愿者的旋律成为我心中美丽且挥之不去的歌谣。

很神奇,这一次的志愿服务是要做老师。我跟学生说:"希望你们把今天当成新的起点,要扔掉以前的包袱。不论你们过去习惯如何、成绩如何,对于我来说今天的你们都站在同一起跑线。从今天开始,跟随着老师,一点一点进步。"我喜欢用这样的方式鼓励我的学生,也鼓励自己,因为我们是一个整体,用共同的努力去实现梦想。

我永远不会忘记这段和学生一起奋斗、一起挥汗、一起开怀的日子。有一个故事,是相当辛苦,也是收获最多感动的一段经历!

"老师,为什么别的班都在排话剧而我们没有?"我得知这个消息大概是在5月初,我一直以为这是高二年级组织的心理剧,后来才知道是高一年级的课本剧,当我接到通知的时候,时间已经过去快一个月了。

5月29日,星期二的早晨,我在上晨读课,突然接到通知,大课间让学生去抽签决定周六高一学生课本剧大赛的上场顺序。我很吃惊,因为我们班的学生根本不知道要参加比赛,而且别的班级已准备至少一个月,我感到了压力。

"要不然你跟学生商量一下,这次就算了?"面对这个问题,我没有丝毫犹豫。我的第一反应是,这种比赛和别的比赛不一样,对于高中生来说,整个高中也许仅此一次,而这一次的努力和回忆以及对一个人的影响有可能是一辈子的,至少一辈子难以忘怀。"我们还是要参加!重在参与!"我是这样回答的。我琢磨了一下,从周三到周六,有3天时间,熬一熬夜,和同学们一起拼一拼,应该能有个话剧的雏形出来,至少我有信心让孩子们登台。"我要告诉你们一个既好又不好的消息,这周六大家要参加话剧比赛!"学生听到这,也是既兴奋又担忧。时间紧迫,只能快刀斩乱麻,我和同学们一致决定要参赛,我希望同学们能感受到相互信任的力量。

大家非常配合,经过讨论,主题定位现代的青春励志剧,兼有幽默的成分。因为我也不是专家,很多细节就只能自己体会,好在有过表演话剧、编辑话剧宣传册的经验,我就凭着一腔热血开始想象舞台上的台词、动作、表情等。结合语文教学讲授《窦娥冤》《哈姆雷特》《雷雨》的经验和我自己的理解,首先,话剧要有剧情,要有矛盾冲突,要有戏剧的看点,要唤起观众的兴趣;其次,要雅俗共赏,不能太深奥,要适合高中生的审美能力与表现能力,要贴近生活,要有源于生活却高于生活的呈现;再次,要有舞台表现力,夸张地表现每一个人物的情态,塑造人物性格;最后,要有思想,有内涵,展现中学生积极向上的一面和思想成熟的过程。这样,我认为才是一出"美""好"的话剧。

剧本在班级一经面世便得到了同学们的认可。我们的解说词是这样描述的:青春似乎是苦涩的,因为我们有这样的、那样的无奈;青春似乎又是甘甜的,因为走过迷惘,迈过坎坷,便是那苦尽甘来的滋味!因为,青春毕竟有梦在!当我们大声说出梦想,也就是懂得为梦想努力的时候,我们方能品味到《青春之歌》里鲜艳、明媚而不刺眼的力量，我们方能大胆地向人生进军、向理想出发！

　　对于一个要登台表演的话剧，我们的排练时间确实太短了，有4节课的时间，也就是一个半天，差不多了吧。有的同学很有表演天赋，却仍然愿意在幕后默默地付出，不辞辛苦，每次都跟着陪练。当剧组能把话剧顺利走一遍时，我们就开始雕琢每个演员的细节。孩子们的领悟能力极强，稍加点拨就能将人物很传神地表现出来。比赛当天，演出效果可以用惊叹来形容，他们的表演超出了我的预料，不仅增加了方言，还增加了与现场的互动，气氛一下子就不同了！真想对他们说：孩子们，你们让老师看到了，老师赞赏、佩服、感谢你们的付出！你们用心了！

　　我们花了3天的时间，得到了二等奖，是第三名，9.20分，比第一名只少了0.03分，而且我们没有花一分钱，没有任何华丽的道具，我们真实地再现了校园的青春与励志，完全靠表演获得了这样的成绩！我很骄傲，学生很自豪，我们都万分欣喜和欣慰！表演当天，当其他班级的同学都散场了，只有我们班坚持在会场，依旧整齐地留到最后！我们一起合影，一起收拾会场，这是很幸福的经历。

　　假如给我3天的时间，以这种方式度过，我想是值得的！假如给我们3天的时间，我们还愿意这样选择，我们的努力证明了自己，更证明了彼此，更证明了剧本里的那句话："付出无悔！青春无悔！"

　　现在回想整整一年的支教生活，先是接受军训辅导教师的任务，后来调到团委，负责团委的办公室日常管理，各项主题宣传活动的设计和布置，担任《二中部落》文学社、校园之声广播站、奇才魔术社的指导老师；教课方面，先是担任三个班级的政治教师，到改教两个班级的语文，再到教一个班的语文，这段经历是丰富和充实的。

　　流水不腐，户枢不蠹。经历几次转换，才不会"只缘身在此山中"。体验各种角色，才得以成长、进步。比如，若不是第一学期我讲"价值规律"，也不会对政治经济学与西方经济学关于价值决定理论的相似与不同有了进一步的客观理解。又如，若不是第二学期我讲"戏剧"，也不会记得提醒学生，在掌握知识的同时，要以欣赏、敬畏的态度来对待古典文化。略和年长者交流，便觉自己体会的不足。曾经会以为年轻人有年轻的心态，可能会更贴近学生，其实这是表面现象。真正地了解不是志趣相投，而是知悉。知学生之弊，知学生之求，才能引而导之，知惑才能解惑。我想，这种挑战带来的进步,这种进步给学生带来的收获,是值得我付出的。

还记得有一次给《二中部落》文学社开会,我与学生们分享了为人熟知的两句诗,"乱花渐欲迷人眼,浅草才能没马蹄"。我读中学时学校的学生刊物《浅草》正取名于此,通过谈起给校刊投稿的经历,希望他们明白,"虽然你们不记得一个月前,一年前的此时在做什么,但你们一定会终生记得,曾经为了一次排版而加班,为了一篇稿子而日夜斟酌的体验,因为到最后成果展现在自己面前时,你们就会懂得值得的滋味"。这一年和学生交流是幸福的,因为鼓励他们的同时也是在给自己信念。

支教的一年,最认真的时候,一定是教给学生知识的时候;最担心的时候,一定是怕难以完成授课目标的时候;最徘徊的时候,一定是授课不见成效的时候;最开心的时候,一定是学生在课堂上收获知识与成长的时候。支教的一年,我们步入各科室兼职,体验、见证、丰富着地区二中作为自治区示范高中和德育示范校的校园文化。忘不了军训、拉练、小猛士、雪地杯、文体艺术节、运动会这些文体活动,忘不了校园之声广播站、《二中部落》文学社、街舞社、奇才魔术社这些朝气蓬勃的学生社团。

可以说,沐浴阿勒泰地区二中的阳光,有书声琅琅;脚踏阿勒泰地区二中的沃土,有济济人才。二中校园之美,美在才识的广博,美在文化的充沛,美在追求知识和智慧的探索。

即将离开阿勒泰的那段日子,我已经在想:不论是在课堂上,还是在办公室,仅仅是这一年的相逢,就足以怀念!当时每天都能看见的那些听我们讲课的孩子们,那些与自己共事一年的同事们,那里的天空,那里的人们,至今却难再相见!

在人生最美好的年华相遇,共同走过了一年的春夏秋冬。用这一年的时间,我真正懂得:新疆是美的,不到新疆,就不能体验祖国疆域的辽阔;新疆是美的,不到新疆,就不能体验什么是中华民族的团结;新疆是美的,不到新疆,就不能体验什么叫大有可为;新疆是美的,不到新疆,就不能体验什么是心怀的天高地远。

心存高远,当始于足下;放眼未来,须薪火相传!这是一届又一届二中人与南开人共有的追求和习惯。

十年过去了，还会有下一个十年，下一个百年。一百人来了，还会有下一批百人，下一批千人！生命不止，使命不息。

（贵哲暄，南开大学第13届研究生支教团志愿者，毕业于南开大学经济学院）

年华似水，难说再见

秦若玉

22：08，结束自习，走在回宿舍的路上。耳机里响起那首《这里是新疆》，忽然间晃了神，一年前的画面在脑海里不断闪现。

阿勒泰，我又想你了……

365天，到祖国最需要的地方

"这就是我们可爱的新疆，是我们美丽的家乡；这就是我们美丽的家乡，多少人梦寐向往的地方……"初到新疆的日子，这首歌成了团里脍炙人口的歌曲，每天培训后，农大的广场上总会响起这首歌，欢快明朗的节奏让人们感受到大美新疆的热情好客，也驱散了远道而来的疲惫和不适，对接下来的日子愈发憧憬。一周的志愿者集训，我们被强烈的新鲜感环绕着，因为天气太干燥每天要喝很多水，因为时差晚上10点天还大亮，格瓦斯饮料让团友们日思夜想，能歌善舞的新疆人民传递着生活的美好。而快速适应的过程中，也越发感受到支教团肩上的责任和使命，到西部去，到祖国最需要的地方去，挥洒汗水，奉献青年力量，书写无悔青春。

365天，做一名合格的好老师

"秦老师"这个称呼，一直伴随我到现在，团里的兄弟姐妹们至今仍然喜欢以老师相称，仿佛已经成了习惯，实际上更是一份难以割舍的情怀。当初，学生们的每一声"秦老师好"，都是令人温暖的时刻，一年支教时光，也成为我最有成就感的岁月。

支教工作在报到迎新和军训中拉开帷幕，高一（2）班副班主任成为我来到二中的第一份工作。报到入学、军事训练、文艺会演、班主任节、元旦联欢会、晚自习……小（2）班的孩子们优秀、赤诚、内敛而有韧劲儿，他们是我来到二中接触的第一批学生，于我而言有着特殊的感情，对他们而言我更像一个大姐姐，一路共同成长。班主任项玉敏老师让我感受到优秀教师的工作作风和人格魅力，她也是我生活中亲爱的"婶儿"。

一支粉笔，两袖清风，三尺讲台，四季耕耘，教学工作是支教工作最核心的部分，也倾注了我最多的心力。我在地理教研组，负责高一年级四个班级的地理教学工作。备课是面临的第一道难关，40分钟的时间如何安排，每一章节的内容框架如何编排，知识点以什么方式呈现，课件如何制作，上课风格如何定位，都是走上讲台前必须考虑清楚的问题。

第一节课总是让人难忘，有着特殊的意义。我提前准备了三页的文字稿，带着一丝忐忑和期待，与新同学们见面，讲台是有魔力的地方，站上讲台的那一刻，好像正式完成了从大学生向老师身份的转变，所有的犹豫和紧张都消失了，40分钟的课程过得很快，第一节课顺利完成，同学们的信任和期待让我更加自信和从容。

在班级上课以外的时间，我基本上都在办公室度过，批改作业、答疑解惑、习题备课，用加倍的努力来弥补经验上的欠缺，总想着能够多做一些。加班备课是常事，常常踩着铃声和晚自习的同学们一起放学。有时批改作业，我会在上面留下一些批注和话语，有的学生会在下面拿铅笔回复，每天一来一回，也成了我们沟通的独特渠道。

在阿勒泰，我度过了人生第一个教师节。真正做了老师，才能体会老师的辛苦和不易，也终于理解了当年老师们的良苦用心，这一年，也体味到了当老师的幸福和成就感。一句句老师节日快乐、一份份精心准备的卡片和小礼物，会觉得所有付出都是值得的。那天我在朋友圈写道："第一个，可能也是唯一一个教师节，每一天，带着YOLO（you only live once）的信念走下去。"

365天，一年支教行，一生支教情

因为年龄相仿，支教团的老师们和学生之间，既是师生，又是朋友。平日里聊聊生活，聊聊理想，偶尔朋友之间开个小玩笑，在我办公桌上留下折叠的小花，有些心事来办公室坐坐，一起谈心；兴奋地给我演唱新选的班歌主题曲；看我在操场跑步，给我加油打气；各种节日联欢会的盛情邀约……支教生活中充满着美好的点点滴滴。一路共同成长优秀赤诚的小（2）班、最闹腾活泼又总能让我笑着流泪的（4）班、外表深沉高冷但内心火热的（6）班、最让人上火却又戳人泪点的（13）班、直爽暖心敢于大方表达想法的（14）班，这些拥有可爱个性、性格迥异的同学们，带给我太多美好的回忆。

地区二中的各位领导、老师，是同事，也是前辈，更是给予我们特别多帮助和照顾的朋友。在教学上遇到问题，耐心热情地给予我帮助和指导；去市里路途遥远，热情地邀请我们搭乘顺风车；晚上打车不便，开车送我去医院挂急诊打吊瓶；邀请支教老师去家里做客；一起春游、聚餐、参加活动；中秋节、元宵节、冬至的慰问和关怀，让我们在离家几千公里的阿勒泰，也感受着家一般的温暖。

这一年，我们感受着阿勒泰人民的淳朴与热情，对支教老师的尊重和喜爱。在"三进两联一交友"活动中，我们走进学生家庭进行家访。曙格拉是我的课代表，也是我"结对子"的对象，去家访的那天，一进门阿姨就给了我一个大大的拥抱和一个吻，问我："姑娘，想家了吧？"顿时湿了眼眶。叔叔阿姨准备了特别丰盛的晚餐款待我，临走时给我准备了一大包的包尔沙克和奶疙瘩，外面冰天雪地，但此时的心里却无比温暖。

365 天，我们和学生做朋友，和老师做朋友，和当地人民做朋友，结下了深情厚谊。那些人，那些事，那些情，成为离开后深深的牵挂。

365 天，边疆南开情，拾玖趁年华

"拾玖趁年华"是小 19 的 LOGO（标志），在新疆支教的一年里，印着"拾玖趁年华"的团衫，陪伴着我们出现在大大小小的场合，走过了一段又一段难忘的旅途。支教团的兄弟姐妹，在最好的年纪相遇，在边疆筑梦青春，相互扶持，相互帮助，是一起冲锋陷阵的战友，是最靠谱的合作伙伴，也是最坚强的后盾。

临行的那天晚上，我们在操场上促膝长谈，是对时光的不舍与感慨，也是对彼此的倾诉和感怀。阿勒泰的初夏，晚风有一丝凉意，夜空群星璀璨，归来不是离别，而是手牵手迎接新的明天。

2018 年，阿勒泰地区二中迎来了 60 周年华诞，南开支教团也即将迎

来 20 周年团庆，而南开人，来到地区二中已经整整 15 个年头。15 年来，一届又一届的南开支教人建功天涯，将青春挥洒在了这片热土上，时至今日，许多熟悉的名字还会被这里的人们提起，南开精神在祖国的边疆代代传承。

365 天，年华似水，难说再见

时光匆匆，转眼间离开阿勒泰已经 300 多天了。每每与人说起阿勒泰的故事，总觉得还有许多话想说，还有好多故事要讲。重新回到校园的一年里，面对新的身份，面对新的挑战，开始了新阶段的奋斗。我知道，在三千多公里外的阿勒泰，有一群人，也在和我们一起努力，一起奋斗。

回首一年支教时光，那里有最真诚的付出，有最快速的成长，收获了最真挚的感情，成为最怀念的时光。这一年的经历，带给支教人的，是说也说不完的奉献与收获，是道也道不尽的厚爱与深情，是永远怀念的美好，是一生都无法割舍的情怀。阿勒泰，这座西北边陲的小城，早已成为了第二故乡，这里的老师同学、一物一景，成为心底深深的牵挂。

365 天，用一年不长的时间，做一件终生难忘的事。

年华似水匆匆一年，多少岁月轻描淡写，想你的心百转千回，莫忘那年你我之间。

阿勒泰，难说再见。

（秦若玉，南开大学第 19 届研究生支教团志愿者，毕业于南开大学商学院）

支教让生活充满温情

张 越

今天是我毕业的第 257 天。

早在毕业的一年前,在选择毕业道路的时候,我就决定参加南开大学研究生支教团,在本科毕业后,赴西藏开展为期一年的支教工作。做出这个决定最初的热情和动力,起源于大一暑假时,我怀着"改变"的心情,前往河南洛阳一所乡村小学进行了为期两周的短期支教,支教的日子单纯且开心,但是谈到"改变"的初心,却是我大学三年支教经历最不愿触碰的话题——两周的时间真的太短了。就像手里拿着一兜宝贝,刚要打开口袋,就要急匆匆赶路一样。我说不清,除了两周还算欢乐的日子,他们还会得到什么,而这成为我心头放不下的遗憾。

所以,选择去西藏支教,某种意义上是我想弥补一些关于"改变"的遗憾。依旧清楚地记得那天区团委把我们送到小学时的情景,一路上刺眼的阳光,车子颠簸着经过了几道弯,又跨过一座桥,沿路看见祈福的经幡,充满民族特色的房屋,黝黑面孔的行人,就这样颠簸着来到了支教小学。小学门口坐着值班的老师,因为不知道说汉语能不能听懂,我带着几分羞涩,下意识地低头,微笑着和老师们招了招手。那时,在理想和眼前现实的对比下,期待感和陌生感在我心里反复交替,心里想着,终于到了,这就是我要奋斗一年的地方了,脚步也试探性地往前。

"试探性"贯穿着我的整个教学过程。我教授的科目主要是二年级的汉语文课程,上岗的第一天,当我站在讲台上,我仿佛又回到了三年前站在讲台上的场景,带着热情和激动,想把自己所有的精力都放在这些可爱的孩子们身上,由于我教学经验欠缺,在无数次和办公室的老师们讨教授课方法后,开始了我的教学"试探":为了巩固基础知识,每周都会出"单元默写条",让他们把字写好写正确;为了拓宽知识面,我买了课外书,尝试让孩子用汉语"讲故事",在全班同学面前"有感情"地背课文;为了让母语是藏语的他们可以听懂我全汉语授课,我在课前会考虑如何"简化"我的语言,如何给他们组贴近生活的词语和句子;为了提高他们的课堂注意力,我努力让语言变得"俏皮可爱",带他们做词语接龙的游戏……然而教书这件事情,有的时候是老师做出十分的努力才可能有一分的收获。藏语是藏族孩子的母语,教授汉语有先天的沟通困难,教生字要从字形结构开始分析,重点的笔画要反复强调,还要不断纠正孩子们拼音的声调,偶尔课程多、作业多、听写效果不好,孩子们上课还乱哄哄地说话时,恨铁不成钢的情绪和教学的挫败感在心里反复打转。在课堂上有时也会忍不住"吼"出一句:"听写那么差!都抱臂坐好!"孩子们看我生气了,会乖乖地抱臂坐好,眼睛低下来,偶尔用眼角带着几分委屈和畏惧偷瞄我。然而下课后,他们又好像忘记了我上课刚刚批评过他们,好几个孩子争着帮我拿书,拿本,拿U盘,把我送到办公室,还不忘问我一句:"老师你还生气吗?"那一刻真是哭笑不得,心里又气又温暖,默默叹口气:"算了,一步一步来,要有耐心。"

我在这里,除了知识,还能带来什么?在一次课堂上,看他们稚嫩乖巧的写字,藏香飘出来的青烟在阳光的照射下若隐若现,那一瞬间,"想让他们变得很好"的念头异常强烈。我对他们说:"我希望你们在学校能够学到很多知识,但是更希望学会如何做人。"孩子们抬起头来,咬着笔杆,喃喃重复"做人"两个字。有孩子举手问:"老师,什么是做人?"我想了一下,用尽量简单的语言说:"就是做一个遇到很难的事情不害怕(要勇敢),愿意帮助别人(要善良),对别人好,也能分出对错的人(要正直)。"他们依旧似懂非懂地看着我。后来,他们下课找我聊天的时候会到我这里说"老师老师,他没有带笔,我借给他了""他生病了,我陪他去了医院(医务室)""她昨晚在宿舍不好好睡觉,我和她说一定要好好睡觉",这时,我会笑着说:"很好很好,你真棒!"

我在这里,又收获了什么?了解西藏当地的风土人情,一年难忘美好的支教经历,静心沉淀自己,这些都是收获,然而我最珍视的收获还是孩子们对我的信任。孩子们对老师是有强烈信任感的,上课前,三四个孩子会来办公室"接我",主动帮我抱作业,拿书拿本子,上课的时候,我会说"你们的小眼睛要看我好不好?"他们便扬起笑脸,用明亮的眼睛看着我,高高举起手喊着:"老师,老师,我会!"下课的时候,孩子们会抢着拿书拿本子走在前面，没抢到的就拉我的手抱我的胳膊，把我"绑架"到办公室，那时候觉得自己就是孩子们的"老大"，特别威风。桌子上隔三差五会出现一些小礼物，有一次，我上午讲"山顶、山腰、山脚"的区别，中午桌子上就出现了一幅画着大山的画，画上还有彩虹和小房子，特别可爱。还有一次，我们班一个总是坐在后排，上课常常低着头，从不主动举手回答问题的孩子，在路上跑过来拉住我的手说："老师你去哪里？"那时，我心里窃喜于这个孩子终于用汉语和我讲话了，我试探性地问了问她中午吃了什么，作业写完了没有，因为这个孩子的"拉手"，我好一阵子都沉浸在喜悦中。

我的支教生活，让我用一个词来形容，是"温情"，而这种"温情"镌刻在教书的每一个时间片段里。他们的眼神、表情、动作、见面问好时说"张越老师"的声调，都传递着温暖，像早晨的第一束阳光，让呼吸变得畅快，脚步变得轻盈，想到此就忍不住嘴角上扬。我想，在以后漫长的时间里，他们的笑脸也会时常浮现在我的脑海里，成为美丽的回忆。

最后，谈谈文章开头"改变"的初心，我现在觉得，也许一开始，我不自觉地把自己放在了一个道德制高点上，以俯视的角度妄想可以像救世主一样，会带来巨大的改变。但事实上，我只能陪伴他们走人生很短的一段路，更确切地说，是互相陪伴。在短短的一年里，谈改变还是一件虚妄和奢侈的事。而在这一年里，最初，我想做他们观看世界的眼睛，而在获取信息渠道如此发达的今天，我发现更重要的是帮助他们如何正确地看待世界，在纷乱复杂的世界面前，真正吸取对他们成长有益处的信息，帮助他们学会善良勇敢，正直阳光，涂好生命的"底色"。

西藏是我在过去的 20 多年里最向往的一个地方，在一个社会上普遍认为应该要按部就班的年纪，我还可以随着本心在自己向往的地方做最想做的事，我是幸运的。在自己 24 岁生日的时候，反问自己是否后悔当初的选择，我终于可以问心无愧地说：真的不后悔。

"进一寸有一寸的欢喜"，关于还未结束的支教时光，只有倍感珍惜，在微不足道的日常里继续做一名平凡的支教老师。

（张越，南开大学第 20 届研究生支教团志愿者，毕业于南开大学商学院）

天津—阿勒泰

郭 旭

距离第 12 届支教团赴阿已经过去 10 年了，而今回忆起团友们的支教生活仍记忆犹新，翻开以前的日记，点点滴滴依然在目，这里将其中一篇登载如下，借以重温当年。

2011 年 7 月 8 日 抵津

一切的一切，来得太快，快到来不及反应，当我反应过来时，一切都已经过去了。

从 2010 年 7 月到 2011 年 7 月，一年的时光如同过电影一样，在眼前不断浮现而又不断逝去。临走前的那一幕，总觉得如同梦幻一般，早上还和学生们亲切地打着招呼，而到了下午都成了"泪眼别离"。7 月 4 日的那个晚上，我独自坐在乌鲁木齐的旅馆里，望着周围仅仅几平方米的地方，透过窗户看着乌市漆黑的夜晚，明明是要离开了，却感觉自己明天又要飞往阿勒泰一样。

在回家的这一路上，我们像是托运的行李一样，从这架飞机托运到那架飞机，从这辆车爬到那辆车……似乎还来不及回味，就这样一路颠簸、一路摇摇晃晃回到了家。当我踏上想念已久的故土时，我突然萌生了一个念头，我真的回家了吗？

一下飞机就去见了一些人，突然发现大城市里人与人之间的隔阂仿佛又加深了许多，看到很多人言不由衷，也感到自己很多时候疲于应付那些言不由衷，更使自己变得言不由衷，我猜这些在阿勒泰或许都是不必要的吧。就这样独自一人，背着包裹，拖着箱子，一步一步从八里台校区的西区公寓走到了南开大学东门，中途肩上的冬不拉掉下来好几次，磕到地上当当响，仿佛它有点不适应这里的天气。然后，浑浑噩噩地挤上了公交车，晕晕乎乎地从终点站拖着行李往家赶，进家门已经是8点多了。

吃过晚饭，收拾行李的时候才发现带回来的礼物有那么多。原高一（15）班罗丹塞在我书里面的小纸条和许江惠给的拼图，原高一（14）班丁娜送的毛绒小狗和韩振宇送的明信片，原高一（13）班杨景偷偷放在我桌子上亲手写的第一封也是最后一封信和刘松凡送的小手电筒，原高一（12）班热依扎送的哈萨克族歌曲光盘，原高一（7）班孙亚给我留的小卡片和曹润竹给我留的各种绝版手稿，还有原高一（6）班平时不爱说话的权惠芳在临走前给我的精致的信和阿丽玛送的八音盒，还有各个班级送的礼物以及永远的回忆……

当我一件一件整理这些东西的时候，泪水止不住地流下来，他们中很多人马上要进入高二，又要分班了，有的人进入文科班，有的人进入理科班，还有的人可能会转走吧，而这些回忆只属于我们原来的那个高一（6）、（7）、（13）、（14）、（15）班了，也不知道他们现在分班考试之后过得如何，是否会在某个不经意间想起我。

刚刚和留在阿勒泰支边的老师常小军用短信聊了聊，为了防止彼此因为分别哭出来，我想这是最好的办法了。他在短信里说："我刚加班改卷子回来，你回家就好，我也不敢给你们回电话，怕哭，刚才回来时看着五楼（我们支教团曾经住过的地方）黑黑的……"想必他在打这些字的时候，眼睛已经开始模糊了吧，现在支教团里的"最佳十六人"已经变成了他孤身一人，形单影只的他面对着改不完的卷子和空荡荡的五楼，不知作何感想，更不知他中午饭又去跟谁吃。我们走了，也不知道他还会不会坚持去锻炼……

为了排遣郁闷，我坐在马路边弹着冬不拉，想找一找在克兰河边弹琴的感觉。猛然发现，那克兰河的流水声已经变成了嘈杂的汽车疾驰而过的声音，冬不拉的美妙被这些声音完全遮盖。除了我能听到它的悲鸣，我想路人应该不会听得到，更不会驻足聆听吧，因为大城市的人总是忙忙碌碌。

渐渐地，看着现代都市的繁华，看着马路上车水马龙，听着街边摊贩的叫嚷声，我突然产生了一种陌生感，这种陌生感引起了我的很多回忆：还记得我和金朝（支教团友张金朝）晚上出来散步，我们坐在河边弹琴；还记得我和悦儿哥（支教团友李悦）冒着大雪去骆驼峰拍日出，那些照片曾经感动得某人流泪了；还记得我和金朝还有"他的妹妹"（支教团友翟哲），三人一起去爬骆驼峰，还在冰激凌店打牌到很晚；还记得我和"邵nai"（支教团友邵轶辰）每天下午坚持跑步，从"体委"到跑到"香鹅居"，从"香鹅居"再跑回来；还记得我和江曼（支教团友刘江曼）开学时第一次去爬骆驼峰，当时还发生了一件至今无人知道的有趣故事，呵呵；还记得每天晚上我、金朝还有传说中的"英明神武潜"（支教团友张潜）总是在打嘴仗，每天互相吐槽说个不停，这好像已经成为我们晚上的必修功课；还记得，我和时濛在二中工会活动室打过各种分数的台球，从一开始被我虐到我被虐；还记得，我、"刚子"（支教团友夏刚）和军辉（支教团友吴军辉）等人去过的各种餐馆，谈过的各种话题；还记得，"彤斯基"（支教团的李彤）每次在我面前痛哭流涕得让我不知所措；还记得，很多很多我和他们发生的故事⋯⋯

这一年所经历的故事，不是都能用文字记载的，从天津到阿勒泰，这一路上装载了我们太多太多的东西，有酸甜苦辣，有喜怒忧伤，还有各种平凡而又多彩的日子。

昨天，我还做了一个梦，梦到青山碧水，梦到阿勒泰的天空，梦到哈萨克的大草原，在河边有一间洁白的毡房，毡房旁边有一位美丽的哈萨克族姑娘，她身着哈萨克族华丽的服装在翩翩起舞，那天，那人，那草原，真不想让那梦早早醒来。

忘不了，骆驼峰的日出日落；忘不了，桦林的一草一木；忘不了，阿勒泰的一颦一笑；忘不了，地区二中的每一位学生；忘不了，支教生活中平淡的每一天；忘不了，这一年中的每一个故事。

马上就要开始研究生生活，兄弟姐妹们要在这一个月调整好状态，迎接新的挑战，我们可以开学再见，但是我们的那些可爱的学生们不知道何时再见了？

在痛苦中前行，在悲伤中挺立，像明月照耀大地，像锋刃披荆斩棘⋯⋯

这是我从阿勒泰支教回天津当天写的一篇日记，记载了刚回津时对阿勒泰的留恋与不舍，更是对自己那一年的深情回忆，有人问我你当初为什么去支教，我想用南开支教团的一声口号回答："用一年不长的时间，做一件终生难忘的事！"

（郭旭，南开大学第12届研究生支教团志愿者，毕业于南开大学商学院）

初回首,感谢地区二中

赵 博

时光如梭,转瞬即逝,记得昨天刚刚从上海踏上飞往乌鲁木齐的飞机,可这一眨眼的工夫就过了大半个学期,眼看就要到元旦了。

回首这半年来,我在信息科的工作,有辛苦,有快乐,但我想更多的是收获。初到二中,眼前的景色和校园的风气让我眼前一亮,精神为之一振,感叹幻想中骑马放羊的阿勒泰原来和现实相差竟如此之多。可以感受得到,是清新宜人的环境养育了阿勒泰人淳朴豪爽的性格,宁静端庄的气氛铸就了二中人优良向上的学风。宿舍完备的设施流露出的是校长对我们的关怀,办公室老师的热情更增添了我们对二中的喜爱和为之努力工作的决心。

在刚刚适应了阿勒泰环境和饮食之初,还没来得及全面了解工作环境的时候,我便迎来了令我毕生难忘的重头戏——阿勒泰地区二中五十周年校庆。繁忙的工作和经常深夜加班,让我瞬间感到不适应,照相、摄像、音频采集,经常一个人奔走在艺体馆调音室和调光室,各种问题不断出现,在解决问题的过程中,我渐渐地获得了排练老师们的信任,并愈加熟练地独立操作调音台与调光台,对舞台的控制有了更深刻的体会,这是我在地区二中收获的第一份经验。

二中五十周年校庆很成功。然而喜庆之余我也知道,艰巨的工作还在后面等着我。

果不其然,没过多久学校便紧锣密鼓地搞起了高一年级班风班训班歌展示,按照往年的经验,我们信息科成员一定会大受欢迎,忙碌非凡,而这一次我有幸完成了高一(9)班的参赛视频、电子相册的制作,整个过程是我用心在做,花了很多业余时间构思和设计,最终将视频和相册做好送给了(9)班,(9)班的学生用他们真诚动听的歌声打动了评委,以9.6分的优异成绩摘得了此次班风班训展示大赛的第一名，真心为他们高兴，这是我在地区二中收获的第二份经验。

　　平静的日子并没有持续很久。"一切都不会出意外，只是多了一点波折，而那些波折却让我们痛苦不堪。"这句名言一点都不假。史老师"毫无意外"地奔赴乌鲁木齐学习，留下的是即将到来的"地区二中班主任节"和"优质课大赛"双重考验。继校庆之后，第二次挑战便悄无声息地爬上了信息科的议事日程。13节优质课陆续登场，520分钟的持续站立，使我第一次体会到照相、摄像的艰辛，与此同时，班主任节的制作和演示重任又无声地压在肩头，强大的精神压力和肉体的持续疲惫使我每晚都精疲力竭，现在回想起来，仍旧有些唏嘘。然而在信息科所有成员的坚持努力下，优质课大赛圆满成功，而班主任节新颖的呈现形式和震撼的现场效果使有的在场老师潸然泪下，令全场同学雀跃沸腾，节目受到了领导们一致的好评。典礼收尾的时候，莫校长和团委书记对我的工作表示了肯定。那一刻，疲惫、压力，全部烟消云散，我想这是我收获的第三份经验。

　　接下来的一个月，是神奇的一个月。在接到团委王志老师下达的任务之后，我开始了团委综合管理系统的开发工作，从不懂 ASP 到熟练掌握，我体验了一个个模块功能实现之后的喜悦，即使期间不乏调试程序的郁闷。37 个 ASP 文件，3672 行代码，这一次我放弃了休息，投入了更多的精力，一步一步，从界面设计美工到修正数据库，从模块功能的实现到体系架构的整合，我慢慢地经历了项目开发的酸甜苦辣，百感交集。感谢团委王志老师对我的照顾，并给了我这次自我学习的机会。这是我在信息科收获的第四份经验。

　　一直以来，持之以恒的学习，史老师的传道授业解惑，使我积累了大量理论基础和实践经验，虽然有过疲惫，但收获远远大于付出，感谢二中，感谢团委，感谢这里的人，这里的人很热情；感谢这里的学生，这里的学生很朴实；感谢这里的工作，这里的工作重要且充实。来到这里我感受到自己的成长，也同样感受到工作的快乐，我为拥有这样一次机会而骄傲！

　　（赵博，南开大学第 10 届研究生支教团志愿者，毕业于南开大学软件学院）

教学相长，育人及己

赵媛媛

"用一年不长的时间，做一件终生难忘的事"是研究生支教团每一位成员都熟记于心的话，是我们的专属口号。一年的时间，听起来不长，经历起来更是飞快，但是明明我们还身处其中，却早已开始不舍。

我们是幸运的，支教并不是一项单向付出的工作。"育人及己"，是我最大的感受。踏上一方讲台，看着台下几十双澄澈的眼睛，这种感觉是奇妙而震撼的。孩子们用他们的淳朴与善良一次又一次打动着我，在这里，笑是真实的，闹是真实的，每一份简单而又炽热的感情更是真实的。来支教之前，我曾经无数次地设想、憧憬着我会给他们带来十分不一样的感受、不一样的教学，甚至不一样的人生。虽然我还在为了自己的目标而不断努力改进，而事实上，孩子们教会我的成长一点都不比我给他们的少。

想象中的这片土地与现实中的她确实存在着一定的距离，而我们对此了解的匮乏决定了势必会经历一段略显疼痛的成长蜕变。作为一名教师，"教书育人"为其根本，生活里的一切重心为学生们的利益与诉求，在教授知识的同时更应该重视正处在青春期的学生们的人格构建与人生观、价值观的引导。这种感觉十分奇妙，明明他们比我小不了几岁，但是每次看到他们都会有一种"孩子"的感觉，自然而然地想要对他们好，和他们分享更多。而任何事物的结果不仅仅取决于出发点，其中的过程与方式更为重要。身边热情的老师们、学生们用他们自己的亲身经历和感受教会了我真正的设身处地、换位思考，也教会了我可贵的耐心与细心。

一开始知道自己要带九年级课程的时候确实很紧张、压力很大。但是后来我在教学生活中收获了更多不一样的幸福。九年级的孩子们已经是"大人"了，他们可以和我进行心与心的沟通，愿意和我分享他们的想法、困惑与喜怒哀乐。陪伴他们成长的感觉尤为强烈，而这种感觉让我每天平淡的生活既充实又可爱。生活里他们为我准备的每一次小惊喜、小心意都会让我觉得幸福感爆棚,小天使们对我们点滴回馈都是支教生活里最普通但也最真实的快乐与自豪。

  我会很想念在这里度过的 365 个日日夜夜,这种摒弃外界纷扰全心全意、毫无功利的生活,这种幸福与感动在以后的人生岁月里也很少再会有了。上班路上踏过的每一个台阶,路上经过的一草一木,都已经被我放在心上、烙印在记忆里。庄浪、三中、九年级八班和十六班将成为最特殊的存在,感谢如此丰富又宝贵的这段支教生活,在以后漫长的岁月里,我们将一起珍藏。

  (赵媛媛,南开大学第 20 届研究生支教团志愿者,毕业于南开大学商学院)

三尺讲台，一年时光

韩娇娇

能够成为一名援藏姑娘，我是幸运的。从最初选择到如今归期已近，不同阶段对支教的理解和感受是有很大差别的，唯一不变的是对支教的热情。

很幸运，当初做了这个选择。现在回想起来内心还会有些许激动，面试前一晚的焦虑也仍然铭记于心。因为向往所以选择，因为未知所以期待。还记得当时做选择时候的内心是非常忐忑的，担心能否站在讲台上淡然自处、侃侃而谈，怀疑能否把更大更美的世界传递给大山里的孩子，更害怕一年的时间来不及带给他们改变。

很幸运，踏上了这片雪域高原。5月，距离服务期满还有两个月的时间，正是复盘此次经历的好契机。这次复盘，既是对过去的总结，也是对未来两个月的珍惜和期望。当初的忐忑焦虑早已被支教的工作冲淡，教师是一个给人充分责任感和成就感的职业，从学生到教师身份的转变督促我们快速成长起来。孩子们的一声声"老师好"，一次次考试成绩的进步都是对我们教学工作的极大肯定，也要求我们做得更多一点、更深一些。

很幸运，还有两个月的时间。我所教授的《道德与法治》是一门引导孩子们了解基本道德常识和法律制度的课程，这与我最初想带给孩子们的改变不谋而合。第一堂课上，孩子们的一些行为习惯让我认识到：一年的时间，知识的积累、成绩的提高似乎并不是最重要的。相比较而言，健康习惯的养成、正确人生观及价值观的确立似乎更加必要。时间转瞬即逝，改变也是润物细无声地发生着。现在课堂上，随意走动的现象少了，积极举手回答问题的同学多了。见到老师，紧张害羞不敢说话的孩子少了，勇于表现的孩子多了。看到孩子们成绩的进步很是欣喜，感受到孩子们变得自信和阳光更是欣慰。

很幸运，遇到了这里的 181 个孩子。10 岁的孩子呀，是多么的可爱和纯真。有时调皮玩闹，有时倔强反抗，上一秒还在因为没有完成作业被老师训斥抹眼泪，下一秒就可以惦记着把自己爱吃的营养餐省下来送给老师。可能是新鲜事物的吸引，之前的难过早已忘记。孩子们的存在，让我看到了生活中的简单和快乐。第一堂课上收到的写着自己名字和特点的小纸条还静静地躺在老师的抽屉里，孩子们还不知道的离别确是更近了。

临近别离，更觉不舍。漫漫成长路，很遗憾只能陪他们走短短一年。未来种种，只希望孩子们在学习上多一些好习惯，在选择上多一些担当，在面对困难时多一点阳光。再次相遇时，希望他们已经成长为人格上正直有担当，精神上乐观有理想，身体上健康有活力，交往中真诚有热情的好少年。

（韩娇娇，南开大学第 20 届研究生支教团志愿者，毕业于南开大学哲学院）

遇见你们，就是最好的青春

李雨珊

2016年6月9日，为期两天的高考结束了。看着我的学生们在朋友圈刷屏庆祝，没什么特别坏的情绪和消息，大家都顺利完成了高中三年最后的仪式，我心里悬着的石头也慢慢地放下了。

那时，距离我离开阿勒泰刚刚过去一年，回想跟他们一起度过的日子，还觉得恍如昨日。曾经有位支教团学长说，学生带给我们的远比我们教给他们的要多得多。我非常赞同这句话。我一直觉得自己不是一个特别出色和有趣的老师，我在教书时是个异常严肃的人，不会培养活跃的课堂气氛，不知道怎么用有趣的方式把知识教给别人，我一直严肃的照本宣科，经常上课写板书写两黑板，也一直战战兢兢，生怕自己教错了。我能教给学生的，实在是很少。那些课本上需要死记硬背的条条框框，上高中时虽然认真学了，但高考结束很快就忘的差不多了，后来我又重新学习教给我的学生，我知道他们高考后也很快会忘记这些。回想我的高中老师，能想起来的只是哪个老师曾经跟我说了一句怎样的话让我感动，或是哪个老师做了什么事情让我觉得，这真是个很棒的人。言传身教，我知道"身教"才是我真的能传达的东西。我在新疆一年一直实践这件事，希望让孩子们在我这儿感受到，要为自己的人生努力，要把自己认为对的事情一直坚持做下去。我不知道自己是否真的做到了。但孩子们很喜欢我们，觉得支教团的老师很好，有时候我也会收到一些纸条和礼物，还有学生来找我聊天，经常会说说自己学习上的困扰和生活上的烦恼。我一直深刻地记着这些时刻，觉得自己在这时候能够被同学信任，也做一个合理的倾听者，小心翼翼地给出自己的意见。我能做的就这些，可我得到的却远比这些多得多。

我在我的学生身上感受到了真诚、坦率、活力、激情。他们真诚地活着，把每一天都过得开心和热烈，我走在走廊时，经常看着对面走过来的孩子们脸上的笑,他们热烈讨论着一些小事,因为一个小玩笑就笑得非常开心。他们快乐简单而直接,让我也深受感染。我从他们身上学会了感知身边那些微小的幸福。经常有学生上课调皮,被我训了一顿,或是考试考得不好,自己十分沮丧。可难过是一时的,我总是能在第二天看到一个又活蹦乱跳的他、她和他们。我是个比较悲观的人,可我在他们身上学会了自我疗愈,面对那些难过的情绪和一时的困境,告诉自己笑一笑,坚定地相信一切都会过去。或是大哭一场,然后擦干眼泪继续努力。他们让我学会放下,面对许多事情,我慢慢地学会了放过自己,不再纠结于细小的情绪,很多事情都不那么在乎了,反而变得开心和顺遂起来。还有许许多多我说不上来的变化,可我确确实实地在跟他们的相处中,变得越发强大。

新疆一年,有过许多艰难时刻和内心煎熬,但现在回想起来,却只觉得怀念。怀念在上课时有学生插嘴开玩笑,怀念哑着嗓子上完一节课后有学生敲门送来一杯热水,怀念下课之后跟阿金和思思在学校门口的冰淇淋店里和学生谈心,怀念跟石榴姐一起做的每一件事,喝酒撸串爬山徒步,在重庆山城吃大盘鸡,在华丽的小店里吃蒸面和米粉,深夜在宿舍里席地而坐插科打诨说故事。还有离开前在将军山食府的那个晚上,虽然我很早就醉了,但依然深刻地记得每个人的脸,哭着的时候都真切地望着彼此。那一年那么真,真的像梦一样。

那一年那么好,好得让我在异国他乡的夜晚闭上眼睛的时候一遍遍地回味,想着想着就笑了,有时也会莫名地哭起来。先先跟我说,新疆那一年太好了,以至于现在遇到问题的时候总想着能回到那时候。于是我知道,大家都面对着这样的问题,可终究,我们每个人都得单打独斗。值得庆幸的是,在打单独斗的时候,心里还装着一个家。我明明知道自己还有着那么坚强的后盾。我们这个集体,是会拼命为其他人付出的。这样想想,又觉得自己已经很幸运了。

就像现在,我坐在办公室里,写下这些文字的时候,想起你们,觉得幸福,觉得幸好自己当初进了支教团,觉得又有了努力的力量。感谢你们跟我分享了人生,感谢你们陪我走了最重要的一段路。

Lisa 爱着你们,一直爱着你们。

(李雨珊,南开大学第16届研究生支教团志愿者,毕业于南开大学汉语言文化学院)

我与学生二三事

朱晓妍

支教的那一年,用一辈子去怀念,怀念什么?还不是一群可爱的学生。

往往那些调皮的学生更能给老师留下深刻印象。暂且叫他"小旦增"吧,我在三年级下学期开始接手他所在的这个班,但是我教他以后,感觉他很调皮,也不认真读书,经过几次严厉的教导,终于搞得他有些怕我了。偶尔盯着我时,眼中流露出讨厌的感觉。我平时对他们要求还是很严格,有时候晚读后会留下他背书。他对我的不理解其实很短暂,过一会儿,或者转天,他就又活泼开朗得跟啥事从未发生过一样,他还是很喜欢我这个老师的。对他的印象还停留在那年"六一"儿童节,他穿了一件阿根廷足球队的队服,帅气地朝我眨眼睛。本来以为这样调皮又粗心的孩子不会有什么细腻的感情,但是到了告别的那天,他反而哭得最凶。其实学生心里懂得,你的教导甚至严厉的批评是爱他们、在乎他们的表现。

我教过一个聪明帅气的男孩,这是一件特别骄傲的事。丹尼,这是刚上英语课他自己选的英文名字。这名男孩子个头不高,却非常帅气,我教了他整一年,第一学期没怎么感觉到他的聪明劲,但是到了第二学期,就明显感觉他的接受能力强了不少。为了改正他粗心的小毛病,我一直对他要求很严格。但课下我会主动和他拉近距离,一开始他总躲着我,可能是害羞。后来,他开始在课间和我玩捉迷藏,在这种远距离的追逐中,我们算是熟络起来。在给他们班上最后一课时,我站在讲台上,望着一个个可爱的学生,突然很舍不得。就在此时,前排学生开始"骚动",他的同桌小声和我说:"老师,丹尼有东西要送给您。"教室变得异常安静,他走上前来,在全班同学面前为我献上洁白的哈达,另附上一个水晶球音乐盒,还有一张小小的字条,上面清楚地写着他的联系方式和生日。在这样一年的"追逐"中,那一刻他离我最近,也把最大的感动留给我,洁白的哈达见证了我们真挚的师生情谊。

对待特殊的孩子更要细心。有个小女孩，由于家庭原因，在本该上初二的年纪却还在上小学三年级，单亲家庭，还有一个弟弟和一个妹妹。也许是因为年龄的关系，她有自己的思想，却很少表达。她是班长，第一学期时，我当过一个月的代理班主任，其间也处理过一些班级矛盾，和女孩儿聊过怎么当班长，怎么和同学相处。后来我从家寄过来一些衣服，私下里送给了她。慢慢地，虽然她还是有些矜持，但我们之间有了更多的交流和互动。本以为像这样成熟的孩子，很多话会一直藏在心里，临走前，她塞给我一封信，上面用工整的汉字写着她对我的印象、对我的感情。在她的印象里，我是一个善良坚强的老师，她希望我一直开心。这样朴实的贴心话一直记在我心上，这是对我的评价，更是对我一生的鼓励。

还有一个学生，叫杰布，他很聪明，但生过比较严重的病，11岁上三年级，家境也不是特别好。我对他，心疼大过了喜欢。杰布聪明，但成绩不稳定，我就找一些方法去鼓励他，给他设定小目标。自尊心极强的他，一考不好就会失落好几天，我会非常耐心地劝导他，怕他消沉失去学习兴趣。有一阵，他每天都会送给我他亲手画的画，上面写着一些字，早上一到办公室，我就会收到他的祝福和问候。记得有一次他画了一只飞船，上面写着"朱老师可以坐这个去太空"。我猜他是想把最美好的祝福送给我。其实对于他，我有些私心了。我曾经给他买过一件衣服，后来他穿着来学校上课的时候，我特别欣慰。但还有个遗憾，就是没有去过他的家，他住在白纳山里，那是一座美丽雄伟的山，我们支教老师曾徒步去找他，但是步行太慢，走了四个多小时也没走到。虽然有些遗憾，但回津后的一天突然接到杰布的短信，我特别激动，相信只要我们联系不断，终有一天会再见。

即使我曾严厉地对待他们，他们也不会讨厌我，而是始终深爱着每一位支教老师。我一个人的爱分给曾经教过的近二百名学生就会少得可怜，但是幸运的我却收获了这些学生满满的爱。惭愧，感激，怀念，他们给我的爱远比我给他们的多得多。

（朱晓妍，南开大学第17届研究生支教团志愿者，毕业于南开大学马克思主义学院）

在 路 上

金 旭

光阴似箭，日月如梭。转眼间，为期两周的实习工作也已步入尾声。在这两周的实习中，我们经历了从学生到教师的角色转变，从教案上的准备，到课堂上的布置，再到学生们求知的目光，让我感受颇多，收获颇多。

首先，专业知识必须扎实牢固。老师主要是为学生传播知识的，如果自身专业知识不牢固，那么一切都将是空谈。同时，作为一名老师，只有渊博的知识也是不够的。我们不仅要自己理解好这些知识，更要将这些知识清晰明了地传递给学生。

其次，很多时候学习知识是一个非常枯燥的过程，尤其是基础学科的学习。这就要求我们能够为学生们在学习之余挖掘出每一门学科中蕴藏的独特趣味性，让一些较为乏味的学科长久地流传下去。在此过程中，我们的课程安排要在学生是否愿意听、是否能够感受到乐趣、是否能够听懂、是否能够运用等多个方面进行权衡。这样的挑战对于初来乍到的我们还是很难把握的，更多的还是向有经验的老教师们请教。

最后，也是最重要的一点，老师要以一颗仁爱之心对待每一个学生。在高标准严要求的同时，更要用一颗仁爱之心陪伴他们一同成长。更多的考虑学生们的感受，不以"为学生着想"的借口伤害他们。学习往往并不是他们的全部，他们还要学会生活，学会在这个社会上与人交往；教师的工作也不仅局限于最基本的教书，更要做到育人，要为人师表，为学生们树立一个正直磊落的榜样，这样才有利于培养学生们的人生观、价值观以及世界观。

总之，做老师难，做一名好老师更难。虽然在102中学的实习已经结束了，但我相信这并不是终点，而是另一个起点。在这里实习获得的经验和体会，我会将它们融入两个月后前往新疆的支教工作中。

其实，当一名教师是我小时候的愿望。那个时候，在我眼中，老师很有威严，经常在我们犯错的时候教导我们；老师富有文化与内涵，在课堂上为我们讲解知识和道理；老师默默无闻，为我们辛勤批改作业。老师含辛茹苦，是为了把我们这一代培养成祖国的栋梁之材，教会我们做人的道理，成为对社会有用的人。正是看到了这种美好的品质，让我心中有了当一名教师的想法。

　　恰逢那时我的祖辈生活在农村，每年返乡探望他们时，总会让我对农村的文化教育有所深思，知识改变命运的道理成为很多孩子走出乡村的唯一途径。每每想到这里，我感受颇深，目前我看到的家乡仅仅是一个缩影。然而，在祖国的西部地区，还有更多的孩子缺乏良好的学习环境以及读书条件。作为新时代的一名大学生，只是追求自我发展的人生是不完美的，我们更应该将自己的青春投身于西部建设之中，为那里的孩子们带去知识与温暖。

　　然而，回顾过去的二十年，一切都是按部就班，上学、考试、考学、上学，从未和支教产生交集。本以为再没有机会参与支教活动，然而南开大学给了我一次去实现这个心愿的机会，是命运也是巧合。在此之前，我校已经派遣多批支教团前往西部支教，我的龙舟队队长王旭学长就是其中的一员，在他展示的日常生活中，我看到了祖国西部的美景，看到了西部人民的热情好客，更看到了每一个孩子眼中对知识的渴求。如今，他们已经光荣完成了自己的使命，现在轮到我们从他们手中接过接力棒，投身新一轮的西部建设之中。

　　这次支教，对我来说是第一次独自做的决定，之前的人生都过得过于安逸，不需要选择，也没有选择。所以在此次支教和读研中，我选择了前者，做出了自己的选择。做完这个决定我知道自己将承担许多责任，同时也会拥有更多的人生经历。我相信，这将是我人生最重要的一次经历，是人生中一笔重要的财富。世界万物，变化不断，春去秋来，花开花落，无不给我们以人生的启示。可是无奈每个人的人生只有一次，每发生一件事情都为整个人生的画卷添上一笔，而我也相信支教会是浓墨重彩的一笔。我也特别想让自己去了解那些我未曾经历的，但这不是冒险，而是一次关于心愿的旅程。我将尽自己所能，去教那些淳朴善良的孩子们，带着他们认识这个美好的世界。

　　记得在刘慈欣的小说《乡村教师》中，主人公李宝库燃尽自己的生命，就为了让孩子们多学一点知识,让他们摆脱愚昧走出大山,在他生命的最后一刻仍然为孩子们讲解力学三定律。虽然我们做不到如此伟大,但希望我们的努力能够为孩子们带去更多的改变。虽然我们不能像主人公那样一生扎根乡村教育,一年的支教生活对孩子们来说可能很短暂,也不会为他们的生活带来太多变化,但是我们可以让他们有机会了解更多,教给他们一些知识和人生的准则,可以在教育资源不均衡的大背景下尽力去缩小一点点差距。兴许我们某一个小小的举动就会在孩子心里产生巨大的影响。

  作为一名当代青年,我们是国家的一股中坚力量。历史和现实告诉我们,青年一代有理想、有担当,国家就有前途,民族就有希望,实现我们伟大的中国梦就有源源不断的强大力量。中国梦是国家的、民族的,也是每一个中国人的,更是我们青年一代的。中华民族伟大复兴终将在广大青年的接力奋斗中变为现实,这是我们应有的使命担当。我们要勇敢肩负起时代赋予的重任,志存高远,脚踏实地,努力在实现中华民族伟大复兴的中国梦的生动实践中放飞青春梦想。

  (金旭,南开大学第21届研究生支教团志愿者,毕业于南开大学数学科学学院)

黄的叶白的雪真的心

曹 渝

走过繁花才知绿叶的美，
走过斑斓才知纯色的美，
走过七彩才知无色的美，
走过，走过，走过，真的心最美。

黄的叶——收获的满足感

阿勒泰像是一个没有夏天的地方，来了没多久就是金黄的秋天。遍地的黄叶，虽然不像红色那样鲜亮，也不像绿色那么柔和，却让人有心醉的感觉。落下，沉甸甸地落下。

飞机降落在阿勒泰机场的那一刻，我的心也重重地落下了，一段新的旅程开始了。在走出机舱门的那一刻，身上残留的来自上海的湿燥气息，被阿勒泰清冷的风吹走了。好凉，不过空气里充满了新鲜植物的味道。还没来得及回味，就听到了二中来接我们的老师的嘱咐声："快把衣服穿上！"一件校服径直披在了我的身上，这才感觉到冷。不过坐在去学校的车上，老师们亲切地问候和披在身上的衣服却让我的心里好温暖。

很快，第三天我就走上了讲台。一进课堂，全班起立"老师好"，本是平常，却让我震动了一下，久违的感觉，这是在大学中不曾有的声音。四年的大学生活，每个人都在自己选择，自己走，描绘自己的人生。我突然意识到我眼前的孩子们还是一张张白纸，他们经历的是人生的重要阶段，但是他们还都不懂如何选择，有时还不能选择，所以他们会更容易被塑造，也许我们的一句话和某些观点就会对他们的人生目标和未来选择产生影响。在讲我的高中和大学的时候，很多学生的问题还显得有些幼稚。后来我成为四个文科班的生物老师和学校报社的指导老师,有酸也有甜,从上课的第一天我就告诉他们"文以治国,理以强国,商以富国",要成为治国之才就更应该有全面的知识结构。虽然有很多不能够改变,但我在努力地让他们知道自然很奇妙。

当学生的每一天都觉得日子过得很慢,但是当老师的每一天却觉得日子好快。我迎来了自己人生中第一个教师节,也许将是唯一的一个吧。第一支红色康乃馨,第二支红色康乃馨,小杯子,可爱的小白兔,从来没见过的包尔萨克(新疆的一种油炸面食),还有藏在礼物中的小卡片……教师节,一个没有休息的节日,让我感受到了温暖。不只是有感动,还有令人挠头的顽皮学生,还有会偷懒的小记者……他们需要我的包容,我的教导。但是课堂上开心的答案,略显幼稚的报纸……一点点、一些些让我感到很满足,让我的心更加沉下来。

白的雪——纯纯的牵挂

阿勒泰的冬天是白色的,到这里才算知道语文课本上描述的鹅毛大雪。到了阿勒泰,更深深地爱上了白色,明媚和谐但也有淡淡的忧伤,这里的冬天白色盖住了所有的颜色,也许应该说曾经所有的颜色画在了白色上面,阿勒泰的冬天还给大地最纯的颜色。

中秋节的日子里,有老师们热情的陪伴,学生家长自己做的糕点,但是我要承认心里还是有一点想家了,是有些累了吗?有些事情不是那么容易解决的,办一份学生都喜欢的报纸,比我想的要难。孩子们满足的心情,积极的热情更让我有期望。还是需要更努力,不知所措的时候再坚持一下吧,一点一点地做,就会有改变的。我知道这是很多人的牵挂,你们,我们,他们……

当老师以后才发现,每到节假日会有更多的想法,也许这个时候才给自己空间和时间去整理。三天假期后回到学校的第一堂课,我生气了,从来没有过的。虽然他们也曾有过偷懒、顽皮,但是都没有像这样散漫过,我真的动怒了,也许更应该说失望和难过。从和他们度过的第一天距离高考还有两年,而到今天只有一年半了,虽然一周的课并不多,但每次看到他们,或是朝气,或是叛逆,或是顽皮,或是认真,都是有血有肉的,这些能让我看到希望,也让我相信会有奇迹。然而今天我真的很难过,其实不需要很大的进步，但只要是活跃的、跳动的，就是有希望的。不知道那天的话他们能明白多少，强忍住的泪水却欺骗不了自己，也许我要做的还很多，要想的还很多。

真的心——留下一颗真心

曾经认为我只是别人生命中的一个驿站，曾经认为认真做了就能无悔；后来发觉有的驿站可以让行者消除疲惫，不是说认真就足够无悔。半年的时光真的好快，留给我的东西好多好多，不能说不辛苦，但是更多的收获是成长的幸福，要感激的人真的好多好多，我的同事、领导和战友们。最后想说的是幸好还有一个半年，我们会做得更好。

（曹渝，南开大学第10届研究生支教团志愿者，毕业于南开大学经济学院）

传承与新声

杨少川

在距离毕业仅有一个半月的时候，毕业离别的气氛愈来愈浓。若是时光列车退回四年之前，我怎么也想不到四年之后会去西藏支教吧。在支教团团庆 20 周年的筹备过程中，我主要负责的工作是照片搜集。当来自全国各地的历届团友的支教工作与生活中的照片一张张地呈现在面前时，我的思绪仿佛跟着这些照片一起，去到曾经的阿勒泰、达孜、庄浪等西部的各个支教地。看着照片中青涩的面孔，这是属于每一个支教团成员的 22 岁。20 年以来，研究生支教团一届一届的传承下来，时间仿佛定格在每一张照片里。

在天津市第一〇二中学的教育实习让我对教师一职有了新的理解。我在第一〇二中学的教学老师是初二年级的数学老师，因为适逢期中复习，所以我的第一堂课就被安排在考试之后的新课。这节课讲的是函数，这也是初二年级的学生第一次接触到函数，因此我仔细地对函数这节新课进行了板书设计、课件制作、习题模拟等备课内容。由于这是我第一次来到中学课堂进行授课，第一次站上讲台的感觉真的很神奇，台下坐着 30 多名求知若渴的同学，而我教的函数知识将伴随他们之后数年的学习生涯……我感受到了一些压力，但还是顺利完成了这次授课工作。我首先说出了"高处不胜寒"这句诗，引发学生的兴趣，将学生引入到课本中的例子，"温度伴随着海拔的升高而降低，这存在特定的关系，海拔每升高 1000 米，温度就下降 6 度"。学生的学习兴趣果然被调动起来了，有一位同学甚至还说出了诗句的出处《水调歌头》，这让我本来有些紧张的情绪一下子得到了释放。于是我讲得更加从容了，从单个提问到发起小组讨论，从请同学上讲台回答问题到表扬鼓励同学，一切预想的进程都是那样顺利，坐在台下的教学老师也投来赞许的眼光。最终我充满自信地讲完了这第一堂课，教学老师在学生下楼做课间操之时，将他的笔记本与我分享。他对我的教学成果表示满意，同时也提出了一些改进的建议，例如，板书可以写的更规整些，如何更好地管理课堂秩序。在和我交流了这些改进建议之后，教学老师用我的教学课件给另一个班的同学上了同一节课，我站在观察者的角度重新审视了我准备的这堂课，我需要改进的内容包括板书与课堂秩序，完善课程内容，让教学效果更为显著。

当这堂课结束之后，第二天教学老师给我讲了一件事："今天没让同学们交作业本，同学们非要交作业，你看看他们在本子里给你写的话。"真是令人惊喜！于是我开始一个个地翻看同学们的记录本，他们写得很用心，面对一个学习生涯中突然出现的新鲜面孔，他们除了表示惊喜，也给我的教学给予了赞许。现在，已是看完这些留言一个多月后，我仍然能记得其中一个同学给我的留言："感谢杨老师，虽然我平时上课总听不懂，经常睡觉，但今天我打起精神听了，还不是特别懂，但是我对函数有了解！希望杨老师以后不要遇到我这样的学生。"这个留言让我有了一些思考，在我们的教育中，应该是全面铺开式的教学还是因人而异的教学呢？一个班级内总有学习能力强与学习能力弱的同学，是否学习成绩差的同学就真的不爱学习呢？留很多作业对学生学习能力的培养真的有帮助吗？学生的自信应当从何培养呢？

我希望我能够带着这些问题走上我去西藏达孜的工作岗位。在教育实践中思考我们的教育方法，在教育实践中思考教育的意义。经过与学兄学姐的交流，我了解到西藏达孜中心小学的学生可能由于各种原因遇到一些学业上的问题，由于并校等原因学生的基础知识水平参差不齐，学生的学习热情也可能因为家庭观念而有差异。我对未来工作的展望是，对每一个学生，应当帮助他们了解到学习对于我们个人价值实现的意义，帮助他们在有限的作业量、有限的课业压力下完成自身学习习惯的养成，完成自身学习能力的培养。学习是一个持续的过程，小学是一个非常重要的打基础的阶段，在世界观初步养成的时候，培养他们积极的学习观念是很有必要的。在即将去往西藏达孜的时候我对未来一年的支教工作有这样的展望。

在入选南开大学第21届研究生支教团的这10个月来，我曾经不止一次想象过雪域高原的风景。那里有漫天的星星，湛蓝的天空，清澈的拉萨河……未来在达孜中心小学的教学任务可能会很重，但是能够帮助自己的学生，哪怕用一年的时间，帮助他们发现人生的一些价值，是多么有意义的一件事情！或许会遇到各种各样教学上的困难，或许会遇到各种情况的学生，但我认为这都将在实践中得到比较圆满的解决。

我给这篇文章定的题目是《传承与新声》，传承的是支教团20年来届届相传的支教精神，这是一段段关于22岁年轻人的某一年的故事。新声指的是第21届的我们，未来一年，我们的声音将出现在西藏达孜、新疆阿勒泰、甘肃庄浪；我们的声音会出现在祖国西部的高中、初中、小学。这是南开人的声音，也是扶贫扶智的声音。适逢南开大学100周年校庆，我们的声音便是对南开的祝福！传承与新声，南开大学研究生支教团的力量会一直这样传承下去！

（杨少川，南开大学第21届研究生支教团志愿者，毕业于南开大学金融学院）

支教那一年

刘 振

一位老人，改变了我的选择

2005年，在南开大学读法律专业的我进入大学本科的最后一年，开始面临毕业后何去何从的抉择。在诸多选择中，我准备报考公务员。和大多数毕业生一样，我开始为自己的前途昼夜拼搏，复习备考。

就在这时，一位老人的去世让我改变了自己的想法。他就是天津市著名的支教模范白芳礼。这位九十多岁的老人即便到了古稀之年依然拼着瘦弱的身体蹬了18年的三轮车，他把辛苦赚到的35万元血汗钱资助了数以千计的贫困学生，而自己却数十年如一日地节俭度日，舍不得多花一毛钱，直到生命的最后一刻。

白芳礼老人的事迹给了我很大的触动。所谓感动，并非白爷爷的事迹本身有多么曲折动人，而是其精神的闪光点像镜子一样照亮了我心灵中某些隐秘的角落，让我想起了自己小时候并不富裕的家庭，想起自己大学阶段去山东、安徽、河北、贵州等地的农村社会实践时看到的贫困家庭的孩子们……

"年轻人应该保留点理想主义的天真"，我这样对自己说。因此，当大批的青年涌入社会，选择用金钱衡量自身价值的时候，我毅然决定报名参加学校正在组织选拔的青年志愿者扶贫接力计划。幸运的是，我从两百多名报名者中被选中，成为南开大学第8届研究生支教团成员，被派往新疆阿勒泰地区二中开展为期一年的支教工作。

2006年10月底，我到乌鲁木齐后，坐了整整一天的汽车才到达阿勒泰。这里的景色真美啊！道路两边是苍茫无际的古尔班通古特沙漠，天空无比湛蓝，大地苍凉寂静，在天地相交的地方闪动着稀疏的黑点，那是野生的黄羊和骏马。这里的老乡鼻子特别高，眼窝比较深，瞳孔微微带着海蓝色，亲切的笑容流露着边疆人民的自然和淳朴。

初为人师

来新疆支教之前，我只是一名大学生。十几年的求学经历中，我一直习惯于在老师的引导下学习，突然要变成一个引导别人学习的老师，我心里一点底都没有。

2006年秋天一个阳光明媚的清晨，我怀着忐忑不安的心情来到了新疆阿勒泰地区第二中学高二（3）班的教室门口。

长吁一口气，我推开了教室的门，里面静得我只能听到自己心脏在"扑通扑通"地跳。正对面的墙壁上贴着"不经一番寒彻骨，哪得梅花扑鼻香"几个大字。

看着满满一屋子学生，我顿时感到一阵头晕，犹豫了好几秒钟，我终于鼓足勇气踏上了讲台。学生显然已经知道要来新老师，早已准备好了热烈的掌声。看到这些可爱的学生，看着他们充满友善的清澈目光，一种久违的温暖刹那间流入了我的心底。在随后的几十分钟里，学生的配合让我紧张的心情渐渐平静，我第一次亲身感受到了做老师的幸福和美好。

起初，我的教学任务比较重，带了高一和高二的地理课，还带了"社交礼仪与口才艺术班"，加上辅导课，一周有22节课。尽管如此，我不敢有一丝一毫的懈怠。因为我知道，对于我们来说，上课似乎只是日常工作；但对于学生而言，学校不仅是学习知识的课堂，更是陶冶灵魂的殿堂，我们的一言一行都可能对学生产生深远的影响。

课间的时候，我喜欢和学生们聊天，了解他们的学习和生活。空闲时，我从图书馆借许多书来看，有时也和学生一起打乒乓球或踢足球；天气好的时候去爬山，或者去郊区的赛马场骑马；下雪的时候，我们还去过滑雪场滑雪。丰富的课余生活使我从来没有感到过空虚和寂寞。

十几个支教的大学生一起走，据说已经成了阿勒泰地区的一道街景。在这里，哈萨克族同胞占当地人口的一半，去他们店里买东西的时候，他们会非常热情地帮我们挑选，对我们非常友好。我觉得从某种角度来说，这也体现了老乡们对知识的尊重。

我们是一家人

支教的生活是清苦的，但我们的生活时时处处充满了欢声笑语。

生活的快乐首先来源于我们史地组。三个年级的老师加起来共有 13 人，俨然是一个融洽和谐的大家庭：王玉华、吴宜、赵洪亮三位老教师是和蔼可亲的家长，翟国良、时光斌、梁斌是认真负责的大哥，李宇、腊新萍是两位温婉贴心的姐姐，而陈晓军、程爽、黄耀南、孟磊和我则是受到照顾的小弟小妹。当年的元旦文艺会演，我们全家人集体出动，在孟磊的导演下给全校师生奉献了一个"色、香、味俱全"的情景喜剧《决战二中之巅》。当吴宜、赵洪亮老师穿着我们用橙色皱纹纸拼剪的草裙在"今年过节不收礼，收礼只收脑白金"的音乐里憨态可掬地翩翩起舞时，全场的观众被逗得前仰后合、乐不可支，退场之后还纷纷要求"重播"。

其实，这种欢快的气氛、家人的感觉不仅在我们史地组存在，在整个学校，许许多多我叫不上名字的老师，他们都像家人一样照顾我们，我们和当地老师们的感情慢慢沉淀，渐渐升华。

正如一位师姐深情写道："有一些味道永远记得，有一些情景一生难忘。克兰河畔第一碗热气腾腾的奶茶，眼前豁然开朗的毡房与升腾起来的袅袅炊烟，像阿勒泰的皓月一般油润的月饼，冬至的饺子，初春的榆钱，颠簸在山路上滚动的车轮，一声声细致的嘱托，一首首深情豪放的歌曲，一股股微辣的液体在舌尖烙下的盛情……"其实每一个支教人都有一段专属于阿勒泰的回忆，对我来说，我永远清晰地记得：办公楼前莫伦波校长和陈雷书记热情的接待；记得"东方杏坛"师生探讨"绿色中国与少年中国"时的慷慨激昂；记得"我在西北迎奥运"活动照片登上《人民日报》时的满心喜悦；记得我们十个人十一条腿走路时的欢声笑语；记得冬至饺子宴热情的欢呼；记得新年晚会此起彼伏的祝福。而最让我终生难忘的，还是亲爱的学生们在最后一堂课时捧出的烛光和晶莹的泪水……

所有的一切，都使我无法忘怀、无比依恋。因为，在不经意间，我们已经成为一辈子相互牵挂的一家人。

骆驼峰冥想

2006年11月的一天深夜,我突然萌生出爬山的想法,便一个人登上了阿勒泰市里的骆驼峰。这是一座有着悠久人文历史的山峰。早在一千多年前,成吉思汗、耶律楚材、长春真人就曾到过这里。站在山顶,我看着头顶璀璨的星空,听山风在我耳畔呼呼吹过,遥想当年这些伟人和名人在山顶绝世而立时的雄姿英发,我不禁心醉不已。可惜时光如水,世事变迁,千年的光阴悄然而逝。无论是一代天骄成吉思汗,还是旷世文豪耶律楚材,或是世外高人长春真人,都已随雨打风吹去,消逝在历史的长河中,只剩下涓涓流淌的克兰河,静默凝重的骆驼峰,还有满天闪烁的繁星。

这一个夜晚是我终生难忘的,它让我第一次站在历史的峰棱前向自己的内心深处审视并确认了来西部支教的意义。或许,人生本是注重过程的,过程之中不知不觉得到结果。作为一个普通的年轻人,我不能如成吉思汗一样成就如山武功,或如耶律楚材一样写就不朽篇章,或如长春真人一样练成出尘脱俗,但我也在执着地追求自己最初的梦想,从简单的满足中得到无限的快乐。这种快乐并不是纯粹的理性实用所带来的利益最大化能够给予的,它会内化成一种信仰,经过实践的沉淀熔铸于生命,成为我一生中最美好的回忆和最坚实的精神支柱。

(刘振,南开大学第8届研究生支教团志愿者,毕业于南开大学经济学院)

支教·十年

张 之

周末，傍晚，雷雨，加个班，赶在周一前将相关材料发给领导，然后赶紧把车开到车库里，防止冰雹把车砸出坑。回家路上淋了点雨，冲个澡，泡杯咖啡，对了，现在咖啡已经充当了饮料的作用，完全不会担心喝了睡不着。坐在沙发上，打开电脑，插上好久没用的移动硬盘，翻看当年支教的照片。心想着睡前的两三个小时，也是周末难得属于自己的时间。

一晃，支教已经十年了。我们是南开第10届研究生支教团，一行13人，7男6女，于2008年8月25日在上海参加团中央的统一培训，28日落地阿勒泰，正式开启支教的生活。2008年是个很特殊的年份，汶川地震、学校教学评估、北京奥运会各种志愿者活动，我们13个人在去上海之前一直没有很好地集结在一起相互熟悉，因此可以说当我们落地阿勒泰时，我们也是带着彼此的生疏，同时面对这一片新的土地，和一年新的工作。

来支教之前，我准备带着一些问题，带着一些探索，开始一名高中数学老师的生活。比如，我是本届研究生支教团的团长，尽管此前在校学生会担任过一些职务，但如何做一个负责的团长，如何塑造一个良好的支教团形象，依然是一个摸着石头过河的过程。比如，作为一名老师，面对学生不甚理想的学习成绩时，我们应该怎么做。比如，我们如何平衡和处理自己的多重身份感，是老师，是朋友，还是即将入学的研究生。比如，我们想在支教的时候留下什么，又想带走什么。这些问题，不仅仅在支教的时候会时时出现在头脑中，在支教结束后的十年里，我也常常重新对此进行观察和讨论。

支教，首先是一名老师。当第一天走进教室喊出"上课"，全班同学起立的那一声"老师好"的时候，会让人有一种不真实感。原来从一名学生转化成一位教师，只需要登上讲台的一瞬间。从此，旁听老师们授课、准备教案、批改作业，就成了生活的按部就班。当老师是充满自豪感的，不仅仅是学生成绩的提升，更重要的是学生对自己的信任，以及因为自己而愿意为学习付出的努力。团里大多数同学是在"平行班"教课，因此每一次月考都可能会带来班里同学的变动，考得好的学生就升级到"实验班"，"实验班"没考好的学生就下滑到"平行班"，所以作为一名老师，看到成绩好的学生到了新的班级，既为这名学生开心，也着实担心自己班级的平均分未来会受到更大的挑战。

支教，是南开的一张名片。作为支教团的成员，与二中老师迅速拉近关系的话题，就是往届支教师兄师姐的趣闻轶事。所以支教团是一个整体，每一个人都代表这个整体。任何成员出现问题，最后评论的落脚点都不会是个人，而是这一届研究生支教团。在本科几乎没有交集的13个人突然紧密生活在一起，难免会出现小矛盾、小分歧，但是我们会非常认同一个原则，就是团内的任何事情在团内解决，不允许在办公室抱怨，不允许在网络上吐槽。这个原则贯穿一年生活的每一个瞬间，而因为这个原则，团队成员间形成了更加紧密的联结，是亲密无间，甚至有点同仇敌忾。在团中央领导来新疆调研的时候，在自治区团委组织评比的时候，在有兄弟院校同场竞技的时候，这种团结就爆发出了惊人的战斗力，相互补位、全情投入，可以这样讲，第10届研究生支教团在任何一次以集体为单位进行的比赛或展示中，都是第一名。

支教，是一次向内生长的经历。这是在两段学生经历中，插播的一次社会实践。准确地说，这不是实践，这就是真实地走入社会。这一年，我们努力成为一名负责的教师，也不断重塑自己的世界观与价值观。我们见到神秘的新疆是什么样子，我们见到多民族融合的地区教育如何开展，我们见到边疆的教学资源是如何平衡与安排，我们真实感受并接触着这个社会，不仅仅是风土人情和民俗习惯，而是更立体地读到了中国的样子。我们不断打碎自己刻板的思维和主观判断，然后将每一个碎片融入新的东西，再重新拼装起来，装到心里，我想这个过程，叫做成长。

有很多瞬间，常驻在记忆里，十年间时而闪现，从未淡去。比如，孩子们在送你的糖纸上书写祝你生日快乐，唯一一次收到的教师节礼物，孩子们把你扔到雪堆里埋起来的快乐，上课惹你生气后怯生生地说对不起。当然，还有第一次端起的白酒杯，捧在手心的羊耳朵，团队成员一起过生日的感动，等待大盘鸡时的干瞪眼，早饭结伴吃肉包子然后被老师们买了单，还有离开前的最后一课，和对阿勒泰那声眷恋的再见。

十年过去了，我们早已步入社会多年。当年教的娃娃们，现在有的都已经成为妈妈。团里的成员四散天涯，一年不一定能聚齐四五个人，而这十年通信方式的更迭，也让我们与很多老师和学生失去了联系。偶有二中老师来到我们的城市，那心情就是炸开了花；偶有无意中翻到的老照片，一定发到群里换来一通彼此才懂的嘲讽和奚落；偶有遇到从阿勒泰来的朋友，就默认这是自己的老乡；偶有也曾到西部支教的朋友，就一定端起酒杯，敬远方。

十年里，时常回想当年初到阿勒泰时心中的思考与问题。我想，我们一行13人，都对"教书育人"四个字有了更深刻的理解。支教后期，我们会更关注成绩稍微弱一点的学生，不仅仅是课业的辅导，更关注他们的品行与为人。因为我们会意识到，也许成绩好一点的学生考到内地，就不会再回新疆或者阿勒泰工作了，反而这些娃娃，会是最后留下来建设家乡的人。所以相对于成绩，更重要的是要做个善良正直的好人。同时，我们也希望可以成为一个榜样，希望可以通过自身的言行去感染学生们，让他们对大学的生活充满向往，让他们也希望变成我们一样的大学生，而这种动力，会让他们更努力在高中去实现梦想。

所以，当我有一个高三的学生，在帮助她补习数学一年后，从最开始的40多分，到高考时的110多分，最终考取了北京科技大学，后又到日本留学和定居，我心中的满足感与荣誉感，是难以表达的。如果通过自己做的一点事情，见证了"读书改变命运"这件事，你就真的相信，在边陲小城的蝴蝶扇了扇翅膀，真的可以让一个孩子的世界变了样。

时间会冲淡很多细节，然而我们13个人却无比相信，有的东西和情感，是成长的枝干，历久弥新。

雨下大了，关上窗，差不多要睡了。这时候的阿勒泰，应该孩子们刚刚下晚自习，饿了的可能出门吃个面，抬头看看，满天繁星，他们见怪不怪。真的，要等他们大了才知道，这样的日子多珍贵，可这件事情教不来，因为遗憾，本就是咂摸回忆时的另一种甜蜜源泉。

十年前的很多瞬间，还是会停留在这个移动硬盘里。十年前的那些探索和问题，依然会时时出现，可能随着时间推移和经历增加，自己会有新的答案。支教的日子，最终会从一段经历、一段回忆，慢慢融入血液中，我们说不出哪里不一样，但我们却彼此可以感觉到，这真的不一样。

2009年7月6日,第10届支教团从阿勒泰返回乌鲁木齐停留一晚,翌日,返回天津,结束了一年的支教生活。

至今,十年。

(张之,南开大学第10届研究生支教团志愿者,毕业于南开大学经济学院)

不负青春，砥砺前行

张瀚文

今天是 2019 年 5 月 12 日，是汶川大地震 11 周年纪念日，是第 106 个母亲节，是我 25 岁生日的第二天，也是我结束支教生活的第一年。去年的今天，我和其他团友还在阿勒泰进行志愿服务；去年的昨天，二中的老师、学生以及团里的小伙伴一起给我过了一个难忘的生日。今天，我已经从阿勒泰回来近一年，但生日那天，我的团友仍然陪在我身边，也同样收到了二中老师和学生们的祝福。在最好的年华里，我有幸拥有了一段和大多数人不同的美好又难忘的人生回忆。

接到第 21 届研究生支教团师弟的短信通知时，我想起了去年地区二中六十周年校庆。我们新疆分团策划组织了"桃李芬芳六十载，聚散天涯共此时"卷轴寄情深活动，前期需要联系之前十几届的团友，很多都已经工作多年而且十分忙碌，但当我给他们发消息说明我们的活动后，他们很快就回复并表示会积极参与，"好的，谢谢""收到，没问题，绝对支持"……只有短短几个字，却让我觉得非常感动，不是因为我得到了他们的回应，而是能感受到每一位南开支教人对支教团的深情以及支教岁月的怀念。于是我在收到征稿启事的短信后，也立刻给师弟回复收到并表示了感谢。收到消息也有几天了，我无数次坐在电脑前，从硬盘里打开支教时的文件夹，旁边是手机相册里的照片，一年的酸甜苦辣如电影般一帧一帧地在脑海中闪过，除了仍在服务地的 20 届研究生支教团，我们是距离那段岁月最近的人。太多的回忆仿佛发生在昨天，手放到键盘上却不知该从何说起，如果把发生在阿勒泰的每一件事都详细写出来，可能三天三夜也写不完，最后我决定给大家分享两件我独立完成并且我认为很有意义的事：2018 年 12 月，参加阿勒泰地区教育系统举办的"十九大进校园"主题演讲比赛以及将大家耳熟能详《新疆亚克西》重新填词为《二中亚克西》，演讲比赛最终获得优秀奖并接受阿勒泰电视台的采访（当地电视台的新闻上播出，不知道是否还能找到视频），讲稿正文和歌词如下：

转眼间，到阿勒泰已经四个多月了。从开始的"适应"，到现在的"融入"，一百二十多个日夜的支教生活，在地区教委、团委的关心下，在学校领导和同事的照顾下，在学生们一张张可爱笑脸的感染下，身在异乡的我，无时无刻不感受到家的温暖，也正是这份温暖的感动，化作了敦促我不断前行的工作动力，使我从一个不谙世事的学生变成日臻成熟的老师。

南开大学的志愿服务精神已经在阿勒泰传承了十五年，南开支教人不论走到哪里，都始终铭记一句话：用一年不长的时间，做一件终生难忘的事。到西部去，到祖国最需要的地方去！这不是短暂的热情高涨，也不是一时的拍案而起，而是一种扎根北疆，不忘初心的执着与信仰。正如戴望舒先生说的那样：你去攀九年的冰山吧，你去航九年的瀚海吧，然后你逢到那金色的贝。我们常说为实现中华民族伟大复兴的中国梦贡献自己的力量，常提不忘初心跟党走，对我来说，现阶段要做到这一点就是要对得起"支教老师"这个称呼、这个职业。一年或许很短，因为我们可能只是孩子们求学道路上的匆匆过客；一年又可以很长，因为我们可以用自己的言行影响他们的一生，培养他们的家国情怀，引导他们去追寻自己的人生梦想。

我最幸福的时光，就是和学生们在一起的时候。"老师，阿勒泰冬天冷，一定要多穿点""老师，你们明年能不能不走""老师，我长大也要考南开大学，和你一样当一名老师"……每当听到这些话，我的心底总是暖暖的。感动之余，我也感受到了教师这个职业的伟大，更深刻体会到了身上沉甸甸的使命。

"建设教育强国是中华民族伟大复兴的基础工程，必须把教育事业放在优先位置，深化教育改革，加快教育现代化，办好人民满意的教育。"十九大报告中关于发展教育的表述，不就是我们这些基层教育志愿者应该肩负并为之奋斗的责任和使命吗？我选择做一名历史老师，不只是希望我的学生能读历史、懂历史，更希望他们能够书写历史、创造历史，在三尺讲台上，带他们领略中国历史的博大精深，引导他们把对祖国、对民族的爱，升华为建设美丽阿勒泰、美丽中国的实际行动，走好我们这一代人和他们那一代人新的长征路。

青年兴则国家兴，青年强则国家强。在支教年迎来党的十九大，作为一名青年党员教师，我深感光荣和责任重大。我想，从来没有哪一代人是轻松的，但却有那么一代人足够幸运，可以用自己的奋斗见证伟大。当你了解了你的时代，了解了你的中国，也许就更不会辜负这个高光的时刻！

我愿用勤奋和汗水来履行支教人支援边疆、忘我工作的郑重承诺；我愿用青春和热血来书写支教人立德树人、实践育人的人生华章；我愿用努力和行动来实现支教人忠诚于党、报效祖国的永恒追求，今生不悔入华夏，来世还在种花家！

让我们不忘初心，勇往直前，撸起袖子加油干吧！

二中亚克西

克兰河水泛波浪，崭新的校园金山下成长；
二零一三年是一个新的开始，新气象新征程新希望；
绿草如茵鸟语花香环绕太阳广场，星空楼穹顶上披着霞光；
亚克西亚克西耶什么亚克西耶，二中的校园亚克西；
亚克西亚克西耶什么亚克西耶，二中的校园亚克西；
以德治校意识强，政教兼顾有妙方；
抓管理谋发展有规有章，廉洁自律以身作则口碑良；
党和国家的要求牢记心上，带领师生共同谱写新的辉煌；
亚克西亚克西耶什么亚克西耶，二中的班子亚克西；
亚克西亚克西耶什么亚克西耶，二中的班子亚克西；
无私奉献桃李芬芳，爱岗敬业树立榜样；
学生在浇灌呵护下茁壮健康，去建设大美的新疆；
二中教师授业解惑本领强耶，培育的英才名扬四方；
亚克西亚克西耶什么亚克西耶，二中的教师亚克西；
亚克西亚克西耶什么亚克西耶，二中的教师亚克西；
清晨传来书声琅琅，莘莘学子斗志昂扬；
努力拼搏遨游学海扬帆起航，璀璨的舞台就在前方；
二中学生自立自强视野宽广耶，不愧为胸怀国家的栋梁；
亚克西亚克西耶什么亚克西耶，二中的学生亚克西；
亚克西亚克西耶什么亚克西耶，二中的学生亚克西。

很多人听到我去支教的第一反应是"哇"，听起来很酷，你很勇敢，但也觉得会失去很多实习的机会,并且支教看起来对经济金融类的工作似乎作用不大,还有人问我有没有后悔过。我想说的是,这段经历确实在专业技能上不能给我带来帮助,但我收获的是在校园和课本上永远学不到的东西。这一年是我飞速成长,心理走向成熟的一年,我更加懂得以什么样的心态去面对未来人生中的困难与挑战,更加懂得控制和调节自己的情绪,也收获了爱与温暖。如果我没有去支教,我会错过南开百年校庆这个高光时刻,更不会有机会参与支教团二十周年团庆,就像林俊杰歌词唱的那样:努力不会徒劳,爱并非凑巧,我们握的手握好,我们就算很渺小,也绝不逃。我永远不会后悔,因为我相信一切都是最好的安排,趁我们还年轻,趁青春气势如虹,勇敢向未来进攻。希望自己能像团里的师兄师姐一样优秀,为我团的建设添砖加瓦。支教团二十岁生日快乐!谢谢你带给我的一切。

(张瀚文,南开大学第 19 届研究生支教团志愿者,毕业于南开大学经济学院)

感悟

　　我在此用力挥洒青春,希望留下特别的记忆,记住自己此时真的很年轻,记住自己曾经用一年时间埋头做过一件不惊天动地但是意义长存的事情。

我在阿勒泰写下梦的乐章

冯 元

飞机在祖国辽阔的版图上画出一道长长的弧线。这条弧线，它分割了这古老国家的南北两边，它分割了一个女孩儿人生中最迷茫却又充满激情的四年。这条弧线，它连接着这东方雄狮的首尾两端，它连接着一群人的梦想，那终点不再是永远也到不了的远方。2012年7月25日，机场飞机的轰鸣声和脑海中挥之不去的志愿者之歌，奏响了梦的第一乐章——童话。

我第一次意识到自己将作为一名支教志愿者，离开熟悉的津门去到遥远的新疆，是临行前的一次活动——在天津师范大学举办的志愿者出征仪式。在那个不大的会场里，坐满了和我一样要去服务西部的应届毕业生。昏暗的灯光，让我看不清台下志愿者的脸，只能看到被台上耀眼的镁光灯照射着的那些演员的表情。他们的妆很喜庆，表情很夸张，朗诵时，喉咙也像被甜腻的情感阻塞而发出奇怪的尖锐声音，但是，坐在台下的我却一直心不在焉地环望四周。因为我觉得，那些和我一样，即将离开父母、离开校园、离开家乡到一个陌生的地方服务的学子们，一定和舞台上这些人感受不一样。我想看他们的表情，听他们的声音，我想寻找到和我一样的感情，那是一种无法用一个简单的词汇就能概括的感情。最终，当我和周围的所有人，举起右手庄严宣誓时，我听到一个旋律在我耳边响起，那是一段激扬的节奏——"到西部去！到基层去！到祖国最需要的地方去！"我的心，一下子被点燃了。我终于意识到，所谓的"志愿者"就是这样一群"心怀志向，愿为人先"的人。这样的人，不怕背井离乡的孤独与寂寞，不怕物质贫乏的艰辛与清苦，不怕被人忽略的淡漠与冷落。因为，只要心在，梦就不远，只要有人需要，他们的人生就充满力量！

伴着这段在脑海中挥之不去的旋律，我们从天津来到了新疆，经过短暂的三天培训之后，我们乘上了由乌鲁木齐开往阿勒泰的飞机。新疆的一切都如同广袤的天空一样开阔、奔放,让我们万万没有想到,我们即将要支教的地方,会是这样的一座小城,它何以安放我们这一腔的热血,它怎么装得下我们全部的理想?我坐在满是尘土的公交车上思考着,望着远处的山峦,陷入深深的迷茫。

来到阿勒泰的第一晚,我们都醉了。走在回宿舍的路上,听到克兰河水的奔腾声,看到夜空里在天津那样的工业城市从来都没见过的满天繁星,闻到从将军山的山坳里吹出来的带着树木葱郁气息的风,我们这群城里的孩子,一下子就都沉醉了。也许,在上一秒我的梦还是如何改变这里孩子的命运,如何帮助他们走向车水马龙的大城市,而这一秒,我开始羡慕他们,能在自己童年和少年的时光里,写满这青山绿水的欢愉和鸟语花香的美好。在那一晚,我做了一个关于童话小城的美丽的梦。

之后的生活在二中不大的校园里,一点点被规划和展开。确定了在高一(13)班的语文教学工作和在团委的兼职职务之后,我便开始琢磨怎么去以一个南开支教志愿者的身份,让我的能量在这座小学校里大放异彩!我琢磨着怎么编写一份不一样的军训简报,怎么按照大学的社团管理模式去规范二中的社团,怎么重振《二中部落》在学生办报领域的声威,怎么把自己打造成最清新活泼的老师来,让我的学生们永远记住我的名字……这一切都让我既紧张又兴奋,我有点不知道先从哪个地方下手,连笑容似乎都有点僵硬了。所以,在一段时间过后,学生和我讲,"冯老师,你真的好可爱呀,可爱得有点不像老师。"我无奈又害羞地笑着。

刚开始遇到许多问题,例如,上课时学生不遵守纪律,我的批评像是一段无聊的背景音乐;作业上交数量,让我觉得还应该再教一个班,这样两个班的作业数加起来,或许能凑够一个班的数目;社团社长忽然转学,我却对这件事完全不知情;团委领导经常忘记或者丢东西,而我似乎也被他传染了一样的毛病……这一切,发生在阿勒泰漫长冬天的开始。这个冬天飘落的雪花撒在梦想的蓝图上,让我开始重新书写我自己。这是梦的第二乐章——成长。

在和学生"斗智斗勇"的岁月里,我们好像在打一场没有硝烟的战争。我开始每天早晨没打铃就跑到教室里去,和他们一起上早读。我把要背的课文流水账一样地背出来,告诉他们:"这是我五年前就会背的东西,你们还差得远呢!"我每天都这样坚持着。不久之后,开始有一两个学生用羡慕又惊讶的眼光望着我,开始有学生下课来我办公室问我怎样才能快速又牢固地记住那些古文。每天中午，我会在第五节课下课铃即将打响的时候，冲到（13）班的教室门口，抱着那些课堂听写不合格的学生的本子等着，一下课，我就冲进门去，留下那些不合格的学生，陪着他们直到所有学生把该会的文章掌握，再离开教室去吃午饭。当然，在我一不留神的时候，会有顽皮的孩子，因为不想再被老师困住，从教室中间的窗户"逃走"。在这漫长的"战斗"中，我每天的心情都无缘由地被我和学生之间的交锋结果牵引着，时而狂喜，时而落寞。经常在晚上收到课代表贴心的短信，她跟我讲："老师，你别太生气啦，我相信大家都不是故意的，一切会好起来啦。"是啊，当固执的我站在青春的尾巴上，看着同样固执的你们在青春的网中挣扎，我一下子想到了曾经的自己。那所有的年少轻狂的岁月和所有的不谙世事的惶恐，不是都在这漫长的时光中被打磨光滑了吗？所以，我不再焦躁，不再懊恼。我依然在早读时陪他们读书，不过我只是安静地听他们读，欣赏早晨阳光下的书声琅琅；我依然和他们聊天，天南海北，只是想告诉他们世界很大，学海无涯；我依然不放弃那些顽皮的娃娃，忘了和他们聊过多少次，后来有人在周记里写道："老师您辛苦啦！"

　　还记得后来《二中部落》选了新的社长，制定了新的管理模式（我给它起了很直白的名字"一分二定三总"），开辟了新的专栏"南开教师专访特辑""二中教师风采展示"和"网络流行词汇百科"，制作了《二中部落》的新一代工作证。每个月的1号，当我坐着2路车取回那沓厚厚的报纸，我都会觉得我和《二中部落》的孩子们又一起书写了关于"坚持与拼搏"的新的一页。

　　这个冬天过得很平淡，像每天都会如约而至的雪花，没什么稀奇。但是，日子久了，我慢慢发现，窗外的雪花已经堆积成小山，在悄无声息的每一个日子里，它淹没了将军山，它覆盖了克兰河，它包裹着阿勒泰，它装点了金山银水中的一切。而我与学生的一切，也如同这一片片雪花，不知不觉间，已经垒砌了一座高高的城池，坚固地驻守着我们的回忆。

　　阿勒泰的雪4月份才化掉，没想到早春三月的街道是如此的泥泞，到处都是融化的冰雪和早春的泥土掺和在一起的混乱景象。花儿在忙着开放，草儿在忙着破土，克兰河也忙碌地冰融，而我却在这生机勃勃的季节里显得落寞无比，因为温暖的阳光是竖琴的琴弦，风吹过，奏响了第三乐章——离别。

　　为了抑制我的惶恐，在下学期的开始，每天都和学生们交换一个叫做

"窃窃私语"的本子，只因为我是那么渴望能多记下和他们在一起的时光。其中一个学生在本子里写："老师，您为什么那么怕分别？现在科技多发达呀！我有您 QQ，有您电话，等我高中毕业我一定会去天津，到时候您可要接待我呀！"是啊，我害怕的仅仅是分别吗？我想，我更害怕的是失去这种生活。在这座美丽的城市和单纯的你们在一起的生活，很让人留恋！

冬不拉的琴音，黑走马的调子，和着克兰河的水流奏出最美妙的乐章。它在讲述着一段美丽的童话，它书写着一首成长史诗，它叹咏着一曲哀伤离别。在即将离开阿勒泰的时候，忽然下起滂沱大雨，它让整个小城在雨水的冲刷下清晰，又在蒸腾的烟雾中朦胧。我与阿勒泰的一年，我对这里所有一切的情感，就如同满溢的克兰河水，在我心里，泛滥成灾。

（冯元，南开大学第 14 届研究生支教团志愿者，毕业于南开大学马克思主义学院）

我的阿勒泰

王欣昀

星曾经划过天空，我忘记许愿；
浪花曾经拍打岩石，我忘记祝福；
故事讲了一遍，我错过了聆听；
人生只有一次，我没有错过这个机会。

永远记得2003年，我用一年做了一件一生都不会后悔的事情。我是王欣昀，第5届支教团支部书记，南开大学首批赴阿勒泰支教的团员。

对大多数人来说，知道阿勒泰，是通过李娟那本获得"人民文学奖"的书——《我的阿勒泰》。阿勒泰——这是我国新疆北部的边陲小城，从地图上看它的纬度和东北地区的漠河相近，那里的冬天是漫长的。那里不只是寒冷，还有戈壁荒漠，还有狂风，语言的不通和贫苦的生活，更有纯净的心和人与人之间纯朴的感情。

对于我这个土生土长的天津人来说，2003年的阿勒泰还是一个遥远的地方，那时我对新疆最多的了解是，我们隔壁宿舍有一个乌鲁木齐的姑娘，她每次坐48个小时的火车到天津，带着一箱馕、葡萄干和杏干。而今新疆对我来说是一个经常梦回的地方，是一个我看到当年拍糊的胶片照片还仍然会哭的地方，是一个我指着版图最西北的地方，对我旁边的小姑娘说，"你看这是妈妈在读研究生的时候当过一年老师的地方"，于是她开心地仰着头问："那是你最喜欢的工作吗？"我用手比了一个yeah，说："当然！"那是迄今为止我在中国抵达的最寒冷最遥远的地方，是我心里最温暖最柔软的地方。我带来小朋友是因为我想告诉她，虽然临近期末考试了，但是人生中有很多比小升初、比学习奥数、学习英语、学习美术、学习体育更重要的事情。比如说青春无悔，比如说家国天下，比如说胸怀梦想。

2003 年，我和其他 4 名同学作为南开大学第 5 届研究生支教团的成员一起来到了阿勒泰，此时我们的耳边都是南开师长关心的嘱托和无论何时何地南开永远支持你们，永远是你们的家。阿勒泰是中国的一个角落，大家都知道，那是大公鸡尾巴尖指向的地方，北面是漫长的国境线，四面环山，常年积雪，他在蒙语中意为金山。著名的阿勒泰本土作家李娟有两本书，一本叫做《九篇雪》，一本叫做《冬牧场》。所以，我们可以知道这里的特产就是暴雪。

作为拓荒者，我们刚到的时候住房非常简单，平房、屋子也很匮乏，气候很寒冷。作为一个在海边长大的人来说，我时常把自己裹成像一个熊，穿上羽绒服三件套，仍然觉得冷。去菜市场拎一篮鸡蛋，不留神脚底下一滑，鸡蛋都飞出去，瞬间凝固在地面，心疼 10 秒钟。我最擅长做的菜是西红柿炒鸡蛋，但是我从来不敢放葱，因为在北疆极寒天气的葱 60 块钱 1 公斤，那时候还没有引入蔬菜大棚，所以我一般要用绿一点的白菜叶代替，鸡蛋由于我经常把它摔了，所以它也很贵，我放的也很少。那时候都是老师们自己做饭，学生们经常串门来找我要吃的。他们经常会说王老师又做了好吃的西红柿炒白菜。

那个时候每周的英语课和语文课我有 30 多节，我教 4 个班，每天回到宿舍 12 点多，我还要一本一本批改学生的作文周记，我本科是文学院的。我想每天只熬到凌晨 2 点，一定能够完成 70%，连高考都没有让我的手指有什么变化，但这份工作让我在 23 岁的时候手指磨出了厚厚的茧子，后来我的中指变形了，一直到现在我都没有做过美甲。那个时候我经常熬夜写评语改作文，我的学生有很多在全国作文大赛中获奖。出去教学、家访也是我当时生活中比较重要的一件事情。那年 9 月份天就下起了雪，从家访村子回来的时候天已经晚了，我迎着风卖力地蹬着自行车，突然迎面来了一辆卡车，我为了躲它一下子栽进了旁边的雪地里。我从来没有想过在 9 月份的时候，阿勒泰的雪能够齐腰高，我在雪里面挣扎了半天，才从雪窝里面探出了一个头。我的同学说我当时像一个巨大的滑稽的田鼠。

冬天经常停水，我们需要拎着大铁桶去接水，还没走回宿舍，水冻成冰疙瘩，连眼睫毛也会被粘住。同组的孙老师说，因为我眼睫毛特别的长，建议下次出去打水的时候，要一手拿着桶，一手拿一个小棍不停地敲睫毛，但是这么多年过去了，我的眼睫毛也掉的差不多了。我最快乐的事情是什么？就是那个时候家访我被同学们发现，他们就会真的把我拽向自己的家，拿出平时他们特别喜欢的零食，比如干脆面、杏干儿、奶疙瘩；挑水的时候，他们会争夺我的水桶，就想帮我打水，有一个新疆的孩子，他把我的水桶把上绑了厚厚的布条，上面还贴了一张刘若英的贴纸，后来他在日记里面写"老师我觉得你特别漂亮，你长得特别像刘若英。"

毫无疑问，我们都受到了二中和当地党委的嘉奖。李艳芳当时带出了英语满分的学生，这在高二是很不容易的。王险峰拿出了英语竞赛的一长串获奖名单。胡锦华一人身兼数职，建起了阿勒泰地区二中的第一支学生乐团，声名远播。而白华作为当时计算机系的学生会主席，建立完善了当时二中的计算机课程，他以一人之力建起了校园网和校园网站，也推开了阿勒泰地区向外的一扇光明之窗。此后我其实在学习和职业生涯中获得了无数的省部级和国家级的荣誉，但是阿勒泰地区"优秀志愿者"的称号一直是镶嵌在我们心中最珍贵的荣誉。

临走的时候我们在大礼堂给学生做演讲，题目是《我的大学》。我们说大家可以自愿参加，当时全年级的学生都来了，站着的、坐着的，他们扯着嗓子在下面喊"王老师，我爱你"，于是我在上面又哭又笑，差点不能完成演讲，差点毁了我的美好形象。后来，我们经常在讨论的时候说人的一生有这样的经历，你觉得你是不是上辈子拯救过银河系？在 2006 年的时候，我硕士毕业放弃了留校的机会，从一个天津人再次变成了一个新疆人，我选择了新疆油田的工作。当时他们来南开招聘时，我递了简历，他们拒绝了我，因为我是女生。于是，我把当时在南开大学报连续几版发表的新疆支教记发给他们总经理看，他们第一时间就决定录取我，原因就是南开大学研究生支教团已经替我们选过一次了，所以我们还有什么可犹豫的？我顿时泪流满面。

我在塔克拉玛干大沙漠腹地工作了 8 年，传说中难以逾越的死亡之海，冬季零下 40 度，夏季高温 75 度，沙尘暴很厉害，大家不知道见过没有，强风带着沙尘像一堵几百米的墙一样从远处呼啸而来，排山倒海，一不留神把人就能推出去十几米。那时候没有清水和蔬菜，沙漠地区是一周配一次蔬菜，所以大叔总是在第一天就把蔬菜全给做了，我们就吃蔬菜。夏天坐在集装箱的板房里，天气很热，60 多度，我们都是太阳落山才回去。

我们前线也有飞机，是人货两用的，两排座位是小板凳，大家坐过没有？同事们回去，有的时候赶上飞机里面运货物，我们面对面坐着，人在前面，鸡鸭羊在后面，中间放的是物料。在遇到气流的时候，我们就前后移动用身体保持飞机的平衡。南北疆的冬天是一样冷的，南疆没有北疆暖和，早晨我们很难推开房门，需要同事从外面用开水融冰才能打开门。当时很多人都不能忍受这种恶劣的环境，想办法要去其他比较好的地方。但是对我来说，这是一种安之若素的地方。我是学法律和中文的，我白天就跟着钻井队长跟着监工学技术，晚上写报告，我丝毫不觉得很苦。我想这可能是因为我曾经拥有过支教岁月，我曾经是南开的孩子，我曾经是阿勒泰的孩子。实际上，岁月曾经沉淀给我坚韧、冷静、耐得住寂寞，他教会了我在艰苦冷清中如何思考工作，如何给周围的人带来力量和快乐，大概就是这种与众不同，后来我成为中国石油最年轻的中层干部。

从团委书记到油田宣传部部长再到后来，在自己的职业生涯中也取得了很多成绩。我想苦中作乐、永不言弃，是南开支教服务的特殊礼物。人的一生很长，但是关键只有那么几步，我非常清醒，我选择了南开。入校的时候我18岁，很年轻，南开培育了我专业知识和博大的胸怀，我更加庆幸我选择了支教，选择了新疆，选择了阿勒泰，它养育了我的坚定品格和温润气质。

再后来我通过了百里挑一的考试来到了北京，冥冥之中好像自有天意，中国石油的海外板块派我出外几年，到哈萨克斯坦工作。我刚到哈萨克斯坦的时候，哈萨克斯坦的同事和阿勒泰的同事一样热情，幸亏我当年学了一些哈萨克语，所以他们把我当成自己人，把我拉到中哈界碑，热情地让我站在界碑前拍照留念，然后絮絮叨叨地告诉我，因为哈萨克语我说的也不好，听不太清楚，最后还是说的英语。他们说：你知道吗？这边是哈萨克斯坦，那边是中国的阿勒泰，你知道阿勒泰吗？我说：我知道，10年我在这块界碑面前留影过，那时候我脚下的热土就是阿勒泰。那么故事讲到最后我又有了后来，我和大多数支教团成员不一样，我是唯一一个回到支教地工作的人，我每年都会回阿勒泰看一看，带着我的爱人，带着我的孩子。

每个到过阿勒泰的人，都拥有一个属于自己的"阿勒泰印记"。作家李娟的阿勒泰，风穿过森林，卷起帐篷，雨冲击大地，涌成急流。森林带给人的新生似的纯净后，是空寂的古老的关于人生宇宙的愁思。而我的阿勒泰，承载着深深的爱、梦想与希望。我的学生们现在都30多岁了，他们成为阿勒泰各行各业的顶梁柱。他们曾经来北京看我，在天津我生孩子的时候，他们也总来看我，他们摸着襁褓里的小姑娘说，我们是你的哥哥姐姐。

今年是南开建校100周年,"五四"运动100周年,阿勒泰二中去年也已经60岁了。当时校庆活动要求我拍一个祝福视频,我特别激动,这个视频我录了20多遍,生怕录不好。不忘初心、牢记使命,今天我们的支教团已经20岁了,回顾我们的初心,那是南开人的初心,是为服务地的孩子们带去希望、带去光明的初心,那是推开一扇窗的初心;牢记使命,我们的使命是将这份初心一代又一代的薪火相传,是把"允公允能 日新月异"的校训播撒在祖国的边疆,让南开的旗帜永远高高飘扬。相信带着支教岁月赋予我们的初心,在这一路奋斗的风雨人生中,我们一定会走得更加稳定,更加自豪。谢谢大家。

(王欣昀,南开大学第5届研究生支教团志愿者,毕业于南开大学文学院)

这 一 年

夏 上

来到西藏后,我知道这里海拔 3700 米,这里的空气稀薄,这里的阳光会灼痛皮肤,这里的牛毛发会长到落地,这里没有水稻小麦,这里的食物口味偏辣,这里的远山常有白茫茫的积雪,这里的夏天也要穿长裤和外套。我也曾看了最美的云,最蓝的天,也见证了最真实的信仰,最淳朴的热情。

要是一个游学者,经历这些也算不虚此行。可我,是个支教老师,是个要把最美好的一年安放在这里的志愿者。

我不禁常常向自己发问:这一年的终点在哪儿。

第一次告诉学生我的志愿者身份的时候,二年级的藏族小娃娃像第一次听我讲课一样,眼睛忽闪忽闪地看着我——听得到但是听不懂。"志愿者就是愿意主动帮助别人而不求回报的人。大家明白了吗?"我一个字一个字地讲,想顺着这个知识点,再提一句支教老师也是志愿者的一种,就问了孩子们什么是支教老师。这一次孩子们回答很积极,甚至有些激动,一半的学生都举手了。还没等我叫起一个来回答,有个嗓门大的学生铆足了劲儿喊道:"我知道什么是支教老师!就是那种待一年就走了的!"我先是惊诧,一个二年级的孩子会说出这样的话。然后眼眶开始湿润,鼻子一酸,差点没忍住眼泪。后来的半节课,我开始讲我们的支教团,讲我们的大学,却怎么也绕不开这个孩子口口声声说的一年。仿佛就一下子,日子不再是一天天长远,而是数着一年的光景,看那离开的时刻还有多久会来。

像是孩子问了我,这一年会留下什么。

因为是寄宿制学校,孩子们晚上都要上自习,而晚饭又吃的早,吃完饭离晚自习还有快 1 个小时的时间,多数孩子会去操场玩。有两个团友——老师和程老师,他们教六年级语文,但班级里的数学成绩,除了个别能及格,平均分 30 分出头。他们找到我,想给班里愿意补习的孩子培优补差,就在晚饭后讲数学。每天补习40分钟，相当于一节课。

第一次给孩子们补习的时候，他们都恭恭敬敬地坐着，低着头，可能在想这个教二年级道德与法治的老师，教六年级数学会是什么样子。我并没有讲书本上的知识，而是展示了几个趣味数学问题。一个是"鸡兔同笼"，一个是火车过桥，还有几种典型的简便算法。我想告诉孩子们数学是和生活息息相关的，数学也是很有趣的。我每解出一道题，孩子们就瞪大了眼睛，一个劲儿地鼓掌，也不知道听没听懂。

临近上课，他们就回去了。有个女孩子走在最后面，慢慢迈着碎步子。看我来了，一把塞给我一张纸条，扭头就跑了。纸条上写着："谢谢夏老师给我们补课，夏老师讲得很好，我现在开始喜欢数学了。我们会好好学数学的。"没有署名的这张纸条，忽然间，给了我巨大的鼓励。

我想起了我教的二年级的212个孩子。我的孩子知道了天牛是种害虫，知道了天安门广场是北京的标志性建筑，知道了有霾的天气要在室内玩耍，知道了吐痰要先用纸巾包住，知道了中华大家庭有五十六个民族，知道了外面的世界也精彩纷呈。

就算我走了，这些他们也都还会记得。

第二天，我还是教二年级的道德与法治和六年级的数学，但心情却明朗了很多。

这一年，我慢慢发现支教二字开始饱满，甚至沉重起来。

有个学生，我一直以为他是叫扎西，后来发现扎西是另外一个孩子。

12月的第一个周末，达孜区项目办组织西部计划志愿者去塔杰乡主西村慰问留守儿童，入村入户给孩子们送去慰问品。村子不远也不近，从县里开车将近一个小时能到。

虽然前两天刚到这些儿童家里做了调研，刚到第一户的时候我还是挺惊讶的——我看到了自己的学生。羞愧于不了解自己学生的家庭情况，我想喊他过来和他说说话。我一直叫"扎西"，他远远站着，只笑着，没有回应我。像他在学校里对我的反应一样，犯了错误，也就这么站着，用手捋着头发，偶尔会不停地吐舌头。里屋奶奶用藏语喊着另外一个四个字的名字，我才知道是我记错了他的名字。

志愿者和项目办的工作人员坐在他家的沙发上，开始聊这家的情况。奶奶搂着孩子，一边说，一边揉眼睛。问到这个孩子的爸妈时，奶奶抹了抹眼角，就吩咐孩子出去了。从村长的翻译里，我们知道，孩子的爸妈在拉萨和县里工作，而那个出去的孩子也不是留守儿童，是家里的爸妈领养的孩子，但是孩子不知道。我听了之后，感觉空气像是凝固了，不自主地屏住了呼吸。刚开始心里的羞愧，一下子沉了下去。

村长扭头对我说的一句话，把我从沉思中拉了回来："奶奶说，你是孩子的老师，请老师好好教孩子，要是孩子不听话，揍他也可以。"我看着红着眼眶的奶奶，知道她说的和我想象中家访时家长的客套话不一样。谢过奶奶递过的甜茶，我满口答应了。

我甚至一时间不清楚自己答应的是什么，我甚至忘记了自己是一个只待一年就走的支教老师。

慰问快结束的时候，我了解到，这里的八九个留守儿童里，有三四个孩子或是领养的，或是双亲离异被撇给奶奶、舅舅抚养的。

周一上课的时候，我开始关注那个被我叫成"扎西"的孩子，而他和以前不太一样了。他上课的时候开始看着我听讲而不再做小动作了，作业也开始交了，甚至字迹工整得能让我辨认得出来，我开始表扬他，更多地鼓励他。

张老师是我的团友，教这个孩子汉语文，也去过这个孩子家里。在慰问活动很久以后，她在一次聊天里告诉我她的教学感悟："很多老师不知道，班里有些孩子平时很调皮，其实有的时候是在引起老师们的注意。老师们关注到他了，他感觉到自己被关注了，他就会很听话，很认真学习。"

程老师也去过六年级班里很多孩子家里家访。最远的一次，骑车三四个小时去了唐嘎乡。他告诉我，家访的时候也有家长哭，不是孩子身世，而是单纯的因为家访。学生的家长曾经拉着他的手大哭，告诉他，以前从来没有老师来过家里家访。

我又想起了"扎西"奶奶的话，觉得自己答应的，是做一个老师应该做的事情。

这一年，人生路上匆匆一瞥，却也是寻梦路上必经的一段。

1月份，很多志愿者都回家了，我们团5个人还在学校里给六年级的学生们上课。很冷，很累，很想家，但也都留下了。六年（3）班的数学老师休产假，我平时也教数学，就临时给（3）班教10天课。

和我预想的一样，孩子们也能懂我的教法，更重要的是对数学有了兴趣。一次连堂课后，我用讲台上的一体机给他们放歌听，放松休息一会儿。怕他们理解不了，我就把歌词也调到屏幕上。听到一首歌的时候，有几个孩子告诉我想学一学。我一看，是《蜗牛》：

"我要一步一步往上爬，等待阳光静静看着它的脸，小小的天有大大的梦想，重重的壳裹着轻轻地仰望。"

我突然想起自己高中那三年，想起自己第一次听这首歌时对梦想的暗自笃定。我望向全班同学，望向他们泛着高原红的脸，望向他们渴求的眼神，问："谁能和大家分享一下，自己的梦想是什么？"

作家、军人、美食家、教师、科学家……仿佛10年前的自己也这么说过，仿佛在内地的孩子也会这么想。在雪域高原，天寒地冻的时候，这里的梦想，还是那么五彩斑斓。

"梦，是要我们去追的。现在的我们，要一直向着自己心中梦想努力爬，努力跑！"

我希望他们在多年后也还记得这么一首《蜗牛》，每当听到这首歌，还记得梦开始的地方。

这一年，终究是一年。

我一直在想，这一年的价值会在哪里。可想着想着，时间就开始催了。

上个月给孩子们提前庆祝"六一"，他们高兴极了，让家里把自己心爱的衣服或者新衣服都送来，在全校文艺会演之后穿上，在班级庆祝晚会上给自己的好朋友看看，仪式感十足。

本来我也很高兴的，拿了相机给各个班的晚会拍照。去了自己教的五个班，二年级的小朋友在班主任的组织下，戴着礼帽，吃着蛋糕，跳着舞，热闹得很。拍照的时候，我还被抹了一脸的蛋糕！

来到六年级，走到程老师的班级，他不在。六年级的大孩子们自己提前把班级布置好了，桌子椅子靠墙，中间摆着蛋糕和吃的，教室的一体机里放着音乐，气氛也很热烈。我站了一会，找角度给他们取景拍照。一首歌完了之后，接上的是《栀子花开》。

当《栀子花开》的前奏响起，当我看见那个补课时总是调皮的男生整理他的衬衫领口，当我看见那个平时安静极了的女孩穿着她心爱的干净衣服，我真的不知道，他们不穿校服的时候，这么帅气，这么漂亮。我想到他们就要毕业，奔赴下一场青春盛宴，想到他们在多年后也要成为家庭和社会栋梁。

突然之间，我热泪盈眶。

我发现，我爱这里的每一个孩子，不管是一年，还是以后。

来支教之前，有朋友跟我打趣说："你就这么去支教了，还去一年，该不会以后就当个教师了吧！"现在想想，我觉得我真的会。

（夏上，南开大学第20届研究生支教团志愿者，毕业于南开大学经济学院）

传承廿载支教初心，接力百年公能使命

——在南开大学研究生支教团 20 周年座谈会上的发言

郭金梦

尊敬的各位领导、老师
南开大学研究生支教团的学长学姐们
　　大家上午好！
　　我是第 21 届研究生支教团甘肃分团的郭金梦，来自南开大学外国语学院，非常荣幸能够作为"小二十一"见证南开大学研究生支教团二十周年庆典的召开。在聆听前辈们分享自己的支教故事、人生故事的时候，我看到团友们和我一样，一次又一次地湿了眼眶。在此请允许我代表第 21 届研究生支教团全体，向历届曾奋斗在支教扶贫一线的前辈们，向给予南开支教人大力支持的支教地和南开大学的领导、老师致以最诚挚的感谢和最崇高的敬意。
　　本次研究生支教团二十周年座谈会的召开，不仅仅是一种纪念、一种仪式，作为后辈，我们在其中更加深入地学习了前辈们的支教经验，也更加细致地了解了南开大学研究生支教团在过去的二十年里为西部的教育扶贫事业所做出的不懈努力。每一段支教故事，每一段支教记忆都是那样的刻骨铭心，每一分努力都闪耀着南开支教人汗水的光芒。凡此种种，无不在这个夏天，点燃了我们本就热切期待着奔向西部的心。
　　南开大学研究生支教团事业已经传承了二十年，第 21 届研究生支教团是南开大学在新百年派出的第一支研究生支教团队伍，我们肩负着继往开来的使命，更肩负着沉甸甸的责任。
　　从入选支教团到现在将近一年的时间里，在日常培训、经验交流会和教学实习中，我们一直在思考：支教地真正需要什么，到了支教地我们能做些什么,我们应该怎样去做好。我想,在前辈的指引下,答案已经很明晰:用心做好支教扶贫和实践育人,踏踏实实、尽心尽力地去备课、授课,解答好每一个问题,就是我们的职责所在;走进支教地,走进学生的内心,做好"智""志"双扶的工作,更是重中之重。

2019年1月17日,习近平总书记视察南开大学时,第21届支教团的成员全员在场,团长薛博文向总书记报告毕业后将去西部支教,得到总书记"大有可为"的勉励。我想这份嘱托,不仅是对我们的期许,更是对历届南开支教人的肯定。南开大学第21届研究生支教团将牢记习近平总书记的殷殷嘱托,全情投入到"把小我融入大我"的青春实践中,传承"知中国,服务中国"的南开传统,循着前辈们的足迹接力奉献,在南开大学新百年的起点,做出我们这一代人的新的贡献。

谢谢大家!

(郭金梦,南开大学第21届研究生支教团志愿者,毕业于南开大学外国语学院)

仰望漫天繁星与脚踏雪域土地

王 惠

我来到这片雪域高原之前曾有过许多疑虑，小到饮食起居，大到思考如何做好一名老师，担心自己无意中会摆出"应试教育优胜者"的姿态对懵懂的孩子们说教，担心自己会成为上学时最不喜欢的、用成绩来衡量学生一切的老师的样子。然而，当踏上这片热土，站在三尺讲台之时，望着孩子们一双双明亮的眼睛，一切便已水到渠成。

我一直想给我的学生们带来两样东西：一样是我曾经得到并受益的——相对先进的教育理念、书本内外的知识和丰富多彩的校园生活，让孩子们可以抬头仰望到漫天的繁星；另一样是我曾经缺失却希望他们能够及早获得的——关于做人的道理、生活的智慧和发展的能力，希望学生们能够脚踏实地，在现实面前不畏手畏脚，对未来不故步自封，不论做什么都有一颗赤诚善良的心，并时时刻刻用这颗心去思考、去感受、去选择。

开学的第一节作文课，主题是"我的理想"，大多同学的理想集中在老师、警察、军人和医生上，还有同学出乎我意料地写着自己想做拳击手、厨师等。当谈及原因时，那位想做厨师的同学答案非常具有代表性：因为我的爷爷、爸爸和哥哥都是厨师。这次作文课让我意识到"理想"这个话题对于我的孩子们来说可能还为时尚早，因为他们接触到的职业种类非常有限，未来的人生不是 A 就是 B，这样稀少的选项也一定程度上限制了他们学习的积极性。通过家访我发现，农牧区的家长们大多为了生计而整日奔波，不仅教育孩子的时间有限，且教育的方式非常单一，学习究竟能多大程度地改变生活，他们也不是很确定。随后，"职业教育"便潜移默化地融入我的课堂中。讲《为中华之崛起而读书》时，我向孩子们介绍周总理作为一名杰出的政治家、外交家，如何运用自己的智慧与能力挽救民族危亡，又如何勤勤恳恳为了人民呕心沥血；学《"两弹元勋"邓稼先》时，讲到邓稼先作为一名科学家如何默默为祖国做出了卓越贡献,启发学生发现现在的便捷生活离不开各个领域的科学家的付出;还有《让火车上山》中的铁路工程师詹天佑,如何因势利导、克服万难、为国争光;偶尔我还会和学生讲讲大学里的各个专业、我的同学们的职业以及他们对社会的贡献……每当讲到这些,就连班里最调皮、最不喜欢学习的孩子也会抬起头认真地听着,眼中满是憧憬。学期末的一次考试,题目又是"我的理想",我欣慰地看到有学生写着想作为人民谋福利的公务员、设计青藏高原上的高铁的工程师、发扬传播藏族文化的服装设计师、支教老师……

我教的孩子当中有人会上大学,看到更广阔、更繁华的世界,但多数人的学业因家庭或自身原因恐怕会止步于中学。但无论结果如何,现在的我都要让学生们不因出身的贫困而错失很多美好,督促他们勤奋学习以获得更多选择的权利。

支教的生活并没有太多波澜壮阔,不过是每天、每节课、每次早晚读,平平淡淡地陪伴着、引导着孩子们,与他们一起成长,共同学习书本内和书本外的知识。我想,或许正是这样看似平淡的生活,将会成为自己人生中最绚烂的一笔。因为我能看到一代代的南开支教人作为教育实践者,用自己的实际行动支持祖国西部教育资源的均衡化发展,为所有的孩子,无论出身,都能享受到优质教育的这个伟大愿景,在讲台上、在办公桌前,默默耕耘、无私奉献!

(王惠,南开大学第 20 届研究生支教团志愿者,毕业于南开大学马克思主义学院)

支教感想

闫 笑

2017年8月14日 星期一 支教第16天——白色的土地

感谢庄浪县团委提供的机会，让我们有幸能一同走访贫困大学生。行程虽满，但我想这初次的感动与震撼是以后无论再有多丰富的体验都无法替代的。所谓山区究竟是不是充斥着"豺狼虎豹"？所谓贫困又将界限固定在哪里？我用自己的眼睛看到了，用自己的脚步丈量了。

如果戴着我第一天昂扬斗志的有色眼镜去看，眼前的"画卷"是这样的：

天蓝蓝、云淡淡；水清清、语喃喃。古朴的村落，失明的老狗，邻里乡亲声声亲昵地唤着谁家娃娃。

但是褪下这面滤镜，土地是白色的。

绕过山弯，车子驶到力所能及之端，徒步走上几乎倾斜呈一个直角的土坡，身边是塌下的崖壁，上面有人家。

这里是甘肃，这里的山崖就像自然放置的壁垒，一圈一圈，指引着道路。山崖上一道道沟壑，像是被犁耙拖曳过似的。但土地是不同于肥沃土地的米白色，总让我想起压缩饼干，看着很坚硬的样子，只要微微一使力就会碎裂成粉末，很干燥。

麦秆混着泥巴糊成的墙，仿佛置身电视剧的拍摄现场。沿着杂草间的小路，随处可见山羊的粪便，味道会让人不适应。没有人去管，因为它没有价值。几乎家家户户会囤起驴子的粪便，那倒是不错的能源。

公路是这里的奢侈品，即便是平整的道路也会铺满灰尘。这一路，好像一直在用肺过滤微小的土粒，只有鞋裤蒙上的一层灰能证实。太阳能热水器也不常见，镇上的医院才有两个。如果谁家屋顶上有那么一排整齐的金属管，想必这家的娃娃就不在我们走访的范围内了。基本上每家都会有自来水管，但都能准确地说出停水时间。

这就是硬件设施。

当我看到一个学生爸爸萎缩的手臂时，我从未如此庆幸我的父母是健康的、强大的。这里很多贫困家庭的父母一方体弱、残疾或在外务工，甚至还有很多单亲家庭。仅以我国东部地区来说：南方，有山的地方，有水；北方，有山的地方，有树；而在大西北，有山的地方，就有贫困。

在庄浪，是我第一次见到如此这般连片梯田。绿色覆盖率其实很高，可终究还是不能完全遮挡住绿色下面的白色土地，苍白、干裂、贫瘠，祖祖辈辈努力但收获甚微。我坐在车里向外看去，它是壮美的。

2017年8月15日 星期二 支教第17天——活着

走访第二天，今天我去了韩店镇以及昨天没来得及前往的南坪四户人家。

必须要提的是，今天感受到了"生命威胁"！

一是以一堵墙筑窝的野蜂，很远就能听见他们扇动翅膀的嗡嗡声。走进了能看见泥墙上密布的洞穴，让我这个密集恐惧症患者起了一身鸡皮疙瘩。连胆子向来很大的当地人都让我绕着走，说野蜂毒性大，不能被咬到了。

二是坐车爬了一个很窄很陡的山崖，很害怕会连人带车滚下去，心都提到嗓子眼儿了。

三是举着相机爬山坡，没有阶梯和护栏，一边是财产，一边是生命，所幸两全。

今天走访的时候遇到有一位母亲哭了。她家庭情况困难，家人、自己身患病痛，来自身体、精神的压力，只有在有依靠的时候，终于绷不住发泄出来。最让我触动的是，她避开众人抹了两把眼泪，紧接着就挂上微笑送我们离开。

活着真是太难了，艰难到只能一刻不停地咬紧牙关。

这里每个人都在笑，心里却藏了太多的苦。

结束了一天的走访，我突然觉得肩上的担子好重，我究竟该如何努力，才能把这里的娃娃带出去？

一年的时间，对他们的成长来说实在是太短了。

好在，如果我做不到，还有后来人，不仅有南开人，还有很多人会来到这里，栽下一片绿意。

一切会好的。毕竟在这片白色的土地之上，是清澈透亮的蓝。

2018 年 9 月 10 日 星期一 支教结束后第 N 天——后记

庄浪娃娃 QQ 上联系我，说是要好好学习，将来要考南开。

就这一句话，成全了我从未敢想的圆满。

几则支教故事

说起"支教"，跟我们关系最密切的，除了并肩作战的伙伴，就是我们的学生，我们的娃娃了。我们为他们而来，因为他们与更多的人有了联系，首先是他们的家长。每名学生都是独立的个体，拥有独立的人格、思想、个性，代表着一个不同的家庭。以下仅记录了我和其中几个孩子之间的故事。

故事一：厌学的孩子与微笑的家长

要说哪个孩子让我印象最深刻，无疑就是这个厌学的娃娃了。我曾是一名学生，支教结束后又要继续几年的学生身份，关于学生的厌学情绪，我不是不能理解。可当如此鲜明的一个厌学、逃学乃至离家出走的例子活生生出现在我面前，我还真不知道该如何处理。

幸好孩子的家长很配合，愿意主动与我沟通，跟我说了孩子成长的过程，让我明白孩子厌学情绪的来源。原来是小学时老师对他的惩罚措施伤害了孩子的自尊心，以致对学校的抵触情绪不断加深。知道了"为什么"，就会知道"怎么做"。孩子不愿意上学，我跟他说没关系，老师向你保证，不会让你一口吃成个胖子，我陪着你一步一步走。我同其他科任老师沟通，不要因为这名学生没有完成作业批评他。有了这个适应过程，孩子愿意来学校了。然后一点一点循序渐进，教会他如何体谅家长，如何填补基础知识，如何努力跟上同学们的脚步。

第二学期的期中考试，孩子在年级上进步了几十名。虽然总成绩还是世人眼中的"后进生"水准，但对那个孩子而言，就是优秀。印象最深的是孩子妈妈来开家长会，一反之前不能帮助孩子解决问题时的愁眉苦脸，她是真心因为孩子的进步绽放出了美丽的笑容，我愿意守护这样的笑容，不只是学生的，还有家长的。

故事二：庆生的孩子与"纸上"的家长

2017年9月，第一学期已经进行了一个多月，我也慢慢适应了支教的工作与生活，想了想，把为班上娃娃庆祝生日的计划提上了日程。初一的孩子还小，他们除了教导，更多需要的是关爱。师长的真心爱护会使他们成为更加自信、强大自己。

9月30日，国庆小长假的前一天，最后一节课是我带的班的班会课，正是一个集体庆生的好机会。学生很早之前就用我的名字编了个顺口溜：闫笑闫笑，先严后笑。这回就让他们见识一下什么叫做真正的"先严后笑"！

我用了半节课时间挨个儿点评他们的考试成绩，一时间整个班级鸦雀无声。我努力板着脸，心里憋着笑。

"下面我叫到名字的同学到台上来站着！""刘××！马×！……"不一会儿，台上一字排开站了一溜儿学生，因为未知的恐惧使他们战战兢兢。

"之前老师比较忙，没顾得上，现在帮8月、9月以及10月份过生日的同学庆祝一下！"我放出了庆祝生日用的PPT，脸上也露出了笑。孩子们愣了一下，松了口气，也笑了。

没有给他们准备太多东西，一人发了几颗糖，写了一张祝福卡片。没想到家长会后在家长的意见反馈表上看到了针对这件事的反馈。家长说"谢谢老师记着孩子们的生日，帮他们庆祝，孩子回家很开心，可期待他自己过生日的时候了"。

能让孩子们开心地离开学校，再开心地回到学校，我很骄傲。

故事三：贫苦的孩子与朴实的家长

我们班上45名学生，半数以上是寄宿生，家庭条件好的没有几个。其中条件最差的是一个女生，家里四个姐妹，最下面有个弟弟，母亲因为心脏病无法工作，一家七口靠父亲一人的打工钱过活。

那个孩子很乖，平时安安静静的，成绩在中等水平，因为不需人操心，反而容易被忽视。到第二学期期末，我才惊觉我为她做的实在是太少了，虽然知道不可能照顾到每个学生，可还是想为她做些什么。于是学生在校的最后一天，结束了与他们的告别之后，我找了个借口把她叫出来，给她一个信封，让她别拆开，直接回家交给家长。

信封里有二百元，结束了支教的任务，还想接着以个人的身份，为这个家庭提供些力所能及的帮助。

当晚，是学校老师给我们举行的送别会，我接到这个孩子家长的电话。孩子爸爸用一口不熟练的普通话一个劲儿向我表示感激之情，说一定要让孩子给我送些特产带回去，问我需不需要胡麻油。我很感动，说我要坐飞机回去，带不了，他问我坐飞机为什么不能带，当时我就被一种复杂的感情席卷了，愧疚加上感动。孩子的爸爸是个大半辈子没有走出过这片山坳的老实人，他不会责怪我没有对他的孩子给予充足的关注，却想对我的一点点帮助予以全力的回馈。

结束那通电话，离别时分本就有的伤感，让我的眼眶湿润了。

每个学生，每个家庭都有属于他们自己的故事，我只是他们生命中的匆匆过客，但是他们、这段经历，成为我的唯一。我在这一年中的辛劳、汗水，通通化作欢笑与泪水、珍惜与感激。

用一年不长的时间，做一件终生难忘的事。

致敬这段剔透无瑕的岁月！

（闫笑，南开大学第19届研究生支教团志愿者，毕业于南开大学外国语学院）

十年的变与不变

张 之

尊敬的各位老师、各位学长学姐学弟学妹：

上午好！

我是南开大学第 10 届研究生支教团团长张之，很高兴又回到母校参加这么有情怀和有意义的活动，还见到了传说中的学长学姐，特别荣幸。

今天是团友相聚的日子，我想不同年龄、不同届的团友，肯定也会有多样的感受，我作为第 10 届研究生支教团的代表，在此汇报权当抛砖引玉。

汇报之前，我先介绍一下我们团的基本情况：我是南开大学第 10 届研究生支教团团长张之，团员共 13 个人，7 男 6 女。

今天我想和大家分享的主题是：十年的变与不变。

第 10 届是个很特殊的集体，我们刚好"逢五逢十"，事情特别多，比如说：我们都是 2004 级的本科，截至今年正好是入校的 15 周年；去年我们各位团友所在的班级都举行了毕业十周年的纪念活动；我们刚到二中的时候是二中五十年校庆，我们当时还参加了当地五十周年的文艺会演，而二中去年刚刚迎来 60 周年校庆；我们是 2008—2009 年在阿勒泰二中支教，到今天为止也刚好是支教十周年纪念，前几天我们还进行了支教团毕业 10 周年的回家纪念活动，专门从阿勒泰网购了"额河小老窖"，最后把这些酒放在一起合了张影，代替没有到场的团员们。

想和大家分享的第一个改变是身份的改变。在第 10 届毕业十年的这样一个时间节点，我们自己的身份发生了很多变化。从学校的学生到现在步入社会，每个人从每天学习到每天工作；我们的角色从学生成长为现在各自工作岗位上的骨干，多数也开始为人父母；其实容颜也发生了变化，从 23 岁到 33 岁，青春的十年带走了胶原蛋白，大多在体型和面容上都有变化。悄然间，我们发生了很多这样身份上的变化。

第二个改变是我们周围的环境。比如二中搬家了，还建了新校区，解放南路3号再也不是那个校园。十年间，我们工作与生活的所属地也发生着变化，有人从天津到了北京，有人从北京到了深圳，还有的人一直在全国各地跑。去年我在办毕业十周年的聚会时，发现曾经教过我们的老师有的已经退休了，而我研究生的导师也已经故去了。所以我想说，这十年我们自己在一直努力奋斗的过程中，身边的很多人、很多事都发生了变化，有的可追，有的已逝。

最后，是关于支教的很多观点也发生了变化。在支教过程中，教学目标也经历过一个改变，一个从追求成绩到树立榜样、从教书到育人的过程。我们最开始去支教的时候年轻气盛，非常想证明自己，尽管是一名支教老师，但也是一名人民教师，因此特别想把孩子们的成绩提高。所以在自己监考的时候，发现自己班的学生用5分钟的时间完成了一份150分的数学试卷，最后只考了5分的时候，我真是非常生气，除了气他对自己的学习不负责之外，心中还隐隐地感觉到他把班级平均分拉低了1.5。但是支教到中后期、尤其十年后的今天再回顾，关注的问题就完全不是这样了。比如说，我们当时教的学生，现在大多已经步入了工作岗位，当时学习比较好的学生考到了疆外、留在了城里；一些学习成绩相对普通的学生，留在了新疆，很多也在阿勒泰的各行各业，在建设自己的城市。所以我在想，从提高成绩到育人，使他们养成更好的品格，真正在建设家乡中做出自己的贡献，是有更持久、更深远的意义。

除了这些变化之外，还有很多东西是不变的。第一个不变的是对学生的关心。我们支教团的一些团友，毕业后留在了学校，继续指导新的学生、保持着对教育的关注，而对一些团友来说，在支教期间的学生可能是这一生唯一一群以师生关系相称的人，所以大家会对自己唯一的一届学生视若珍宝。比如说，我带过一个高三的女孩子，她入学的时候数学只有40多分，高考的时候她数学成绩提高到110分，最终去了北京科技大学，然后到东京读研后留在了日本，现在工作开始稳定下来，每年我去日本都会去看看她，一起吃个饭，给她带些书等，尽管她也快30岁了，但在我眼里始终是学生的模样。支教让我深刻地感受到"读书改变命运"这件事，我作为老师参与其中，倍感自豪，这种荣耀感是其他任何事都替代不了的。

第二个不变的是心中对二中、对阿勒泰、对新疆的情结，是一种家的感念。每当提到这个地方的时候就像对上了暗号，每个人都是滔滔不绝，我想不只有第10届是这样的，每一个在那里支教过的人，在那里生活过的同学们都会有这样感觉。

　　第三个不变的是支教精神的延续。这里面有两层意思，一是团友之间支教情谊不变，我们之间不需要太多刻意的联系与维护，彼此就是最信赖的、最依靠的亲人。二是支教精神的传承与延续，基于想把志愿服务精神在支教地传扬的初衷，第10届研究生支教团当时在阿勒泰的拉斯特乡举办了一个活动，叫"志愿薪火相传 我们在你身边"。拉斯特乡的小学是一所民族小学，缺少教师，基于这种情况，我们在二中创建成立了青年志愿者协会，通过培训二中的少数民族学生，让他们作为志愿者去当地的小学进行支教活动。做这个活动有两个目的：一是让二中的学生参与到志愿者的工作中，培养公益服务意识；二是作为民族学生，通过支教等力所能及的活动，为民族融合的地区教育贡献自己的力量。不管一届又一届研究生支教团如何更迭，这种活动机制可以使支教精神在二中一直传递下去。而在进入工作岗位之后，支教的经历也唤起了我们对公益更多的理解与参与，比如小曼在天津成立了公益社团，我工作后一直在"真爱梦想"慈善基金会做教育公益，还有很多团员都在各自的工作单位参与公益活动，我相信支教团的成员会将公益和慈善事业践行得更深更远。

　　最后一个我想说的是，支教让我们打上更深的南开烙印。当支教成为一个共同情结之后，每当大家提起就会打开一个特殊的频道，大家会有共振、共鸣。我们所做的每一点努力、取得的每一个进步，都有可能会为之后支教的学弟学妹们打开一条新的路。像孟磊、苗承宇等学长在我成长过程中给了我很多帮助，我也希望支教团这种传帮带的精神可以持续下去。

　　所以，尽管这十年间我们的身份、角色、环境甚至容貌都发生了变化，但是第10届研究生支教团，支教10年，初心未变。

　　（张之，南开大学第10届研究生支教团志愿者，毕业于南开大学经济学院）

最好的时光

程万里

在庄浪的支教生活还有一个多月就要结束了,回想来到庄浪之前我们一直抱着要改变当地学生的想法,尽可能把我们的知识和见识传授给这里的孩子们。这么长时间过去了,这样的想法一直没有改变,但是我却有了新的认识。

支教的意义往往是双向的,一方面是支教老师给予孩子们的知识思想,另一方面是孩子们给支教老师带来的影响。本来,我们想来到这里是教育别人,但最后发现受教育的却是自己。

在支教地,我们每名老师都会有几个帮扶对象,在生活和学习上提供力所能及的帮助,而我印象最深的就是一次我对帮扶学生的家访。学期刚开始,我第一次接触到班里的学生,一切都很新鲜,我热衷于和他们谈心交流,在这个过程中,我发现一名学生学习成绩倒数,但是她的学习态度很认真,也十分健谈,这让我对这名学生产生了极大的疑惑。后来,我借着帮扶的机会,去了学生家里家访。让我想不到的是,学生的家是在县城租的房子,在一个大院子里,在一堆柴火木棍旁边,有一条极其隐蔽的小道,通过小道才是学生的家,家里通风不好,味道很重,墙壁已经发黑。家里面积不到10平方米,只有学生的爷爷奶奶和一起上学的妹妹,因为整间屋子采光不好,即使白天也是黑漆漆的,家里人见到我来了才打开灯,两个孩子趴在床上写作业。学生的母亲离家出走,父亲一直在外打工,甚至回到家都没有地方和孩子一起住。原本,我是想通过家访找一找学生成绩差的原因,但是我却说不出口,那一次我能感受到学生成绩差并不仅仅是自身的问题,家庭条件限制了他们的发展。

这件事之后,我买了一盏台灯和一些电池,借着考试进步的理由送给了这名学生,之后几次去其他学生家里家访我都愿意多走几步,带上些东西去看看学生在家里的情况。

　　一年的时间，不算很长，我们不能给支教地的学生带来一生的改变，只希望我们通过自身的努力，尽全力去传授知识，改变他们的学习习惯。这里的学生大多没有自主的意识去决定自己的未来，家里的条件限制了他们的想象，让他们无法像大城市的孩子一样，无忧无虑地去玩耍、去学习。希望支教人的到来能够帮助他们拓展自己的视野，未来可以拥有更多的选择。

　　我很庆幸自己在本科毕业之后选择了支教，这一年的支教生活让我对这些贫困地区有了更深入的认识，也很庆幸能够在这里遇到这些可爱的学生，是他们让我更加热爱支教事业，也是他们给了我一次独特而又难忘的经历。

　　人生就是一次次幸福的相聚，夹杂着一次次伤感的别离，我不是在最好的时光遇见了你们，而是遇见了你们，我才有了这段最好的时光。

　　（程万里，南开大学第 20 届研究生支教团志愿者，毕业于南开大学商学院）

共同度过

张 彤

6月8日晚上，我加完班走出公司，手机里突然跳出一条短信，简单的一行字："老师，我考完了。"心里不由地紧了一下，深深吸了一口深圳潮热的空气，回忆里涌上的却是阿勒泰干燥的气息。原来自以为走了那么久的时间那么长的路，一个小细节仍然可以把所有情感拉回3年前。

大多数人的支教记忆和支教实感是从第一次站上讲台开始的，而我的比较特殊。3年前的那个夏天，在阿勒泰独有的烈日凉风中，当所有高一新生和支教团成员在操场上军训时，我坐在二中办公室里处理行政事务。一个哈萨克族老人走进来，手里拿着一叠证件。看到办公室只有我一个人，他有点迟疑，但还是走上前来，含含糊糊地说："报名吗？娃娃，报名！"我站起来接过他手里挥舞的证件，是一个哈萨克族学生的初中学生证和户籍，明白了他的意思。我慢慢对他说，"报名结束了，学生们已经开学了。"他听不懂我的话，看到我在摇头，嘴里念着："不要？好娃娃！好娃娃！"这个时候我突然有点手足无措，这是我来到新疆之后第一次接触哈萨克族群众，语言不通让我感到彷徨。我清楚地记得当时房间里凝滞的空气，我们彼此无法表达内心的话语，只有在目光对视中交流着无声的信息。老人的眼睛是哈萨克族特有的蓝色，虽然周边布满皱纹但依然目光矍铄，闪耀着智慧的光芒和鹰的锐气。随着我们的交流无果他的目光逐渐暗淡。当他转身离去时，我注意到他的衣着，典型的牧民穿着，一双鞋上满是泥土，不知道为了来到市区他起了多大的早、赶了多久的路。我看着他慢慢离开，听他嘴里喃喃地念着："好娃娃……好娃娃呢……"

直到今天，这个情景依然历历在目，当时内心的无力感仍然会在每一次回忆中涌遍全身。作为一个连接东西部的使者来到这里，这是我的第一场败仗。我输在没有武器——可以交流的语言，行前的所有准备在这一时刻无法派上用场。那些虚妄的壮志豪情、一腔热血被现实泼了一盆冷水，让我知道所谓的丰功伟业不会存在也无须期许，我们来到这里，只需要脚踏实地做一件真诚的、实在的事情。

忘记了这一年中有多少个压力沉重、夜不能寐的日子，然而每当我清晨站上讲台，看到学生明亮的眼睛，便觉得自己无坚不摧。"没关系的！"我一次一次对自己说，很快就会真的没问题。因为我们这个团队紧紧团结在一起，什么困难都能克服。阿勒泰一年，是我生命中的驿站。我在此用力挥洒青春，希望留下特别的记忆，记住自己此时真的很年轻，记住自己曾经用一年时间埋头做过一件不惊天动地但是意义长存的事情。比起教书育人，更多的其实是教学相长。教与学本身就是一个共同成长的过程，学生在题海中成长，我们在粉笔灰中成长。每次在课堂上看着学生们可爱的脸，我会突然恍惚："哦，我高中时要是那样做就好了。"每次批评或是表扬学生，我也会在心底暗自检讨，在人生的课堂上，自己又何尝没有过这样的失败或轻狂呢？

我也遭遇过抵触和不理解。曾经在课堂上被最调皮的学生气哭，下定决心不再为"不值得"的学生苦恼。然而在自己重病一周后回到办公室的那天早上，门上贴的却是一块巧克力和他歪歪扭扭的笔迹："老师，祝你健康。"泪眼模糊中嘲笑自己，讲台上端起课本自诩老师，教人语言的法理，此时此刻应该拜学生为师，学习为人豁达之道理、善良之宗义。这里的人们性情如高山耿直，内心如草原坦荡，开心了就唱歌跳舞，悲伤时也能诗酒江山。在阿勒泰一年，对我来说最大的成长是心灵上的沉淀与驰骋。

因此，离开阿勒泰的时候我是心怀感激的。转眼两年一晃而过，这个6月，我的学生们经历了人生中最重要的一场考试，然后和地区二中说再见；这个6月，我唱完最后一支校歌，告别南开。三年时间如此之快，好像昨天还在二中的第一节课上自我介绍，转眼大家一同成长，一起从各自人生的某一节点毕业，大踏步走向下一段征程。

用什么去记住历史？是数字符号，还是身处其中的感觉？此刻我的脑子里不断闪现一个词——永恒价值。支教经历并不是简单的心灵鸡汤，更谈不上娱乐消遣，它会让人从中收获。它既温情愉快，又意义长存；既能融入成长，又能留下回忆。支教经历，毫无疑问会在我的生命中留下永恒价值。

23岁，对于那年身处人生中最热血年纪的我来说，"远方"实在是一个太有诱惑力的词语。那一年的我站在大学校门内豪情满怀，却总在城市喧嚣与校园宁静的切换中感到莫名恐惧。成年而不成人，对外面的世界充满幻想，这种幻想不止局限于"走一走，看一看"，我想要用手触摸，用心感知，用残酷而现实的跌倒和爬起体会真正的生活。年少的最大弱点在于轻狂，最大优势在于无知，因为无知，所以无畏；因为无畏，所以可以轻松上路。

我喜欢掰着手指头告诉别人我们的南开支教人有多么强大，分散在各地，也在努力成为后来人手指头中的一个。每一届研究生支教团成员都热情、感性，面对工作沉稳谦逊。每一年支教团离开时，二中的操场上，一群大孩子抱在一起掉眼泪，感觉学生就是我们的全世界。每个人都曾面临取舍，也曾在放弃与坚持之间挣扎不已。可是，一如既往地坚信着，眷恋着，努力着。

感谢支教团，谢谢你让我成长，谢谢你将我改变。曾经以为已经对这份眷恋麻木，曾经以为所有的激情早已转化为责任和压力。然而驻足回头，原来爱一直都在。走得再远，心仍然留在原地，原来享受梦想是一件再美好不过的事情。

从1999年到2013年，没有人陪南开支教团走完这15年的长征。对于半路汇合的人来说，除了可以骄傲地为自己打上支教团的烙印，属于我们的支教岁月和支教回忆其实都少得可怜。所以背不出她履历年表的我们，该用什么纪念已然流过的时光？所以写下这些是为了下一个15年，为了永远不会结束的故事。

（张彤，南开大学第 12 届研究生支教团志愿者，毕业于南开大学文学院）

青春的选择

王露溪

> 每每回望支教之路,总是思绪万千,似穿越记忆中的似锦繁花,清香弥漫;如拾掇过往的点滴岁月,眉间心上。
> ——题记

我认为,人应该在自己的一生中,去完成一些真正有意义并且愿意为之付出的事情。有人评价我是个很能折腾的人——一个从中国的最东北直接去到最西北的人。对于这些,我看得很淡,年轻不是应该疯一点吗?偶尔会问自己,人活在这个世上的意义是什么?难道不是要做自己喜欢的事情吗?难道不是要将这份意义放大吗?于是我说服了父母,通过了三轮面试,踏上了去阿勒泰的支教之路。

对阿勒泰的第一印象便是那里的蓝天,是那样的纯粹;空气,是那样的宜人。当然,也许是因为出身冰城,所以还是最喜欢阿勒泰的冬季。一直觉得雪是这世上最纯洁无瑕之物,我也喜欢上这座城市的安静与淳朴,远离了大城市的喧嚣与纷扰,从内心深处愿意停留在这座美好的小城市,不愿离去。我不是童话里的白雪公主,但似乎阿勒泰注定要成为我生命里的"白马王子",相见如故,一见倾心,从相遇的第一眼,我便深深地爱上了这片在其后一年里与我有着无数羁绊和故事的土地。那时的窗外,也只有远处的骆驼峰上还依稀可见未融的雪。虽然我是个爱雪之人,但我并不因雪的融化而悲伤,因为我知道这之后便是春天。看着融化的雪水从山上流入克兰河中,那清澈的河水与阿勒泰特有的石头交相辉映,我只觉这景色便是那人间仙境,世外桃源也难以与之媲美。

大概是睹物思人、触景生情吧。每每沏一壶茶,品茗读书之际,抑或雪舞满天,漫步林间之时,我总会想起在阿勒泰度过的日日夜夜,想起那一段青春无悔、刻骨铭心的岁月。记忆深处，关乎阿勒泰的一切，便渐渐地在心头打开。

第一次带学生军训时，我便深深地感慨于学生们充沛的体力和强烈的集体荣誉感。透过他们的身体和眼睛，我仿佛可以感受到这片土地的遒劲有力，更可以看到他们的顽强不屈精神。二中的军训是丰富多彩的，不仅有篮球友谊赛，还有文艺会演，但这也意味着孩子们的身体和毅力面临着更大的考验。为了篮球赛，孩子们在军训休息时都要捧着篮球训练；为了文艺会演，他们可以拖着疲惫的身体利用军训间隙排练。看着他们努力的身影，我只觉自豪，只觉幸运：自豪于他们的坚持，幸运于可以来此度过我这注定不平凡的一年。当然，军训中最大的挑战便是 20 多公里的拉练，这远非"背上书包，开始征程"八字那么轻松洒脱。一方面，从身体上来说，对于从来不锻炼的我，这真是一种前所未有的考验；另一方面，作为一名南开人，作为一名支教教师，我深知所肩负的责任，也更清楚一个榜样的力量。因此，在心里暗自下了决心，不但要完成拉练，还要走在队伍的最前头完成。其实，拉练最痛苦的是回程，由于中午是在外面野餐，平日安逸娇惯的肠胃便开始不舒服。拉练结束后，拖着疲倦的身体回去时，仿佛回到了童年放学的时候，我就像一个小孩似的一边看着时间，一边满心欢喜地计算着剩下的路程。傍晚，在几乎"弹尽粮绝"的时候，总有一些机灵的娃，会变戏法似的拿出半瓶子水、半个面包，甚至是一小块牛肉干递到我面前，喊一嗓子"报告队长，收缴敌方赃物若干"。一种清风拂面、水润心田的感觉油然而生，我知道，那一刻，阿勒泰才真正在我脚下！

第一次作为一名正式的老师站在讲台上，心中难免会忐忑不安，所以我事先花了一整晚在本子上写了好多规矩和授课方法之类的笔记，生怕上台讲课时出什么状况。印象最深的是上第一堂课时，当我问学生我在黑板上的板书大小是否合适，他们发出雷鸣般的掌声和呐喊声。他们的理由只有一个：一个就板书的字体大小征求他们意见的老师一定是可爱的。仍记得刚开学的时候，办公室有位老师要参加培训，于是我直接负责三个班级的数学课。周一到周五共 18 堂课加 3 堂晚上的辅导课，周六课程更是紧凑，一天一共 9 堂课，其中我就有 6 堂，关键是上午 5 堂课，要连续不停地上。对于一个新手的我，算得上是考验了。因为我不但要天天备课，还要批改 150 多份作业，更主要的是这 3 个班的教学进度不统一，作业也不一样，当时真恨不得自己长了三头六臂。不过，经过数日的摸索，我逐渐可以熟练地应对这些事情了，工作步入了正轨。这个过程虽然辛苦，可看见那帮朝气蓬勃、笑靥如花的孩子们时，我就感到累并快乐着。

第一次过教师节，也是唯一的一次，课前全班起立的祝福，小小的卡片，小小的鲜花，却是大大的感动；第一次过古尔邦节，到学生家里体验哈萨克族人的新年，吃着手抓肉，喝着酥油茶，听着学生家长弹奏冬不拉，唱着歌，真真切切地感受着哈萨克族人过年的气氛；第一次做讲座，学生们很捧场，除了规定的高二年级学生之外，我的学生们也全员参加，互动环节配合默契，讲座在轻松愉快的氛围中度过了；还有第一次住毡房，第一次看宰羊，第一次自己动手挖野菜、串羊肉串，第一次在夜晚看到银河……太多太多的第一次了。幸福的定义其实很简单，无须那样拼命地追逐，我只需简简单单、安安静静地感受身边的一切。坐在办公桌前批改作业，等待着学生们来问问题是幸福的，因为我知道我来这里的价值实现了，我的学生们都在成长着；站在四方讲台上看着他们是幸福的，喜欢他们"肆无忌惮"的提问，想想自己当年是那样的青涩，真的羡慕他们，希望他们今后都能实现自己的理想，我知道一定会的，因为他们在我眼中都是最优秀的；课间被学生们围起来是幸福的，时而在我旁边扭动着跳个舞，时而哼唱几句，让我充分感受到新疆学生的艺术气质；走在二中的校园中感受着青春的气息也是幸福的，因为这里有朝气、有阳光，让我想起自己的高中时代。

人生有的时候就是那么的凑巧，我在二中的最后一节课刚好赶上了我的生日。由于刚刚文理分班，我所带的班级中之前教过的学生已剩不多，便没有期待同学们会帮我庆生。但当我走进教室看到黑板上写着"Lucy，生日快乐"时，惊喜的泪水已模糊了双眼。当他们集体起立，唱起生日歌的时候，当他们挥着手的时候，兴奋外加离别之情瞬间将我假装坚强的外表彻底打败。那一刻，我仿佛卸下了所有的包袱，我不再是老师，他们也不再是学生，我只是他们的大姐姐，而他们都只是我最亲的弟弟妹妹，我哭得更厉害了。原本计划的最后一节课不应该是这样的，本想来个"Happy Ending"的，但那堂课，我和孩子们欢庆彼此那份难得的情谊，却也在诉说着即将到来的离别。有人说，从遇见你的那一刻，我就开始怀念，因为相遇注定别离。而我们，阿勒泰的孩子们，我们却是注定这辈子要相遇的，也许聚短离长，但一起经历过的这一年，却是生命给予我们最大的恩赐。

回到南开读研究生，有时候问自己，这一年的生活是否值得？然而，困惑和迷惘总是短暂的,尤其是看到学生们在节日时给我发来那一条条贴心的短信——"老师,我们大家想你了""王老师,你好吗""王老师,要天天开心哦",他们简单、朴素的话语,深深地烙在我的心里,那是一种被想念、被惦记的感觉,像一汪清泉漫溢过我的心间,给予我勇气和前行的动力。与其说这一年是我在将所学给予那里的孩子们,倒不如说他们在将他们的热情与朴实给予我。付出与收获,真的有那么清晰的界限吗?去之前的我一直在想如何倾尽所有去教授,回来的我却是收获满满。我爱上了那片土地,爱上了那里的人们。在无数个黑夜里,关乎阿勒泰的一切都那么明晰而又自然地在我的梦里摇曳生姿,原来,那里的人、那里的事、那里的物,早已成为我生命中不可磨灭的一部分。一次又一次地,我翻看着电脑里的照片,回忆着那里的点点滴滴,心底涌起浓浓的甜蜜和喜悦,却也总有那么一丝丝分别后淡淡的忧伤。

青春的选择,我无怨无悔。如果生命可以重新来过,我依旧会坚决地背上行囊,踏上支教的道路。那一抹朴实却别样的民风,那一道源远且流长的文化烙印,还有那一个对我来说平凡却自豪的事业——这所有的所有,我听见、遇见、看见;我哭过、笑过、活过。如果一切重来,我会更加珍惜在那里的分分秒秒,用真诚、真心去谱写青春的乐章,因为来到新疆,来到阿勒泰,是我一生最大的幸福!

(王露溪,南开大学第13届研究生支教团志愿者,毕业于南开大学经济学院)

两度进藏 在志愿服务中收获成长

崔国煜

我叫崔国煜,来自经济学院,是南开大学第17届研究生支教团的成员,也是南开在西藏第一批支教团的队长。

我想先说一个小插曲。今早参会前我接到了一位老师的电话,他让我带着第17届研究生支教团的"团旗",在他给我打电话的半分钟时间里,我就在我的书桌下面最底层的抽屉里把"团旗"找出来,在来的路上我就想,其实"团旗"一直都放在离我最近的地方,支教团也一直在我心里。

今天对我来说非常的特殊,一是我和各位团友们久别重逢团聚的日子,二是我即将毕业与南开告别的日子。我百感交集,倍感亲切和怀念。在座的各位朋友年龄不同,身份不同,专业背景不同,但是我们有着相同的经历,在我们22岁前后的某一年,都曾在一片遥远的土地上被人亲切地称为老师。所以带着这样一种复杂的感情,我很荣幸能够在这里跟各位朋友们分享我的一些心得体会。

当初选择去西藏支教,源于一个偶然的决定。2015年,西藏是南开第一次开辟的支教地,我心中就只有一个念头:我要做前辈们没有做过的事,我要做南开的第一批开拓者。我知道做开拓者很苦,但是一定要做好。刚到西藏的时候,我是整个团里面高原反应最严重的一个,在培训地住下之后,我就头疼眩晕,一直都抬不起头,连吃饭的时候都要趴在桌子上吃,这样的症状一直持续了将近两周。当时一度都觉得快撑不下去了,但是我作为南开第一批西藏支教队的成员,也是团队里中"唯二"的男生,所以在任何条件下,我都不能允许自己撑不下去。

达孜县中心小学2015年3月份才正式建校,我们刚到小学的时候,当时的情景只能用8个字来形容,"家徒四壁,举目无亲"。当时我们看到空荡荡的校园,空荡荡的宿舍,我们只能找到洗衣机的包装箱,用它当桌子,看电脑或者吃饭，每天从学校里面搬桶装水来维持日常的生活用水，需要步行 2 公里到县里找到洗澡的浴室，我们也不知道在县里哪吃饭合适，只好一家一家地尝试。在高原上的生活，需要我们付出加倍的体力和努力。但是幸运的是，在中心小学的各位领导和老师们的帮助下，我们慢慢适应了环境。尤其要感谢的是扎书记，扎书记把自己分配的教师周转房让给我们住，让我们 5 个支教老师可以共建自己的小家。

支教已经过去了 4 年，无论公开还是私下里，这是我第一次向别人倾诉我的支教生活。在这样的分享中，我觉得我的苦是可以被理解的。团友们每个人在支教过程中都以自己不同的形式吃着各种各样的苦，当然也以不同的形式体会着支教带给我们的快乐。

对于我来说最快乐的事情就是陪在孩子们身边。对这些西藏的小孩子来说，陪伴是最好的教育。在支教的一年里，我绝大多数的时间都是陪着孩子。自习课没有人陪他们学习，我过去；午休的时候没有人看着他们午睡，我过去；放假了陪着孩子们去上山下河，或者说带上几个表现比较好的同学，带他们去趟市里，尝一尝他们心仪已久的肯德基、德克士。

我坚持认为这样陪伴式的教育是我可以为孩子们做的最有意义的事情，我希望我能潜移默化地给他们带来一些积极的影响，我这样做确实带来了好的结果。在我给孩子们上的期末最后的几节课，有一个女生画了一幅我的肖像简笔画，上面写了我跟他们最常说的一句话："你们要诚实，不要说谎。"这是我从一开学就对他们最常说的一句话，这说明我平时的教育确实在他们心中留下了深刻的印象。这张绘画我现在还留着，它是我最心爱的"荣誉证书"，看到它我就觉得看到了自己的初心。

支教的一年里，除了苦与乐这样的感情，也让我有了很多的思考，这些思考决定了我未来几年甚至一生努力的方向。等我回到了南开大学读研究生，在我学业即将结束的夏天，我和所有的同学一样都面临着择业的困惑和压力，于是我将目光投向了支教这一年。那一瞬间我想起了离开西藏时对孩子们的承诺，也想起了学生们一年里不断地问我"老师，您什么时候来看我？"于是我心中就有一个想法，我一定要回到拉萨去。在 2017 年的夏天，我以大学生西部计划志愿者的身份再一次回到了那片圣地。

我希望再来一遍我的西部志愿工作，当时和我同行的，还有我们第 19 届研究生支教团的弟弟妹妹，第二次进藏，我被分配在西藏自治区财政厅工作，这次工作和第一次支教有几点不同。首先是心态不同，初次进藏支教的时候，心态更多是好奇和探索；第二次进藏心中只有一个想法：希望为这片我深爱的土地，不计报酬地再做一些事情。其次是视角不同，在支教的时候我看到的只是一所学校，一个班级，一些家长和学生，主要是从微观的层面去看待西藏的教育工作；第二次进藏，我能从宏观的角度看待整个西藏的经济社会发展。最后是我能做的贡献不同，支教的时候我能做的是学生们的基础教育，第二次进藏我要做的是在西藏自治区政府做一些顶层设计工作。

当然在工作之余，我无数次回到小学或者中学去看看我曾经的学生。这段经历给我带来了很多收获。在工作中我慢慢地更全面地认识到西藏的特殊需求，也渐渐了解到什么是中国复杂的国情，这也坚定了我未来的求职方向：在这样复杂的国情下，投身基层社会治理工作。

另外我也收获了很多的赞扬和荣誉。前一段时间，有一位一起在西藏参加志愿工作的志愿者朋友要写一本书，有一章节写到了我，我给他写了一段话；我支教实则自教，我支援实则自援。在谈到两年西藏志愿工作，我最大的感受是我收获的太多，贡献的太少。在西藏的两年，我坚定了理想，认清了方向，感受到心安，获得了力量，学习了知识，开阔了视角，提高了修养，更勇于担当。而我能给西藏的只有一个普通大学生的两年时光。其实，即使我对成百上千人分享我的感受，也鲜有人理解我为什么要二次进藏。我只能说如果今后还有类似的机会，我还会去。这就是我对西藏、对支教最深的感激。

我们支教团的一行 5 人都怀着相同的感情，还有一个很幸运的事情，我们 5 个人在支教结束后的几年里，先后以不同的身份，以不同的事由又回到了西藏，回到了拉萨，回到了学生的身边。我是以西部志愿者计划的形式，小松、晓妍还有薛颖以南开暑期社会实践的形式回到了学校，张丽芬以毕业旅行的方式回到了孩子们身边。我们 5 个人都以不同的身份，从不同的角度兑现了当时离开学校时候的诺言——"老师一定会回来"。前面说了很多苦也好，乐也好，经历也好，我知道这一切的起点都始于 2015 年 7 月 25 日，我以一名支教人的身份踏入高原那一刻，因此我感激西藏支教团，我感激南开支教团这样的身份，也感激南开带给我的成长和荣耀。

今年是南开大学建校 100 周年，也是支教团成立 20 周年，也是我毕业离校的第一年。在这里，我祝愿母校南开永远年轻，祝愿南开支教团的精神能够继续发扬光大，也希望各位团友在未来的工作和生活中继续做到支、教、团三个字——相互支持，教学相长，永远团结！谢谢大家！

（崔国煜，南开大学第17届研究生支教团志愿者，毕业于南开大学经济学院）

千万次的问

张琳琳

前几日新闻报道了一个在西藏支教的"80后"女孩,我追寻着去人人网看了她的照片,有一个相册叫"我为什么想去西藏"。照片里的西藏很美,天蓝山高,和当年我支教生活的地方颇为相似,民风淳朴,生活简单,她们在西藏的生活条件也比较好,但我想这不是她选择支教的理由。

"你为什么要支教",我曾被无数人问起,对于这个问题,似乎无论怎样回答,人们都会有一种功利的想法,那就是你肯定是为了保研、为了升学、为了考公务员加分、为了进政府才去支教的。不可否认,每一届研究生支教团总有不少人是冲着保研或者加分去的,也有很多人是为了锻炼自己,但我不是,我和我的一些战友,我们不是。

萌发去支教的念头是大四,在那个谁都有些彷徨、有些迷茫的时期,我看了一个讲述大学生支教的电影,黄土漫野,土房旧屋,电影的情节是由真实故事改编而来,当时只是觉得很感人,却没有任何支教的计划和准备,甚至也没有读研的准备,所以当保研申请截止的时候我没有递交。那会儿心里特别苦闷,大四了,我不知道自己该何去何从,如果跟随大多数人的脚步进入一个企业工作,那我的大半辈子也许就这么度过了。读研?那又为了什么而读?当支教的机会摆在眼前的时候,第一个念头就是,我不想在天津、不想在城市待着了。一个人从出生就在一个地方待了22年,多少是会逆反的,就在那一瞬间,整个生活清晰了起来。我小时候家里生活并不富裕,父母也并没有像对"小公主"一样一切以我为先,所以我对于支教可能出现的生活问题一点都不担心,也不是为了体验一把艰苦生活才去支教的,我需要在更多的地方生活,了解世界。第二个念头现在想来其实是根深蒂固地生长在我内心的,从初中、高中到大学,我一直在南开受教育,我所说的是教育,而非学习,南开之于我并非单纯的一所学习文化知识的学校,更是一座帮我树立人格的殿堂。我总是觉得个人之于社会,好比擎天之柱于苍穹,少了我一个不会天塌地陷,但有了我总会更显天高地阔。本科毕业那年就业形势特别好,身边的同学都是"offer"一大把而且个个令人羡慕,可我总觉得进入某个大企业给人家锦上添花,不如到基层去雪中送炭,真正去感受、去体验祖国最西北的广阔天地中人们生活的样子。"到西部去,到基层去,到祖国最需要的地方去",现在再念出这句话的时候我依然热血沸腾,那时候觉得作为一个大学生,我真的能为这个国家做些什么?我如此爱这片美丽的土地,但假如我不去了解这片土地上发生的事情我怎么能热爱她、建设她?在召唤着我们去支教的土地上有许多学生,他们需要我,那里的人们需要我,我得去!就这样,我一步步完成了前期的考核,成为支教队伍的一员。

我为什么要支教?当初期的激情和冲动逐渐褪去,当没有教学经验的我面对3个班的数学教学任务,当学生听完讲课后一脸不解的时候,当西北严寒的冬天冻得我手脚僵硬的时候,我又忍不住一遍遍问自己这个问题。是啊,你已经出来看了,在大西北这片广阔而闭塞的土地上,一个人、一个团体的力量显得如此渺小。曾经以为只在浮躁的城市中才会凸显的问题,在大山之中也会存在,你发现学校的老师会暴跳如雷地批评学生而学生也会尽其所能反抗着老师,改变自己的命运、建设自己的家乡对于孩子们来说似乎是一个遥不可及的梦。还有那些来自大山外的质疑声,朋友甚至家人每每谈起支教都会认为你是为了贪图什么而去,这种不被理解的感觉真的很不好。困惑,我时常觉得自己像是陷入了泥潭中,想出来却发现越挣扎就会陷得越深。

随着时间的推移,我似乎给这个问题找到了新的答案。我发现这里的学生和家长,常常在不知不觉中陷入一种困境,孩子们来上学,却不知道上学是为了什么,将来能做什么,每天在课堂上无精打采,两眼放空,找不到方向。对他们的父母而言,学校似乎成了一个大托儿所,成了一个看管住孩子不学坏的地方。更可怕的是他们没有发现自己已经陷入这种困境之中。我知道很难做出什么轰轰烈烈的大事业,但我想从一点一滴开始,帮助他们走出这种困境,让他们认识自己,找到自己的路,做一些真正有意义的事情,这才是我来到这里的目的吧。

支教,已经是一年多之前的事情了,现在想来,似乎一切都在眼前,支教留下的影响也许就是我的学生很多都开始关注大山外的世界,并在谈起未来的时候想起我在课堂上给他们讲过的事情,立志要离开家乡到外省念书。不敢说我改变了什么,但很肯定的是我影响了什么。我想,我只是在他们思想的土地上种下了一颗种子,这颗种子是否发芽,何时发芽,我就不得而知了。

支教团的火把又传下去了好几代,当我看那些报道我的或者别人的文章写得那么感人煽情的时候我也常常被感动。支教的理由有很多很多,但绝对没有一成不变的,从一开始到结束,再到时过境迁的某个时候,你所见、所思、所想的内容不同,你去支教的理由就不同。支教带来的影响是潜移默化的,一次支教或许看不到明显的效果,但贵在坚持,如果可以,我会选择再次去支教。

网上有一段关于支教的评论我很喜欢,作为结束语与所有曾经去支教、有志于支教、关注支教的朋友们共勉:一个支教者就是一把泥土,我们存在的意义,不是被淹没,而是与无数把泥土聚集在一起,成就一座山峰,一条山脉,一片群峰。这样的山峰,可以改变风的走向,可以决定水的流速。这风,就是社会风气;这水,就是文明进程。

(张琳琳,南开大学第13届研究生支教团志愿者,毕业于南开大学软件学院)

仰望星空 奉献青春

杨刚毅

"志愿者是理想主义者，仰望星空，脚踏实地，把不可能变成可能。"记得这是在天津市西部计划志愿者欢送仪式上，一位看似普通甚至讷于言辞的学长说的话。这样一句平凡却掷地有声的话始终萦绕在耳边，让我一直孜孜探寻志愿者的使命与责任究竟是什么。

2011年11月3日，南开大学第14届研究生支教团成立。作为支教团的成员，我们在老师的指导和学兄学姐的帮助下，从多个方面着手，为未来一年支教生活做准备：我们设计了14届研究生支教团的团徽和团衫；高喊着"公能兼济 所向披靡"的口号完成了我们的素质拓展活动，我们一起聚餐、唱歌、春游，在活动中增进了解，彼此信任团结，每个人都为能身在这样的团队而感到幸福和自豪。

在团队建设的基础上，我们也切实地为登上三尺讲台做着各种准备：我们多次召开主题例会，学习新疆特别是阿勒泰的风土人情；我们在例会上安排了试讲，互相评判，共同进步；特别是在育红中学的实习，让我们对教师有了更直观的感受。与此同时，我们没有忘记自己的志愿者身份，当我们了解到外来打工子弟小学缺少教学资源，急需授课教师时，便坚持每周为孩子们义务讲课，不论风雨寒暑，从未间断。近一年的筹备工作令支教团全体成员踌躇满志，对阿勒泰这片神圣的土地心驰神往，对即将到来的支教经历充满着信心和期待。

2012年7月29日，我们一行人正式到达阿勒泰。经历过最初的兴奋和喜悦，我们很快投入到紧张而忙碌的教学生活中：讲课、备课、例会、讲座，还有各种活动，每天的生活无比充实。时光飞逝，如白驹过隙，如今距离我们离开阿勒泰只剩下一个多月的时间，回首这段时光，会讶异自己在不知不觉中思考了许多，成熟了许多。工作和生活中的点点滴滴在无形中改变着我，敦促我要对肩负的职责有更加明晰和全面的认知。

我们应该是师德的坚持者。仰望星空是为了更稳固更踏实地伫立于大地之上，心怀高尚，躬身前行。"老师"这个称呼，是我们平凡的工作岗位，也是我们最神圣的职责。一名合格的教师应当时刻以学生为先，以师德为准则，以付出为常态。为了实现这样的目标，我们每个人都做出了巨大的努力。初抵阿勒泰距离开学还有近一个月的时间，我们没有荒废，而是抓紧这段难得的空闲时间积极"备战"，每天严格按照学校正常上班时间来到图书馆，研读自己所教授学科的教材和辅导书；与此同时，我们深入课堂向老教师们学习，以弥补自身实际教学经验的不足，为迅速进入状态打下良好基础；开学以后，我们继续保持着昂扬积极的精神状态，认真备课，仔细批改作业，将教案写到详细至每一句话、每一行字，做到全身心地投入到教学工作中来。从登上讲台的那一刻起，我们就深刻地理解了"老师"二字的含义，对学生而言，它意味着权威和信赖；对我们而言，它更意味着责任与付出。

我们应该是适应环境的乐观者。刚刚到达新疆的我们，面临着许多不适应，饮食、气候、生活习惯上，我们每个人都或多或少地遇到了挑战。有些人早晨总会流鼻血，有些体弱的团员会经常生病，但是全体支教团成员都十分乐观坚强，在积极适应的基础上，我们主动去融入，融入学生中，融入当地的同事中，融入阿勒泰的金山银水中。我们在为阿勒泰人的达观善良所感动的同时，也惊喜地发现我们的努力和付出也感染了他们，他们给我们的工作和生活提供了非常多的支持和帮助，虽不是一家之亲，却亲如一家。短短的数月，我们深深地爱上了阿勒泰，爱上了这片我们为之挥洒过汗水和泪水的第二故乡。

我们应该是不图回报的奉献者。支教工作时而紧张忙碌，时而琐碎繁杂，但不论如何我们都抱着奉献的心态，去付出，去感悟，收获到的便是满足和成长。每一届支教人对阿勒泰和二中都有着魂牵梦萦的牵挂，这或许正来自我们对她无愧的奉献与付出，来自她教会我们成长和责任感。这里的变化有了我们的辛劳，有了我们的汗水，她在我们心底也牢牢地占据了一个位置，让我们始终挂念。

我们应该是一位志愿精神的传播者。作为一名教师，我们一直在努力地用自己的感悟和经历激励每一名学生好好学习，努力拼搏。作为一名志愿者，我们南开志愿者的大手一直牢牢牵着二中志愿者同学们的小手，将奉献服务的精神传递给孩子们。二中的"小水滴"们在我们的带领下，多次前往拉斯特乡参加志愿活动，帮助那里的孩子们成立志愿服务队，并带领他们一同前往敬老院等地去传承这种志愿精神。星星之火，可以燎原，我们坚信播下一颗志愿精神的种子，必定会在学生们的心中收获满园温暖甜蜜的果实。

说到底，我们其实都是公能校训的践行者。"允公允能，日新月异"，在南开四年的求学生涯，让我们浸染了巍巍南开精神。"美哉大仁，智勇真纯，以铸以陶，文质彬彬"，正是这种南开气质，时刻鞭策着支教团全体成员牢记身份，不忘使命，留意自己的一言一行，倾情付出，不计回报。一叶而知秋，一批批支教团成员是南开人在阿勒泰的标尺，代表着南开踏实奉献、公能兼济的精神品格。火炬传递至今，我们责无旁贷，要将南开精神发挥尽致，让南开人的品质成为永远飘扬在金山上的一面旗帜。

我们一直以身为一名南开人而骄傲，如今我们也为自己成为一名二中人而自豪。感谢这一年的经历，让我们拥有了这样双重的身份，这难忘的一年会深深地印在每一个支教人的心里，成为连接天山与渤海的永恒牵挂！

（杨刚毅，南开大学第 14 届研究生支教团志愿者，毕业于南开大学经济学院）

平淡的支教生活

周 鑫

一晃,支教工作结束已经有几年的时间了,但支教对我的影响却一直在持续,南开园里年复一年总会出现这样一群人,他们充满了对支教生活的憧憬,对新疆那片热土的神往,对少数民族文化的好奇,也一定会满怀欣喜地登上骆驼峰俯瞰夕阳下阿市的淳朴与安详,同样也会饱含泪水,回眸远眺渐行渐远的那群可爱的老师和同学们的身影。很幸运的是,我们是有着同样经历却写着不同故事的一群人。当我们沉静下来,回首往事,会发现支教的意义在于——平淡,是一种至美的境界。

如同恋人步入婚姻的殿堂,最终总会为柴米油盐酱醋茶的琐事纷纷扰扰、争争吵吵,一年的支教过程也经历着潮起潮落,花开花谢。热恋期的甜言蜜语、山盟海誓,童话般的天真烂漫,往往令女主角双手合十按着呼之欲出的小心脏,激动地自言自语:"这是真的吗?我不是在做梦吧!"同样,在支教的蜜月期我们也会精神亢奋、信心百倍,欲把满腔的热情,投入在西部的教育事业中去,希望凭借自己的知识、阅历、学识、魅力去感召一批有志青年将来投身到祖国的宏伟大业中去,因为对这份事业的热爱,我们誓言要倾尽所有用心守护她。然而这一切美好的理想,自我们站在二中讲台的那一刻起显得苍白、乏力。一切都得踏踏实实从40分钟讲课开始,从逐字逐句批改导学案开始,从认真备好每一节课开始……有时候面对昏昏欲睡的课堂气氛,难免力不从心;抚一抚袖口永远抚不尽的粉笔灰,瞅一瞅未交作业的一长溜名单,还有一群可爱调皮的学生们,情绪的底线时不时被触动着。没错,当初牵着支教的手步入幸福的殿堂,可曾想过,未来的日复一日,我们在做与不做、去或不去的平凡生活中,从一个理想主义者转变为有理想的现实主义者。但我们依然热爱这份事业,爱是信仰,支持我们无论发生什么也要坚定地走下去。

支教生活，你如果没有经历过就不知道其中的平淡；这抹平淡，你如果没有体会过就不知道其中的快乐；而这份快乐，你如果没拥有过就不知道当中的纯粹。就是这种支教生活，经历时平淡，回味时甘甜，千里之行，始于足下，看似一成不变的你来我往、循规蹈矩却映射着支教的真谛——爱是信仰，支持你始终用一片真心去呵护这份神圣的事业！

没有潮落的蓄势怎会有潮起的波澜壮阔，没有花谢的积淀怎会再次迎来怒放的生命，虽说一年的支教生活时间有限，能做的事情更有限，或许这一年我们不能改变什么，但我们至少给二中带来一缕清新的空气。除了认真完成日常的教学工作，将书本上的知识传授给学生外，我们还努力启发学生、激发他们对未来充满希望和信心。我们能给的，更多的是一种积极向上、乐观豁达、健康快乐的人生态度；百折不挠、乘风破浪的勇气和信心；面对艰难困苦永不言败的坚韧和魄力。在影响学生的同时，我们又何尝不需要这些意念来支撑自己走过这平淡的青葱岁月呢？支教工作帮助我们提前适应社会工作的状态，启发我们在未来的工作岗位上应该勤思考、多动手、敢担当、讲奉献，令我们更快地适应新的工作环境，胜任新的工作岗位。

总之，支教的快乐并非画在脸上的眉飞色舞，是付出后的、缄忍过的、感恩中的、发自肺腑的喜悦感！认真过好每一天，平淡无奇的生活便缀满各种惊喜：一句问候、一声祝福、朋友的关心、同事的肯定、一束花、一块巧克力、一点成长、几许成熟都是你用粉笔在黑板上刻下的痕迹换来的。

赠人玫瑰，手有余香。不为桃李芬芳，只求尽心则已。

（周鑫，南开大学第 12 届研究生支教团志愿者，毕业于南开大学经济学院）

守候好我们的平凡

张明瑞

时至今日,我依然记得,2012年7月25日,我们从天津起飞前往乌鲁木齐的那一天。时光荏苒,在不知不觉中,10个月就这样过去了。从2011年11月,支教团成立那时起,我们一直在思考一个问题——为什么要出发?每一次思考,我们的心灵都会有所触动,都会有不同的声音。

2011年10月,大四的我正面临着抉择,当看着同学每天早出晚归投递简历、不断面试时;当看着同学每天对着电脑,填写出国申请材料时;当看着同学每天早起背上书包,拿着考研材料拼命学习时,我也有了自己的决定:我要成为南开支教团的一员,要当一名志愿者,到西部去。那时候的我,也许有些功利,但我始终认为志愿者是光荣而伟大的,自己可以在祖国最需要的地方播撒青春,我也会由此变得与众不同。那时候,我抱着满腔热情,怀着崇高的信念和大展才华的抱负,踏上通向西北的征程。

2012年7月,经过了大半年的磨合、培训和实习,支教团出发了。3000多公里之外,是我们的目的地——祖国的西北边城阿勒泰,一个被称作金山银水的地方。虽然这个名字已经无数次被师兄师姐们提起,但是那时的阿勒泰对于我们依然是那么的神秘;那时的新疆,对于我们依旧是一块陌生的土地。经过了一段时间的生活以及教学、工作体验,我没有了当初的那份坚定,陷入了深深的迷茫。虽然大学里已经很多次站在众人面前讲话,可是在上第一节课之前,我还是特别紧张,平时生活粗糙的自己,却格外在乎自己在学生心目中的印象。面对学生迷茫的眼神,我发现,原来自己在这里只是一名普通的教师,和二中的其他老师并没有什么区别,而自己又特别的稚嫩,能带给学生的东西很有限。既然我们这么平凡和普通,那么,当初我们为什么要出发?

阿勒泰的冬天是寒冷的,即使从小生活在东北的我,每当提起阿勒泰的冬天，依旧心有余悸——经常零下30度的气温让2012年的冬天变得格外特殊。失落、迷茫、怀疑，像阿勒泰的大雪一样，时常飘落在自己的脑海里，一个冬天我都在问自己：当初，我们为什么要出发？

　　这种落差和失意，伴随了自己很久很久，没有了热情，自然变得消极。直到有一天，一次偶然的机会，我来到沙漠。在那里，有时光车辙的印记，有远古岁月的沉淀，有千年箜篌的等待。在那里，我第一次亲眼看到茫茫的戈壁、环绕的山脉、风吹的沙山，还有无数牛羊的尸骨，当自己一步一步走入布尔津沙漠时，看到远处那蔚蓝的苍穹，也许，自己有些明白"当初，我们为什么要出发"。

　　其实，我们每个人都一样，在这茫茫的戈壁大漠之中，都是非常渺小的。其实，我们根本不是西部的伟大建设者，我们只是一名普普通通的志愿者，我们注定是平凡的。我们本身并不伟大，伟大的是志愿者，伟大在于一年一年，人来人往，一代一代，不断传承。我们就如同水滴一样，一滴水很容易干涸，只有千万滴水汇入大海，才会迸发出无穷的力量，而我们要做的，就是让自己这滴平凡的水永不干涸。即使我们注定平凡，我们也要守候好我们的平凡，让自己这滴水折射出更多的光芒。

　　过去的日子，蹉跎了塞外美丽的胡天飞雪；而今，还有机会留恋新疆盛夏的山花烂漫。

　　过去的日子，曾把失落画在眼角；而今，却将执着抹在额头。

　　过去的日子，曾用挫折添几缕白发；而今，却让无悔雕刻我强健的臂膀。

　　迷失了好久，终于明白：所有韶光都不足以改人容颜，我们自己才是青春的化妆师，我们在用生命的七十分之一为自己的青春画上永不褪色的一抹亮色。

　　还有一个半月就要离开，也许在西部的这些日子，不是所有的话都来得及去说，不是所有的梦都来得及实现，也许世间种种，很多终必成空。我们每个人都注定平凡，而我们要做的就是守候好自己的平凡，让志愿者的根在这里扎下，让志愿者的精神在这里传承，希望能通过自己的努力，让已经有了将军山、骆驼峰、喀纳斯等美景的阿勒泰，再添一道叫做志愿者的风景线。

　　我们注定平凡，但我们要做的就是做好自己的这份平凡，让水滴汇入大海，迸发出属于志愿者的那份强大力量。

守候平凡，正因为此，当初，我们才要出发。

（张明瑞，南开大学第 14 届研究生支教团志愿者，毕业于南开大学经济学院）

在阿勒泰的青春记忆

王楷夫

我是第 7 届研究生支教团的王楷夫,非常高兴也非常激动能够参加我们支教团 20 周年团庆活动。

参加工作以来,无论在什么场合和什么人谈到新疆的时候,我都会自豪地主动说起,我参加过西部的教育。在美丽的新疆阿勒泰支教的一年里,我相信我在说出这些话的时候,我的嘴角是向上扬起的,我的胸膛是高高挺起的,因为这是一份荣耀,是一个光环,是一种骄傲。也因为这段经历,是我、是在座的我们,一生难忘的。

我记得二中门口有一个大学生面馆,刚去的时候,因为时差与北京时间晚 2 个小时,每次我都能吃两盘子辣椒炒牛肉,老板是少数民族,平时他话不多,但是知道我是支教的老师以后,给我的肉越来越多,生怕我吃不饱,后来肉多到我也吃不了。他女儿当时五六岁,特别喜欢跟我一块玩,估计现在也长大了,不知道那个大学生面馆现在还在不在;我记得刚到二中时教师宿舍楼没有网络,我就想办法把网线从教学楼甩到宿舍楼,从此宿舍楼就有了网络。在校长的鼓励下,我们在二中做了一个信息系统,统计全校信息,管理各个班级的学生档案和考试成绩,方便老师、同学和家长们随时查阅,不知道这些还在不在;我记得信息科的史老师年轻帅气,他的爱人是教数学的,他们两口子善良率真,经常邀请我们去家里给我们做大盘鸡吃,那是我吃过的最好吃的大盘鸡,不知道他们两口子是不是还在二中教学;我记得我们和亲爱的学生们一起踢足球、打篮球,一起参加运动会,一起在学校文艺晚会上演出。他们视我们为老师,也视我们为大哥哥大姐姐,一个个都立志要考上南开大学,不知道这些娃们现在都在哪里。我记得我们从阿勒泰离开的那一天……很遗憾由于各种原因,10 年来一直没有回去,浪费了很多次机会。我们第 7 届的团员经常在群里约一起回去一趟,可是至今我们仍凑不齐,大家各自忙,但我们知道我们一定还有机会。今年4月份,我们单位接到赴新疆和田慰问演出的任务,我很想去遗憾没能成行,但是,我认认真真地挑选了人员。我们天津市曲艺团、杂技团单位的艺术家到新疆慰问演出,我每天看他们发出来的照片,就像我们自己也回到了新疆一样。这一年的支教经历给了我们太多,想说的也太多,可能说上几天几夜都说不完。

最后,我想说感谢,一是要感谢母校,给我们西部支教的机会和经历。今年恰逢母校100年诞辰。习近平总书记在年初来到母校视察指导工作,极大鼓舞了我们南开的士气、我们南开人的士气。在这里祝福母校生日快乐,日新月异。二是要感谢二中,为我们支教工作和生活提供了无微不至的关怀和帮助,让我们的支教生活多彩而难忘。三是要感谢团友,在我们成长路上大家互相扶持,铸造了永不磨灭的友谊。四是要感谢祖国,给了我们学习成长奋斗的良好环境,没有祖国昌盛,就没有我们今天的一切。张伯苓老校长曾发出"爱国三问":"你是中国人吗?你爱中国吗?你愿意中国好吗?"今年正值我们新中国成立70周年,在此我谨代表第7届研究生支教团全体团员,祝福我们伟大的祖国繁荣富强,祝愿中华民族伟大复兴的中国梦早日实现。

南开大学第7届研究生支教团:书记杨帆,团长姚炜,团员黄洁、王珊珊、兰明学、于飞、郑青、孟宪君、邢志宇、王楷夫,谢谢大家。

(王楷夫,南开大学第7届研究生支教团志愿者,毕业于南开大学计算机学院)

情寄金山

鲁 楠

亲爱的阿勒泰：

　　见字如面。

　　这是我人生中的第一封情书，请原谅我选择用笨拙的文字表达最炽烈的感情，我想你一定能够明白。

　　这是我们分别的第三天，昨天夜里，我又梦到你了。今天清晨，当我睁开双眼，一间熟悉又陌生的房屋，窗外是一片司空见惯却又好久不见的场景。车水马龙的街道与来去匆匆的身影提醒着我，你已经不在我的身边，群山环绕也已变作一马平川。然而刚刚的梦是那样真实：朝阳下你从翠绿色的小山中走来，克兰河的水因为连续几日的降雨而暴涨，从远处的山上奔流而下，发出很大的声响；学生们陆续来到学校，如同不安分的小鹿，跳跃着，在遇到老师后赶紧收起夸张的笑容，偷笑着快速溜过……

　　清醒一阵我才发现原来这只是一场梦，一场尚未离开你的梦。三天前，我收拾行装，拖着重重的行李匆匆离去，车开得太快，快得让我看不清你那张俊秀的脸，快得让我理不清满心的离愁别绪。"金山欢迎你"，路旁小山上方正的白字显得那样刺眼，这是我们初遇时你对我说的第一句话，只可惜这一次，车沿着弯曲的山路驶向了相反的方向。

　　你知道吗？你真的是这个世界上最善变也是最细腻的情人，要赶在我离去前逐渐变回初遇时的模样，收起冷峻的面容，笑靥如花。你的明媚笑容几乎让我忘记了那个寒冷得让人血液凝固的漫长冬日，而今你所展现的舒适性格让人更加不忍离去，我明白，这是你无声的挽留。

　　还记得我们的初次相遇吗？那是三百四十三天前，那时候的我只是一个初来乍到的异乡之客，怀揣着无尽的希冀与梦想，你则以一种最为绅士的姿态迎接了我，安静而不张扬。然而那时的我就像天上的云，崭新洁白却轻浮高傲。

直到我真正走向讲台的那一刻，与五十几个孩子对面而立，他们的专注与真诚竟让我紧张得不知所措，事先准备好的讲稿如同烫手的木炭一样被我丢到一旁，面对这些纯真的孩子，华丽的辞藻只能让人觉得羞愧难当，因为他们是我的孩子，是我见过的最真诚善良的孩子。同一切处于青春期的少年一样，他们调皮得让人头疼，他们会在上课时趁着你高兴喋喋不休直到你忍无可忍一声怒吼才戛然而止，他们也会为了逃避作业而想出各种让你哭笑不得的理由，甚至装出一副可爱或者可怜的样子与你讨价还价。但他们真诚善良，当你生病的时候，他们会突然变得异常乖巧，悄悄地往讲台上送上一个凳子；他们会在惹你生气之后，默默地在你的办公桌上留下一份道歉信或是一份小礼物；他们会在你生日那天出乎意料地拿出精心准备的各种惊喜，看着泣不成声的你满脸得意的笑容。

那时候我才发现，我对你的感情已经不只是最初的志愿精神，而是对你的深深爱恋。从那时候起，我努力地去做每一件事情，用心地去爱每一个学生，只为不辜负你对我的深情，我认真地去准备每一堂课，查阅更多的资料去充实自己的课堂，只希望我的地理课能真正地给学生们带来一些收获；我学着耐心平等地对待每一个学生，我每次都会在每一本作业上写上一段话，一百八十个学生，无人例外，只希望我的真诚能够让他们感受到来自老师的理解和鼓励；在办公室里，我尽量主动去承担一部分工作，向经验丰富的老教师请教授课以及与学生交流的技巧，不断完善自己，只求能做得更好一些，别让学生失望，也别让自己失望，更不能让你失望；我认真回复学生写来的每一封信，耐心地处理每一次谈心，小心地守护着他们对我的这份信任。

正是你让我明白支教的意义不只是教书更是育人。当我看到学生因为我的开导而展露笑容，因为我的鼓励而重拾信心的时候，当有学生说起"楠姐，我要考南开，到天津去找你""老师，我好羡慕你，但以后我有信心一定会超过你"的时候，我的心中充满了骄傲，我想，也许这才是我来到这里的真正意义，这是我的责任所在。

然而，如同所有恋人一样，我们的相处也不是一帆风顺的。随着相处的深入，我才发现，其实你很善变，10月底，古尔邦节一过你就一改之前灿烂的模样，换上了一席银装，皑皑白雪的掩映下你显得更加沉静迷人，但零下40度的天气还是让远道而来的我很不适应，这样的寒冷冬季却持续了整整半年。在这样的天气里，很多人都经历过生病的痛苦，最终我也没能幸免，那时候我甚至有些嗔怪你的无情，连续四五天的高烧让一个从未远离过家乡的我有些应付不来。那时候的我担负着五个班的教学任务，连续四堂课下来，病情就又加重了，支撑三四天之后，最终还是不得不卧床休息。后来我才明白你的良苦用心，正是在这样的情况下，我才终于发现在这半年当中我已经收获了最宝贵的东西——感情，在生病的这段时间里，我每天都能收到来自学生的问候，来自支教团兄弟姐妹的关怀，同教研组的老师甚至专程到宿舍来探望。从此我不再沮丧，不再困惑，因为我明白我并不孤单，这里的每一个人都是我的亲人，都是我的兄弟姐妹，这里便是家乡。

时间过得太快，快得让人不忍直视。一年的时间给我们留下了太多的不舍，在很长一段时间里，我都不敢去想象离别时的情景。"我会牢牢记住你的脸，我会珍惜你给的思念"，当最后一堂课上学生们为我唱起《再见》的时候，泪水终于不可抑制地夺眶而出，那就让离别的愁绪恣意地蔓延吧，这将是一段多么难以忘怀的珍贵记忆。离开之前，我努力地搜索，生怕落下什么，我几乎带走了每一件值得回忆的东西，哪怕是一张卷子，一份课表。在最后的那段时间里，我几乎彻夜不眠，只想再多看你几眼，无论是你白天的神采奕奕还是夜晚的灯火阑珊，我只想就这样安静地陪伴着你，注视着你。

虽然如今的我们天各一方，但亲爱的阿勒泰，我怎么会忘记你呢！湛蓝的天空是你明媚的脸庞，清澈的河水是你明亮的眼睛，环绕的青山是你沉稳的性格，茫茫的戈壁是你广博的胸怀。我更加不会忘记我们共同度过的难忘时光，那些欢声笑语，那些感动的瞬间，那些汗水与泪水交织的付出与收获……你是一个柔情的恋人，更是一位引领我成长的导师，如果说初遇时的我是一朵轻浮的云，如今我只愿变作骆驼峰上的一株树木、克兰河中的一枚顽石，默默地守护着你，陪伴在你身边。在我对你的热情面前，时间与空间都变得那样无关紧要，在我的心里，你已不再是曾经那个遥不可及的边疆小城，而我对你的恋念绝不会被夏天的骄阳所燃尽，也不会为冬日的冰雪所冻杀。心之所向，便是家乡，阿勒泰，注定将是我未来生命中始终魂牵梦萦的地方，注定是我的一生挚爱。

（鲁楠，南开大学第14届研究生支教团志愿者，毕业于南开大学马克思主义学院）

阿勒泰的呼唤

高 磊

挺拔的将军峰、清洌的克兰河水、一望无际的大草原……当我闭上眼睛，美丽的新疆阿勒泰仿佛就在我眼前，悦耳的冬不拉似乎回荡在耳际。

2007年，青春年少的我怀揣梦想来到了这片神奇的土地，度过了快乐而又艰苦的一年支教生活。那一年，独在异乡的我们却少有离别的感伤。忙碌的备课、紧张的阅卷、认真的授课，占据了这一年的大多数时光。当然，最令我们难忘的还是阿勒泰朋友们微笑的脸庞和我们一起度过的快乐时光。正是这一年的支教经历，让我们完成了一个由学生向教师的转变，让熟悉城市生活的我们感受到祖国之大、祖国之美。一年中，我们从一个外来的支教教师逐渐成为一个新疆人、一个阿勒泰人，逐渐学会了用当地人的思维方式，站在当地人的角度，思考当地的问题。正是这一年，我们真正认识到，一名当代青年应当勇于担负起更多的使命，到更需要的地方去做更有意义的事情。祖国这么大，青年应当有更多的作为和担当。

初上讲台，心中不免忐忑，为了上好第一课，我翻看了四五本教案，连板书都设计得精准到每一个字，幻想着在讲台上意气风发授课，讲台下中学生认真听讲的美好图景。可是当我走进了教室，学生就给我来了个下马威，除了前两排有那么几个学生像是在认真听课以外，教室里真是好不热闹，有戴耳机听音乐的、有趴着睡大觉的、有看漫画书的，后面竟然还有拿着小镜子化妆的，甚至还有打扑克的。面对这幅班级众生欢乐图，我真有点不知所措。我赶紧定了定神，翻开教案，准备讲课。还没张嘴，台下却笑了起来。女班长站起来跟我说："老师，您别见怪，我们以后好好听您讲课。您是南开来的，给我们讲讲天津和南开好玩的人和事吧。""老师您带大麻花来了吗？我们想吃……"接着又是一阵阵笑声。原来，这些孩子是以这种方式来欢迎我啊！当时我脑海里顿时回想起学兄学姐对我们的忠告,"要和当地学生处理好关系,但一定要注意方式方法,要应对他们给你们出的难题。"这点问题可难不倒我,我对提问的几个班干部讲:"这周我们举办个班会,我在班会上跟大家好好聊聊,我有一大堆有意思的事要和大家说呢。不过,你们也要答应我一个条件,赶紧把和学习没关系的东西收起来好好听课,好不好?""好!"第一堂课,以混乱开始,以圆满结束。

走下课堂,我们这些初为人师的支教团老师们连夜在宿舍开会,交流授课经验。没想到,他们同样遇到了不少难题。大家你一言、我一语地交流,一下子碰撞出不少火花,几个因"碰壁"而怵头讲课的老师也逐渐开了窍。大家相信,只要认真备课,用精彩的授课回应同学们的种种考验,同时充分尊重学生,和他们用真心做真朋友,就一定能够带出一个好班级,教出一批好苗子。于是,我们在以往"东方杏坛"等品牌活动的基础上,共同设计了"青春励志三人行""心理互助小组"等同学们喜欢的师生互动活动,还发挥我们的学科优势组建了"辩论口才""计算机应用""奥妙数学"等形式多样、内容丰富的兴趣小组。这些举措一下子拉近了我们和同学们的距离,使得教学计划和教学目标在班级内得到了更好的贯彻,班风班纪也得到了一定程度的改观。

从想学习到会学习,要经历相当复杂的过程,其中凝聚着教师和学生们数不清的汗水。经过开学后的"三板斧",班内学习的热情逐渐提高了,但是真正的考验才真正来临。学生们的积极性上来了,教师能不能恰当地引导,在激励中帮助学生克服学业困难,是考验我们每位支教团老师的难题。为了尽快掌握更多的教学方法,我们自发组织起来去听当地教学名师的课,自带凳子和学生一样听课、学习,逐渐掌握了教与学的技巧和诀窍,在这个过程中,我们对"教师"的概念有了越来越清晰的理解。

考试不是检验教学成果的唯一方式,但是最简单也是最好使的办法,被称为教师的"法宝"。对于我们支教教师来说,和学生一样把考试看作"命根",尤其是支教团内部教同一门课的,更是较上了劲,谁也不愿意自己的班集体落在后面。虽说是竞争,但我们的竞争环境很好,每当有老师生病而临时不能上课,我们都主动去帮忙代课。有学生来提问题,不管是哪个班的,我们都认真地解答。在我们眼里,支教团是一个整体,二中所有教师是一个大家庭,二中所有学生只要听过我们一节课,叫过一声"老师",就永远是我们的学生。带着这份荣誉感,我们将一名南开人的承诺时刻铭记于心。每周周一到周日,我们的课都排得很满,不少老师还在学校行政部门做兼职，周六日还有各种兴趣小组和学生活动。每天的生活忙碌而又充实，丰富而又简单。白天的教室里、操场上总会有南开支教团的老师在认真授课、组织各种文体活动；夜深的办公室里，也总有南开支教团的老师在认真备课、仔细批改作业。功夫不负有心人，一年的教师生涯，让我们无愧于教师的称号，由南开老师所带的各个班级，学业和学风都有了较大程度的改善。学生成绩的提升和知识面的逐渐开阔是对我们支教的南开人最好的褒奖。

我们决心在教好课的同时，力所能及地为当地做些事情。一年间，我们用脚步丈量青春，走遍了阿勒泰市区的每个角落，走访过近郊的多所农村寄宿制小学，开展了许多场义务讲座和志愿服务活动。我们参与了"小水滴"志愿者服务活动，带领地区二中的学生志愿者，走进街巷，走进车站，走进贫困农牧民家中，带去温暖和欢笑，也将志愿的精神传递给更多的家庭和孩子们。我们深刻地感受到，阿勒泰人民热情善良，对我们这些志愿者十分友好。他们总对我们说，多年来南开一直支持阿勒泰的教育事业，输送了一批又一批毕业生到阿勒泰这个边境小城教书育人。阿勒泰县城不大，家里总有孩子在地区二中上学，也总会上过南开老师的课。当地人对我们特别好，甚至在外出购物时，见到我们南开老师，都会给予一定程度的优惠。当地各民族群众微笑的脸庞流露出对南开老师的尊敬。我们深知，这里面浸透着几届南开支教人的共同努力，浸透着阿勒泰人民对南开的深情厚谊。每当想起这些，我们教书育人的动力也就更足了。

课堂内，我们是认认真真教课的教师，课堂外，我们同样是意气风发的青年。每逢"五一""十一"长假，校方都组织我们到近郊去野炊、徒步，感受大自然之美，感受新疆之美。蜿蜒奔腾的克兰河、宛若画境的小东沟、美丽端庄的白桦林……到处都留下了我们的足迹。最让我们开心的事就是当地的民族节日了，古尔邦节、肉孜节都是哈萨克族的传统节日，我们会到当地的朋友家中做客，喝酥油茶，吃手抓肉。当然还有当地的民族舞蹈黑走马和传统活动秀等，只要音乐声响起，不论男女老少，都会应和着动感的音乐翩翩起舞……在舞蹈和音乐中，我感受到了新疆人民的热情好客，也感受到了这片广袤大地上所孕育的无限活力。

时间犹如克兰河的河水奔腾而过，2008年夏季，我们的服务期就要到了。那时候最怕的就是看日历，曾天真地希望时间过得更慢一些、再慢一些。还记得那最后的一课，那最后和学生们的合影，那最后指导学生们的功课……当分别的日子最终来临，当我们坐的车子缓缓驶出学校的大门，当看着学生们手里抱着还没来得及送出的礼物，看着他们一路追着车跑出校园，听到他们为我们所唱的离别歌曲越来越远，一股股热泪终于涌出眼眶。自那时起，我就给自己定下了一个奋斗目标，有生之年，一定要为阿勒泰再做些事情，一定要继续做教师，为教育事业贡献自己的力量。

回到南开母校后，我顺利完成了研究生阶段的课程，并在毕业时候选择留校做了一名辅导员，实现了我再做教师的梦想，然而，为阿勒泰再做些事情的理想似乎不是那么容易实现。我总是习惯性地打开阿勒泰新闻网，了解金山银水的发展，通过与当地学生通信、聊天等方式寄托我对阿勒泰朋友及那片热土的思念。

幸运的是，2010年末，教育部党组织和共青团中央发起了第一批高校基层团干部赴县级团委挂职的活动，我毅然决然地报了名。当时我并不敢奢求再去新疆，只是在向相关部门领导汇报工作时提及曾在新疆支教工作的经历。命运总是如此的巧合，天津团市委和学校的领导得知我的支教经历，决定派我再到阿勒泰市做青年工作，任团市委书记助理。对于我个人来说，再为阿勒泰做一些事情的夙愿终于有了得以实现的平台，我马上抄起电话和新疆的朋友联系，他们都为我感到高兴，而我也开始按部就班地策划我在阿勒泰的第二年生活了。

如果我在阿勒泰的第一年是以学生的身份做老师的话，那么第二年就是以老师的身份做学生。支教的生活主要是在学校，都是教书育人的工作；而在共青团工作的岗位上，则要面对全市各行各业，各条战线的各种问题：青年创业银行不给贷款怎么办？牧区民族青年汉语水平不高，影响发家致富怎么办？受部分家长影响，一些孩子辍学怎么办？私人企业、行业协会的青年没有团组织，无法过组织生活，游离于组织之外怎么办？这一连串的"怎么办"一下子成为困扰我工作的大问题。在这个时候，地区二中的朋友们给了我极大的支持，他们帮我出点子，帮我找路子，帮我联系各方面的青年才俊和业务精英。慢慢地，当地农行的业务经理、联通的人力主管、几个乡镇的主要领导都成了我的朋友，这样一来开展工作就有了非常方便的条件。

我十分珍惜在阿勒泰的第二个年头，力所能及地做一些事情。一次，我和阿勒泰团市委的同事到阿勒泰市红墩镇作小额贷款的政策讲解，一位哈萨克族小伙在展台前走来走去却欲言又止。我主动和他攀谈，得知他名字叫塔斯恒,家里以放羊为生,虽然自己勤奋工作,但苦于没有扩大生产的资金,不能扩大羊圈,新生的羊羔子长势也不好。他听说银行可以贷款就去银行咨询,但因为没有担保人,银行拒绝贷款。当得知他的遭遇时,我耐心疏导他,让他相信只要通过自己辛勤的劳动,就一定能够致富。在交谈中,我得知他有一个亲戚在市区内开出租车,收入还算稳定,我建议他请那位亲戚做他的担保人,同时帮助他填写了团组织与邮政储蓄银行合作的小额储蓄贷款申请表。看着他手中拿着表格一筹莫展的样子,我知道他虽能说几句汉语,但写汉字不行,就找到身边的哈萨克族同事帮助填写了表格。表格填好了,塔斯恒还不能相信这么简单就可以办好贷款,我就把相应的贷款政策及风险防控措施大致跟他讲了两遍,看得出来,他虽然听得一知半解,但已经开始逐渐相信我了。返回办公室,我把包括塔斯恒在内的其他农牧民青年贷款申请表好好整理了一遍,和各乡镇团干部一起到银行去做工作,争取更多的贷款名额。由于语言不通和理解有误,一些简单的表格需要来来回回填写多次,为了不让哈萨克族农牧民朋友因不了解政策而吃亏,我还要仔细地跟他们讲解贷款的风险。功夫不负有心人,经过一个多月的艰苦努力,银行贷款办下来了,当塔斯恒手拿两万元的银行卡和团组织与银行联发的文件时,我告诉他:"将来我们会一如既往地提供家畜养殖方面的科技下乡服务,帮助你发家致富。办理贷款中我个人只是做了一些微不足道的解释和程序工作,不要感谢我,将来扩大再生产的工作还需要你自己努力,为你加油。"塔斯恒使劲地点头,他激动地说不出话来,紧紧地拥抱了我。虽然语言沟通有些困难,但从他的眼神中我读出了对我的信任和对未来生活的憧憬。像帮助塔斯恒一样,在一年的挂职工作中,我一共帮助了14位汉、哈族青年成功从银行申请到了小额创业贷款,把党和政府的好政策送到了青年的心坎上。

在阿勒泰的第二年,我发起并参与了多项青年工作,包括在餐厅、酒店建立联合团支部,为进城务工青年搭建交友联谊平台,为大龄青年牵线搭桥;建设就业创业见习基地,吸纳毕业未就业青年在获得见习工资的情况下熟悉社会,为进一步就业创造条件;建立家装市场行业协会团组织,拉近小企业主的联系,在交流中共谋行业发展。

工作之余,我的生活丰富多彩。前后两批同时在阿勒泰的支教团30名成员都是我的亲人,正在地区二中服务的支教老师就有我在南开所带的两个学生。看着他们在二中工作的点滴,我似乎也回到了支教的生活。下班后，我经常回到二中，和他们交流工作，并为他们介绍我走访阿勒泰乡镇的情况，为他们更好地了解新疆、了解阿勒泰做了一些工作。同时，我还组织在阿勒泰市服务的西部计划志愿者同南开支教团进行篮球比赛，在沟通感情的同时传播志愿者精神。

时光荏苒，当我再次离开阿勒泰的时候，心中多了一份坦荡。我为我曾经对这里的付出而感到自豪，我为能够再为阿勒泰做一些小事而感到满足。我知道千千万万个像阿勒泰一样的小城，看似偏远，却蕴含着无限的魅力和发展潜力。可以说，第二年的阿勒泰生活让我对阿勒泰从里到外有了更真切和全面的认识，亲眼看到了这些年在各项事业方面的发展给农牧民的生活带来的极大变化。

这两年的新疆阿勒泰之行改变了我很多。过去我认为新疆是一片不毛之地，现在我知道那里蕴含着无限的宝藏；过去我认为新疆经济社会发展缓慢，现在我知道那里的干部群众对于发展有着极强的渴望；过去我认为做志愿者只是奉献，现在我知道其实我们收获的更多。现在，我已经回到了母校南开，但志愿者的精神已经融入了我的血液，金山银水的阿勒泰已经成为我的第二故乡。这里，我要感谢母校给了我两次这样的机会，锻炼了我在艰苦环境下处理复杂工作的能力，赋予了我更加宽广的视野和多角度的思维方式。

远在天津，我们历届研究生支教团成员深情地呼唤，我们无论何时何地，都会用心用力为新疆、为阿勒泰再多做一些事情，力所能及地宣传、推介魅力新疆、美丽新疆，因为远在西北的边境小城已然成为我们的一份牵挂，因为那里挥洒过我们的青春与汗水，那里有我们所珍惜的朋友和学生，那里是我们所有南开人"支教梦"开始的地方。

（高磊，南开大学第9届研究生支教团志愿者，毕业于南开大学周恩来政府管理学院）

回首阿勒泰已十年

曹 渝

来到阿勒泰,才体会到从小到大到语文课本上的鹅毛大雪,经历过的最寒冷的冬天回忆起来却从来没有寒冷。支教已过去十年,现在回想起来,这是我人生中离家最远却最不孤单的一年,是理想走进现实的一年。

离家最远却最不孤单——这是生活在集体中的一年。13个人中很多是初相识,一起出发,一个目标。学校的重大活动、支教团的责任和使命达成,大家互相商量共同处理,生活中互相关心。我们所在的班级、科室、各类任务中的搭档,都是一个个集体,集体生活更好地帮助学生们成长。当然还有阿勒泰的雪、《二中部落》、共进退的额河、皮牙子大盘鸡、热辣的炒米粉……

理想走进现实的一年——初为教师的我很紧张,眼前的孩子们就是一张张白纸,也许我们的一句话和一个观点就会对他们的人生目标和未来选择产生影响。记得从上课的第一天我就告诉他们"文以治国,理以强国,商以富国,也许你现在还不知道自己学习的意义或者理想是什么,但是广泛地涉猎知识在进入大学后专注于提升终能达到理想"。然而随着时间的推移,我觉得并不需要去改变每一个学生,而是全面调整他们的认识和目标,现实的压力和人生的经历本就不同。所以,作为四个文科班的生物老师和团委的兼职老师,除了主课的学习多答疑解惑,副课的部分控制教学内容之外,努力让他们去感受自然的奇妙,学校报社大家一起上,努力支持并鼓励他们发挥想象力,给每个孩子空间去解决现实问题,能够留下理想的种子就很好。

记得支教半年总结的时候,我对自己说:"曾经认为我只是别人生命中的一个驿站,曾经认为认真做了就能称无悔;后来发觉有的驿站可以让行者消除疲惫,有的也只能继续疲惫上路,不是说认真就足够无悔,还好有下一个半年,努力做得更好。"如果再回首,我想在高中为他们成立一个理想社,可以是留言板,可以是贴吧,也可以是简单的群,希望能够成为他们迷茫或前行中的助力器。

(曹渝,南开大学第 10 届研究生支教团志愿者,毕业于南开大学金融学院)

志愿服务随笔

刘 嘉

"当你真正融入一段生活的时候,你才可能真切地感受到它的意义。"我度过新疆志愿服务的时光,才慢慢理解这句话,理解志愿服务的意义。志愿服务,我们听了许多次,但是每一次的感受是不一样的。去西部服务,我们也听了许多次,但每一个时间的跨度产生的回响也是不一样的。有一种情感,在深入人心的时候,你才会不自觉地热泪盈眶;某件事或某个人让你感动的时候,你才会不自觉地终生难忘。这一切的知觉只有你自己体会之后才能明白。

从新疆回来以后,每当我抬头看见蓝天白云,天朗气清的时候,我会恍惚觉得回到了那个地方,那段时光。一段思绪带我离开,一份情感涌上心头。感念生命,感谢天地,人生有情,四季花开。人生有憾,不能总把内心的情感表达出来。谢谢你们的宽厚,谢谢你们的爱,谢谢生命让我们相遇。人类需要灯火,人类需要仰望,有灯火才会有向往,有仰望才会有崇高。

生活让我们体会到志愿者的意义。从个体来讲,我们都是平凡的个体。我们的年龄决定了我们都很年轻,我们的学识显然还不够丰富,我们的自我培养也显然还不成熟。如果仅仅从一个人的角度来观察,我敢肯定我们都是需要不断努力、不断成长的青年人。然而从志愿者总体来看,显然他们不是要去完成一件普通的事情。有人说志愿者是积累成的一座山,他要改变风的方向,他要改变水的流速。我感觉这确实是这个事业的伟大之处。志愿事业的伟大不是个体的时代意义,而是总体的时代意义。每一个从事志愿事业的人都参与到这项伟大的事业中去。我们可以说是幸运的,因为它让我们实现了一个个体不可能达到的时代意义。

伟大的事业离不开个人,但伟大的事业可以成就个人。没有伟大的事业，就不可能培养出一批又一批优秀的个人。我很感念生命中这段时光，我很珍惜我能参与到这项伟大的事业中来，我很感谢在新疆遇到的每一个人，每一件事。我想每一位志愿服务者的心情都会与我一样，纵然离开，每一次听到志愿服务过的地方的事情，心里都会激动万分，难于言表。

伟大的事业需要坚定的理想。当你来到阿勒泰这座小城的时候，可能你还不能知道志愿服务事业需要你做的是什么。而随着时间一点点地流逝，你才能明白你要或者你应该做什么。在那里教书，去之前可能想是不是自己读的书还不够多？我们还仅仅是一个本科生，更何况还不是师范院校的学生，与教书育人的差距是不是还很大？还会猜测揣摩自己应该利用有限的时间做哪些准备，来胜任这份工作？生活是最好的回答。一切井然有序，一切又措手不及。志愿者的生活就是要这样慢慢了解，慢慢体会，你才能胜任。

伟大的事业需要执着的信念。我常回想我们为什么能够一次又一次夜以继日地工作，我们为什么能把学术工作当作最重要的事情去面对？当别的同事已经下班了，为什么我们还在努力？是什么支撑了我们？是坚定的信念。没有坚定的信念，可能你比我们更懂得师范教学，但你不会去志愿服务；没有坚定信念，可能你比我们专业更加对口，研究更加精深，但是你不愿意做；没有坚定信念，可能你更熟悉情况，但是你没有坚持下来。这就是志愿服务事业最需要的品格——坚定的理想信念。

梦里越关山，总想念那些点点滴滴。人说关山横亘东西、绵延百里，是古往今来内陆通往新疆的交通要隘，千百年来，人民辛苦地走、艰难地爬，总走不过这大自然的屏障。志愿服务归来，我梦里常常轻松地越过这座千百年来横亘在内陆与西域间的屏障，昔日艰险的交通要道在我梦里轻松地越了过去，想想这正是时代的发展，给了我们实现梦想的机会。志愿者工作为实现这一伟大的时代意义做出了自己的贡献。感谢时代，感恩生活，让我们再相聚，共携手，把我们一生与时代紧相连！

最后，感谢各位老师的辛勤工作，给了我们这样一个机会，可以让我们把这份珍藏的记忆得以隽永。感谢母校多年的培养，特别是自己做过老师之后，更能体会到在学校读书期间，老师对我们的无私帮助和辛勤付出。在阿勒泰这座小城生活过，才能真正感受到南开人的坚守，才能真正懂得

"公之志向、公之操守、公之襟怀"。感谢多年来,母校精神的浇灌,让我们能够以更高的"公能"自觉,踏上人生的新征程!

(刘嘉,南开大学第13届研究生支教团志愿者,毕业于南开大学金融学院)

致我无悔的支教生活

袁 朕

时间过得真快，转眼间距当初支教已经过去了5年，我在感慨青春逝去、怀揣梦想继续前行的同时，总在不经意间回忆支教的时光。

初到阿勒泰时，满眼都是新鲜，甜如蜜的水果、美如画的景色、学校领导细致的关心，还有学生们的热情好客，都让我对这一年的时光充满了期待。然而融入工作中，我才意识到自己所从事的是一些简单而烦琐的工作。我在大学的专业是计算机，到二中后，被分到信息科，刚开始时我的工作只有两个：打扫卫生和修理电脑。看着其他支教的同学都能代课，一群群的学生围着他们亲切地叫着"老师"，而我却只能每天重复枯燥的工作，心里不是滋味。我问自己：难道我就只能这样度过支教生活，难道我没有更加有意义的事情可做？我来到阿勒泰，是为了做让自己一生无悔的事情，是为了能够在教师的岗位上将我的知识传递给更多的学生，于是在做好信息科本职工作的同时，我开始关注学校的方方面面，寻找更多自己可做的事情。

二中为学生安排了丰富多彩的课余生活，如演讲比赛、文艺晚会以及各种形式的讲座。二中新建的体育馆刚刚落成，虽然各种设备到位，但是还没有使用经验，为了能够帮助孩子们，我开始学习音频、视频、灯光等设备的使用，直到能够熟练操作控制。于是我从支教团中比较清闲的一个人变成最忙碌的一个：每次活动我会早到现场布置道具、调试仪器，老师和同学们在台上表演的时候，我在后台关注着台上的一切，给灯光、调音量、放音乐、调视频，当一个节目结束另一个节目还未开始，我马上跑上台，帮同学们更换道具、重新布置；活动结束后，我还要和信息科的其他同事一起打扫会场，一个活动下来常常累得直不起腰来，其他支教同学看到我的样子笑称："袁老师参加的活动最多，看的节目最少。"可是我心里很高兴，因为我能够给学生们带来更多的帮助了，也许他们并不知道。

我的支教生活渐渐充实起来，但我还是不满足，因为我仍然没有体会到作为一名教师，站在台上为学生讲课的那种感觉，于是我向学校领导申请，利用自己的特长开设了计算机兴趣小组，后来又和其他支教的同学一起开设了演讲与口才兴趣小组、课外实践兴趣小组。由于在南开大学我曾担任信息学院的学生会主席，还曾作为信息学院的辩论队成员，获得过南开大学的最佳辩手，所以这些工作并没有为我增添负担。在与学生们面对面的接触中，我更多体会到的是传播知识的兴奋和快乐。渐渐地，参加兴趣小组的同学越来越多，而我也受到了越来越多学生的喜爱，有许多学生甚至会把我当成他们最信任的人，在最无助的时候，首先想到的是跑到我的办公室来找我谈心，甚至有几个经常找我谈心的学生告诉我说："袁老师，我觉得每次遇到问题，你都能帮我解决，我不想称呼你老师了，叫你哥哥可以吗？"于是，我有了好几个远在阿勒泰的弟弟妹妹，直到现在，他们在大学期间遇到问题，还会经常给我打电话，这份信任让我觉得幸福！

有一次，一个学生告诉我："袁老师，每次我难过的时候，总是希望跟你聊天，聊过之后就会忘记难过的事情，你来做我们的心理老师好不好？"之后我了解到，高一年级的心理老师外出培训，整个年级的心理课没有人带，于是我又向莫校长申请带高一年级的心理课。莫校长关切地对我说："你现在的工作任务已经够重了，能忙得过来吗？"我回答说："我希望能够在这一年的时间里尽最大的努力帮助这里的孩子们，给他们上课，我不觉得累，只觉得高兴。"莫校长说："那好，你先准备一堂课，我找几个老师听听课。"

虽然从小学一直到大学毕业我都是班长，演讲、开班会的工作对我来说驾轻就熟，但是作为一名老师讲45分钟的课，我还从来没有尝试过。一件事情要么不做，要么就做到最好，这就是我的性格！回到办公室，我开始构思属于我和我的学生的心理课。我在网上搜集了大量的心理课课件，回忆了许多对我产生了影响的书，决定采用李开复《做最好的自己》这本影响了无数青年人的书作为我心理课的提纲，结合自己的经历与地区二中学生的现状，开始准备课件。那段时间信息科、兴趣小组的工作都比较繁忙，为了能够给学生们提供精彩的课程，我经常加班到凌晨，每当为课件里加上一些内容，我都无比兴奋，我甚至能够看到学生们在台下为我鼓掌，因为我的课件深受鼓舞，变得更加努力地学习。

第一堂心理课是周一，我拿着精心准备的教案走向高一（10）班，尽管充满信心，可还是略带紧张。这时手机响起，电话那头是我爸爸的声音，我说："爸，我马上要上课了，有事等我下课再说吧。"爸爸沉默了一下，还是告诉我说："你奶奶去世了，晚上忙完的时候对着家的方向磕几个头。"我不敢相信自己的耳朵，勉强说了句："好，我知道了。"电话那头的忙音让我觉得无比的刺耳，我无法描述自己当时的心情。走进教室，看着台下那一双双眼睛齐刷刷地看着我，看着教室后面静静地等待我开始讲课的老师们，我告诉自己："决不能搞砸！"深吸一口气，之前准备的内容渐渐回归到脑海中，思路也渐渐清晰起来，"上课！"我用响亮的声音喊道。当下课铃响起，学生们齐刷刷地为我鼓掌，走出教室，我的泪水却再也忍不住夺眶而出。自此以后，我又少了一位至亲的亲人，又多了 11 个班可爱的学生。

　　与其他支教同学不同，除了教课，在我看来支教生活还有另外一项十分艰巨但必须完成的任务：重构地区二中网站。因为我是第 9 届研究生支教团中唯一一个计算机专业的学生。在参加支教面试的时候，信息学院的孙玮书记就对我说："我交给你一个任务，到二中之后帮着把网站做得漂亮点。"南开大学的校领导在为我们送行的时候也要求我们：要利用自己的专业，帮助二中解决问题。话虽这么说，但是在本科阶段我并没有接触过 web 开发和设计，photoshop 设计网站、HTML、javascript 编写网站代码，这些对我来说全是陌生的，而二中的网站由于建立时间早，使用的技术比较落后，重构就意味着重做。但是敢于承诺就要勇于承担，哪怕不吃不睡，答应做到的就一定要做到。到二中之后无论工作多忙，我每天都会抽出至少一小时的时间学习 web 开发，初到阿勒泰的半年主要在积累技术，为了检验自己的成果，我做了地区二中兴趣小组的网站，后续为二中的教师节做了优秀教师风采展示的网站。年后回到阿勒泰，我已经为重构网站做好了准备，利用一个月的时间完成了地区二中网站的重构。重构过程中，我不仅将整个网站的内部架构进行了重写，使得网站便于维护和扩展，还利用 photoshop 重新设计了整个页面，重构之后的网站受到学校领导和学生们的一致好评。在支教的下半年实践中，我大大小小总共完成了 7 个网站的设计和开发，其中包括阿勒泰地区教育局的网站和南开大学支教团的网站。这些网站彻底解决了地区二中网站资源落后的局面，成为第 9 届支教团在阿勒泰的主要成绩之一。俗话说：授之以鱼不如授之以渔！在此之后，我将自己掌握的技术分享给了二中信息科其他两位同事，他们也学会了常规网站的建设和维护，我们也成了工作中亲密无间的伙伴。

有付出就有回报，回到南开之后，我继续利用在阿勒泰积累的技术为南开大学服务，开发了一系列服务广大同学的网站，包括：南开大学学工部网站、研工部网站、保卫科网站、信息学院团委网站、南开大学艺术团网站、南开大学学术节网站、南开大学新生入学网站等。因为我积累的能力，在2011年的时候成功被网易有道北京研究院录取为产品经理，成为南开大学第一个进入有道的学生。

除了这些，支教还给予了我更多的财富。支教之前我和支教团的其他同学没有交往，支教团中13个人性格各不相同，我们曾说：如果不是支教，我们不大可能成为朋友。然而这一年的支教生活，让我们组成了南开大学研究生支教团这个光荣的团体，因为有了支教的共同经历，我们变得彼此信任，亲如一家。我记得我生病时，超和怡然会轮番背着我爬6楼；我记得悦和苗苗来安慰伤心的我时，竟被我说得陪着我一起哭得稀里哗啦；我们会记得为每个人过生日，我们会一起为学生开讲座、搞素质拓展活动，我们一起笑、一起哭、一起滑雪、一起登上骆驼山看日出……直到今天，我们依然以兄弟姐妹相称，这份感情我们会珍惜一生。

2008年至今，辗转过几个城市，我始终珍藏着阿勒泰的学生们在离别时送给我的纸条和礼物，有的学生会简单地写一句"袁朕，加油！"，有的学生会写很多舍不得我离开的话，有的学生会说我是他们的榜样，有的学生说一定要考上南开来找我，有的学生之前一直在我的视线之外，直到离别时才鼓起勇气告诉我："袁老师，我们爱你！"这些可爱的孩子们让我知道这一年我用真诚打动了更多人，这一年我把知识和经验传递给了更多人。"用一年不长的时间，做一件终生难忘的事！"看着他们，我无愧于当初的誓言。

支教虽已结束，但是那段时光还一直陪伴着我，就像青春，虽会逝去，却永不褪色！

（袁朕，南开大学第9届研究生支教团志愿者，毕业于南开大学信息技术科学学院）

致青春 致你们

赵恩杰

最亲爱的兄弟姐妹们:

今天是2010年6月29日,我此刻在家写我们的工作总结和归整心路历程,写着写着,看到一张张属于我们的照片,脑海中不断闪现许多属于我们的美好回忆。我们的缘分是从2008年10月6日公布支教团名单的那一刻开始的,当时我们的心情肯定很激动,还记得第一次开会的时候,看着好多陌生的面孔,想到此后两年的生活就要与面前这些人一起度过,其实心里还是有些不适应的,但是经过了这21个月的深度接触,我们从陌生到熟悉,由朋友到亲密无间的兄弟姐妹,这是一种经历后很自然的过渡。

6月26日的飞机好像也想要把我们快快送走一样提前起飞了,在飞机起飞的那一刻,我轻轻地说了一句:阿勒泰,再见!眼角流出了热泪,我知道我在告别一段美好的时光,一段13个兄弟姐妹互相搀扶、共同走过的路途,一段可以"用一年不长的时间,做一件终生难忘的事"做注脚的故事,一段遇过太多鲜活面孔、遇过太多快乐伤悲的经历……

在一起的时光永远都是那样的温馨与愉悦:经验交流会上我们提了各种稀奇古怪的问题,内部试讲时的百般责难,清明节祭奠总理骑行杨柳青,贵阳全国培训会上我们骄傲地高唱校歌,在飞机上第一次见到了传说中的戈壁滩和连绵的雪山,第一次忐忑地踏上陌生的讲台,第一次在毡房里喝醉,第一次被两米多高的雪堆吓坏,第一次被学生"无情地"埋在雪堆里,第一次欢度教师节,第一次体会到工作的艰辛与无奈,第一次说学生像小孩儿,第一次开始觉得自己已经长大,第一次徒步在大西北的戈壁上,第一次……好多的第一次是我们一起经历的,但是转眼间好多的第一次已经从我们的记忆中变成了最后一次,最后一次在讲台上对着学生傻笑,最后一次喝一口新疆白酒,再喝一口新疆红茶,最后一次吃着香喷喷的羊肉串,最后一次走进办公室跟老师说着俏皮话,最后一次抱着陈书记喊"陈爸爸",最后一次再把自己当作孩子和学生们抱头痛哭,在送别的汽车上最后一次凝视学生们鲜活的面孔,最后一次让熟悉的二中、熟悉的阿勒泰的街景渐渐地在自己的视线中渐行渐远,最后一次……我们感伤,感伤离别的酸楚与不舍;我们感怀,感怀一年时光的匆匆;我们留恋,留恋亲爱的同事、朋友和可爱的学生,留恋金山银水对我们的眷顾,留恋这一年在我们生命中留下的串串美好的印记,所以我们动情,我们哭泣,但是这所有的情愫都不是自己一个人在默默地感受,而是 13 个人,13 个兄弟姐妹一直在身边相依相伴,团队的力量让我们强大,任何困难都难不倒我们;兄弟姐妹的亲情让我们凝聚,让我们过得更加舒适、坦荡。有了你们,这一年的时光才会变得更加熠熠生辉,就让这一年的支教生活作为我们友情维系的美丽源头,让我们相伴永久!

放飞

一张纸不知道到底天有多高
那苍白的一张脸写满了无聊
当它变成风筝有天冲上云霄
他会比任何人更多一份骄傲
人们不曾知道他的心比天高
那稚嫩的一张脸写满了烦恼
当他变成飞鸟有天冲上云霄
他会比任何人更多一份欢笑
你展翅去飞呀,飞呀,飞到天涯海角
你将会知道,知道世界是多么的美好
飞翔忘记了落脚同白云开着玩笑
白云尽在你眼前不再虚无缥缈
用我生命七十分之一营造一个奇迹
用你轻狂的羽翼翱翔在这天地
你展翅去飞呀飞呀飞到天涯海角

我们的故事
在你左右还要多久,怎么样才能让时间倒流

每一分每一秒都珍重，握紧的手不愿放松
十点半的飞机它在等候，不要再让自己的眼泪流

我知道你寂寞一个人确实好难过
思念是一种痛没有你叫我怎么活
身边充满诱惑不坚定就容易犯错
你是否能看见未来的收获，你愿意再耐心等候

我们的故事真难忘，太多的回忆和希望
不管它有多疯狂我愿意一生收藏
我们的故事不能忘，太多的情节要发展
不要放弃因为有一天缘分会继续
让我们一起演完

献给13个兄弟姐妹们
2010年6月29日

（赵恩杰，南开大学第11届研究生支教团志愿者，毕业于南开大学商学院）

在美丽的阿勒泰成长

侯 越

如果要用一个词来总结我的支教生活,那就是幸运。非常幸运能够成为"小 20"中的一员,来到李娟笔下美丽的阿勒泰,结识这里淳朴可爱的人们;非常幸运能够参与到支教团 20 周年团庆的筹备工作当中;非常幸运能够见证支教地阿勒泰地区二中 60 周年校庆的盛大场面;非常幸运在支教地加入建国 70 周年各项大型演出活动当中;非常幸运能够在南开大学百年校庆中,以自己的一份力量为母校做出贡献……能成为这一桩桩、一件件事的亲历者,这是多么微小的几率,而我是多么的幸运!在这短短的一年中,我获得了别人一生都难以拥有的宝贵经历。

支教不单单是一种情怀,更是一份沉甸甸的责任。也许一开始是被李娟笔下温暖而清新的阿勒泰所吸引,也许是学长学姐口中阿勒泰的风物人情而萌生了向往之心,但是当我真正踏入这片土地,又有了许多独属于我个人的不同感受。与其说我来到这里是教书育人,不如说我在这里和学生们共同成长。一年里,我从一个普普通通的大学本科毕业生成长为一名光荣的人民教师,有了一种为人师的责任与担当,学着从一个老师的角度看待学生、思考问题,开始一点一点走向成熟。遗憾也是有的,由于课时的限制和考试的要求,我能带给学生的除了课本上的知识之外真的是少之又少;有时候也很内疚,在学生成长的路上,自己没能保持足够的理智和宽容。而学生却教会我很多东西——一些独属于他们的生活智慧。我也常常会惊异于他们敏捷而跳脱的思维,有的时候也会觉得自己何德何能,能受到学生如此的尊重和喜爱。

"用一年不长的时间,做一件终生难忘的事",这句话是刻在所有支教人心头的一个烙印。立足现在,回望过去,我问心无愧、不留遗憾;站在彼岸回望此刻,我希望我能把握当下,留住美丽。

(侯越,南开大学第20届研究生支教团志愿者,毕业于南开大学经济学院)

把支教工作作为一个窗口

程曲汉

"到西部去,到基层去,到祖国需要的地方去"。在我国的新疆、西藏和西部其他边远地区,每年有数万人以"志愿者"之名在这里辛勤工作。我只是这数万名志愿者中普通的一员,但和所有在这里工作的志愿者一样,有着共同而不平凡的梦想——把这里建设得更加美好。

2018年7月,我作为南开大学第20届中国青年志愿者扶贫接力计划研究生支教团的一员从南开启程,前往西藏拉萨市达孜区中心小学开始为期一年的支教工作。我负责六年级一个班语文、美术和信息技术科目的教学,并担任班主任和学校安全卫生办公室干事。

作为一名扶贫接力计划的支教老师,我一直告诫自己:"我不是过客。"要想在这里深耕,就必须了解这里,要了解这里就必须走进这里。在这工作的8个月我一共家访了22名学生,走近他们的生活环境,了解他们的家庭,也更深地理解脚下的这片土地和她的人民。

在一次以"梦想"为主题的班会课上,有同学问道:"老师,您的梦想是什么呢?""我们来这儿的梦想就是帮助你们每个人实现自己的梦想"。这是每一名"扶贫接力"工作者的共同心声,而这些梦想也在一代代的接力下逐渐变为现实。能把自己融入西部的扶贫支教工作中,是我们青年志愿者最宝贵的人生财富!

教书育人是我们在西部的本职工作,从长远看来,这份工作更多的是一个窗口,让我们透过这里去观察中国的社情民意,了解这个时代的发展,在此基础上思考我们事业的舞台有多大,如何在这个舞台上去书写人生篇章。扶贫接力计划研究生支教团项目实施20年来,一大批有志青年在中西部贫困地区接受历练,带着对教育和社情民意的思考走向新的工作岗位。他们有的继续担负育人的使命,有的又再次回到基层去践行为人民服务的宗旨，这些选择的背后都有着透过支教工作这个窗口带给他们的思考和奋斗力量。"用一年不长的时间，做一件终生难忘的事"，这是很多支教志愿者的共同感受。而这件难忘的事中，有与学生珍贵的师生情，有与服务地的乡土情，更有在支教工作中磨砺出的爱国情和报国行。

（程曲汉，南开大学第20届研究生支教团志愿者，毕业于南开大学生命科学学院）

难忘的边疆

——阿勒泰

郑宗鹏

从阿勒泰——那座记忆中的城市回到天津已经 3 年，3 年时间我无数次回忆过在阿勒泰时的点点滴滴，浏览着存在电脑里的一张张照片，仿佛又回到那座小城，又回到和团友们一切度过的那段青春岁月……

缘分·初见

2015 年 7 月 31 日，在经历过新农大短暂的培训后，我们到达了边疆城市——阿勒泰。充满期待，为期一年的教师生涯由此开启。

记得初入教师岗位，第一项重任是军训。在祖国大西北的万里晴空下，我们在军训中同甘共苦，迅速变黑的我和学生们渐渐熟悉起来，感受到了他们的朝气和对我的尊敬和喜爱，慢慢地同学们跟我已经完全没有距离，愿意与我分享自己的心事，这也让我因为如此之快地获得了信任而备受感动。军训很快就结束了，我为同学们准备了一个小小的告别仪式，把我之前拍的照片作为礼物全部送给他们，换来一屋子红红的眼眶和集体告诉我副班不要走，那一刻的感动是我在来到阿勒泰之前根本没有想到的，也深深地感受到了之前的付出都得到了回报。

正式开学之后，我负责高二 4 个班级的教学工作，有奥赛班也有平行班，进度不好把握，但是学生们都很热情，知道我们是来自南开的老师，十分配合我们的工作。尽管如此，我们一刻也不敢松懈，不同班级的学生学习态度不尽相同，我们既面临学业水平测试的教学压力，又需要尽可能地照顾高考学科的课程时间，只能向备课组的老师们学习，慢慢适应。

在阿勒泰的 9 月是一个充满感动的月份，我们经历了人生中可能仅有一次的教师节、古尔邦节以及第一次在外过的中秋节。教师节当天，我在办公室看到平常自己管的最为严厉的班级每个同学给我写的小纸条，看到学生送的礼物和花时，心中充满了感动，第一次体会到了做老师的幸福；古尔邦节第一次感受到穆斯林新年节日的热烈氛围，我们十分幸运和开心的是受到了学生们的热情邀请，连续去几个学生的家里，品尝美食，和孩子们共享新年的幸福氛围；中秋节是与莫校长、其他同事一起过的，校长的一句"多吃点，吃饱了就不想家了"，让我们在千里之外的阿勒泰，感受到了家的温暖。

幸福·融合

二中，已由最初的憧憬到与理想中的落差再到慢慢地习惯与适应，无论是我的生活还是日常的教学工作都步入正轨，4 个不同的班级都能够保持正常的进度。在两个月的彼此磨合与配合中，孩子们也开始越来越喜欢我，尤其是之前觉得我作为理科班的政治老师过于严厉的（8）班的孩子，还有最调皮的平行班（10）班的孩子，都能够正常地配合我的教学，上交的作业质量越来越高，这一点让我很是欣慰。我知道作为理科生的他们，在高中对政治经济等方面的知识不是那么感兴趣，而且对于学习紧张的他们不能很好地把精力分配到一门副科上，所以我也在不断地调整自己的教学方式，讲授的东西不再平面全铺，而是尽量提高效率，突出重点，把重点难点讲给他们，让他们当堂吸收，不给他们造成课外的压力，在我们的通力配合之下，课堂的效率和质量越来越高。

早就听学长学姐们说，阿勒泰的冬天充满乐趣，果不其然，极其精彩，大家也越来越像一家人。我们一起扫雪、一起给特殊学校的小朋友们授课，虽然天气很冷，但是抵挡不住大家的热情。冬至的时候，住校教师与我们一起在学校食堂包饺子、炖羊肉，尽管饺子的形状惨不忍睹，大家边包边聊，其乐融融的温暖氛围令我们难以忘怀。元旦的时候，我们一起参加学生们的联欢会、一起唱歌跳舞、一起过生日，亲身体会了把人埋在雪里的乐趣，谎称买酸奶又把人（当然主要是梁老师）埋雪里的乐趣和一到下雪就要喝酸奶的乐趣。这一刻，我们是学生们的哥哥姐姐，是老师们的弟弟妹妹，我们是彼此的家人，就像一个大家庭，如果说有什么收获的话，就是彼此之间的真挚感情,是我们身边这些从天南海北走到一起,风雨无阻、彼此关怀的小伙伴们。

转眼间在阿勒泰的日子过去了一半,记得刚从乌鲁木齐下飞机时一切好像刚刚走出母校校门的情形一样,坐在车上看着路边渐渐消融的白雪,才发现时间已经过去了好多,突然感觉原来能够继续待在这座美丽的小城的日子已经进入了倒计时。

在第二个学期中,我也时刻提醒自己这也许是我被称为"郑老师"的最后的时光,一定要好好努力去对得起学生们的称呼。面临政治科目的学业水平测试,要在复习考试的同时讲授两本书的内容,加上学生们的学习能力差距悬殊、基础参差不齐,更加剧了教学的难度。但是不管怎样都要竭尽所能地去让他们顺利通过学业水平测试,让他们能够在上政治课的过程中有所收获,不辜负他们口中的那一声"郑老师",所以这学期除了正常的教学工作外,我还在课外的时间帮他们整理高中政治全册书的知识点,约4万字,政治组的老师们把知识点总结发给了全年级,看到学生们复习时用的是我总结的资料,心里确实很幸福很有成就感,当初熬夜打字的辛苦也烟消云散了。

记得当时课上总有学生问我什么时候走,听到这个问题时心里就舍不得这个地方,舍不得学生们,他们说:"老师走之前我们要给你办一个欢送会""老师你能不能以后和游老师、梁老师一起回来看我们啊",就连最调皮最"跳"的(10)班也开始变得听话,听课变得认真起来,令我愈发舍不得这一段美好的时光。窗外的雪已经没有了踪迹,树枝上的绿色渐渐出来了,可是眼前却还是去年和学生们、伙伴们打雪仗的样子,可能离开后再也见不到这样的雪了吧。下课后,走在阿勒泰的街边慢慢地也开始留意起路旁的景色,连平常觉得很普通的街景也开始变得特殊起来,经常用手机拍着金山路、文化路、四道巷……想给以后的自己多留一点念想,用心去度过这剩余的每一秒。

时光匆匆,很快走过了阿勒泰的春夏秋冬,7月一切工作都接近尾声。眼前还是去年7月来到阿勒泰的样子,但是眨眼间一年的时光就过去了。每天傍晚走在阿勒泰的路上,告别了中午的高温,夜晚的克兰河边晚风习习,舒服地吹在人的身上,更加增添了不舍,而阿勒泰这座美丽的小城早已被当作了我的第二故乡。

记得在6月中旬,我们熬了一个通宵,大家齐心协力总结出了南开书屋的书单，从建团开始到在乌鲁木齐新疆农业大学的培训，再到在阿勒泰的一年的陪伴，彼此之间越来越有默契，大家效率奇高，用了4个多小时就把2000多册募捐来的各种图书的全部信息整理好，并把图书打好包，建立起了全疆第一座"南开书屋"。希望通过我们的努力，让我们的学生们看到方向、看到世界、看到未来。

最后两周，我一共给我的4个班上了38节课，学生们也能够感受到这份对他们的认真，就连平行班的（9）班和（10）班也不再吵闹，能够认真地配合我进行复习、笔记、默写，不再有怨言，所有的辛苦没有白费，我完成了当初定下的目标，完成了学生们的期待。最后一次去拉斯特民族乡进行儿童节的捐赠活动，大家把募集来的图书、球拍等小朋友喜欢的东西送来，在学校"六一"儿童节的庆典上，小朋友们晒得红红的小脸上洋溢着欢快的笑容；最后一次去南区特殊学校看望孩子们，与他们一起过生日，希望这些小朋友能够快乐地成长；最后一次帮助学校整理校档案室，搬迁工作基本结束。然而，我们再没有机会在二中的新校区给可爱的学生们上课了，再没有机会与孩子们一起为目标而不懈奋斗，再没有机会为他们成长过程中的点滴进步而共同庆祝……

思念·离别

眨眼间，一年的支教生涯结束了。记得最后一天上课时，军训时所带班级的孩子们特意找到我去和他们合影，当我走进教室时，听到孩子们的欢呼声，心里满满的感动；我记得刚开始在（4）班的第一节课上，我给他们唱了南开的校歌，最后一节课，孩子们齐声给我唱了一遍校歌，告诉我一定会来南开来找我，在相距2000多公里之外的边疆，听到孩子们唱的校歌，我的眼眶湿润了；我记得平时调皮的（8）班、（10）班，在最后时认真听讲的样子；我记得总想听听南开故事的（9）班，最后写在黑板上的"'南'已离开"……

"用一年不长的时间，做一件终生难忘的事"来支教，来阿勒泰，是我目前做的最正确的一个决定。之前经常听团友们说过这句话，但是当初的我并没有深刻体会。现在我终于体会到了，也知道了难忘的是什么。一年的时间，付出的是辛劳，是课时，是连续的监考，是我总结的4万字的复习资料，但是收获的却是满满的感动，可爱的学生，淳朴善良的当地老师，是一群团结友爱的兄弟姐妹，是用心投入后给我自己带来的成长。我不敢说自己给二中做出了什么样的贡献，但是我在这里学习的，体会到的，感受到的，都是我人生中一笔巨大的财富。

经常有朋友问支教究竟有什么意义，经过这一年时间我可以说：我们能帮助一些年轻人学习遇见更广阔的世界，这就是意义；我们哪怕只是为当地的教育贡献了一点力量，这就是意义；除了这些，用心投入后给自己带来的成长，利用支教的时间开阔眼界更新思路，在支教的过程中成为更加优秀的自己，这就是意义。

能够在美丽的阿勒泰与这群美丽善良的孩子们度过这一年的时光，我很幸福。

（郑宗鹏，南开大学第 17 届研究生支教团志愿者，毕业于南开大学周恩来政府管理学院）

关于阿勒泰的那段时光

刘瑞麒

离 开

当我拎着行李箱以百米冲刺的速度向弃我而去的大巴车狂奔时,我的内心是崩溃的。万万没想到,出发之际,我的团友们完全没有意识到我的缺席,车子径直驶离了度过一年朝夕的二中校园,而我竟也以这种呼啸而过穿越送行人群的方式,给前来道别的百十来名学生们留下了在阿勒泰的最后印象。

好在那位憨厚的哈萨克族司机大哥似乎是从后视镜中看到了无助的我,在学校门口把车子停了下来。

面对我略显滑稽的狼狈样子,大家丝毫没有歉疚的意思,好在也正是这一插曲冲淡了离别的忧伤。虽然我是一个情绪稳定的人,但若让我认真面对那些隔着车窗还不时潸然泪下的可爱学生们,我也一定会控制不住流泪的。

大巴车最后一次载着我们迤逦穿行在阿勒泰的街道上,透过车窗望着城市边缘那个骏马雕像,蓦地想起一年前刚刚来到阿勒泰,也是这样透过窗户在此地看到那只从容不迫地穿过马路的松鼠。

在车上,我把装着充电器、笔记本和办公室钥匙的提袋一并还给了飞哥——这些都是他在前一天晚上与我们话别、畅饮正酣时托付给我的。这位有着和我们一样的活力与爽朗、又兼具长辈的仔细与稳重的兄长,一年来都是我们各种集体活动的带头大哥。送走我们,他也能暂时轻松个把月,再迎接下一批年轻人的到来。不会有人永远年轻,但总有人年轻着。阿勒泰岁月里的那些人,都在与一波波年轻人的相伴中,留下了越来越多的故事。

当大巴车绕行在阿尔泰山与古尔班通古特沙漠连接处的几个石头山丘间，一行 14 人不自觉地都把视线转向右侧，与那在万米高空都看得到的"金山欢迎您"五个石头铺就的大字默默作别——那是我们来到阿勒泰时第一个感到新奇的标志性事物。小小的城市，到机场的路也十分畅快，当我们的大巴车徐行到达时，我们在阿勒泰的两位"爸爸"——二中的莫校长和陈书记，连同一众朝夕相处的几位老师们，早已在此等候了。阿勒泰的机场几乎是不用排队的，可正巧某项拉力赛事终点站在阿勒泰举办，许多选手和媒体人也在此乘机，候机人群甩出了长长的队伍，小小的值机厅显得有些拥挤。不过也正因此，我们有了更充足的时间与各位老师依次拥抱作别。大多数送行老师没做过多停留便匆匆离去，可能是担心停留久了离愁别绪会过度发酵，毕竟此时心思细腻的姑娘们，已经泪光泫泫。

飞哥和学校信息科的史哥、勇哥一直把我们送到安检入口。一年以来，数不清这三位哥哥带我们品过多少美食、喝过多少酒、说了多少交心的胡话之后被我们送过多少次，然而这次可真的没有下次了。相拥道别后，我甚至没敢回头。

当小小的客机脱离广袤的戈壁怀抱，在农十师的农场上空调整航向时，我一直凝望舷窗外北方那高耸的雪山，直到它在视线中消失不见。我甚至相信那就是阿尔泰山的友谊峰——它不仅仅是阿勒泰的标志，它的名字也蕴含了我们在这片土地上收获的最珍贵的财富。

"来了一年了，还是不知道友谊峰是什么样子。"坐在邻座的伟宏非常懂得我的心思，"下次回来了，咱骑马去那里看看。"

我想，骑马、登山倒不是那么重要，能回来看看就好。

可是以前从这里离开的人，回来了多少呢？

我的团

我们一行 14 人是南开大学第 16 届研究生支教团，共青团中央西部计划洪流中的一朵小浪花。年复一年，母校选派志愿者到西部地区去支援当地教育事业，在全国那么多的高校研究生支教团中，南开大学研究生支教团或许会比较特殊——十余年来，我们始终与同一所学校直接对接，进行定点服务——新疆阿勒泰地区第二高级中学。阿勒泰的老师们年年如此，迎来又送走，送走又迎来；南开的我们亦是如此，一批又一批，转眼已经二十年。二百余位南开学子在阿勒泰的土地上留下了属于自己的最不平凡的青春热忱。如果谁能把这十几年间的精彩故事记录下来，那绝对是部精彩的纪实文学作品了，可惜我不了解前辈的过往，也无从参与后继者的历程，只能捡起自己的旧账，感慨光阴荏苒。

2013 年 10 月，第 16 届研究生支教团正式成立了。在接下来的 8 个多月中，大家一边料理着大学最后的种种事务，一边积极地参与支教团的建设。大四的同学们似乎已经没有什么心思再去开辟新的圈子了，大多是在一边梳理着这几年的种种情怀，一边为自己的未来打拼。而我们这 14 个人，却在一次次地培训、实习、例会、集体活动中越走越近。这个团体在阅尽大学四年的"千帆"后依旧令人振奋：我们中的每个人，都有着还算丰富的经历——试想一下，富有胆略与执行力的实践先行者和科研成果颇丰、成绩优异的学霸在这里风云际会，创意无限、技术过硬的极客与活跃在各种团体与活动一线的有为学子们齐聚一堂，这些人迸发出的能量，让人产生无限遐想。

2014 年 7 月 23 日，带着对新疆、对阿勒泰的无限向往，我们 14 人正式开启了为期一年的新疆历程。站在现下回顾支教的时光，我们用一年的青春收获了切实的工作经历和知识技能，收获了面对困难时的坚韧，收获了面对未知与变化的冷静心态，收获了一批值得尊重的前辈同事，收获了认可我们、尊重我们的一大批学生或者说弟弟妹妹们，收获了志同道合共度风雨的毕生挚友。14 个人在一起，无论面对艰难、挑战、压力，还是欣喜、振奋、感动，我们一直共同承担、共同分享。在这个一切如此匆忙的年代里，找到一个合拍的人都那么难，打包送来了 13 个如此优秀又投脾气的朋友，荣幸之至。

从新疆回来后的岁月里，我们从一个个意气风发、踌躇满志的大学生，逐渐变成了有经验、有历练的青年人，在各行各业中继续自己的生活。然而不论身份如何，潜移默化中多出来的是在讲台上磨炼出的沉稳自信，是在与学生相处时培养的倾听与耐心，是梳理复杂教学内容时形成的结构化思路，是激发、鼓舞学生时开发出的热情和感召，是面对未知和困难时的无畏与沉着。每一个支教团的志愿者最常挂在心头的一句话就是，"用一年不长的时间，做一件终生难忘的事"。我想，这一年的时间，正是用心的投入带来了成长作为馈赠，才无比令人回味吧。

相　知

在飞往阿勒泰的途中，一路透过舷窗，看着下方无边无际的大沙漠，强烈的不真实感在内心涌现。我是一个喜欢走动的人，每次长途跋涉后看到与此前认知中截然不同的景象，心中总会有一种仿佛梦境的错觉，这次更加强烈。陌生但心驰神往的边陲大地、期待却又充满未知的生活、已准备许久但又无比敬畏的全新征程……思绪交加，我竟然分不清远处那柔软的白到底是山巅雪顶还是漫卷白云、分不清下面那浓郁的灰蓝到底是云朵投射下的影子还是荒漠中蓦然出现的湖泊。

视野内无尽的荒凉远处突然出现了一片湛蓝，可以清楚无误地看出那是一大片真正的湖水，北侧还挂着一条细细的蓝色绢带。镜面一般的水域在沙漠黄色的背景映衬下格外明显。北边的细细的河流便是额尔齐斯河，而眼前这汪湖水是新疆第二大湖乌伦古湖，又叫"福海"——这名字简单通俗的大片湖水是大漠中不可多得的渔业基地，确实称得上是造福一方的戈壁之海。

飞越过乌伦古湖后，地面不时出现规整的绿色色块，这些绿色逐渐沿着嵌着绿边的不规则蓝线连成一大片，一直蔓延到远处巍峨的山脚下。那些是新疆生产建设兵团农十师在戈壁边缘开垦出的农场，中间还不时夹杂着一片金黄的矩形——那是大片大片的向日葵，在昂着头用浓烈的色彩，为天边来客述说这片神奇土地的热情与欢迎。

阿勒泰的机场很小，飞机降落后没有漫长的滑跑，我们也很快领到了自己的行李。出了小小的机场走了短短的一段路，远处土黄的山腰上出现了五个大字，正是那用戈壁中的白色石块堆就的"金山欢迎您"，向每一个来往的过客展现边疆小城的热情开朗和广袤戈壁的苍凉寥廓。

车转过几个弯就进入城市，路边潺潺的克兰河向我们展示这座城市活力的生命脉络。几位同行伙伴倒很关心这条河哪里能下去游泳。非常遗憾，这一年也没能享受到浸在水中的体验——克兰河水浅流急，河滩上卵石密布，贸然下河是很危险的。而且，河水主要的来源是上游阿尔泰山中密布的山泉溪流，都是由融雪汇聚而成的，水温很低。哪怕是盛夏时节，河水依旧冰凉，普通人贸然下去怕是承受不了。

我倚靠着车窗，望着一座座不高的小楼，竟有一丝紧张，毕竟一直想象的场景正在眼前，而一心期待的事业带来的责任也即将压到肩上。

大巴车绕进一个满是路障的小路口，从一个略显破败狭小的校门驶入地区二中校园。这个我即将生活、工作、快乐、忧伤一整年的地方，给我的第一印象就颇为割裂。以主路为界，两侧的校园呈现了两个世纪的风貌。北侧的综合楼、宿舍楼、体育馆、小广场颇有发达地区高中的质感，而南侧的狭长教学楼和满是杂草的土操场则让我们确实有了那么一丝"支教"的感觉。

"莫爸爸""陈爸爸"早已在宿舍楼前等着迎接我们，嘱咐大家好生安顿。这无比亲切的称呼来源于莫校长和陈书记多年以来对历届研究生支教团的亲切陪伴与照料。可是这么多年过去了，两位爸爸也显得比那亲切的称呼略为苍老了。

当天我们见到的，还有团委书记徐飞老师和信息中心王勇老师。这二位老师一直与历届研究生支教团亲密无间，直到现在还与很多支教团的故人保持着密切的联系。30出头的两人几乎是与最初的支教团一起来到地区二中的，从一样的年轻，到慢慢变成了支教团的哥哥，想必支教团对他们来说意义也颇为独特吧。而对于这包括两位在内的爽朗大方的前辈，我们也都习惯以兄长相称，他们的热情与真诚，也着实令所有人深深感激。

飞哥在第二天马上要到延安去参加进修培训，没做过多停留，但勇哥则着实让我领教了豪爽的新疆人的待客之道。尽管由乌鲁木齐到阿勒泰只需要一个小时，但毕竟我们也算是舟车劳顿，怎奈勇哥不管那些，直接把我们拉到了饭桌上："各位来到新疆不喝酒可说不过去啊！"没办法，只好拿出东北汉子的洒脱，来应对西北的阵仗了。

这一年喝了不少酒，或许是此生的酒精摄入量巅峰也不夸张。事实上，我们始终没有完全领悟阿勒泰人民对地产白酒——额河老窖的那份远超一切名酒的钟爱。也是直到后来隆冬时分天寒地冻，我们拿出额河老窖小酌取暖、交心畅谈之际，似乎才模模糊糊意识到这浓烈的液体虽并非五谷佳酿，却是北疆生活足以增添仪式感的小小注脚。酒从来不会让人生更厚重，但曾经那些值得用烈酒相伴的人和岁月，注定会成为此生铭记的不朽章节。

早先我们听闻这边的物价相比于内地会略贵，所以大家都带了装满好多日用品的行李箱。但当我们走进学校斜对过的佳乐超市时，发现商品一应俱全，而且价格并没看出有多么贵。反倒是在南开校园一块五的康师傅矿泉水，在这里只需要一块。大街上也没有出现传闻中拦住我们就问"你一定是南开来支教的老师"的淳朴当地人。想来也是，毕竟从面貌来看，阿勒泰早已是一个齐整、美丽的现代城市了，随着岁月的逝去，我们的工作早已不再演绎那种轰轰烈烈的剧情，而是像这里习惯了我们的人们一样，慢慢地归于淡然和平静。

意 义

现在回头来看这一年的"支教"，着实是踏踏实实做了一年人民教师，无所谓奉献，更无所谓高尚。原本以为会在这里热热闹闹地把"发达地区"的理念引过来，再用自己的聪明才智给"闭塞"的学生们呈现外面的世界有多美好，不过事实证明这里的老师和学生们并不缺这些。资讯发达的年代，飞速发展的地方经济，让这个远在北部边陲的小城依旧能够紧跟时代步伐，而且随着素质教育理念的不断推进，在升学率连年在高位稳定的同时，校园多样的文体活动更是让许多东部地区学校汗颜。

说实话，新疆教育的大环境还是不错的，至少从我的学生们身上，并没有那种死板的应试教育气息。大家普遍在相对较为宽松、开放的环境中成长，这里的孩子们似乎更加从容，学校也更乐意在校园文化建设、校园活动当中投入更多。整个学年，各种演讲比赛、合唱比赛、征文比赛、联欢会、成人礼等大大小小活动接踵而来，单单是与兄弟学校的各种友谊赛事就举办了四五次之多。能够在一个包容、开放、阳光的环境中成长，我还是很为这些弟弟妹妹们感到高兴的。

但是面对办学规模日渐扩大的局面，学校师资力量还是捉襟见肘。毕竟在严格保证教学质量同时，还要举办丰富多彩的活动，所以精力充沛、更懂学生的年轻教师就成为抢手资源。我们也自然地一边担负着教学任务，一边在行政部门兼职——3个年级、7个科目、8个兼职岗位，14个人就在这些交错的工作中，默默地用勤恳收获着宝贵的为人师长的体验。从新生报到、军训，到一年服务期满临别之际，这一年的所有关键任务我们一次都没有落下。

来到阿勒泰的第二天，就是高一年级新生报到。回想当时，我还因为前一晚的额河老窖有点迷糊。恰巧我所负责班级的班主任老师因事而不能来组织报到，所以我便成为这个班的代班主任。在紧接着到来的军训中，每天给同学们总结点评、加油打气，遇到学生头疼脑热务必照顾一番。班主任不在的时间里，我带领这群可爱的孩子们完成了班级破冰——班委选举，每天早早地来到班级，一边与大家谈谈心一边鼓励他们；也会一直在军训场边的树荫下，一边目睹着他们在通透无比的阳光下逐渐晒出黑红的肤色，一边回想自己的高中时代。军训最终以往返20公里的野外远足拉练作为收尾，当这些孩子们在山顶草甸的终点处簇拥着我，拍下那意气风发的大合影时，我感到我们的心，算是完成了与彼此的连接。

然而造化弄人，在此后的两个学期的教学中，我教师生涯伊始的班级、在阿勒泰最初结下情谊的同学们，竟没有机会再续前缘——我甚至没给他们代过一节课、讲过一道题。哪有那么多自然而然呢，猝不及防地相遇、又始料未及地分开，或许是这门名为"人生"的科目中我们共同经历的一课吧。

开启教师生涯后，一切按部就班，偶尔会有小小赞誉鼓励，但我们深知那是本分所在。9月，时任南开大学校长的龚克教授到访阿勒泰，那是支教团和二中首度迎来南开校长。一番正式的会晤结束后虽已是深夜11点钟，但龚校长仍主动提出到校园来看看。看着龚校与莫校二人快步疾行在克兰河边的背影，感喟于两位勤勉长者为教育事业奉献毕生心血的高风亮节之余，每个团员心中力量更加升腾——"立公增能"，金山脚下的每一天，都值得更认真努力地对待。

然而，随着工作的深入、新鲜感的褪去，苦闷与烦躁也在慢慢酝酿。入秋以来，原本干燥清爽的阿勒泰几乎天天阴雨连绵，而10月的每个周末都要面对各种监考任务，于是我们中的绝大部分人就在连续一个多月无休后，精疲力竭地迎来了长达近半年的冬天。来自东北的我对冬天自是不会抗拒，可是，这是我们面对的第一个交通闭塞、活动单一、工作压力大的冬天。牛羊已随牧民前往冬牧场蛰伏，克兰河也在冰雪中逐渐隐匿原本奔腾的身形。即便是踩着齐踝深的积雪走上骆驼峰，放眼望去，除了白还是白。这个极度寒冷、交通不便的小城市，也没有什么业余休闲可言。由于经纬度的差异，早上要到9点多天才能放亮，而下午四五点钟就已日薄西山，白天短得令人抓狂。人们必须用厚厚的装备去抵御零下二三十度的严寒（阿勒泰富蕴县曾创下零下51.5度的记录，要不是同年漠河达到了零下52.3度，那中国的寒极就要变一变了），干裂、冻疮甚至也已不稀罕。所以，对烈酒的偏爱也不难理解了：又冷又漫长的冬天，出行不易，活动不便,莫不如喝点酒——既能暖身子,还能刺激容易萎靡的精神。好在有篮球和滑雪,前者在平日里总能让大家无比期待晚自习结束后的浓黑夜晚,后者则足以让漫山的银白也变得多姿多彩起来。

时光很快来到下学期。比起此前一直在校园内的工作和生活,最后的阿勒泰岁月里,我们的边界也逐渐得到了一些扩展。和地区团委志愿者们的远足、和教育系统同仁们的登山比赛、在春和景明后我们自行组织的郊游和骑行……而印象最为深刻的,则是一段不平凡的旅程。在凑巧被伙伴举荐参加了一次演讲比赛获奖后,我竟有幸被地区教育局选中组成了地区民族团结宣讲工作组的一员,与母亲年纪相仿的王老师带着小队,从寒极富蕴到国门吉木乃,两周的奔波中我们走遍了阿勒泰的土地,在逐地宣讲民族团结案例之余,还有幸拜会了2009年"感动中国"十大人物之一的阿尼帕老人。如今回想起那时每日在戈壁中驱车数百公里的旅途,总会后知后觉地脑后一麻——本意是去宣讲,没想到所学所得远超给予,实在是惭愧。

边疆教师的岁月就在一个个知识点、一道道习题、一次次考试、一场场活动中,飞快地闪过了三百多个日日夜夜。或许是从一开始就知道有一天终将永远离开,所以在这里的每一天都非常用力。想必每一届研究生支教团皆是如此,那么多共同经历的鎏金瞬间,只需只言片语的闪光,就能连缀起十几个人共同的回忆珠帘。

有人曾问:"这一年的支教有什么意义?"虽然身在其中,谈"意义"不免主观偏颇,但我想对这个问题的回答,也正好可以解释为什么我们对阿勒泰、对这一年的岁月魂牵梦萦。

能为一些年轻人的学习成长助力,或许就是意义。

我们从高中生的时代过来,也都深深理解,如果在自己的成长过程中有机会得到一些启示是那么的重要。身为一名教师,也时时明白,自己的一举一动对学生一定会有诸多影响。也正因如此,每个人在教学和其他事业中,都无不小心谨慎且全力以赴。比起坚守岗位多年的老师们,我们做到的着实有限,但能在此过程中有过那么一丝助力,也值得欣慰。课堂之外,从"东方杏坛"到"南开书屋",支教团也在努力创造条件拓宽孩子们的认知边界。如今,彼时的学生如今都已踏入大学校园、走上人生新的阶段,看着他们各自的精彩,想起当年或曾有过助力启迪,何尝不是一件幸事。

能为学校建设和教育事业开展提供力所能及的帮助,或许就是意义。

除了常规教学，在协助学校的行政事务、文体活动过程中帮助指导学生和学生组织、社团成长，也是我们的重要使命。不得不承认，二中的师生和支教团前辈们留下了很好的基础，他们已经打造出成熟的学生社团、学生会等机制，充分地让学生们有着广阔的成长空间，也给身为后辈的我们留下了能够发挥的土壤。新年联欢、运动会、成人礼、爱心超市、"小水滴"志愿服务队、《二中部落》报纸、校园邮局、校园电视台……这些充满生机的课外实践或许给二中学子的三年高中青春生涯留下了不少美好的回忆，而非常荣幸的便是这幕后正活跃着的一届届研究生支教团。

　　这一年，我们认识了另一个自己，或许也是意义。

　　在新疆的一年，不仅看到了祖国边疆的大好风光，还感受到了民族聚居地区的别样风情，更观察到了西北边陲地区的经济、教育发展状况，体验了和以往不同的生活方式。欠发达地区的基础教育水平究竟怎样？边疆人民的生活状态与内地有何差异？国家的经济发展、教育资源分配是否真的如此不均？……这些现实而尖锐的问题，不走到现实中去，则无从寻求到答案。或许距离本质甚远，但至少在这一年结束后，我们不会再想当然地看待一些事情，也会更理性、更客观地解释那些复杂的问题。然而，比解答和阐释的勇气更可贵的是思考后仍甘于三缄其口并不断求索的探寻。因为中国之大、形势之复杂、情况之多样，远非读读书看看报就能够品评得了的，而身在此间，偏偏又有同侪、后辈在察其言观其行，审慎负责便成了心中时刻提点自己的执念。

　　意义是用热情、用努力、用真心、用投入创造出来的，与长短新旧俱无关。想改变就积极去做，年轻人最可贵的无非就是赤诚之心，莫要让别人口中的苟且，凉了自己的一腔热血。

山高水远

　　我一向敬畏名山大川，对那些恢宏磅礴的地理事物有着浓厚的兴趣。生在白山黑水的绿岭松涛中，来到渤海之滨的华北平原负笈求学，也曾有幸探访江南清秀婀娜的山水、拜会云贵川渝的不绝沟壑。唯独新疆，那是我最为向往、又从未有机会去品味的苍茫大地。我曾无数次地打开地图，用眼光检索那细密的小字蕴藏的仿佛异域的地理信息，一次次地依着山脉的走向寻找它的巅峰。当8611、7443、6995这些数字划过眼球时，我的心仿佛也在随着这些数字上下起伏波动。

　　友谊峰,在拥有乔戈里峰的新疆根本算不得绝对的高峰,比起博格达峰、汗腾格里峰、公格尔九别峰这些梦幻的山名,它略显淳朴的字号似乎也没有那么响亮。然而,"友谊峰 4374"这几个字符是我自初中开始就不会忘记的。我一直在想象,站在它的雪顶上,四下眺望中俄哈蒙四国,那会是怎样的一种天地辽阔。

　　友谊峰的冰川融化后,正是在阿勒泰的土地上缓缓汇聚成了额尔齐斯河。比起亲密接触过的长江黄河,我更为熟悉的反而是此前从未见过的我国唯一流入北冰洋的河流。多少次在地图上,目光随着发源于可可托海的细小蓝线,想象它一路蜿蜒穿过国界,在斋桑泊踟蹰片刻,抵达乌斯季卡缅诺戈尔斯克后化作奔流的江涛,一路向北倾泻而去。这条蓝线由冰川来,经历 4000 多公里的奔流,沾湿了戈壁、注满了湖泊、润泽了生灵,最终在北冰洋又化为它降生前的冰肌雪骨。

　　我与大家一起生活的阿勒泰市,坐落在阿尔泰山与戈壁滩的交界,克兰河从北边人称小东沟的山谷中流出,最终成为额尔齐斯河梳状水系上的一齿。阿尔泰山、额尔齐斯河,这就是阿勒泰的金山和银水。山,塑造了坚韧而勇敢的品质;水,孕育了包容而不息的性格。阿勒泰的山山水水,也成为这一年故事的见证。

　　来到阿勒泰后,大家都颇好爬山。起初我们会在将军山拾级而上,走到山顶的小平台聊聊天,逢十五明月夜可能还会带些零食饮料,上去赏月吹风。后来,骆驼峰又慢慢地成为我们最常去的地方,一是视野更好,二是攀缘难度更高,且人迹略显罕至,更增苍茫寂寥的野趣。

　　可是我觉得不过瘾。生长在山城,自是对山再熟悉不过,小时候的夏天,我曾攀缘满是荆棘的十几米高的几乎垂直的山崖,只为看一看家乡小城的全貌;三九的大冬天,也曾踩着过膝的积雪在山林里跋涉,手脚并用地爬过雪坡登顶。所以,对我来说,有台阶的爬山,只是有坡度地遛弯而已,已经没什么意思了。

　　所幸阿勒泰能够充分满足现阶段我对山的欲求。

　　城市正西方高耸的山峰,便是城市左近最高的了。山上没有路也没有树,只有一条条碎石堆成的山脊,每天在阳光下变换自己的身影,最后在暮色中成为为城市遮住夕阳的屏风。远远看去,山的顶尖似乎有几个玛尼堆,可惜目力所及也只能模模糊糊地看到一点点轮廓。每日的朝朝暮暮不相同，唯独不变的，就是窗外山的巍峨身影。于是，那山巅的风光、对山那边的幻想，就成为心底里日渐浓烈的向往。

于是在春和景明、结束大雪封山后，我决定去探索心之所向的神秘山顶。

登顶之路颇为单调：一路都是被风剥蚀成片状的碎石，从岩缝间倔强生长出的几株低矮荒草，竟也显得颇为遒劲。阳光毫无遮蔽地洒在这立体的戈壁上，抬头只看得到透蓝的天空和似乎越来越近的山顶，俯身准备前行，停顿间滴落的汗珠早已迅速蒸发在赭石色的山岩表面。随着逐渐远离城市，耳边的汽车笛声、发动机声慢慢消失，取而代之的是风在山间的长啸。不知何时起，独行的我也有了同伴——几只似鹰隼一类的大鸟，在我的头顶不住展翅盘旋。

孤身一人的单调旅程不免会让人胡思乱想：这一路辛苦走来，莫非只为观山？如此辛苦，究竟欲求何物？山巅在望，另一侧又是什么？到了彼处，我会有何所得？……直至终于站到山顶，向另一边望去，我不禁颓然倚在一人多高的敖包旁。对山另一边景象的百十来种想象，终于定格：一道又一道，连绵不绝的荒凉山丘，在风声呼啸中岿然屹立，除了云在动，一片生意寂然。回望山脚，远处那早已熟悉的小城，登时轮廓清晰起来，显得亲近可爱。此时的山巅早已逃离城中喧嚣，然而虽是天地辽阔，可转念一想，比起这四下荒芜，回到尘俗之中，来一份香气四溢的羊排抓饭，竟也是无比动人的幸福。

屡次出发，是因为登峰远行不只为观山，而是为了回过头来观己：山脚下是置身已久、日日夜夜浸染其中的周遭繁杂，而跳出其间，未尝不会有更新的体验和想法。正所谓出去久了会知道家的可贵，行得远了、站得高了，也会换个角度更清透地认识原本的自我。

来到这遥远的山水之间，名为渡人，实则渡己。若不是顶着"支教老师"的光环，我们或许只是充满好奇与向往的游客，阿勒泰赠予我们的，也将只有令人心旌动摇的风光和与中原迥异的风物。而肩负使命的这一年，阿勒泰和这片土地的儿女却用最大的认同和包容回馈着我们：自作别阿勒泰至今已近五年。不长不短的时光中，那年阿勒泰的青年们都增长了年岁、去过了更大的世界、成为不一样的自己，唯一不变的，是对那些山川河流、那些遥远亲人的眷念。我们都在遥远的土地留下了刻骨铭心的一段岁月，却也都在心底里怀着同样隐隐的念头：如果当时能够把心底的那份热爱与激情,再不加以保留地拿出更多,是否会更加无悔于那段岁月?

或许我们怀念的并不只是那岁月,更是在那段岁月中充满无限可能的自己吧。

(刘瑞麒,南开大学第16届研究生支教团志愿者,毕业于南开大学汉语言文化学院)

爱在阿勒泰 从未离开

王 琪

离开阿勒泰后,我好像患了一种对"阿勒泰"三个字无法自拔的过敏症。我一直害怕提起"阿勒泰"这三个字,越是害怕,这字眼越是在我的生活里挥之不去。生日前,我收到了朋友送给我的书——《我的阿勒泰》,一本写阿勒泰生活的书。打开京东、凡客、淘宝,原始的默认收货地址还写着"阿勒泰市解放南路3号阿勒泰地区二中高二语文组",这是我在阿勒泰的通信地址。偶尔也会收到学生的短信,这是一句来自阿勒泰的问候啊。来来回回,逃不出这张网。

我又何尝想逃。

无论我站在车水马龙的都市街道,还是在温暖安静的卧室,闭上眼睛,我就能看到金桥门口的喷泉,看到彩虹桥下湍急的克兰河水,看见骆驼峰下的红色大吊桥,看见"小意思"里热气腾腾的蒸面和烤狗鱼,看见中心市场里干果店老板夫妇的笑脸,看见路口喜气洋洋的卖牛奶的哈萨克族青年,看见高二语文组的同事进到办公室后对我说"王琪又来这么早呀",看见我桌上堆积如山的周记,看见高二(13)班和高二(15)班几十张兴奋或瞌睡的脸。

做语文老师,是一件很"费力"的事。还记得两年前,初上讲台的我总是忐忑不安,生怕说错话、讲错题,慢慢地,我能淡然地和学生在谈笑中把知识传授给他们——我期待中的语文课堂就是这样,在轻松愉快的气氛中搞定那些貌似繁杂生涩的文言文。上高中时,我最头疼的就是语法、病句、文言文,而当我做了老师,逼着自己必须要学明白还要讲明白时,才发现它们不过如此。每天的生活虽然单调,却忙碌而充实,没时间想家,没时间烦恼,也没时间想想今天应该穿什么,我对自己越来越粗糙,却把更多的精力像挤牙膏一样挤在学生身上。原来"备课"就是将知识提前一两天自己先学一遍,"讲课"就是把自己领悟到的知识用通俗易懂的方式传授给学生而已。"课堂"是个好老师,它教给我从容、自信、宽容,也让我懂得了责任与担当。

快乐有时候会很简单,学生的一个微笑、一句问好,课堂上给你的一个坚定的眼神,作业里的一句玩笑或者一个秘密,课下偷偷塞给你的糖和点心……不知不觉,我在阿勒泰的生活重心已经完全变成了他们,他们的一举一动都在无形之中牵动着我的心。

在阿勒泰一年,我几乎从没见过谁和谁红过脸,为了一件什么事吵架,我也没有见过谁愁眉苦脸地去上班。语文组的老师们谁家里今天做了鱼或者煮了牛肉,总会把我带回去,和他们一家三口坐在一起吃饭;年轻的单身老师们会干脆带上我们在宿舍里一起做手擀面、包饺子、涮火锅。吃的东西没什么稀奇,不过是一些家常便饭,可他们与我一起分享家庭的温馨,给了我最温暖的家。

大巴车从阿勒泰驶出,你会看见道路两侧分别是汉墓和穆斯林的墓园,你会看见山鹰在低空飞旋,你会看见广袤戈壁上的悠悠蓝天,你会看见潇洒的骆驼和放羊的牧民,你会看见通往北屯方向的片片绿洲,唯一看不到的,是我永远的精神家园,但我知道,它就驻扎在我的心里。

回来的这段时间,经常会收到阿勒泰学生的短信。字数不多,很多人也不留名字,写的内容是"我们复习到了'时维九月,序属三秋',想起了你""今天刚刚月考完,就差语文卷子还没有发""最近真没状态,对学习心不在焉",这样的短信,我收到了太多太多。在阿勒泰,我能把无数古诗文倒背如流,一天5堂课滔滔不绝地讲一些有的没的,而现在却像个文盲,嘴皮子也不太利索。

离开阿勒泰,整个心像是被掏空了,静得似有回声。晚安,梦中的金山。

(王琪,南开大学第13届研究生支教团志愿者,毕业于南开大学文学院)

心中永远的净土

刘 博

> 有种生活只有亲身经历和体验,老去后才会更加懂得。青春是奢侈的,但更是无悔的!留下这些回忆的文字,谨以此纪念我们逝去的美丽青春!
>
> ——题记

2008年10月6日,"南开大学第11届研究生支教团入选团员名单"在研究生院网站公示,13名来自不同院系、天南海北的兄弟姐妹,为了同一个使命,怀揣理想与希望,走到了一起……当我们选择这条道路时就知道,这注定将是我们的人生路上浓墨重彩的一笔。

2009年7月,带着学校和老师的期望与祝福,带着亲人和朋友的不舍与牵挂,怀揣自己的梦想与责任,我们,出发了。

第一站是赶赴共青团中央为全国各高校志愿者组织的培训,我们从北京一路坐火车到了贵阳。再加上之后飞往新疆的路线,我们一直戏称自己在祖国的地图上画了一个大大的"V"字,冥冥中仿佛也在预祝我们此行的胜利与成功。

离开了熟悉的校园,离开了亲人与朋友,我们踏上了真正的旅程……在这次培训的目的地贵州大学,我们看到了很多和我们一样的人,也认识了很多新朋友,无论我们来自哪里,无论我们去往何方,心中都有一个共同的使命,正像我们经常说的那句话:"用一年不长的时间,做一件终生难忘的事!"

走下飞机,面对"阿勒泰机场"几个大字时,我们终于踏上了这片熟悉而又陌生、充满了无限希望和憧憬的大地,在这里我们留下了第一张合影。住进学校为我们安排的宿舍,第一晚,我梦回了故乡,梦回了南开,却不知在归来后的无数个夜晚，我又梦回了这里——阿勒泰，二中，我的另一个家。

当我们第一次站在学校体育馆的舞台上，莫校长向全校师生介绍我们每一个人，那是我们第一次亮相。看着台下孩子们好奇的目光，听着这一个个"小大人"对我们的评头论足，我心里想，这里的感觉还真不错。

走进二中，走进学生们的教室，记忆仿佛也回到了自己的童年。这里的学生们调皮、可爱，却又非常懂事。我们喜欢和当地的老师们一样，称呼他们"娃娃"——虽然我们比他们也大不了几岁。

在这里，我们是一个特殊的团队，但又是最普通和平凡的人民教师。我们知道自己肩负的使命，始终以最高的标准要求自己，从不敢有丝毫的懈怠。因为我们不仅代表着南开，更身负着一名人民教师的责任！

在第一学期中，学校为我安排了高二年级3个班的地理课，在会考任务结束之后的第二学期，又安排了高二年级11个班的信息技术课。

为了讲好第一堂课，我虚心地向组里德高望重的吴老师请教讲课思路和授课技巧，做了充分的准备。但是当我真正走进教室，面对着一张张稚嫩可爱的脸庞时，我才发现，原来孩子们求知的欲望才是我最大的动力！

第一节课，我充分利用列表比较的方法将长江三角洲和东北松嫩平原从地理位置、气候条件、土地条件、矿产资源条件等诸多方面的差异对比出来，帮助学生们在课上就可以很快地掌握知识。通过向有经验的老师们学习，我也渐渐地掌握了一些教学方法和技巧。在之后的课堂中，我又充分使用多媒体教学，用生动的案例和图表动画，提高孩子们对地理的兴趣，帮助他们加深理解和记忆。对我来讲，虽然每到一个班级，都是在不停地重复几乎相同的话，但我并不敢有丝毫懈怠，因为对于孩子们来说，这些都是新的知识。

这里的工作忙碌紧张，但同时也充满了乐趣。无论是在课堂上与学生们的互动，还是在课后和这些孩子聊天，都让我越来越爱他们：可爱、积极、向上、善良……我想正是这片可爱的土地，才养育了这样可爱的孩子们。我爱这里，爱这片纯净的土地。

由于我的计算机专业背景，除了日常的教学任务之外，学校还为我安排了在信息中心的兼职工作。最初经常奔波于两个教学楼之间，同时做着基本没有关联的两份工作，还很不习惯。信息中心的工作烦琐紧张，多是配合其他部门的活动，提供影像拍摄和音效等技术支持的辅助工作。在之后不久的日子里，我渐渐习惯了这样的生活节奏，并且非常庆幸自己能够在这里工作和学习。

史哥和勇哥是我们同间办公室的老师，他们不仅业务技术过硬，而且待人诚恳，幽默诙谐，对我的生活一直很关照，并且在技术和教学上毫无保留地给予我很多无私的帮助。在这里每天的工作都很充实，很快乐。之所以说信息中心的工作烦琐紧张，是因为我们要负责学校300余台计算机和投影等多媒体设备的日常维护，为此我们经常会在上课前几分钟收到老师们的电话，报告投影仪或者计算机操作故障等问题。为了不影响老师们的教学进度，我们经常要为此反复奔波，并且尽快修复。借用一句名言，正常的机器都是一样的，不正常的机器各有各的问题。每天面对着这些疑难杂症，看似单调的生活也多了几分情趣。

不久后，二中迎来了新一年的"校园歌手大赛暨红歌赛"活动，我们3个人，加上德高望重、经验丰富的金科长，4个人负责整场活动的调音、调光、话筒、录像、照相等工作，工作强度可想而知。但这对我这样一个新手来讲，既是挑战，也是学习的机会。虽然像调光和调音这些工作我是第一次接触，但为了不影响整场活动的效果，我在下班之后借了钥匙，经常一个人到体育馆练习基本功。慢慢地，我几乎可以胜任科室里安排的所有日常工作，从单反照相机的取景、摄像机的使用，到调音台的各路连接和输出，渐渐地我也掌握了很多基本技术，获益匪浅，曾经的汗水也早已被内心的成就感擦干。

从第一堂课到最后一堂课，从第一次升国旗到最后一次升国旗，从第一张合影到最后一张合影，不知不觉，我们的支教生活就这样从无数的"第一次"到"最后一次"中度过，在这片淳朴可爱的土地上，我们留下了自己的足迹，在曾经的青春路上，我们因为曾经这样付出而自豪，因为曾经这样选择而无悔！

二中的很多老师都说我们这届是最特殊的一批支教队员，因为在这看似平凡的一年中，我们的人生第一次体验了没有短信和网络的生活，经历了十年一遇的雪灾，感受了周边地区"针刺"事件的紧张氛围，抵抗住了甲流疫情暴发后封校的压力。零下42度的低温和连续多天飘雪后一米多高的雪堆，反而成为我们最美的回忆。

感谢我12位亲爱的兄弟姐妹，感谢命运安排我们这些共同的经历。记得我们曾经一起中秋赏月，一起到桦林公园欣赏美丽的秋景，一起度过了这一生中也许是唯一的教师节，一起高唱南开校歌，一起排练节目，一起聚餐，一起滑雪，这是我们彼此最快乐的时刻。在一声声温馨的生日歌中，在一幕幕皓月当空、枫叶如火的良辰美景中，在一次次大雪里追逐与嬉戏，我们相互理解，相互扶持，正像队长思杰常和我们说的那句话："岂曰无衣？与子同袍。"

怀念那里的天空，怀念那里的味道，怀念那里的老师，怀念那里的孩子们，无论我们彼此身处何方，那里是我们心中永远的净土。

（刘博，南开大学第 11 届研究生支教团志愿者，毕业于南开大学信息技术科学学院）

阿勒泰·梦想·责任

彭 乾

当我作为南开第 14 届研究生支教团的一员整装向阿勒泰进发的时候,行囊里满满的是对新疆那片神奇土地的好奇、向往以及作为一名"有志青年"要在阿勒泰地区二中"有所作为"的信心和美好愿望。一年的时光匆匆而过,当我再次背起行囊与我的阿勒泰挥手说再见时,心中的感慨无以言表。我问自己,沉重了许多的行囊里到底多了些什么?那些沉淀于心并将不断升华的东西是否必将成为滋润我成长的营养?

记不清有多少歌唱新疆的名曲,在我脑海中铭刻了新疆"美丽而神奇"的不灭印象:戈壁沙滩变良田,积雪融化灌农庄;麦穗金黄稻花香,风吹草低见牛羊;葡萄瓜果甜又甜,煤铁金银遍地藏……来到阿勒泰,美丽的自然风光、吃不完的比蜜还要甜的哈密瓜、琳琅满目的玉石、遍地的牛羊,应接不暇地冲击着我的感官,而更加温暖心灵的则是哈萨克族人的热情、率真、纯朴和友好。但美丽风景的背后,则是这片土地质朴下的苍凉:资源的丰富并未改变某些地区的艰苦,整个新疆还有 40% 的地方是不毛之地,42% 是荒漠,森林和湿地等仅占 12%—18%;高新科技还没有像东部地区那样得到普及运用,高新技术产业相对较少;当地的文化淳朴、安逸,但其中缺乏了一些求新求变的气息,许多居民觉得自己的生活还不错,不用太费力气,孩子也不用读太多书,日子也会过得比较舒服;相当一部分中小学教育理念、教学思想方法相对东部地区要滞后(阿勒泰地区二中是个特例,他们的教育理念,近些年一直与东部齐头并进)。即使阿勒泰地区二中是这里最好的学校,但从学生的知识基础来看也与我曾就读过的石家庄二中有很大差距……这些,不能不使我深思。

一个地区社会进步的标志是经济、文化和教育,而反过来,促进一个地区社会进步的主要因素也是教育、文化和经济。之所以把这三者的顺序进行了调整，因为我认为三者中教育是最根本的因素。只有教育的提升，才能促进人才培养水平的提升，从而带动文化的提升，而只有文化提升，才能真正转变旧有的观念和积习，集全社会的才智和力量，主动而有效地转变发展方式，促进经济社会的科学发展。同时，西部的发展又不仅仅局限于对西部本身的影响，它还关乎国家经济社会发展的全局。统筹东、西、中部，使之均衡发展，才能真正实现国家整体又好又快的发展。仔细想想，这是一个多么庞大而艰巨的工程啊！此时此刻，我才真正明白国家实施西部大开发战略的深远意义，明白南开连续十几年组织研究生支教团奔赴阿勒泰的重大意义。

此刻，我不禁扪心自问，一直以来坚定于胸的"为振兴中华而奋斗"的属于我的那份梦想，过去是不是仅仅漂浮于空中？那个时候是不是只知道要为振兴中华而奋斗，而从未想过自己要如何做？如果说这一理想在来阿勒泰之前是闪耀于自己人生天空的一颗星的话，那么，在阿勒泰的一年，无疑使这颗星真正变成了指引自己人生之路的北斗星。因为自己的双脚自此实实在在地踏在了坚实的大地上，自己的胸中自此有了通往理想具体可行的蓝图和途径。时任国务院总理温家宝有句话，"仰望星空，脚踏实地"，我深以为是，深表赞同。

说到理想，自然想到责任。来阿勒泰的一年，看到的和听到的一切，更让我意识到，作为有知识、有文化的青年人肩上所负的责任之重。胡锦涛同志曾对青年大学生寄语，其中最重要的一条就是青年人要勇于担当起社会责任。我也一直特别推崇梁启超的一段话："今日之责任，不在他人，而全在我少年。少年智则国智，少年富则国富，少年强则国强，少年独立则国独立，少年自由则国自由，少年进步则国进步，少年胜于欧洲，则国胜于欧洲，少年雄于地球，则国雄于地球。"中国雄于地球，这是我们多少代中国人共同的梦想！为了这一梦想，又有多少代中国人前赴后继，死而后已。而今，实现这一梦想的接力棒即将交到我们这一代人手中，我们是否做好了准备去担当？说句心里话，我感觉准备得还不是很充分，但是，至少我已经意识到，这份责任对中国的青年，更对我南开青年，是责无旁贷的！

南开的精神是什么——"允公允能　日新月异"。张伯苓先生阐释："惟其允公，才能高瞻远瞩，正己教人，发扬集体的爱国思想，消灭自私的本位主义。""允能者，是要做到最能，要建设现代化国家，要有现代化的科学才能，""而南开学校的教育目的，就在于培养有现代化才能的学生，不仅要求具备现代化的理论才能，而且要具有实际工作的能力。""日新月异，不但每个人要接受新事物，而且要成为新事物的创始者；不但能赶上新时代，而且要能走在时代的前列。"进入南开的第一课，校长在开学典礼上语重心长地嘱托南开学子要弘扬南开精神，努力成为祖国的栋梁，言犹在耳。参加研究生支教团的经历，更使我体会到，作为南开人，有一份自豪，更有一份责任，深感阿勒泰的进步、新疆的发展、西部的振兴、国家的富强、民族的复兴、人民的幸福……无一不和自己息息相关。我愿以南开杰出前辈为榜样，以南开精神为激励，勇敢承担起这份光荣的责任，并愿以脚踏实地的努力，使自己成为一个合格且自豪的南开人！

（彭乾，南开大学第 14 届研究生支教团志愿者，毕业于南开大学环境科学与工程学院）

南开大学研究生支教团工作综述

自 1999 年，南开大学作为"青年志愿者扶贫接力计划研究生支教团"项目的首批实施高校之一，积极响应团中央、教育部的号召，组建研究生支教团，至今已累计招募并派遣了 22 届 260 名研究生志愿者赴新疆、西藏、甘肃、山西等地区开展支教服务工作，在促进西部地区经济、社会、科技、教育和文化事业的发展及锻炼教育青年等方面取得了良好的成效，谱写出一段段动人的支教故事，创造了一个个傲人的支教成绩。

一、二十余载初心不忘，接力奉献薪火相传

20 多年间，南开大学向祖国中西部地区输送了一批又一批优秀的青年志愿者，让南开"允公允能，日新月异"的精神之火在服务地越燃越亮。自 2003 年始，南开大学与新疆阿勒泰地区建立联系，将阿勒泰地区第二高级中学作为定点支教服务基地。至今已派遣 18 批共计 203 名研究生支教团成员赴阿勒泰地区二中开展支教服务。为深化实践育人的效果，2014 年南开大学增设西藏服务地，于 2015 年派出首批支教团成员前往拉萨市达孜区中心小学开展支教服务工作，至今累计派出 6 届 30 名志愿者。2015 年又新增甘肃庄浪服务地，于 2016 年派出 4 名志愿者，至今累计派出 5 届 20 名志愿者投入当地建设。

随着南开大学研究生支教团在校园内号召力、影响力的扩大，越来越多的有志青年学子愿意加入到支教团中，其中不乏新疆籍少数民族学子。2016 年，第 19 届研究生支教团招募了建团以来第一个哈萨克族团员阿克江·库尔曼巴依；2017 年，第 20 届研究生支教团中出现了建团以来第一个维吾尔族团员夏克扎提·努力木。这些同学成为连接支教团和当地的纽带，为推动西部地区各项事业发展发挥了更大的作用。

二、深入当地扎实工作，开拓创新勇于担当

（一）立足教学根本，助力教育扶贫

南开大学研究生支教团在支教工作中始终明确自身定位，抓住主要矛盾，倾心传授知识技能，提高当地学生的学习成绩，为服务地教育水平的提升贡献了巨大的力量。

支教团成员深知要在探索与学习中才能夯实学科基础、提高教学实效、创新教学方法，做到教书育人。因此，支教团成员在正式上岗前接受南开大学研工部组织的各项教学实习和技能培训；到达服务地后与学校领导、资深教师与普通学生进行沟通，了解校情与学情，提前备课；教学过程中支教团成员通过试讲、听课、磨课等环节不断提高自己的教师素养与教学技巧，做到融入当地、融入课堂、融入学生。

南开大学研究生支教团在支教期间取得了显著的教学成绩。大大提升了所带班级的单科年级排名，帮助当地学生树立端正的学习态度，培养了浓厚的学习兴趣，实现了南开支教人把知识带给西部学子的誓言，践行了教书育人的支教使命。

（二）拓展第二课堂，投身志愿服务

除了课本知识的传授外，支教团成员尽己所能，在服务地开展多彩的文化活动，组织参与各类志愿服务活动。

新疆阿勒泰地区二中的支教团成员会定期举行"东方杏坛"学术讲座，将很多新鲜的理论和见闻带到二中，传授给二中学子；他们积极组织二中的各项文体活动，如元旦晚会、校运动会、心育节等。西藏地区支教团成员协助校德教处组织开展文艺会演活动，建立"童心广播站"，开展读书会活动，帮助学生全面发展、健康成长。甘肃地区支教团成员深入各学科社团，拓展学生知识，发挥特长，在演讲社、话剧社、啦啦队等社团中释放热量，丰富学生课外生活。近几年，支教团还在阿勒泰地区二中、拉斯特小学、拉萨市达孜区中心小学建立"南开书屋"，帮助学生解决"想读书却没书读"的问题，力求让当地学生切实体会"读书好"的意义、真正品尝"读好书"的味道、逐步养成"好读书"的习惯。

同时，身为志愿者，支教团成员深入参与到各个服务地的志愿活动中去。"大手拉小手，水滴在行动"的志愿活动，央视"文明之光，志愿中国"

学雷锋主题宣传活动,"青春心向党,建功新时代"生态环保志愿服务活动,"雪域同心,直播筑梦"系列活动中都闪烁着南开"公能"精神的光芒。

南开大学支教团充分发挥西部志愿者的作用,在坚持以文化人、以文育人的过程中丰富了学生的精神世界,促进了民族文化交流,有利于加强民族团结。

(三)力求发光发热,参与校园管理

南开大学研究生支教团的成员除了具有扎实的学科知识与较强的教学能力外,还是具备多方面素质。他们主动发挥自身特长,积极参与学校的各项工作,为学校工作的顺利进行做出了应有的贡献。

阿勒泰地区二中的校团委、教务处、信息科、宿管科、心理健康指导中心、校办公室,达孜区中心小学的德教处、校办公室、工妇办,他们对于学校的日常运转发挥着积极的作用。在办公室,支教团成员主要协助办公室主任做好日常的行政工作。在学校团委,管理学校团员和入党积极分子的推优和培训,管理学生社团,组织校园文化活动。在信息科,负责学校网络和电脑等设备的维护,负责各项会议和活动的拍照与摄像,负责学校绿色网吧的管理等。在宿管科,对住宿学生进行管理,编写宿舍简报和刊物《和谐之声》。在心理健康指导中心,他们定期为学生提供心理咨询和辅导。

三、力行公能砥砺前行,支教事业硕果累累

20多年来,南开大学支教工作硕果累累:第5届研究生支教团被评为"南开大学优秀志愿者团队";第6届研究生支教团6名团员所教课程在该地区青年教师达标课考评中,均被评为优质课;第9届研究生支教团被评为"阿勒泰地区优秀志愿者服务队标兵";第12届研究生支教团团员指导的学生在自治区第六届中学生现场作文竞赛中荣获高中组一等奖,历史知识竞赛中分别荣获一、二、三等奖;第16届研究生支教团团员在地区教育系统宪法法律宣传民族团结教育演讲比赛中获一等奖;第17届研究生支教团团员荣获第12届中国青年志愿者优秀个人;第18届研究生支教团团员荣获西藏自治区西部计划优秀志愿者称号;第20届研究生支教团团员荣获甘肃省"大学生志愿服务西部计划优秀志愿者";第21届新疆分团全体支教团员荣获阿勒泰地区"优秀志愿者""优秀支教教师"等。

20多年来，南开大学研究生支教团成员获得了支教地党政群众、支教学校师生以及新闻媒体等各界的一致好评，新疆分团多年来一直被誉为"南开大学在新疆阿勒泰地区树立的一面旗帜"。

四、支教一年自教一生，重返故地建设西部

"只要祖国需要处，皆是南开人故乡。"这是南开支教人的生动写照。历届团员都不乏有人在读研究生期间或完成学业后再次回到西部，将自身成长融入社会发展，为西部建设贡献力量。

第5届研究生支教团团员、天津姑娘王欣昀硕士毕业后毅然放弃在大城市工作的机会，选择加盟地处南疆边陲的塔里木油田公司；第9届团员高磊留校工作后积极响应团中央、教育部党组选派团干部到县级团委挂职工作的号召，再次赴疆，到基层挂职锻炼；第14届团员杨刚毅、第17届团员崔国煜在读硕士研究生期间，休学一年，再次加入团中央西部计划项目赴西部志愿服务；第17届4位团员积极参加学校组织的暑期挂职锻炼，重回西藏，用另一种方式继续建设那片土地。

支教一年的经历影响了无数团友的职业选择。截至目前，近40人毕业后选择继续从事教育事业，做学生的知心人、热心人、引路人。近年来，越来越多的支教团成员具有基层视野，考取广西、云南、湖南等中西部地区的选调生，成为一名新时代的基层工作者。

回望南开二十余载的支教团工作，我们在继承与创新、坚守与开拓中谱写支教育人的奔腾旋律。回望成绩，我们倍感珍惜的同时，也深知脚下的路还很长，南开大学研究生支教团的工作将更扎实、更有效，"青年志愿者扶贫接力"的接力棒也将在南开人手中越传越远。在两个"一百年"的历史交汇期，南开大学研究生支教团将牢记习近平总书记的殷殷嘱托，以实际行动将"小我"融入祖国的"大我"、人民的"大我"之中，为实现中华民族伟大复兴的中国梦贡献青春力量！

（文中各项数据截至2021年3月7日）